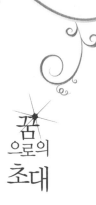

꿈
으로의
초대

KB012639

꿈으로의 초대

초판 1쇄 찍은 날 | 2014년 12월 11일
초판 1쇄 펴낸 날 | 2014년 12월 17일

지은이 | 홍윤정
펴낸이 | 예경원

편집 | 유경화

펴낸곳 | 예원북스
등록번호 | 제396-2012-000132호
등록일자 | 2012. 7. 25
YRN | 제1-0088호

주소 | 경기도 고양시 일산동구 무궁화로 8-28 삼성메르헨하우스 712호 (우) 410-837
전화 | 031-819-9431 팩스 | 031-817-9432
http://cafe.naver.com/yewonromance
E-mail | yewonbooks@naver.com

ISBN 979-11-5630-239-1 03810

홍윤정 장편 소설

꿈으로의 초대

YEWONBOOKS ROMANCE STORY

프롤로그

허름한 오피스텔의 열쇠식 현관문을 따는 것은 결코 어려운 일이 아니다. 수세기 동안 그가 해왔던 일들에 비하면 새 발의 피였다. 그동안 그는 '평범한 인간과는 동떨어진 존재', 혹은 '매우 특별한 돌연변이'로 표현되어지는 자신의 종족으로부터 수많은 임무를 부여받고 수행해 왔다. 인간이 되기 위한, 끔찍하리만치 처절한 종족의 노력을 위해서라면 무엇이든 했다. 앞으로도 기꺼이 그리할 것이다.

* 이름 : 민경주
* 나이 : 28살
―미혼. 서울 거주. 생모 이수연에게 버려진 후 고아원과 입양 가정을 전전하다 18세 이후 독립. 천재에 가까운 독보적인 두뇌로 대한

민국 최고 대학에 장학금을 받으며 입학. 생계와 학업을 동시에 해결하며 현재 박사 과정 밟는 중. 학위를 취득하는 즉시 국가 산하 사학연구재단에서 활동할 예정.

얼마 전 타깃의 프로필을 읽자마자 그는 이 중요한 임무를 자신이 맡아야 한다고 생각했다. 민경주는 그가 재직 중인 대학의 학생이었다. 그가 실제로 두어 번 들른 적이 있는 서점의 직원이기도 했다. 서점에 갈 때마다 늘 밝게 자신을 맞아주던 알바생이 바로 이번 임무의 타깃이었던 것이다.

오피스텔의 내부는 좁고 허술했다. 침입하기를 작정하면 누구라도 쉽게 가능할 것이다. 종족의 운명을 좌지우지할 만큼 중요한 여자임을 감안했을 때, 그녀가 지금껏 이런 곳에서 생활해 왔다는 사실은 등골이 오싹할 정도로 무서운 일이었다.

"음……."

희미한 신음 소리가 들려왔다. 좁은 오피스텔 내부를 훑고 있던 그는 저절로 신음 소리의 근원지를 향해 고개를 꺾었다. 전혀 튼튼해 보이지 않는 슬라이딩 도어 형식의 방문. 그 너머에 그녀가 있었다.

민경주. 종족이 내린 임무. 그의 타깃.

그는 느릿느릿 걸음을 옮겼다. 나약하기 짝이 없는 도어를 소리도 없이 밀어내고 방 안으로 들어서자 작은 싱글 침대 위에 누워 있는 민경주가 한눈에 들어왔다.

피 냄새가 진동했다. 달콤한 향기. 생생하고 짜릿한 쾌감의 냄새.

인간의 피에 본능적으로 끌리는 현상은 그들 종족의 특성이었다. 그는 수세기를 거치는 동안 마음을 닦고 정신을 수련하여 피 냄새를 외면할 수 있는 자제력을 길렀으나, 그것은 엄연히 상대가 평범한 인간이었을 때의 얘기였다. 민경주는 전혀 평범하지 않았다.

그녀는 그를 충동질하는 무엇인가가 있는 여자였다. 자제력을 흔드는 그녀의 풍미에 태연해질 수 있기 전까지 그는 절대로 그녀에게 접근할 수 없었다. 민경주의 오피스텔에 밤마다 잠입해 한참 동안이나 그녀의 곁에 머물다 사라지는 이유는 바로 그 때문이었다.

"흠! 으흣……!"

이불을 휘감고 모양 좋은 맨다리를 드러낸 채로 뒤척이는 민경주의 이마에는 식은땀이 맺혀 있었다. 악몽이 또다시 민경주를 습격했다. 밤마다 그녀의 집에 드나들며 수집한 정보들 중 하나가 바로 이것이다. 민경주는 날마다 악몽을 꾼다는 것.

그는 그녀에게 다가갔다. 극도로 뜨겁고 원시적인 향기가 온몸을 휘감았다.

"안 돼! 안 돼, 다가오지 마. 다가오지 마, 제발……."

민경주가 몸을 발작하듯 뒤틀며 신음했다. 연약해 보이는 얇고 긴 손가락들이 허리춤을 휘감고 있는 이불자락을 더욱더 세차게 틀어쥐었다. 꿈이 고통스러운 것이 틀림없었다.

그는 천천히 침대 가장자리에 걸터앉았다. 그의 몸무게가 지그시 누르자 싸구려 매트리스가 삐걱거리며 아래로 가라앉는다. 땀 냄새와 함께 그녀의 몸을 희미하게 도포하고 있는 장미 향, 그리고 그녀 본연의 살 냄새가 한꺼번에 그의 후각을 침투했다. 그러나 그 어느 것도 진하고 색정적인 피 냄새를 덮지는 못하였다. 그의 심장은 미친 듯이 뛰었다.

"아아……!"

민경주가 휙, 그가 앉아 있는 방향으로 고개를 꺾었다. 새하얀 얼굴과 발그레해진 뺨이 보였다. 젖은 머리카락이 땀과 뒤엉켜 얼굴 윤곽 곳곳에 붙어 있다. 핑크빛 도톰하고 작은 입술이 열린 틈새로 연신 격렬한 숨을 뿜어냈다. 그는 차가운 손끝을 뻗어 두려움에 파르르 떨리는 그녀의 눈꺼풀에 댔다.

오래지 않아 눈앞으로 민경주의 꿈이 펼쳐졌다. 정신을 집중하기 위해 그는 눈을 감았다. 꿈이 더욱 선명해졌다. 활시위처럼 팽팽하게 당겨진 그의 의식이 주저하지 않고 꿈속으로 빨려 들어갔다.

"넌 참 희한한 계집애다. 생긴 게 특별히 예쁘지도 않은데 말이지. 묘하게 사내를 충동질하는 구석이 있단 말이야."

더러운 말들을 주절거리며 소름 끼치게 낄낄거리는 남자의 손에는 소주병이 들려 있었다. 마치 쥐 몰이를 하는 고양이처럼 남자의 눈은 야비하고 탐욕적이었다. 술에 취해 있지 않을 때도 남자는 늘 이런 눈으로 경주를 보곤 했었다. 그래서 경주는 자신을 입양해 준 고마운 양부를 마음속으로 '돼지 새끼'라고 불렀다.

"아, 아버지……."

"흐흐흐, 그래. 난 네 아비지. 널 먹여주고 입혀주고 학교도 보내주는 아비. 너 같은 천애고아가 날 만난 건 행운이야. 심지어 난 자식이 있는데도 널 입양했어. 너는 평생 나한테 은혜를 갚으며 살아야 하는 거야, 알겠냐?"

"그럴 거예요."

겁먹지 않기 위해 애쓰며 다분히 순종적으로 대답했다. 아직 일곱 살밖에 안 된 어린이에 불과했지만 특유의 영리함과 현실 적응력으로 말미암아 경주는 자신이 처한 상황을 본능적으로 깨닫고 있었다.

벼락부자 출신 양부는, 노블리스 오블리주의 실천을 강조하는 아내의 충고를 받아들여 입양을 결정한 날부터 쭉 경주를 자식이 아닌 성적 충족을 위한 대상으로 바라보고 있었다. 새로 들인 양딸이 자신의 변태적인 성욕을 만족시켜 줄 수 있을지 알아보기 위해 그는 거의 1년이나 기다려 왔다. 착하고 인자한 의붓아버지 가면을 쓰고 살아왔던 그는 이제야 비로소 이 커다란 집에 경주와 단둘만이 남겨지는 행운을 거머쥔 것이다.

"기특하기도 하지. 벌써부터 아비에 대한 은혜를 갚겠다고 다짐했다니. 좋다! 그 은혜라는 것을 갚을 수 있게 내가 지금 기회를 주마."

"기, 기회라니요?"

"이 앙큼한 것! 모르는 척하는 것 좀 보라지. 사실은 다 알고 있으면서 순진한 척 내숭 떠는 꼴 하고는."

사악한 웃음을 지으며 그가 손에 들고 있는 소주병을 바닥에 내팽개쳤다. 푸른색 병이 방 안을 나뒹굴며 무채색의 알코올을 콸콸 쏟아냈다. 잠시 그곳에 시선을 두었던 경주는 다시금 거대한 돼지 새끼를 올려다보았다. 어린 그녀에 비해 그는 너무 컸다.

그를 이길 수 있을까? 그의 완력을 뚫고 이 지옥에서 빠져나갈 수 있을까?

경주는 숨을 가다듬었다. 그사이, 돼지 새끼가 침을 흘리며 한 걸음 더 가까이 다가왔다.

"네가 우리 가족들 앞에서 가식 떠는 거, 내가 모를 줄 알았니? 우릴 존경하는 척, 좋아하는 척, 행복한 척하지만 사실은 그렇지 않다는 걸 내가 모를 줄 알았어? 천만에! 네가 아무리 아이큐가 높고 연기력이 출중해도 그래 봤자 넌 어린애야. 어른 머리 꼭대기에서 모든 걸 좌지우지할 수는 없다고."

"무슨 말씀이신지 잘 모르겠어요, 아버지."

"아버지라고 생각하지도 않으면서 꼬박꼬박 아버지라고 하는 것부터가 소름 끼치게 무섭다. 마음 같아선 널 파양하고 싶어. 하지만 잔소리쟁이 마누라 때문에 그럴 수도 없지. 내가 너 때문에 얼마나 스트레스를 많이 받는지 알아?"

"죄송해요, 아버지."

"죄송하면 벌을 받아야지."

허리띠가 풀어져 바닥으로 나뒹굴었다. 술에 취한 돼지 새끼는 한 손으로 붉어진 얼굴과 번들거리는 눈, 침을 흘려 더러운 입가를 차례로 훑고는 볼록한 아랫배 밑으로 걸쳐진 바지 단추를 툭, 열었다. 경주의 커다란 눈에 광채가 번뜩였다. 위험을 감지한 경주의 온몸이 긴장했다. 한 걸음 뒤로 물러섰지만 차가운 벽이 그녀를 가로막았다. 주먹을 꼭 틀어쥐었다.

"흐흐흐……."

"가, 가까이 오지 마세요."

"겁먹지 마라. 장담하건대 너도 조만간 좋아하게 될 거야."

"오지 마세요. 다가오지 마세요, 제발……."

불길하리만치 영악한 어린아이한테서 애원의 말이 흘러나오자 돼지 새끼는 즉각 흥분했다. 다리 사이에 달린 것이 팬티 속에서 부풀어 올랐다. 돼지 새끼는 비정상적으로 번들거리는 눈동자로 경주를 훑어보며 만족스런 웃음을 연신 흘렸다. 어린 경주의 내부에서 살의에 가까운 증오심이 불길처럼 일었다.

"다가오지 말아요, 아버지. 제발요."

내가 당신을 죽일 수도 있어요. 속으로 덧붙였으나 입 밖으로 꺼내지 않았다. 대신 커다란 물건을 양손으로 쥐며 그것을 자신의 입에 물리기 위해 성큼 다가오는 악마 새끼를 향해 짐승처럼 으르렁거렸다. 더 이상 다가오면 안전을 장담하지 못한다는 경고의 포효였지만 멍청한 돼지 새끼는 걸음을 멈추지 않았다. 경주는 두 눈을 질끈 감고, 다가오는 남자를 물어뜯기 위해 빠르게 달려들었다.

그때였다, 모든 것이 흩어져 버린 것은.

소주병도, 돼지 새끼도 허공 속으로 떠올라 사라져 버렸다. 일곱 살 꼬마, 경주는 순식간에 쑥쑥 커 스물여덟 살의 아가씨가 되어 있었고 소름 끼치도록 폐쇄적이고 공포스러웠던 과거의 공간은 쾌적하고 따뜻한 야외로 바뀌어 있었다. 경주는 어리둥절한 눈으로 사방을 훑어보았다. 바다. 산. 들. 모든 것이 존재했다. 새. 꽃. 훈풍. 햇살. 기분 좋은 만족감도 있었다. 높디높은 하늘도.

한참 동안 새파란 하늘을 바라보다가 문득 깨달았다. 자신이 누워 있다는 것을. 그리고 신음 소리를 뱉고 있다는 것을.

"아아아……!"

달뜬 신음을 뱉으며 그녀는 자신이 완벽한 최절정에 도달해 있음을 자각했다. 온몸이 뜨겁게 이글거리고 있었다. 몸 안의 피는 혈관이 터질 듯 빠르게 휘돌고, 어마어마한 흥분감과 쾌열(快熱)에 휩싸인 아랫도리는 제멋대로 흔들리고 있었다. 생전 느껴보지 못했던 원시적이고 야성적인 기분에 취해 그녀는 가슴을 조이고 있던 속옷을 쥐어뜯듯 벗어 던졌다.

더 가까이. 더 많이. 더 깊이.

다리 사이로 밀려드는 물컹하고도 뜨거운 물건을 더 취하고 싶었다. 그 미칠 듯한 열망으로 인해 숨이 턱턱 막혔다. 헉헉 절박한 숨을 연신 토해내며 그녀는 손을 뻗어 다리 사이에 머물러 있는 무언가를 붙들었다. 머리카락이 손에 잡혔다.

"원하는 걸 말해."

몽롱한 정신을 헤치고 굵고 부드러운 목소리가 들려온다. 영혼을 흔드는 매혹적인 목소리다. 사람의 목소리가 아닌 것만 같다. 아니, 목소리가 아닌 것 같기도 하다. 마음으로부터 나오는 자아의 읊조림인가?

경주는 흐느끼듯 울부짖으며 손에 쥔 머리카락을 미친 듯이 끌어당겼다. 벌거벗은 그녀의 아랫도리 안으로 뜨거운 것이 더 깊이 박혔다.

"흐흑……!"

혀를 박아 넣은 채로, 머리카락의 주인공이 연약한 살점에 입술을 붙이고는 쭙쭙 소리가 나게 빨았다. 흐물흐물 녹아내려 연약해질 대로 연약해진 그녀의 꽃잎 사이로 따뜻한 액체가 흘러나와 남자의 입가를 적셨다. 부드럽고 달달한 쾌수(快水)를 맛나게 빨아먹으며 그는 깊이 들어간 혀끝을 흔들어 그녀를 자극했다.

"아핫……!"

경주는 허리를 뒤틀며 움직였다. 남자가 두 다리를 틀어쥔 손에 힘을 주어 그녀를 저지했다. 길고 우아한 그녀의 다리가 더 옆으로 벌어졌다. 벌릴 수 있을 만큼 넓게, 여린 꽃술을 드러낸 채 한껏. 그는 고개를 주억거리며 혀끝을 더 깊숙이 넣었다 빼기를 반복했다.

"아, 아……!"

그녀는 열정적으로 반응했다. 거리낌이 없었고 과감했으며 일말의 두려움이나 망설임도 없었다. 마치 이 모든 것들이 허구이고 환몽일 뿐임을 알고 있다는 듯. 그는 뜨겁게 요동치며 조여드는 여인의 아늑한 내부에서 천천히 빠져나왔다. 고개를 들자 경주의 손길이 다급해졌다.

"안 돼요. 제발……."

진심으로 간청하는 경주의 질끈 감긴 두 눈에서 눈물이 흘렀다. 경이로울 정도로 완벽한 환희와 쾌감에 압도된 것이다. 길게 휘어진 눈썹 아래로 흘러나와 높이 솟은 광대뼈를 타고 귓가로 떨어지는 물기를 그는 다정하게 닦아주었다. 툭 불거져 튀어 올라온 쾌감의 꽃술을 엄지로 꾹 누르며.

"원하는 게 있다면 말해. 그럼 뭐든 이뤄지지. 여긴 그런 곳이야."

"다, 다시 드, 드……."

"제대로 말해야지, 아가씨. 원하는 걸 가지려면 말이야."

어딘지 모르게 비밀스럽고 자극적인 음성. 마음이 보내는 신호라고 생각하며 경주는 눈을 감은 채로 씩 미소를 지었다.

그래, 그거다. 본능이 속살거리는 소리. 은밀히 품고 있던 욕망이 기지개를 켜는 소리. 그 누가 알까. 스물여덟 살이 되도록 남자와 섹스 한 번 제대로 못해본 처녀 주제에 이런 관능적이며 내밀한 음욕을 품고 있다는 것을. 지인들이 알면 기절초풍할 것이다.

"들어와요. 당장. 지금. 지체하지 말고."

매끄러우면서도 당돌한 그녀의 명령이 채 마침표를 찍기도 전에 몸 안으로 무엇인가가 쑥 들어왔다. 방금 전까지 그녀의 처녀를 지배했던 뜨겁고 활기찬 물건보다도 더 크고 강력한 것이었다. 다리 사이의 얇은 살점이 무엇인가에 의해 옆으로 벌어졌다. 뼈와 뼈 사이의 아늑한 공간. 민감한 돌기와 성감대의 집결지. 쾌감을 인지하는 신경들이 촘촘히 몰려 있는 그곳. 그 속으로 파고들어 오는 것은 마치 거대한 불기둥 같았다.

강렬한 열기가 다리 사이를 정염으로 불태웠다. 더 이상 타오를 수 없을 것 같던 쾌감의 불꽃이 장작불이 되어 타올랐다.

"아, 아, 아……!"

불기둥은 거침없이 쳐들어왔다가 순식간에 빠져나갔고, 공허감을 느낄 새도 없이 빠르게 빈 공간을 메꿨다. 연이은 공격에 연약하기 짝이 없는 그녀의 속살은 속절없이 떨었다. 움질움질, 야금야금 불기둥을 탐식하며 조여들었고, 이에 질세라 공격은 야성의 날것으로 당돌한 그녀의 육체를 유린했다.

"네가 원하는 대로."

뜨겁게 헐떡이는 본능의 음성이 귓가를 데웠다.

"이곳에서만큼은 모든 게 네 것이야. 심지어 나까지도."

"이곳에서? 당신이? 내 것이라고?"

열에 들뜬 채 가쁘게 숨을 뱉으며 경주는 혼잣말을 중얼거렸다. 순간 한 자락 깨달음이 서서히 찾아왔다. 귓전을 뜨겁게 맴돌던 음성은 마음의 소리, 혹은 환청 따위가 아니라는. 실제 남자의 목소리였다.

각성이 되자마자 경주는 두 눈을 번쩍 떴다.

놀랍게도 노란빛이 도는 갈색 눈동자가 자신을 내려다보고 있었다. 정말로 남자였다. 어둡고 신비롭고, 아주 잘생긴 남자. 핏! 섹시함이 뚝뚝 떨어지는 남자의 입술 한쪽이 시크하게 올라갔다. 그는 여전히 경주의 몸 위에 있었다. 거대한 남성을 그녀의 여성 안에 주입시킨 채로 당당히 미소 짓는 중이었다. 경주는 숨이 턱 막혔다. 이게 대체 무슨 일이지? 떠오르는 수많은 의문들을 내팽개치고, 경주는 본능이 시키는 대로 입을 크게 벌려 날카로운 비명을 터트렸다.

"아아악!"

벌떡 몸을 일으킨 경주는 아침 햇살이 커튼처럼 눈부시게 드리워진 침대 위에서 격렬하게 숨을 헐떡이는 자신을 발견했다.

지각이었다.

제1장

마이너리티(Minority) : 뱀파이어(Vampire)

오전 강의가 끝난 직후 경주는 늘 그러하듯 학교 앞 '서율서점'으로 향했다. 그곳은 경주가 월요일부터 토요일, 오후 12시부터 5시간 파트타임으로 일하고 있는 직장이었다.

서점 주인인 안 씨 할아버지와는 대학 시절부터 알아왔던 각별한 사이로, 경주는 얼마 전 그가 도와달라고 부탁했을 때부터 줄곧 이곳에서 아르바이트 일을 하고 있었다. 서점 알바로는 학비와 생활비를 충당할 수 없으니 거절해야 마땅했지만 일종의 애정결핍증을 앓고 있는 경주로서는 도무지 그럴 수가 없었다. 안 씨 할아버지는 그녀를 친손녀처럼 아끼고 있는데다 아르바이트생 따위는 필요하지도 않음에도, 경주의 곤궁한 형편에 도움을 주고자 일자리를 제안했다는 걸 알았기 때문이었다. 하는 수 없이 그녀는 서점 일에, 과외 일까지 하루에 알바 두 탕을 뛰는 고행을 이어가

게 되었다.

"또 편의점 삼각김밥으로 점심을 때우는 게야? 쯧쯧쯧! 젊은 사람이 그거 먹고 하루 종일 어찌 버티누."

"그런 말씀 마세요, 할아버지! 요즘은 미용을 위해 일부러 안 먹기도 하는걸요. 저처럼 조금만 먹어도 살이 찌는 체질은 몸매를 위해서도 이게 나아요."

"가시처럼 말라놓고 몸매 타령은. 미용도 좋지만 사람이 사람답기는 해야지."

"할아버지! 제 몸무게가 몇인지나 알고 가시처럼 말랐다 하시는 거예요?"

"다이어트인가 다이너마이트인가, 그거 할 정도로 살찐 것은 아니라는 소리야. 그리고 그런 걸 하려면 점심은 든든히 먹고 저녁을 줄여야지. 운동을 하던지. 왜 점심을 굶어, 굶긴?"

"제가 언제 굶었다고 그러세요. 밥때 놓치곤 절대 못 사는 사람이 전데. 괜한 걱정 마시고! 어서 댁에 가셔서 식사나 하고 오셔요. 벌써 12시가 넘었어요."

"할망구가 오늘도 혼자 오면 집에 안 들여보낸다고 했는데."

안 씨 할아버지가 선뜻 자리를 뜨지 못하고 미적거리며 퉁명스레 말했다. 경주는 저도 모르게 피어오르는 미소를 꾹 참았다. 안 씨 할아버지의 속셈이 뭔지는 쉽게 가늠할 수 있었다. 그는 대한민국 어른 세대의 전형으로 무뚝뚝하지만 마음은 따뜻한 분이었다.

"서점 문 닫아놓으면 점심 손님 놓치잖아요."

"고깟 한 시간 정도는 잠깐 닫아놓아도 상관없어."

"무슨 말씀이세요? 점심시간 이용해서 책 사러 오는 학생들이 얼마나 많은데요. 게다가 오늘 한 번 가서 먹으면, 앞으로 계속 같이 먹자 하실 거잖아요. 제가 식비 내겠다고 하면 받으시겠어요?"

"몇 푼이나 된다고 그걸 받아. 벼룩의 간을 빼먹지."

"거봐요. 급여는 급여대로 지급하고, 중식은 중식대로 제공하고. 할아버지께서 무슨 자선사업가세요? 대한민국 최저임금보다 두 배나 많은 시급을 주시면서 식비까지 대주고 싶으세요? 이래 가지고 돈을 어떻게 벌어요, 할아버지?"

"잔소리 그만해라. 귀 안 먹었다. 같이 먹기 싫다고만 말하면 될 것을. 무에 그리 말이 많아?"

안 씨 할아버지는 짱알거리는 경주의 잔소리에 넌덜머리 난다는 듯 고개를 흔들며 휙 몸을 돌려 가게를 나섰다. 쌀쌀하기 짝이 없는 행동이었으나 경주는 이미 그의 퉁퉁 부은 얼굴이 붉어지는 것을 목격한 후였다. 경주는 마음이 따뜻해지는 것을 느끼며 안 씨 할아버지 뒤통수에 대고 경쾌하게 소리쳤다.

"할머니께는 조만간 제가 들를 거라고 전해주세요!"

흥, 하고 콧방귀를 뀌는 소리가 뒤를 이었다. 키득키득 웃으며 경주는 환기를 시키기 위해 가게 문을 열어두고, 방금 전 편의점에서 산 삼각김밥과 논문을 위한 참고서적을 꺼내 들었다.

밥알을 씹으며 책에 코를 박고 있자니 뒷덜미로 뻐근함이 밀려왔다. 박사 논문을 준비하는 내내 힘들었지만 막바지에 이르는 최근엔 그 피로도가 더욱 가중되고 있었다. 박사 학위를 받는 즉시 지도 교수인 김학민이 이끄는 '아시아태평양 역사연구소'에 합류할 예정이어서 논문만 통과되면 끝이라는 희망 하나로 간신히 버티고 있는 중이었다.

"아시아태평양 역사연구소. 민경주 박사."

혼자 중얼거리며 경주는 미소를 지어 올렸다. 뿌듯함이 밀려왔다. 네 살의 어린 나이에 부모에게 버림받고, 이후 한 번도 온전한 가정에 입양되지 못한 채 불우한 청소년기를 거쳐 온 고아치고는 꽤 성공한 인생이었다.

"아가. 너는 엄마가 아닌 다른 사람들과 살아가야 해. 내 옆에 있으면 네가 불행해질 거란다. 엄만 네가 행복해졌으면 좋겠어. 너만큼은 정말로 행복했으면 좋겠어, 아가. 우리 아가. 우리 경주……."

어린 딸을 버리면서 어미는 그렇게 말했었다. 눈물을 보이지 않으려 애를 썼지만 어미는 딸을 끌어안고 숨 죽여 울었다. 네 살짜리 경주는 엄마가 피눈물을 흘리며 진실을 말하고 있음을 알 수 있었다. 참 신기한 일이었다. 어린 나이임에도 불구하고 그녀는 엄마의 말을 완벽하게 이해했고 현실을 받아들였다. 어린 마음에도, 어미가 자식의 행복을 위해 헤어짐을 선택했다면 그만한 이유가 있을 거라고 생각했다. 자식이 불행해지면 그 어미도 불행해질 거라는 생각도. 그런 이유로 떠나는 엄마를 단 한 번 붙잡지도, 매달리지도 않았다.

'그래서 넌 행복하니?'

살면서 수없이 해왔던 자문을 또다시 해보았다. 그리고 민경주의 자아는 늘 그래 왔듯 같은 대답을 내놓는다.

'아니.'

행복하지 않았다. 6살에 처음 입양되어 채 1년을 넘기지 못하고 파양된 이래, 입양과 파양을 4번이나 반복하는 내내 단 한순간도 행복하지 못했다. 입양 관계자들은 하나같이 그녀를 짐승처럼 포악하다 말했다. 일반 가정에선 도저히 감당할 수 없는 아이라고도 했다. 세상 모든 사람들로부터 거부당했다고 생각했던 소녀, 민경주는 결코 행복할 수 없었다. 그리고 경주의 불행한 인생 한가운데에는 그자가 있다.

"돼지 새끼."

어젯밤의 꿈이 떠올랐다. 끔찍한 그날의 일이 꿈에 나타난 지도 벌써 10년이 넘었다. 28살이 되었는데도 여전히 극복하지 못한 어린 시절 기억은 악몽이 되어 날마다 그녀를 괴롭히고 있었다. 꿈은 늘, 시뻘건 피가 낭자한 그곳 현장에 그녀 홀로 서 있는 공포스러운 광경으로 끝을 맺었었다. 그러나 어제는 달랐다. 꿈속에 다른 사람이 있었다.

"원하는 걸 말하기만 하면 돼. 그럼 뭐든 이뤄지지."

그리스 남신인 듯한 남자가 아름답고 신비로운 눈을 빛내며 그리 말했었다. 경주는 저도 모르게 '풋!' 하고 웃음을 터트렸다. 그리스 남신은 또 뭐람. 그 짜증날 정도로 유치한 표현을, 냉소적인 자신이 썼다는 사실을 믿을 수가 없었다. 제정신이 아닌 것 같다. 그딴 꿈을 꾼 것부터가 제정신이 아니란 증거였다.

"스트레스 때문이야, 스트레스."

논문 때문에 신경이 날카로워져서 신경계가 대혼란을 일으킨 거다. 그게 아니라면, 무르익을 대로 무르익은 몸이 처절히 아우성을 치는 것이겠지.

"참자, 민경주 리비도. 학위가 우선이야."

학위만 따면 뭐든 할 수 있다. 여행도 떠나고 남자도 만나고, 실컷 놀 것이다. 지금까지 못해봤던 것들을 다 해볼 수도 있다. 하지만 그때까진 죽기 아님 살기로 공부하고 일을 해야 한다. 방탕하게 놀아보기라는 목표를 세운 지 단 1초 만에 또다시 공부라는 원점으로 되돌아오자 경주는 피식 웃음을 흘리고 말았다. 아무래도 자신의 팔자에는 공부라는 두 글자가 새겨져 있는가 보다, 하고.

일과 공부, 아르바이트, 생계 걱정과 학점 관리 스트레스. 반복되는 일상이지만 다른 사람들이 생각하는 것만큼 그리 끔찍하지만은 않다. 그녀는 공부하는 게 좋았다. 끊임없이 무언가를 연구하고 학습하는 게. 가끔 자신의 조상 중에 공부를 좋아했던 분이 계시지 않을까 생각해 볼 정도였다.

"고아라 확인해 볼 수 없다는 게 유감이네."

씁쓸하게 중얼거리며 경주는 남은 김밥 쪼가리를 마저 입속에 밀어 넣었다.

몇 분 후, 그녀는 하품을 늘어지게 했다. 예기치 않게 잠이 솔솔 쏟아졌다. 나른한 봄날 오후. 식곤증이 밀려와 그녀는 어느새 꾸벅꾸벅 졸기 시작했다.

"게티스버그를 시작으로 연이어 승전보가 날아들고 있습니다, 각하. 테빈 갬블이란 자의 말을 이제는 믿으셔야 할 때입니다."

유행에 맞게 콧수염을 기른 젊은 남자는 모두 다 한 벌인 코트,

조끼, 재킷과 바지 정장을 단정하게 차려입은 채 진지한 어조로 상대를 설득하고 있었다. 설득의 상대는 날카로운 지성과 부드러운 카리스마가 돋보이는 중년의 남성이었다. 의자에 비스듬히 앉은 채 꼬고 있는 긴 다리로 가늠해 보건대 키가 매우 크고 마른 사람이었다. 표정 없는 특유의 침울한 얼굴은 그가 정치인으로서 높은 인기를 끌고 있는 것이 결코 외모 덕분이 아님을 말해주고 있었다.

"그랜트와 셔먼은 뭐라던가."

그는 아무것도 담지 않은 무표정한 얼굴 그대로 톡 쏘아붙이듯 자신의 보좌관을 향해 질문했다.

"장군들도 같은 의견이십니다. 각하도 아시다시피 그들은 가장 강력한 반대자였죠."

"셔먼은 확실히 의외로군."

"전쟁을 치르면서 자기들 눈으로 직접 사실을 확인한 자들입니다. 뱀파이어가 얼마나 강력한 존재인지, 그들의 힘을 우리가 얼마나 유용하게 이용할 수 있는지, 또 그들이 적의 휘하에 들어갔을 때 얼마나 무서운 일이 벌어질지 쉽게 예측할 수 있었을 겁니다. 강경하게 반대하던 장군들의 태도가 돌아선 건 바로 그 때문이 아니겠습니까?"

"그럴지도."

말보다는 행동으로 보여주는 보기 드문 정치가, 아브라함 링컨은 조금은 심드렁한 얼굴로 중얼거렸다. 자신의 보고를 한 귀로 듣고 한 귀로 흘리는 듯한 모습에 보좌관은 초조해졌다. 정치적으로 매우 복잡한 상황이니만큼 대통령이 처리하고 고심해야 할 사안들이 무척이나 많은 것이 사실이지만, 단언컨대 지금 미합중국과 링컨 대통령이 가장 우선으로 처리해야 할 문제는 바로 이것이라고 그는 생각했다. '뱀파이어와의 인터뷰'. 뱀파이어의 수장이라 자칭하는 테빈 갬블과의 면담이야말로 촌각을 다투는 최고로 중요한 문제였다.

"갬블의 요구는 지나치지 않습니다. 그들이 원하는 건 미국 시민으로서 정당하게 살아가는 것뿐입니다. 그들에게 시민권을 부여하고 지속적으로 뒤를 봐주는 것쯤은 미국 정부가 얼마든지 해줄 수 있는 일입니다."

"그들은 위험해. 인간보다 훨씬 더 영리하고 힘이 세며 천성적으로 잔인한 습성을 가졌어. 게다가 총에 맞고도 죽질 않지. 그런 종족을 다수의 선량한 시민들 사이에 풀어놓는 것만큼 위험천만한 일은 또 없을 걸세. 그걸 간과해선 안 돼."

"오랫동안 스스로를 컨트롤할 능력을 기른 자들입니다, 각하. 테빈 갬블을 만나보시면 아시겠지만 보통 인간들과 다를 바가 전혀 없습니다. 갬블은 많은 것을 약속했습니다. 신분보장만 철저하게 해준다면 우리 정부의 일에 적극 협조하겠다는 말까지 하였습니다. 각하! 그들을 놓쳐서는 안 됩니다. 적군과 손을 잡기 전에 우리가 그들을 포섭해야 합니다. 혹시라도 타이밍을 놓쳐 저들이 남부군과 손을 잡게 된다면……."

차마 끝을 맺지 못하였으나 보좌관이 무슨 말을 하려 했는지 링컨은 알고 있었다. 지금 그들과 손잡지 않으면 언젠가는 크게 후회할 날이 올 것이라는 것도. 링컨이 그들을 받아주지 않으면 그들은 반대편에 찾아가 같은 제의를 할 것이 뻔했다. 남부연합 대표인 제퍼슨 데이비드가 링컨과 같은 결정을 내릴지는 알 수 없는 일이었다. 뱀파이어라는 가공할 만한 용병, 더 나아가서는 살인병기가 될 수 있는 존재가 적군의 손에 들어가게 해서는 절대 안 되는 것이다.

"갬블은 미국 내 암암리에 서식하고 있는 뱀파이어의 명단을 제공하겠다고 제안했습니다. 그것이 의미하는 바는 너무나도 명백합니다. 우리가 그들이 원하는 것을 들어주기만 하면, 정부가 그들을 이용해 뭘 하든 개의치 않겠다는 뜻이죠."

"자넨 그게 가능할 거라고 생각하나."

"그랜트와 셔먼은 그들의 유전자를 채취하여 데이터를 만들고, 그 데이터를 근거로 많은 연구를 할 수 있을 것이라 주장하였습니다. 연구가 성공하면 그들처럼 좀체 지치지 않고 용맹스런 군인들을 양성할 수 있다는 것이지요. 각하께서 재가만 내려주신다면 즉시 국내는 물론 해외 유수의 의료진들까지 불러 모아 연구에 박차를 가할 수 있도록 할 겁니다."

"갬블의 말을 다 믿는다는 뜻이로군."

링컨이 다소 회의적인 말투로 심드렁하니 중얼거렸다. 열렬히 설명과 설득에 임하고 있던 보좌관은 맥이 빠진 듯 어깨를 늘어뜨렸다. 늘 시대를 앞서 갔던 혜안을 가지고 옳은 결정을 내려왔고, 때문에 대다수가 반대해도 과감하고 저돌적인 행보를 보여왔던 대통령이 왜 하필 이 문제에서만큼은 이렇게 쉽게 결정을 내리지 못하는지 보좌관은 이해할 수가 없었다.

"갬블의 말대로 뱀파이어가 정말로 '지능과 체격이 진화된 인간'이라면. 단지 호르몬 변이가 비정상적일 정도로 강하여 충동조절이 어려운 것일 뿐 결코 해가 되는 존재가 아니라면 말입니다. 그렇다면 우리가 바로 그들의 컨트롤러가 될 수도 있을 겁니다, 각하. 그렇게만 된다면 우리 북부는, 아니, 우리 미국은 세계의 패권을 쥘 수도 있습니다. 미래를 보십시오. 큰 그림을 그리셔야 합니다, 각하."

"그들을 이용하는 게 썩 좋은 생각이 아닐 수도 있어."

링컨의 침울한 표정 위로 한줄기 번뜩이는 지성이 스치고 지나갔다. 경고의 빛이라는 걸 깨닫고 보좌관은 즉각 입을 다물었다. 너무 앞서 나갔다. 겉으로 보기에 무식할 정도로 저돌적인 성향이 강한 대통령은 그러나, 실제로는 굉장히 치밀하고 신중한 성격임을 잠시 망각한 것이었다. 갬블 때문에 너무 들떠 있었던 탓이다. 보좌관은 슬쩍 문 쪽을 돌아보며 초조하게 고개를 끄덕였다.

"조심하겠습니다."

"입단속 잘하시게."

"예, 각하."

"갬블을 들이도록."

의자에서 일어나며 링컨이 빠르게 지시했다. 뜻밖의 말에 보좌관이 반색하며 두 눈을 크게 떴다.

"갬블을 만나보시겠습니까?"

"어쨌든 우리 정부는 그들에게 빚을 졌어. 빚은 갚아야 하는 법이지."

"지금 당장 갬블을 들이겠습니다."

철없이 들떠 있는 젊은 보좌관이 밖으로 나가자 링컨의 이마에는 더 많은 주름이 잡혔다. 뱀파이어가 보좌관의 말처럼 대단한 영물이라면, 인간의 탐욕과 야망이란 끝이 없음을 모르지 않을 것이다. 링컨이 도무지 이해할 수 없는 것은 바로 그것이었다. 자신이 뱀파이어라면 절대로 인간이라는 속물과는 거래하려 들지 않을 것이다. 이대로라면, 머지않은 미래에 뱀파이어들은 인간을 증오하고 환멸하게 될 것이 분명했다.

딸깍. 소리와 함께 갬블이 들어왔다.

아브라함은 커다란 집무실 책상을 돌아 나왔다. 갬블은 뱀파이어라는 단어가 주는 공포스러운 이미지와는 전혀 다른 남자였다. 단정한 검은 머리와 아름다운 푸른 눈을 가진 그는 누가 보아도 호감을 가질 만큼 매력적이었다. 또한 절대로 500년 이상 생명을 유지해 온 것 같지 않았다. 그는 갓 스무 살이 넘은 듯 아주 젊어 보였다.

"어서 오시오, 갬블 씨."

"뵙게 되어 영광입니다, 각하."

"내가 추진하는 헌법 개정안에 관심이 있다고 들었소만."

아브라함 링컨이 손을 내밀어 악수를 청하며 말했다. 차가운 지성과 절제된 야만성을 동시에 갖고 있는 링컨에겐 상대를 압도하는 힘이 있었다. 그를 대하는 사람들은 한결같이 쩔쩔매며 우물쭈물, 자신감을 잃었다. 그러나 이 뱀파이어는 달랐다. 그는 차가운 손을 뻗어 링컨의 손을 맞잡고 가볍게 흔들며 여유 있는 미소를 입가에 머금었다.

"노예제도를 철폐하겠다는 정치인이라면 우리 종족을 인간사회로 받아들이는 데에 주저함이 없을 것이라 판단했을 뿐입니다."

"그렇다면 유감이오. 나는 아직 당신네 종족을 받아들이기를 주저하고 있소."

링컨의 도발은 갑작스럽게 시작되었다. 손을 흔들던 움직임이 뚝 멎었다. 뱀파이어의 눈이 싸늘하게 번뜩였다. 그는 역사상 가장 사랑받았던 정치가의 눈에 시선을 꽂은 채 천천히 고개를 반대쪽으로 꺾었다. 번뜩임이 더욱 강렬해졌다.

"뭐라고 했소, 대통령 양반?"

나직하지만 충분히 거친 목소리가 뱀파이어의 입술 사이에서 흘러나왔다. 푸른 눈동자의 홍채가 어둡게 일렁인다 싶더니 순식간에 노란빛으로 변했다. 링컨은 짙은 눈썹을 가운데로 끌어 모았다. 바로 그때였다. 뱀파이어가 날카로운 이빨을 드러내며 링컨을 덮쳤다.

"크아아아아아—"

"헉!"

경주는 격렬하게 숨을 들이쉬며 번쩍 눈을 떴다. 정신없이 조느라 손으로 받치고 있던 고개가 책상에 꼬라박히기 일보 직전이었다. 경주는 두 눈을 미친 듯이 깜빡였다. 꿈속에서 보았던 것들이 잔상으로 남아 여전히 눈앞에서 어른거리고 있었다. 링컨과 뱀파이어. 대체 뭐지? 왜 이런 허무맹랑한 꿈을 꾼 걸까?

똑똑.

작은 소음이 경주의 집중력을 흩트렸다. 누군가가 그녀의 책상에 노크를 하고 있었다. 벌떡 고개를 들자 흐리멍덩한 시야로 웬 남자의 얼굴이 줌인되어 들어왔다. 낯선 남자였다. 아니, 정확하게 말하자면 낯설지는 않다. 적어도 처음 보는 사람은 아니었다.

가게에 가끔 오는 손님이었으니까. 외국인인 것 같기도, 아닌 것 같기도 한 독특한 외모 때문에 기억하지 못하래야 못할 수가 없었다.

"계산 안 해주실 겁니까?"

매끄럽고 느긋한 남자의 목소리가 멍한 경주의 뇌리에 격렬한 파문을 불러일으켰다.

'이 목소리는!'

그는 꿈속의 남자였다.

"피곤해서 그래."

서점 알바를 마친 이후부터 내내 도서관에서 자료들과 씨름을 하고 있던 경주는 마침내 고개를 들고 결론을 내렸다. 하루 종일 서점 일에도, 논문에도 집중하지 못하는 이유는 순전히 피곤해서라고. 수면 부족 탓이다. 논문에 몰두하느라 과로하기도 했고, 날마다 이어지고 있는 악몽 때문에 깊은 잠을 못 자기도 했다. 사람이란 원래 잠을 제대로 못 자면 환각을 경험하기도 하지 않은가. 링컨과 뱀파이어가 나오는 희한한 꿈을 꿀 수도 있고, 꿈속에서 들은 목소리를 현실의 것이라 착각할 수도 있을 것이다.

'그러니 그 남자가 어젯밤 꿈속 주인공이 아닐 확률이 더 높아.'

상식적으로 같을 수가 없었다. 그는 서점에서 두어 번 우연히 마주친 게 전부인, 말 그대로 낯선 인물이었다. 특별한 에피소드도 없을뿐더러 제대로 된 대화조차 나눈 적이 없는 남자를 상대로, 그토록 은밀한 꿈을 꾼다는 건 도저히 납득이 안 되는 일이었다. 목소리를 착각한 거다. 그것 외에는 달리 설명할 길이 없었다.

"피곤해서야. 그럼, 그럼."

딱딱하게 굳은 목 근육을 천천히 주무르며 경주는 중얼거렸다. 종일 정신이 산란해 그 어느 것에도 집중을 못한데다 자료검토에도 별다른 성과가 없다 보니 도저히 피로를 이길 길이 없었다. 온몸이 물 먹은 종이처럼 무거워지자 경주는 서둘러 가방을 정리했다.

"일단 먹자. 배를 채우다 보면 기분도 좋아지겠지."

7시 반. 마침 시계가 알바 시간이 임박했음을 알렸다. 오늘 과외는 9시부터 시작이기 때문에 수업 전에 미리 배를 채워둬야 했다. 경주는 저녁 메뉴인 라면을 먹기 위해 편의점으로 향했다. 편의점 직원과 몇 마디 잡담을 주고받으며 라면을 사고는, 물을 받기 위해 정수기와 테이블이 있는 곳으로 향했다. 그리고 그곳에서 경주는 요주 인물을 발견했다.

'또 그 남자잖아!'

몇 시간 전 두꺼운 전문서적들을 사던 남자 손님! 그는 테이블에 앉아 책을 읽으며 샌드위치를 씹고 있었다. 낮에 보았던 것과 같은 슈트 바지에 흰 와이셔츠 차림으로, 소매를 팔뚝 위까지 걷고 있는 모습으로 보아 다른 일을 하던 와중 편의점에 잠시 들른 듯하였다.

남자는 평소처럼 검고 두터운 테의 안경을 끼고 있었다. 안경을 벗으면 외모가 좀 더 돋보일 텐데 아쉽단 생각이 잠깐 스쳤다. 다른 사람들이 썼다면 분명 꺼벙해 보였을 커다란 안경인데도 그에 겐 섹시한 아이템처럼 느껴질 정도이니, 확실히 외모적으로 훌륭한 골격과 외피를 갖고 있는 남자임은 분명했다.

전체적으로 그는 상당히 서구적인 인상을 가졌다. 고개를 숙인 덕에 이마 위로 드리워진 머리카락은 석탄처럼 새까맸고, 피부도 완벽한 동양인인 자신보다 거무스름했지만, 그래 봤자 볕에 잘 그을린 섹시한 서양인으로밖에 안 보였다. 물론 입을 열기 전까지만 그렇다는 뜻이다. 입을 열고 말을 하기 시작하면 사람들은 자신의 판단력에 의심을 갖게 된다. 그는 외국인이라고 하기엔 너무 심하게 한국말을 잘했다. 원어민 수준. 결론은, 둘 중 하나라고 경주는 생각했다. 이곳에서 나고 자란 외국인이나 혼혈이거나 외국인처럼 생긴 한국인이거나.

"으으응……!"

갑자기 신음 소리가 귓전에 울렸다. 환청이었다.

어젯밤 꾸었던 꿈이 눈앞에 펼쳐졌다. 물컹하고 따뜻한 남자의 혀가 그녀의 은밀하면서도 비밀스런 곳으로 들어오던 기억이 흐릿해진 정신 속으로 엄습해 왔다. 남자의 손안에 쥐어진 채 양쪽으로 한껏 벌려진 새하얀 허벅지. 그 사이에 자리한 남자의 머리. 단박에 아랫도리가 욱신거리기 시작했다. 손발이 가늘게 떨려왔다. 심장이 움찔거리고 아랫배가 요동쳤으며 정신이 몽롱해졌다.

"아홍……."

저도 모르는 사이 입에서 신음이 흘러나오자 경주는 서둘러 입술을 깨물었다. 사람들 지나다니는 공공장소에서 이런 상상을 하다니 도무지 믿어지지가 않았다. 그러고도 모자라 신음까지 내뱉으려 하다니!

정말 미쳤나 보다. 내가 왜 이러지?

미친 짓이라고 생각하면서도 그녀는 도무지 멈출 수가 없었다. 멈추어지지가 않았다. 아무리 발버둥을 쳐도 그녀는 환각 상태에서 빠져나올 수가 없었다. 마치 누군가가 조종하는 것처럼 그 자리에서 꼼짝하지 못한 채 사로잡혀 있었다. 어느덧 환영 속에서, 남자의 손가락은 흥분하여 옴쭉거리는 경주의 꽃잎을 정성스럽게 쓰다듬고 있었다.

달콤한 즙을 흘러내는 그곳은 선명한 분홍빛으로 달아올라 있었다. 가운뎃길을 연신 문질러 촉촉하고 나긋나긋하게 적시던 남자의 손끝은 한순간 쿡, 섬세한 안쪽을 찔렀다. 그녀의 작은 홀은 격렬하게 움찔거렸다. 아주 조금 들어왔을 뿐인 손가락을 물고 빨아들이며 열렬히 환영했다. 더 깊이 들어와 달라고 애원했다. 그러나 손가락은 깊이 들어와 경주의 안과 욕구를 채워주는 대신 슬그머니 빠져나와 또다시 완벽하게 펼쳐진 꽃잎을 부드럽게 문질렀다. 연약하고도 섬세한 살결을 따라 느릿느릿. 미끄럼을 타듯 매끄러운 액체 위로 달콤하게.

"으으으음……."

허리를 튕기며 경주는 남자를 초대했다. 제발 넣어달라고 격렬하게 요구했다. 남자는 그런 경주를 놀리듯 태평하게 손가락 끝으로 빙글빙글 원을 그리며 그녀로 하여금 좌절하게 만들더니, 드디어 천천히 홀 속으로 들어오기 시작했다. 손가락 끝마디가 좁은 틈을 통과하자, 그 뒤부터는 빨려 들어가듯 깊은 곳까지 단번에 미끄러져 들어갔다. 그는 손끝을 동글게 말고 서서히 리듬을 탔다.

"아, 아!"

깊숙이 잠겼다가 끝까지 빠져나왔다. 탐욕스러운 여성은 그를 온전히 삼켰다가 내뱉었다. 속도는 점점 빨라졌고 경주의 비명 소리도 빨라졌다. 여성과 손가락의 마찰이 격렬해질수록 쾌감이 진해지고 음수(淫水)가 넘쳐 났다. 온몸이 열감에 휩싸여 경주는 참을 수가 없는 지경에 이르렀다. 경주는 허리를 뒤틀고 고개를 좌우로 흔들며 비명을 질렀다. 욕망에 전복된 채 날카로운 쾌통을 느끼며 소리쳤다.

"아아아아아……!"

그의 물건은 장대했다. 한 번도 본 적이 없는, 길고도 두꺼운 것이었다. 이 거대함이 몸속으로 들어온다고 생각하니 방금 전까지 손가락을 머금었던 다리 사이가 격하게 떨려오기 시작했다. 경험이 없는 여자로서 겁을 내야 정상이건만 이상하게도 전혀 무섭지가 않았다. 오히려 그저 바라보는 것만으로도 온몸이 달아오르면서 전율이 일었다. 스스로가 음탕하다 느껴질 만큼 그녀는 흥분하고 있었다.

"고통은 없어. 여기선 쾌락만이 존재하지."

남자가 중얼거렸다. 그리고는 차가운 손으로 그녀의 턱을 들어올려 눈을 맞추었다. 노란빛을 띠는 황갈색 눈동자. 묘하게 번뜩이는 노란 눈. 홀린 듯 경주는 그 눈을 바라보았다. 경외하는 듯한 경주의 시선을 받으며 남자는 미소를 지었다.

"이제부터 그걸 느껴보도록 해."

커다란 남자의 손이 그녀의 허벅지를 감싸 쥐고는 위로 추켜올렸다. 거의 동시에 거대한 양물이 좁디좁은 경주의 내부를 찢을 듯이 거칠게 파고들어 왔다.

완벽하게 드러난 붉은 꽃잎을 가르고 불쏘시개처럼 들이닥친 것은 격렬한 쾌감이었다. 거칠게 흔들리는 남자의 허리. 조금의 부드러움도, 망설임도, 배려심도 찾아볼 수 없는 그의 움직임은 마치 약탈자와 같았다. 침범하고 또 침범했다. 그녀를 차지하고 또 차지하여 쾌감에 요동치게 했다. 음탕한 욕구에 흠뻑 빠져들어 결국은 야생마처럼 날뛰게 했다.

경주는 비명을 질렀다. 짐승처럼 울부짖으며 그를 물고 조였다. 그를 품은 채로 허리를 빙글빙글 돌렸다. 강하고도 부드러운 웨이브를 만들며 허리를 꿈틀거리기도 하였다. 그를 자극할 수 있는 방법이란 방법은 모조리 썼다. 그가 이성을 잃고 미친 속도로 찔러댈 때까지. 철퍽철퍽. 살과 살이 부딪치며 색정적인 소리를 만들어냈다. 아우토반을 달리는 스포츠카처럼 그는 쉴 새 없이 몰아쳤다.

"민경주!"

절정이 다가오자 그는 황갈색 두 눈을 번쩍이며 거칠게 포효했다.

경주는 자신의 몸 안에 정액을 뿌리는 그의 목덜미에 입술을 대고 씩 사악한 미소를 지었다. 길게 튀어나온 이를 날카롭게 드러낸 그녀는 다음 순간 남자의 목덜미를 찍어 내렸다.

"헉!"

흠칫. 몽상에서 깨어난 경주는 저도 모르게 입술을 벌리며 숨을 헐떡였다. 남자를 상대로 섹스 생각을 하다니. 정말로 어떻게 된 걸까? 공부를 너무 열심히 한 나머지 드디어 돌아버린 걸까?

섹스 망상으로 확인된 사실은 몹시도 절망적이었다. 어젯밤 꿈에 보았던 남자가 바로 저 사람이라는 게 확실해진 것이다. 목소리, 체취, 손길도 어젯밤 남자와 똑같았다. 얼굴 확인이 제대로 안 됐던 어젯밤 꿈과는 달리 이번엔 얼굴을 아주 똑똑히 보았다. 저 남자가 확실했다. 스물여덟 평생 남자를 모르고 살아온 민경주가 특정 한 남자를 상대로 낯부끄러운 욕정을 품고 있는 것이다.

"말도 안 돼. 이건 진짜 말이 안 되는 일이야. 내가 왜? 저 사람을 왜?"

혼잣말을 중얼거리며 경주는 거칠게 뒤를 돌았다. 당장 이곳에서 벗어나야만 했다. 계속 여기 있다가는 자신이 무슨 일을 저지를지 모를 일이었다.

"혹시……."

막 걸음을 떼려는 순간이었다. 남자의 묵직한 목소리가 발목을 잡았다. 등골이 찌릿해졌다. 자신의 몸속으로 들어오며 씩씩거리던 남자의 숨소리가 생생하게 떠올랐다.

"서울서점 직원분?"

무시하라고, 달아나라고, 최대한 그에게서 멀어지라고, 이성이 경고했다. 그럼에도 불구하고 경주는 천천히 몸을 돌려 그를 마주하고 있었다. 문제의 남자는 1m도 채 떨어지지 않은 곳에 서서 경주를 내려다보고 있었다. 그는 심지어 키마저도 컸다. 185cm는 거뜬히 넘을 것 같았다.

"아…… 아까 그 손님이시군요?"

빙긋 웃으며 자연스럽게 대응했다. 경주는 마음속으로 안도의 한숨을 내쉬며 잘했다고 스스로를 칭찬했다.

"여긴 어쩐 일이시죠? 혹시 우리 대학 학생?"

"네, 그럼 그쪽도……?"

"내가 그렇게 어려 보여요?"

그가 알쏭달쏭한 미소를 지어 보였다. 터무니없다는 듯 말하는 이 남자는, 사실 아무리 후하게 쳐줘봤자 서른 이상은 들어 뵈지 않았다. 만약 그의 나이가 서른 이상이라면 엄청난 동안이라고 말할 수 있었다. 경주는 불안정한 호흡을 조절하며 간신히 아무렇지도 않은 척 물을 수 있었다.

"설마 교수님은 아니시죠?"

"강의를 하고 있으니 교수가 아닌 것은 아니죠."

"그, 그러세요? 실례했습니다, 교수님. 제가 잘 모르고……."

"괜찮아요."

정말로 크게 개의치 않는 듯 그가 비스듬히 웃으며 어깨를 으쓱했다. 입술 끝이 말려 올라가면서 묘한 분위기를 자아내는 미소다. 비웃는 것 같기도, 야유하는 것 같기도 한. 그 의미가 무엇이든 간에 거기엔 섹슈얼한 에너지가 함께였다. 안경 너머의 신중한 눈동자가 경주를 뚫어져라 바라보자 경주는 마른침을 꼴깍 삼켰다. 검은 눈. 꿈과는 사뭇 다른 눈이었으나 그 눈을 마주하자마자 잠시 멀쩡했던 심장이, 손발이, 조금씩 차가워지며 떨리기 시작했다.

"여기."

육감적인 그의 입술이 움직였다. 내내 남자의 눈동자에 사로잡혀 있던 경주는 황급히 시선을 끌어내려 그가 내민 것을 보았다. 명함이었다.

—서울대학교 심리학 교수
윤이안.

"윤이안······."
"그쪽은?"
대수롭잖은 어조로 그가 질문해 왔다. 경주는 명함 위를 내달리던 시선을 들어 그를 바라보았다. 천장 조명등의 불빛에 이안의 안경이 번쩍거렸다. 새하얗고 눈부신 섬광 사이로 그의 눈을 본 것도 같았다. 짜릿한 느낌이 발끝에서부터 올라와 곧장 다리 사이를 공략했다. 갑작스런 감각의 폭풍에 흠칫 놀라 경주는 두 주먹을 꽉 틀어쥐었다.
"사학과 박사과정 밟고 있는 민경주라고 합니다."
"논문 준비 중이에요?"
"네······."
"앞으로 자주 보겠군요. 나도 최근에 연구해야 할 주제가 생겨서 이곳에······ 종종 오게 될 것 같거든요."
그가 일부러 말끝을 늘이며 야릇한 어조로 중얼거리더니 히쭉 눈웃음을 지었다. 심장이 벌컥거리며 뛰었다. 순수한 욕망의 집결지가 욱신거리며 흔들렸다. 가슴이 부풀어 오르고 그 정점은 단단하게 뭉쳐졌다. 몸에 열이 오르면서 손발이 제어할 수 없을 만큼 덜덜 떨려왔고, 온몸에서는 힘이 쭉 빠져 제대로 서 있을 수도 없을 지경이었다.

오르가슴이었다. 섹스할 때나 찾아오는 절정의 순간이 처녀인 그녀의 몸을 휘감고 있었다. 그 어떤 남자도 받아들인 적 없는 순결한 여성이 이토록 빠르고 격렬하게 오르가슴을 맞이할 수 있는 것일까. 몸이 말을 듣지 않았다. 제어하려 해도 흥분감이 잦아들지 않았다. 발정 난 암컷 동물 같다고, 경주는 미친 듯이 떨며 생각했다.

"으흣……."

참아내는 데 성공하지 못한 경주가 기어이 옅은 신음을 흘리며 비틀거렸다. 도움의 손길이 다가와 그녀를 붙잡았다.

"괜찮아요?"

윤이안의 목소리가 공기 중을 타고 부드럽게 울려왔다. 온몸이 성감대가 되어버린 경주는 진저리를 쳤다. 자신을 온몸으로 짓누른 채 맹렬히 허리를 흔드는 윤이안의 나체가 선명하게 눈앞을 스치고 지나갔다. 자궁이 파르르 경련을 일으켰다.

"괘, 괜찮……."

괜찮다고 말하려고 했으나 끝맺을 수가 없었다. 힘없이 눈을 들어 그를 바라보는 순간, 안경에 반사되는 빛 때문에 제대로 볼 수 없었던 그의 눈동자가 한순간 완벽하게 보였기 때문이었다. 그의 눈동자는 금색이 감도는 황갈색이었다. 온몸이 오싹해지면서 소름이 끼쳤다.

"미쳤나 봐. 아무래도 내가 미, 미친 것 같아. 도대체 왜 이러지?"

힘없이 중얼거리는 그녀는 사시나무 떨 듯 떨었다. 이안은 그녀의 허리를 팔로 감고 끌어당겨 안으며 속삭였다.

"내게 기대요."

벨벳처럼 감아오는 나른한 음성. 꽃잎들이 더욱더 맹렬히 떨어댔다. 윤이안의 나체가 맹수처럼 격렬히 자신을 유린하는 광경이 또다시 스쳐 지나갔다. 경주는 그의 아래에서 떨고 있었다. 바로 이렇게 쾌감에 휩싸인 채로. 경주의 자궁은 실제로 그를 맞이하는 것처럼 매번 더 빠르고 격렬하게 조여들고 있었다.

"아, 안 돼요……."

간신히 중얼거렸다. 그리고는 겨우겨우 그를 밀어내고 반듯이 섰다. 들고 있던 물건이 모조리 바닥으로 떨어졌다. 그런데도 경주는 아랑곳하지 않고 편의점 문을 박차고 달렸다.

윤이안에게서 최대한 멀리 도망치라는 이성의 경고를 드디어 받아들인 것이었다.

제2장 동물적 감각

　신기하게도 그날 밤, 경주는 꿈속에서 자신이 꿈을 꾸고 있음을 희미하게나마 의식하고 있었다.

　한 번도 와본 적도 없는 곳, 고통도 상념도 없는 우주의 한 공간 같은 곳에 와 있었다. 온통 주위는 어두웠고 한줄기의 빛이 천상으로부터 내려와 제단처럼 높이 솟아올라 있는 침상 하나를 비추고 있었다. 경주는 바로 그곳에 있었다. 알몸으로. 윤이안과 함께. 그 역시 실오라기 하나 걸치지 않은 몸이었다. 그들은 침상 위에 뒤엉켜 서로를 탐하고 있었다.

　"널 원해……."

　소박하게 봉긋 솟은 경주의 가슴을 길게 핥으며 그가 속삭였다. 반대쪽 손이 나머지 가슴을 괴롭혔다. 꽉 틀어쥐고 둥근 원을 그리며 문지르다가 손가락으로 딱딱한 정점을 꼬집듯 비틀었다. 경주는 나지막한 신음을 흘리며 허리를 휘었다. 찌릿한 감각의 전류가 가슴 끝에서부터 곧장 허리 아래쪽으로 뻗어갔다.

"감당할 수 없을 만큼 많이."

욕구의 폭우 속에 갇힌 짐승처럼 그가 으르렁거렸다. 그 누구도 아닌 자기 자신에게 하는 말이란 걸 경주는 어렴풋이 느낄 수 있었다. 그도 자신처럼 제 몸이 일으키는, 이해할 수 없을 정도로 강렬한 화학적 반응이 마음에 들지 않는 게 틀림없었다. 그렇다고 생각하니 짐짓 미소가 지어졌다. 마음에 들었다. 자신 혼자서만 그에게 은밀한 욕구를 품고 있는 게 아니라는 사실이. 그들은 서로에게 욕망하고 있었다.

"원한다면 가져요."

쾌락에 한껏 젖은 쉰 목소리로 속삭이며 경주는 자신의 가슴을 두 손으로 받쳐 올렸다. 탐스러운 젖가슴이 코앞에 진상되자 그는 망설이지 않고 동그랗게 말려 있는 꼭지를 입안에 넣었다. 그는 입속에 들어온 열매를 이로 긁고 혀끝으로 누르거나 문지르다, 이윽고 격하게 빨았다. 즉각 경주는 발작적으로 등허리를 들어 올리며 신음했다.

"흐읏!"

강인한 두 팔이 날씬한 경주의 허리를 더욱 세게 휘감았다. 이미 자궁 속으로 들어와 완전하게 자리를 잡은 그의 몸이 천천히 색욕의 리듬을 타며 움직였다. 살이 맞닿은 곳에서 마법처럼 쾌감이 피어올랐다. 느리게 시작한 리듬은 점점 더 빨라졌고 어느덧 경이로울 정도에 올라섰다. 경주의 감각은 순식간에 떠올라 더 높은 곳을 향해 더 위로, 위로 뻗어갔다.

클라이맥스에 다다를 즈음, 그가 갑자기 속도를 늦추었다. 그는 너무 흥분해 버린 경주를 달래듯 혓바닥을 넓게 펴 가슴 밑동에서부터 둔덕까지 핥아 올라갔다. 길게, 또한 아주 느리게. 실핏줄이 보일 정도로 새하얀 가슴살과 민감해질 대로 민감해진 유륜을 차례대로 정성스럽게 핥아갔다. 잠시 소강상태로 접어들었던 경주의 호흡은 또다시 가빠졌다.

헉, 헉, 헉.

숨이 차올라 경주는 정신없이 호흡했다. 그의 손길로 인해 부풀어 오른 가슴이 허공에서 흔들렸다. 그것을 그의 혀가 세차게 휘감아 흡착한다.

추릅, 추르릅.

야한 소리가 야릇하고도 탐욕적인 분위기를 만들었다. 경주는 환락에 젖어 몽롱해진 정신으로도 희미하게 느꼈다. 그는 여전히 욕구를 풀지 않은 채 단단히 들어와 있었다. 경주는 그를 꽉 조이며 숨을 헐떡였다.

"제발, 어서 날…… 가져요…….."

그가 번쩍 고개를 들었다. 황금빛 눈동자가 또릿한 시선으로 경주를 내려다보았다. 온 신경을 경주에게만 집중한 듯 시선은 강렬했다.

"난 널 가질 수 없어."

"왜요?"

"가져선 안 되니까."

"하…… 하지만 이미 가지고 있잖아요."

"이건 꿈이야."

차갑기만 했으나 경주는 그의 황금빛 눈동자에서 눈을 뗄 수가 없었다.

"모든 건 허상이지. 이것도."

그가 젖무덤을 쥐고 격렬하게 주무르는데도.

"이것도."

손가락으로 한껏 벌어진 꽃잎 속을 헤치는데도.

"그리고 이것도."

숨어 있던 붉은 루비를 문지르며 괴롭히는데도. 경주는 그를 밀어낼 수 없었다.

"꿈이기에 우린 뭐든 할 수 있지. 현실이 아니니 상관없는 거야."

"아아······!"

그와 눈을 맞춘 채로 경주는 신음을 흘렸다. 잠시 멈추었던 침략의 움직임이 다시 시작되고, 그가 세차게 부딪쳐 왔다. 그의 행위에는 달콤함도 다정함도, 섬세함도 없었다. 그저 본능과 탐욕만이 넘실거릴 뿐. 파괴적이리만치 거친 담금질이 빠른 속도로 이어지자 좁디좁은 자궁은 성마르게 욱신거렸다. 강렬하면서도 긴 수축과 이완은 그를 압살하고도 남을 만큼 어마어마한 위력을 발휘했다. 그는 동물적인 신음을 흘리며 더욱 빠르게 침잠해 들어갔다.

"아아아!"

강하게 떨어지는 그의 하반신을 받아들이며 경주는 비명을 질렀다. 극도의 자극을 받은 경주의 여성은 한껏 달아올랐다. 당장이라도 사정해 버릴 것처럼 한껏.

"넌 특별해."

그가 색스러움의 결정체인 입술을 움직여 속삭이고는 경주의 입술에 키스를 했다. 눈물이 나도록 다정한 입맞춤이라고, 경주는 멍하게 생각했다. 싸한 통증이 가슴을 스치고 지나가면서 갑자기 울고 싶어졌다. 그가 왜 이런 말을 하는지, 왜 자신이 이렇게 절절한 심정이 되는지, 전혀 알 수 없었지만 그런 기분이 들었다. 빠르게 움직이던 그의 하반신이 이제 느리고 깊숙하게 들어와 자리를 잡았다.

"씨앗 보존의 능력을 타고난 존재. 미래지."

그가 경주를 강하게 끌어안으며 알 수 없는 말을 중얼거렸다. 185cm가 넘는 거구의 아래에서, 누에고치처럼 자신을 감싼 근육질의 강한 팔뚝 안에서, 경주는 편안함을 느꼈다. 미소를 지으며 눈을 감았다. 그리고는 자궁 속으로 강렬하게 주입되는 그의 정액을 받아들였다.

"넌 무엇이든 가질 수 있다."

그의 입술이 경주의 목덜미를 빨았다. 혓바닥에 연약한 살결이 흡착되자 경주는 또다시 정염이 타오르는 것을 느꼈다. 그녀는 격렬하게 헐떡이며 자궁을 힘껏 수축해 그를 쥐어짰다.

"읏!"

그의 입에서 신음성이 흘러나왔다. 덫에 걸린 짐승처럼 고통스런 크르렁 소리도 터졌다. 그의 분출이 더욱 극렬해졌다. 세찬 물줄기가 그치지 않고 자궁 안에서 요동을 쳤다. 온몸이 터질 것만 같은 쾌감이 경주를 에워쌌다. 기분이 몹시도 좋아졌다. 그녀는 지상 최대의 오르가슴을 느끼며 그의 등을 꼭 끌어안았다.

다 가질 거야. 이 남자에 관한 거라면 뭐든 다.

경주는 여전히 자신의 안에서 분출하고 있는 그의 하반신을 날씬한 다리로 휘감았다. 느릿느릿 허리를 위아래로 흔들었다. 희미하지만 절박함이 묻어나는 신음 소리가 그에게서 또다시 흘러나왔다. 나른한 만족감에 취해 그녀는 싸악 미소를 지었다.

그때 반짝, 하고 날카로운 이가 드러났다. 경주는 헉헉거리는 그의 귓가에 대고 허스키하게 속삭였다.

"난 당신이 아니면 아무도 안 가져."

다음 순간이었다.

경주의 이가 그의 목덜미에 콱, 소리를 내며 박혔다.

"안 돼!"

경주는 세차게 고개를 내저으며 눈을 떴다. 어둠이 현실과 함께 그녀의 각막을 쳐들어왔다.

방 안. 침대 위. 땀으로 범벅이 된 몸.

모든 게 꿈이었다는 강한 안도감이 찾아왔다. 훅, 뜨거운 숨을 내쉬며 몸을 일으켰다. 하지만 심리적 편안함은 오래가지 못하였다. 얼굴에 달라붙은 머리카락을 천천히 떼어내며 비교적 어두운 실내를 훑고 있자니 외로움이 고통스럽게 그녀를 죄어왔다. 혼자. 생모로부터 버림받은 4살 이후부터 쭉 그랬던 것처럼 지금 그녀는 완벽한 혼자였다.

"도대체 왜 이러지? 자꾸…… 왜?"

혼잣말을 중얼거리며 경주는 천천히 다리를 끌어내려 침대에서 빠져나왔다. 주르륵, 몸 안에서 무언가가 쏟아지는 느낌이 들었다. 생리인가? 잠시 의심해 보았으나 그건 지난주에 이미 끝이 났다는 사실이 떠올랐다. 다시 시작하기엔 날짜 간격이 너무 좁았다.

"맙소사!"

욕실로 줄달음질 친 경주는 곧바로 불편한 진실과 맞닥뜨렸다. 팬티에 묻어난 것은 피가 아니라 질액이었다. 여성이 성적으로 흥분하거나 오르가슴을 느끼게 되면 질 내에서 분비되는 것. 성적 흥분으로 체온이 상승하면 질벽에서 땀처럼 흘리는 바로 그것! 그녀는 섹스 꿈을 꾼 것도 모자라 실제로 흥분하여 애액을 흘리고만 것이다. 그것도 아주 흠뻑.

"정말 돌아버리겠네."

어떻게 이런 일이 있을 수 있을까. 윤이안이 특별히 잘생기고 특별히 섹시한 남자라는 걸 부인할 생각은 없다. 여성으로서 그를 상대로 손톱만큼의 매력도 못 느꼈다는, 되도 않는 억지를 부릴 생각도 결코 없다. 여자라면 누구나 윤이안처럼 멋진 남자를 보면 몸과 마음이 동하기 마련이다. 사랑 따위 해본 적도, 할 생각도 없는 경주이지만 그녀도 여자이기에 당연히 혹했던 것이 사실이다. 하지만 아무리 그래도 그렇지. 지금껏 단 한 번도 남자가 아쉬워본 적 없는 자신이 갑자기 이럴 이유는 없다. 마치…… 마치 발정난 암컷 짐승 같지 않은가.

심지어 오늘 꿈엔 늘 나타나던 양부도 없었다. 틈만 나면 꿈에 나타나 자신을 괴롭히던 양부가 오늘은 그림자조차 보이지 않았다. 오로지 윤이안뿐이었다. 온통 그 남자만이 그녀의 뇌리를 선명하게 장악하고 있었다.

"널 원해. 감당할 수 없을 만큼 많이……."

연신 파고들던 그의 모습이 너무나도 생생하게 떠올랐다. 매끄러우면서도 단단했던 그의 감촉도, 가슴을 휘감아 빨아올리던 혀의 느낌도, 연한 속살을 헤집고 달콤한 공격을 퍼붓던 그것의 이물감도. 심지어 알몸 위를 뜨겁게 타고 내리던 땀방울마저도 손에 잡힐 듯하다.

그것은 짐승의 교접과도 같은 원초적이고 색욕적인 행위였다. 공부, 삶, 목표에 치중하며 살아온 사학도, 민경주의 인생에선 일찍이 찾아볼 수 없었던, 오로지 욕망에만 충실한 정사. 행위 그 자체에 목적과 의미를 둔 동물적 결합. 자신의 뇌가 감히 이런 짓들을 꿈꿨다는 사실이 경주는 믿어지지 않았다. 그런 섹스를 한 번도 해본 적도, 본 적도 없었는데 대체 어쩌다가 그런 꿈을 꿨단 말인가!

기가 막혀 하며 경주는 찝찝한 팬티를 벗어 빨래통에 넣어버리고는 셔츠만 입은 채로 욕실을 나왔다.

"남자를 만나야겠어. 당장 소개팅이라도 해서 키스든 섹스든, 뭐든 해야지. 이대로 있다가는 정말 미쳐 버릴 것 같아. 아니, 이미 미쳤는지도 모르지."

진짜 미친 사람처럼 혼잣말을 중얼거리다가 우뚝 걸음을 멈추었다.

"이 아이는 미쳤어요."

귓가에 싸늘하고도 도도한 여인의 음성이 들려왔다. 번쩍, 하고 과거의 영상 하나가 눈앞을 스치고 지나간다.

"이런 미치광이를 도대체 어떻게 케어하라는 거예요? 우린 못해요. 파양하겠어요."

"아이는 부군께서…… 큼큼! 그러니까 일종의 성추행을 시도했다고 주장하고 있습니다."

"이봐요! 그 애가 내 남편한테 무슨 짓을 했는지 보고도 그런 말을 하는 거예요? 걔는 사람이 아니에요. 짐승이에요, 짐승! 성인 남자의 팔뚝을 살점이 떨어져 나갈 정도로 물어뜯는 아이가 어떻게 인간이에요? 괴수고 괴물이지. 그 아이가 짐승처럼 울부짖는 소릴 들었다는 증인이 다섯 명이나 됩니다. 입가에 피를 묻히고 두 눈을 희번덕거리는 아이를 목격한 사람만 둘이에요. 내 남편은 괴물한테 당한 겁니다. 그 아인 정신병원에 격리 조치해야 한다고요. 아시겠어요?"

"아이의 말대로 성추행이 있었다면 이해할 만한 상황이라고 생각합니다."

"정말 기막혀 돌아가시겠네. 이보세요, 사회복지사 양반. 똑똑히 들으세요. 내 남편은 수년간 사회 발전에 공헌하고 있는 유력한 지방 유지예요. 내 남편이 경제적으로 사회적으로, 얼마나 대단한 위치에 있는지 굳이 내 입으로 말해야 하나요? 얼마나 믿고 신뢰할 수 있는 사람인지 증명해 줄 수 있는 사람들, 내가 직접 데려와요? 국회의원, 시장, 경찰서장, 말만 해요. 그 사람들 모두가 내 남편의 신분과 인격을 보장해 줄 거니까요. 그깟 일곱 살 먹은 고아 계집의 말보다는 그분들의 증언이 훨씬 신뢰성 있지 않나요?"

"……."

"내가 충고 하나 하죠. 그 계집애, 다른 곳에 입양 보낼 생각 추호도 하지 마세요. 선천적으로 폭력적이고 잔인한 성정을 가진 아이입니다. 언제 또다시 사람을 물어뜯고 죽이려 들지 몰라요. 분명 누구 하나 죽이고 말 겁니다."

경주를 처음 보자마자 인형처럼 예쁘고 귀엽다며, 이렇게 귀티가 나는 애라야만 자신의 딸이 될 자격이 있다며, 매우 흡족해하던 여인은 입양한 지 1년 만에 파양을 결정하였다. 경주가 미쳤다는 이유를 들어. 경주의 폭력성으로 인해 남편이 다쳤다는 이유를 들어. 자신의 대단한 남편이 소아성애자라는 사실은 절대로 믿으려 들지 않았다. 오직 남편의 팔이 잔인하게 헤집어진 모습에 놀라고 경악할 따름이었다. 눈에 보이는 폭력보다도 더 무서운 폭력이 베일에 가려져 있음을 알아볼 만큼 영리하지 못했던 것이다.

'안타까운 일이야.'

그때 경주의 말에 조금이라도 귀를 기울였더라면, 어쩌면 그 여인은 훗날 닥친 비극을 피할 수 있었을지도 몰랐다. 경주를 파양한 해로부터 10여 년이 지난 어느 날, 그녀는 남편이 자신의 친딸을 강간하는 장면을 목격하고 말았다. 그 돼지는 아내가 돌아온 줄도 모르고 친딸을 강간하다 결국 아내의 손에 죽음을 맞이했다. 그녀는 현재 남편을 살인한 죄로 복역 중이고, 그 딸은 아버지의 자식을 낳아 기르고 있었다.

경주는 한때 매스컴을 떠들썩하게 만들었던 비극적인 살인사건을 떠올리며 조용히 한숨을 내쉬었다. 그때 자신이 더 적극적으로 소명하였더라면, 그래서 돼지 새끼의 죄를 모조리 밝혀냈더라면, 그 처절한 비극을 막을 수 있었을지도 모른다는 생각이 그녀의 양심을 강박했다. 당시 겨우 일곱 살의 고아였던 자신은 아무것도 할 수 없었노라고, 슬그머니 면죄부를 주어보았으나 무의식을 옥죄어오는 죄책감은 쉽게 떨궈지지 않았다. 악몽은 그래서 더 처절했고 지옥 같았다.

"잊어버려, 민경주. 네 잘못이 아니야. 그 사람들이 네 말을 믿지 않아서 벌어진 일이잖아."

성마른 한숨이 터져 나왔다. 아무래도 오늘도 제대로 자긴 틀린 것 같다. 책이라도 꺼내 읽어야겠다. 어둠 속에서 경주는 벽에 붙어 있는 작은 책상으로 다가갔다. 스탠드 등을 켰다. 은은한 빛이 책상 위로 펼쳐졌다. 작은 책장을 살피며 경주는 읽을 책을 찾아보았다. 손가락이 높이에 맞게 가지런히 꽂혀 있는 책 모서리를 훑었다. 두두두둑 소리를 내며 책들을 스쳐 가던 손가락은 금장을 두른 붉은색 하드커버 위에 딱 멈췄다.

에밀리 브론테의 〈폭풍의 언덕〉. 바람도 세차게 부는데 이거나 읽어야지, 생각하며 경주는 씩, 미소를 지었다.

그러나 미소는 곧 얼어붙었다. 바람이 세차게 부는 걸 자신이 어떻게 알고 있는 걸까? 경주는 멍하게 고개를 들어 창가를 보았다. 창문이 열려 있었다. 훨쩍. 아주 훨쩍.

"언제 열렸지? 내가 열어놓고 잤나?"

늘 집에 들어와 창문을 열고 환기를 시키기는 하나 오늘은 창문을 연 기억이 없었다. 열지 않았다는 기억도.

"너 진짜 정신을 어디다 놓고 사는 거니, 민경주?"

스스로가 한심하게 느껴져 경주는 혀를 차며 창문을 닫고 문단
속을 하였다. 그리고는 골라뒀던 책을 들고 서둘러 잠자리에 들었
다. 잠시 후 민경주의 오피스텔은 정적에 휩싸였다. 책에 빠져들
었든지, 다시 잠 속으로 빠져들었든지 둘 중 하나일 것이다.

대롱대롱, 오피스텔 건물 난간에 매달려 있던 이안은 그녀가 다
시 빠르게 잠 속으로 빠져들고 있음을 알았다. 그냥 알았다. 민경
주의 뇌파는 아직 자신의 것과 연결이 되어 있었다. 어떻게 했는
지는 중요하지 않았다. 이안은 태어날 때부터 그런 능력을 갖고
태어났다. 손가락 다섯 개를 2—2—1로 벌릴 수 있는 인간이 있
고, 없는 인간이 있듯이 이안도 자연스럽게 상대의 무의식을 읽을
수 있었다. 또한 그 안으로 들어가 원하는 환상을 만들어낼 수도
있었다. 그 속에서 그는 완벽하게 자유로웠다.

민경주가 꿈조차 없는 완벽한 수면 상태로 접어들자 이안은 난
간 아래로 소리 없이 착지했다. 꽤 높은 거리였음에도 이안은 마
치 계단 하나 내려온 것처럼 숨소리조차 흐트러지지 않은 상태였
다.

그는 칠흑처럼 검은 코트를 휘날리며 어둡고 음침해진 뒷골목
을 유령처럼 고요히 걸어 유유히 그 자리를 빠져나갔다.

짤랑. 손님이 왔음을 알리는 종소리가 울리자 경주는 책을 들여
다보고 있던 고개를 들었다. 키가 큰 남자 손님이 서점 안으로 들

어서고 있었다. 윤이안, 그 사람이었다. 삐릿삐릿 경고음과 함께
그녀의 신경조직이 예민하게 곤두섰다. 저도 모르게 경주는 전광
석화와 같은 동작으로 의자에서 내려와 책상 밑으로 숨었다.

경쾌한 딸랑거림은 서서히 잦아들었다. 경주는 미간을 찌푸리
며 귀를 쫑긋 세웠다. 아무 소리도 안 들렸다. 가버렸나? 그래, 그
랬을지도 모른다. 사람을 보고 숨는 짓은 무척이나 유치하고도 무
례하니까. 너무 황당하고 불쾌해서 뒤도 돌아보지 않고 나갔을지
도 모른다. 경주는 저도 모르게 잔뜩 움츠리고 있던 몸을 천천히
펴며 정찰을 위해 거북이처럼 고개를 쑥 뺐다.

"뭐 해요?"

고개를 채 다 빼기도 전에 눈이 마주쳤다. 그가 큰 키를 이용해
몸을 굽혀 경주를 거의 직각으로 내려다보고 있었다. 경주는 어색
하게 웃음을 흘리며 절대로 그를 일부러 피할 의사가 없었음을 전
달하려 했다. 하지만 안타깝게도 지극히 양심적인 혓바닥이 '실은
어제의 일을 엄청 마음 쓰고 있음'을 역력하게 드러내며 말을 더
듬었다.

"뭐, 뭐…… 가 바닥에 떨어져서요. 여긴 어쩐 일이세요?"

"내가 여기 왜 왔을 것 같아요?"

이안은 나직하게 물으며 빙긋 미소를 지어 올렸다. 까만 두 눈
에 짓궂음이 희미하게 떠올랐으나 제 앞가림에 여념이 없는 경주
는 읽어낼 수가 없었다. 그녀는 냉큼 자리에서 일어나 벌써 송알
송알 땀이 맺히기 시작하는 이마를 손등으로 거창하게 훔쳐 내고
는, 과하게 생글생글한 접대 웃음을 흘렸다.

"글쎄요, 그걸 제가 어떻게……?"

"책 사러 왔어요."

"아……."

당연한 말이 날아오자 경주는 웃는 얼굴 그대로 얼음이 되어버렸다. 참으로 어처구니없게도 그의 말을 듣는 순간 서운함이 확 밀려왔다. 당황스러웠다. 서운해한다는 건 자신이 그에게서 뭔가를 기대했다는 뜻이니까. 경주는 얼굴을 찡그리며 책을 고르기 위해 돌아서는 이안의 뒷모습을 몰래 훔쳐보았다.

넥타이 없이 흰 와이셔츠에 감색 슈트 차림인 그는 학술서적 코너 앞에 서서 책을 고르기 시작했다. 옆얼굴이 참 잘생겼다. 안경이란 원래 공부벌레의 대명사로서 안경 쓴 남자들은 대부분 고루하거나 어리바리한 타입인 것이 보통인데, 이 남자는 특이하게 그 모습이 오히려 섹시하다. 매우 지적이게 보이면서도 은근히 비밀스럽고 음침하면서도 음탕한 느낌이 좔좔 흐른달까. 아마 라인이 예술이어서 그럴 거다.

윤이안은 머리가 작고 팔다리가 긴 스타일리시한 몸을 갖고 있었다. 잔 근육이 잘 발달된 넓은 어깨와 바짝 올려 붙은 엉덩이는 그가 운동을 꽤 좋아하는 타입이란 걸 알 수 있다. 물론 그의 몸이 굉장하다는 건 순전히 꿈속 이미지에 의거해 판단한 것일 뿐이니 사실이 아닐 수도 있다. 그러나 슈트에 감싸인 단단한 어깨와 너른 등을 보아서는 얼추 꿈속의 모습과 닮은 것도 같은데…….

"널 원해……."

또다시 환청이 들려왔다. 어젯밤 그가 그녀를 끌어안고 신음하며 중얼거린 말이었다. 현실이 아닌 꿈속에서. 경주는 얼굴을 붉히며 눈살을 찌푸렸다. 시도 때도 없이 꿈이 떠오르다니 정말 자신의 머리가 어떻게 된 게 아닌가 싶었다.

"다 고르셨어요? 계산해 드릴게요."

윤이안이 두꺼운 책 세 권을 들고 계산대 앞에 섰을 때, 다행히 경주는 일상적인 대화를 무리 없이 이어갈 수 있을 정도의 안정을 되찾은 후였다. 그러나 여전히 그의 존재감이 주는 강한 파장은 무시가 안 되었다. 마음속의 동요를 숨기기 위해 경주는 평소보다 훨씬 더 과장된 쾌활함을 연기해야 했다.

"끙차! 책들이 다 무겁네요?"

경주는 기계적으로 바코드를 찍으며 입술 꼬리를 쓱 끌어 올렸다. 경주가 의미 없이 한 말이란 걸 알고 있는 듯 윤이안 역시 대수롭잖은 말로 응수했다.

"그렇습니까?"

"음…… 이건 전부터 말하고 싶었던 건데 해도 되는지 모르겠어요."

"……?"

"교수님이 교수님이라는 사실을 알고부터, 교수님의 그…… 존대어가 몹시 신경 쓰이더라고요. 제 담당교수님께선 절 되게 편하게 대하시거든요. '민 군'이라는 애칭도 붙여주시고. 교수님 따님이 저랑 동갑이셔서 절 딸처럼 대하시죠."

"설마 나더러 그쪽을 딸처럼 대해달라는 말은 아니겠죠?"

윤이안이 농담을 흘리며 빙긋 웃었다. 경주는 저도 모르게 쿡, 웃음을 흘렸다. 긴장이 살짝 풀렸다.

"편하게 대해주십사, 드리는 말씀이었어요. 어차피 저보다 나이도 많으시잖아요."

제멋대로 넘겨짚고는 '맞죠?'의 의미로 경주는 눈썹을 쑥 치켜떴다. 윤이안의 눈에 재미있다는 빛이 빠르게 떠올랐다가 사라졌다. 한일자로 굳어 있던 입술이 아주 조금 꿈틀거린 것 외엔 윤이안이 그녀의 말에 반응하고 있음을 보이는 증거는 거의 보이지 않았다.

"내 나이가 몇인지 아는 것처럼 말하네요."

"제가 올해 스물여덟 살이거든요. 그보다는 더 많으실 것 같아서요."

"그렇긴 하죠. 확실히."

뭔가 여운이 느껴지는 야릇한 말투였다. 마치 '많으면 얼마나 많겠어? 겨우 두어 살 정도겠지.'라고 생각하는 그녀의 생각을 다 읽은 듯. 그는 그녀보단 2~30년은 족히 더 살아본 사람처럼 약간은 가소로워하고 있는 듯했다. 경주는 눈살을 살짝 찌푸렸다. 도대체 몇 살이나 먹었관데 반응이 이렇지?

"그럼 이제부터 절 '그쪽'이라고 안 하시는 거죠?"

"앞으론 '경주 씨'라고 부르도록 하죠."

약간의 불안감을 드러내는 경주의 맑은 눈동자를 물끄러미 바라보며 그가 빙긋 웃었다. 경주의 입가에 피어 있던 미소가 번지듯 환하게 물결쳐 눈가까지 닿았다.

"교수님, 학생들한테 인기 좋으시죠? 교수평가제를 도입한 이래로 매해 최고 점수를 갱신하시는 분이 아닐까 싶은데. 특히 여학생들 사이에서 인기 만점."

"그런 걸 분석해 본 적은 없어서 잘……."

"그렇다면 진짜 인기가 많다는 거예요. 우리 학교는 삼진 아웃 제도가 있어서 교수 평가가 굉장히 중요하잖아요. 근데도 그런 것에 신경 쓸 필요가 없다는 건 그만큼 평가가 좋다는 뜻이죠."

"예리한 분석이네요."

"학생들 심리를 잘 파악하는 거죠. 심리학 교수님 앞에서 할 소린 아니지만 제가 유달리 사람들 마음을 잘 읽거든요."

"그렇겠죠."

평소 단골들한테 하던 것처럼 너스레를 떨며 헛소리를 지껄이다가 경주는 우뚝 말을 멈추었다. 그렇겠죠, 라니. 이 묘한 말은 대체 뭐람. 아무 의미 없이 그저 상대의 맞장구를 쳐주는 예의 차원의 말이라고 하기엔 말투가 너무 진지하다. 정말로 그녀가 사람들의 마음을 잘 읽는다고 생각하는 양.

둘 사이에 침묵이 내려앉았다. 갑자기 어색해지자 경주는 잠시 멈추었던 손놀림을 빨리 하며 일부러 큰소리로 말을 건넸다.

"어제는 죄송했어요, 그렇게 가버려서. 친구랑 약속을 했었는데 까먹고 있었지 뭐예요? 친구 성격이 별로거든요. 조금만 늦어도 죽일 것처럼 난리를 피우는 애라서 서두를 수밖에 없었어요. 조금 당황스러우셨죠?"

"몸이 불편해 보여서 걱정되긴 했죠."

"요새 제가 컨디션이 안 좋거든요. 논문 준비가 원래 힘들잖아요. 최근에 과로한데다가 논문 때문에 신경을 너무 썼더니 체력이 떨어졌어요. 어제 진짜 아픈 사람처럼 보였나요?"

"쓰러질 것 같았어요."

"어휴, 그럴 리가요. 제가 얼마나 강골인데요. 몇 끼 굶어도 절대 쓰러지지 않는 애가 바로 접니다. 절대 그런 걱정하실 필요 없으세요."

넉살 좋게 말하고 경주는 냉큼 고개를 수그렸다. 어제 자신이 왜 그토록 비실거렸는지, 바들바들 떨며 쓰러질 것처럼 굴었는지는 오직 신만이 아실 것이다. 털털한 학생처럼 굴며 너스레를 떠는 그녀가 실은 자신을 상대로 밤마다 낯 뜨거운 19금 영상을 찍고 있음을 알면 윤이안은 어떤 반응을 보일까? 뜨악하겠지? 점잖은 인성과 품위 있는 인격을 가진 교수님으로서는 도저히 용납할 수 없는 일일 것이다. 경악하여 그녀에게서 멀리멀리 떨어지려 할 거다. 그리해도 경주는 할 말이 없는 입장이었다.

"그래도 몇 끼 굶거나 하진 마요. 길 가다 쓰러지면 큰일 나니까."

"……."

걱정해 줘서일까. 갑자기 온몸이 녹아내리는 것처럼 흐물흐물해졌다. 순식간에 온몸이 불덩이처럼 달아오르고 감각의 폭풍이 다리 사이로 몰려들었다. 경주는 지그시 아랫입술을 깨물었다. 숨이 가빠왔다.

"나를 견뎌내려면 지금보다 더 건강해야 해, 민경주."

느닷없이 나지막한 환청이 귓바퀴를 타고 그녀의 뇌로 스며들어 왔다. 동시에 팟, 하고 눈앞에 또다시 환각이 펼쳐졌다.

이안이 그녀를 책장 쪽으로 밀어붙이고는 커다란 손으로 두 볼을 감싸고 있었다. 서로 이마를 붙인 채인 그들은 자석 같은, 자신들의 의지로는 어찌할 수도 없는 강렬한 이끌림에 매여 있었다.

"키스해 줘요."

높은 광대뼈 위로 눈물을 떨어뜨리며 경주가 애원했다. 지극히 본능적인 쾌락에의 욕망이 그녀를 에워싸고 있었고, 그런 그녀가 안쓰러운 듯 이안은 다정하게 눈물을 닦아주었다. 결합에 대한 열망. 동물적인 감각. 그에게는 그 모든 것들이 아주 익숙했다. 그것들을 참고 견뎌내는 고통 또한 대수롭잖게 받아들일 수 있었다. 하지만 경주는 다르다. 그녀에게 이런 종류의 감각들은 낯설고 생소한 것들이었다.

"사랑해 줘요, 제발. 빨리 들어와 달라고요."

"얼마든지 해줄 수 있어. 네가 원한다면 얼마든지."

뜨겁게 속삭이며 그가 경주의 입술에 키스했다. 부드럽게. 너무나도 달콤하게. 눈물 한줄기가 더 떨어졌다. 입술 안으로 그의 혀가 들어왔다. 경주는 입을 크게 벌려 그를 맞이했다. 그리고는 두 팔을 들어 이안의 목을 휘감았다. 이안의 몸은 이미 완벽하게 기립된 상태였다. 길고 크게 부풀어 침략의 채비를 모두 마친 그것에 대고 경주는 자신의 하체를 거칠게 비볐다.

"빨리요! 어서!"

이안은 단번에 들어왔다. 어느덧 한순간 둘 모두 알몸이 된 채로, 그들은 서점 한복판에서 섹스를 하고 있었다. 경주는 쾌감의 비명을 질렀다. 만족스러움이 그녀의 육체를 점령했다. 성적인 포만감이 정신을 혼미하게 했다. 그와 맞대고 있는 모든 곳들이 뜨거웠다. 그에게 박힌 채 그의 세포를 받아들이고 있는 여성의 질이 완벽한 쾌락에 휩싸여 경련했다.

"사랑해요……."

자신이 무슨 말을 하고 있는지조차 모른 채 경주는 중얼거렸다. 살포시 눈을 뜨자 잘생긴 이안의 얼굴이 보였다. 그는 여전히 어둡고 여전히 신비로워 보였다. 세상을 다 가진 것 같은 뿌듯함이 밀려오자 경주는 생긋 미소를 지었다.

따뜻하고 섬세한 미소라고 이안은 생각했다. 보고 있으면 저절로 감동을 느끼게 되는 미소. 애정이 저절로 충전되는 미소. 감동의 정체가 무엇인지 깨닫는 순간, 칼날이 이안의 심장을 훑고 지나갔다. 이 여자에게 감정을 가져서는 안 된다는 사실을 잠시 망각하고 있었다. 애정도, 소유욕도, 심지어 정욕마저도 용납될 수 없었다. 꿈은 꿈으로 끝내야 하는 것이다.

"이안 씨?"

경주가 미심쩍은 말투로 그를 부른다. 여전히 미소를 짓고 있으나 그녀는 이미 무언가 달라졌음을 눈치채고 있었다. 사람의 마음을 읽는 재주가 있다고 했던가. 이안은 차갑게 조소했다. 이 세상에 자신보다 더 상대의 마음을 잘 읽는 사람은 없었다. 그리고 민경주는 자신을 사랑하지 않는다. 그래서는 안 된다. 절대로.

"이안 씨, 왜 그래요?"

경주가 한 번 더 물었다. 이안은 천천히 이를 드러내며 웃었다. 이안의 흰 이가 번쩍였다. 경주는 두 눈을 크게 뜬 채 맹렬히 깜빡였다. 뭐가 어떻게 돌아가는지, 그녀는 아직도 모르고 있었다. 이안은 그녀를 비웃으며 거칠게 포효했다.

푹! 경주의 목덜미에 이안의 송곳니가 꽂혔다. 하얗고 긴 그녀의 목으로 선명한 붉은빛 피가 흘러내리기 시작했다.

퍼뜩 놀라 경주는 환각에서 벗어났다. 멍하게 두 눈을 깜빡이는 경주의 흐릿한 정신으로 생소한 단어 하나가 떠올랐다. 뱀파이어! 공교롭게도 요 며칠 줄기차게 꾸고 망상하는 온갖 꿈과 환영들 대부분에 뱀파이어가 있었다.

"무슨 일이죠?"

이안이 걱정하는 투로 물었다. 당장이라도 쓰러질 듯 새하얗게 질린 얼굴 탓이겠지. 식은땀이 절로 났다.

"고, 고르신 책들이 모두 꿈에 관련된 것들이네요? 꿈이 교수님 전공이세요?"

경주는 아무 일도 없다는 듯이 방실 웃었다. 어색하게 손을 들어 이마에 송송 맺힌 땀을 닦아내면서도 패닉 상태에 빠져 있는 자신의 마음을 들키지 않기 위해 애써 웃음 짓는 거였다.

"전공분야는 아니지만 관심이 있긴 하죠."

"그럼…… 제가 뭐 한 가지 물어봐도 될까요?"

"그럼요."

"심리학적인 관점으로 볼 때, 특정한 꿈을 계속 반복해서 꾸는 건 무슨 의미예요?"

"경주 씨 얘기?"

"아아. 뭐…… 네. 맞아요. 제 얘기예요."

"악몽?"

정곡을 찌르며 그가 물어왔다. 경주는 내내 피하고 있던 시선을 들어 그를 마주했다. 이안의 검은색 눈이 그녀를 뚫어져라 주시하고 있었다.

"즐거운 꿈은 아니에요. 실제로 겪었던 건데 별로 기억하고 싶지 않은 일이거든요."

"실제로 겪은 일이라."

"그걸 계속해서 꿈으로 꿔요. 당연히 잠도 잘 못 자고 깨어 있을 땐 피곤하죠. 날마다 꾸는 건 아니에요. 제가 육체적으로 힘들거나 일이 잘 안 풀려서 스트레스를 많이 받은 날이면, 꾸게 돼요. 그런 날은 필히 잠을 설치죠."

"악몽 때문에 불면증까지 생긴 케이스로군요."

"그렇죠."

그저 화제를 다른 곳으로 옮기고 싶었던 것뿐인데, 의도치 않게 아무한테도 하지 않았던 얘기를 꺼내게 된 경주는 잠시 식었던 이마에 또다시 땀이 맺히는 것만 같았다. 어쩌다 이 얘기가 나오게 된 거지? 갑자기 난감해졌다. 당황함을 숨기기 위해 경주는 서둘러 아무렇지도 않은 듯 농담조의 말을 덧붙였다.

"제 눈 밑이 괜히 거뭇한 게 아니랍니다. 수많은 밤을 뜬눈으로 지새워서 생긴 거죠. 이러다가 조만간 판다가 될지도 몰라요."

경주가 심히 자조적으로 중얼거리며 우스꽝스럽게 얼굴을 찌푸리자 이안이 입술로 반원을 그렸다. 그가 웃는 모습을 보니 불편했던 마음이 싹 가셨다. 경주는 좀 더 적극적으로 물어보기로 했다. 사실 시작은 별다른 기대 없이 심심풀이 땅콩으로 물은 것이었으나 이제는 정말로 궁금해졌다.

"교수님 생각은 어때요? 문제의 소지가 있어 보이나요? 설마 심각한 건 아니겠죠?"

"글쎄. 정확히 어떤 꿈인지에 따라 해석이 달라질 수 있겠죠. 혹시 그 꿈에 대해 자세히 설명해 줄 수 있어요?"

"어…… 화가 났던 기억이에요. 몹시 화가 났었죠. 믿었던 사람에 대한 배신감도 좀 있었고, 모처럼의 안식처를 빼앗길 거란 불안감도 컸고요."

"상대가 미웠겠군요."

"미웠죠. 아주 많이."

"죽이고 싶을 만큼?"

"네?"

"내가 아픈 만큼, 내가 당한 만큼, 상대에게 갚아주고 싶었나요?"

"무슨…… 말씀이세요?"

"사람도 동물이죠. 감정과 본능에 휘둘리는. 단지 다른 동물과는 달리 생각이란 걸 할 수 있다는 것뿐. 상대를 해치고 싶은 욕구보다는 상대를 해쳤을 때 내게 따라오는 불이익을 더 먼저 떠올릴 수 있는 이성과 사고력, 그 욕구를 컨트롤할 수 있는 자제심, 인간의 뇌에는 그게 있어요. 하지만 그 자제력이란 것도 어느 한계치를 넘어서면 소용없어지죠. 누구든 극도로 분노하게 되면, 상실감에 휩싸이게 되면, 아무리 어린 나이라도 살인에 대한 충동을 느낄 수 있습니다. 인간이란 존재가 바로 그래서 위험한 거죠."

도대체 이게 다 무슨 소리지? 이 남자가 왜 이런 말을 하는 거지? 대화를 나눈 지 만 하루밖에 안 되는 남자가 왜 하필 자신에게 '살인충동'에 대해 얘기하는 것일까? 마치 그녀에 대한 모든 것을 꿰뚫고 있는 사람처럼. 대체 왜? 윤이안에게 영혼을 강탈당한 것 같은 기분에 빠져 경주는 아무 말도 할 수가 없었다. 숨만 씩씩거리며 내쉴 뿐.

"어린 시절에 겪은 일에 대한 악몽 때문에 불면증을 겪는 거라면, 심리학자가 아니라 정신과 의사가 필요하다고 말하고 싶군요, 민경주 학생. 나라면 지금 당장 병원에 예약하겠어."

멍하게 서 있는 경주를 향해 그가 말하며 십만 원짜리 지폐를 툭, 계산대 위에 내려놓았다. 이미 경주에게서 구입한 책을 건네받은 후였다. 경주는 퍼뜩 정신을 차리고는 서둘러 거스름돈을 내주기 위해 금고를 열었다.

하지만 고개를 들었을 때, 그는 이미 이곳에 없었다. 짤랑짤랑. 그가 서점을 나갔음을 알리는 종소리와 특유의 머스크 향만이 실내를 휘돌고 있을 뿐. 멍하게 서점 출입문을 바라보는 경주의 머릿속에 명확한 의식 하나가 번개처럼 스쳐 지나갔다.

"어린 시절에 겪은 일에 대한 악몽 때문에 불면증을 겪는 거라면……."

그가 그렇게 말했었다. 하나, 경주는 악몽이 어린 시절에 겪은 일이라고는 말한 적이 없었다. 뭐지? 그냥 넘겨짚은 건데 알아맞힌 건가? 아니면……?

경주는 이내 고개를 살랑살랑 흔들었다. 우연이 아닐 가능성은 아무리 생각해 봐도 제로에 가까웠다. 경주는 온몸 감각세포들이 내질러 대는 경고음을 사뿐히 지르밟고, 보통 사람들이 일반적으로 내릴 수 있는 결론으로 사안을 마무리했다.

'그래, 그냥 우연히 맞힌 걸 거야.'

짤랑. 다른 손님이 들어오고 있었다. 경주는 불길한 예감을 애써 밀어내고는 여느 때보다도 더 환히 손님을 맞이했다.

"어서 오세요!"

제3장 뱀파이어의 신부

"사람들은 뱀파이어의 기원을 1700년대 세르비아에 있었던 아르놀드 파올레(Arnold Paole) 사건이라고들 합니다. 그의 무덤을 파고 관을 열자 눈과 코에서 신선한 피가 흘러나왔다고 하죠. 손톱과 발톱도 자라 있었고요. 사람들은 아르놀드를 죽지 않는 자, 산 자의 피를 빨아 마시며 살아가는 자, 바로 뱀파이어라고 결론지었습니다. 여러분의 생각은 어떻습니까? 우리가 사는 이 세상에는 뱀파이어가 존재할까요?"

백발이 성성한 지도교수 김학민이 오늘따라 기묘한 주제를 들고 수업을 시작하더니, 학생들을 향해 갑자기 질문을 던졌다. 뱀파이어. 다소 생뚱맞은 주제에 경주는 눈살을 찌푸리고는 주위를 둘러보았다.

늘 보던 강의실인데 어딘지 낯설다. 함께 강의를 듣던 호기심

많던 학생들도 오늘은 왠지 무료해 보였고, 차분하지만 열정에 차 있던 교수도 그 느낌이 사뭇 달랐다. 정의 내릴 수 없는 어떤, 나른한 이질감에 둘러싸인 듯하달까. 공간도, 인물도, 그것들을 휘감고 아우르고 있는 분위기도, 모든 게 비현실적으로 느껴졌다.

"아르놀드 파올레 사건을 현대의 해부학 관점에서 해석해 봅시다. 세르비아는 추운 기후의 지역이고, 때문에 부패가 늦게 일어나죠. 내부에서 썩어 녹아버린 장기는 피의 형태로 몸 곳곳의 구멍을 통해 배출될 수 있습니다. 사람이 죽은 후에도 손톱과 발톱, 머리카락이 자라는 이유에 대해서는 이미 과학적으로 입증이 되었지요. 어떻습니까? 현대의 발달된 의학과 과학으로서 해명되지 못할 것은 하나도 없죠? 뱀파이어는 실존한다라는 주장을 뒷받침할 만한 근거가 모두 사라져 버렸죠?"

"네!"

몇몇 학생들이 확신에 찬 대답을 내놓는다. 김 교수는 학생들의 반응에 만족스러운 듯 뿌듯한 미소를 지으며 고개를 끄덕였다. 그리고는 늘 그러하듯 방대한 사료적 지식을 자랑하며 또 다른 논점을 제시했다.

"하지만 이와 비슷한 사례가 우리나라 고문서에서도 심심찮게 발견되고 있습니다. 조선시대에는 아예 그들을 지칭하는 말까지 있었죠. 혈환자(血喚者), 피를 부르는 자. 그들이 있는 곳에는 항상 피가 넘쳐 나고 학살이 자행된다고 기록되어 있죠. 그들은 소위 말하는 뱀파이어일까요? 아니면 그저 잔악무도한 미치광이 살인자 집단이었을까요? 실제 있었던 존재들일까요? 아니면 마치 홍길동이나 전우치처럼, 상상력이 뛰어난 우리의 조상님들께서 지어낸 허구의 이야기일까요?"

"허구요!"

"그럴까요?"

잠잠한 좌중에 대담한 한 학생이 허구일 거라 외치자 김 교수는 인자한 미소를 머금은 채 반문했다.

"심지어 홍길동조차 실존 인물일 가능성이 제기되고 있는데도, 혈환자를 그저 상상의 산물로 치부해 버려야 할까요?"

"교수님께서는 조선시대의 혈환자가 뱀파이어라고 믿으십니까?"

누군가가 당돌하게 교수에게 질문을 던졌다. 김 교수는 이런 질문을 기대했다는 듯 회심의 미소를 지었다.

"뱀파이어는 존재하지 않습니다. 다만 우리가 뱀파이어라고 부르는, 다른 존재가 있을 따름이지요."

"우리가 알고 있는 뱀파이어는 진짜 뱀파이어가 아니라는 말씀이세요?"

"혈환자가 피를 섭취했다면 피가 넘쳐 나는 일은 없었겠지요. 그들이 다 마셔 버렸을 테니까. 그들은 피를 좋아합니다. 피를 원하고 사랑하죠. 하지만 마시진 않았습니다. 그런 기록은 어디에도 없습니다."

"하지만 뱀파이어는 피를 빨아 마셔야죠. 그래야 뱀파이어잖아요."

교수의 말이 우습다는 듯 한 학생이 어깨를 들썩이며 키득거렸다. 교수가 대체 무슨 말 같잖은 말을 하고 있는 것인지 학생은 도무지 이해할 수 없는 것 같았다.

"좋습니다. 그렇다면 여러분이 생각하는 뱀파이어에 대해 얘기해 볼까요?"

노교수는 또다시 학생들을 둘러보며 질문을 던졌다. 그를 이겨먹을 수 있는 주제가 드디어 생겼다는 듯 학생들이 여기저기에서 답변을 쏟아냈다.

"피부가 창백해요."

"날카로운 송곳니로 물어요."

"햇빛을 싫어해요!"

"낮에는 활동을 못하고, 십자가와 마늘을 싫어해요."

"섹시해요."

멍하니 경주는 홀로 중얼거렸다. 그러자 옆에 있던 여학생이 경주의 말을 들은 듯 웃으며 큰소리로 외쳤다.

"맞아요. 섹시해요!"

웃음의 물결이 강의실 전체로 퍼졌다. 경주는 두 볼이 붉게 달아오르는 걸 느끼며 재빨리 두 손바닥으로 볼을 감쌌다. 김 교수는 뱀파이어가 섹시하다는 걸 부인할 생각이 전혀 없는 듯 너그러운 모습으로 고개를 끄덕였다.

"여러분들이 알고 있는 뱀파이어의 특징들을 종합해 보자면 대강 이렇군요. 날카로운 송곳니를 가졌다. 햇빛을 싫어해서 낮에는 돌아다니지 못하고, 십자가와 마늘을 두려워한다. 또한 어딘지 모르게 섹시한 구석이 있다."

마지막 말을 하며 여학생들을 향해 한쪽 눈을 찡긋하자 좌중은 웃음바다가 되었다.

"결론적으로 말하자면 이것들은 정확히 뱀파이어가 아닌 '드라큘라'의 특징들이라 할 수 있겠습니다. 드라큘라와 뱀파이어의 차이점이 뭔지 모르겠다는 학생들은 소설 '드라큘라'를 읽어보시길 바랍니다. 소설의 주인공인 드라큘라 백작으로 인해 뱀파이어는 '피에 굶주린 군주'라는 새로운 이미지가 생겨나게 되었고, 이 이미지는 이후 많은 뱀파이어 관련 문학에 영향을 주게 됩니다. 시각적 특성을 극대화해야 하는 스크린으로 옮겨지면서부터는 '피에 굶주린 잘생긴 군주'로까지 발전하게 되지요."

"그럼 실제 뱀파이어는 섹시하지 않다는 건가요?"

여학생이 실망감 가득한 목소리로 되묻자 강의실은 또 한차례의 웃음이 휩쓸고 지나갔다. 이쯤 되면 강의의 주제에서 자꾸만 빗나가는 학생들의 반응이 짜증 날 법도 하건만 김 교수는 여전히 인자하게 웃고 있었다.

"섹시함의 유무는 뱀파이어를 규정하는 특징이라고 볼 수 없습니다. 그건 인간과 마찬가지로 개인마다 가지는 각각의 유전학적 특성이랄 수 있겠지요. 하지만 혈환자가 등장하는 고문서에 따르면 뱀파이어들은 하나같이 육 척 장신으로, 기골이 장대하고 안광의 이글거림이 범상치 않은 남다른 풍모를 지녔다고 합니다. 남성적인 매력이 부각된 설명을 현대 스타일로 해석해 보면 '짐승남' 정도가 되지 않을까 싶군요."

장난기 가득한 김 교수의 말투에 간헐적인 키득거림이 스쳐 지나갔다. 그들 중 누구도 수업을 진지하게 새겨듣는 것 같진 않았다.

"지금부터 얘기하고자 하는 뱀파이어는 여러분이 알고 있는 것보다 훨씬 매력적이고 흥미로운 존재들입니다. 그들에게는 드라

쿨라처럼 피를 빨아먹어 타인을 뱀파이어로 만드는 재주는 없습니다. 인간을 위협하고 잔인하게 해하려 하지도 않죠. 오히려 인간들과 어울리는 걸 좋아합니다. 또한 인간보다 우월하죠. 모든 면에서, 육체적인 면뿐만 아니라 정신적인 면까지도 월등히 뛰어납니다."

"뱀파이어가 인간보다 높은 지능을 갖고 있단 말씀이십니까?"

"뱀파이어는 인간의 확장판입니다. 인간을 이루는 다양한 세포들의 반란. 폭발적으로 일어난 증식. 그 결과 탄생된 돌연변이. 그들은 모든 면에서 인간의 기준을 초과하고 있습니다. 분명 피와 뼈, 살로 이루어져 있기에 인간이라 말할 수는 있겠으나, 진정한 의미에서는 더 이상 인간이 아닙니다."

김 교수의 터무니없는 주장이 '뱀파이어가 만물의 영장인 인간보다도 우월하다' 는 요지로 끝을 맺으려 하자 학생들은 동요했다. 경주는 김 교수가 도대체 무슨 생각으로 귀중한 수업 시간에 이런 얘기를 하고 있는지 이해할 수 없다고 생각했다.

"그들의 세포는 극세사처럼 촘촘히 엮여 있고 모든 감각은 고도로 발달되어 있습니다. 특히 우리가 주목해야 할 점은 그들이 소위 육감이라 부르는 '예지력' 에 탁월한 능력을 발휘한다는 점입니다. 그들은 우리의 생각보다 훨씬 영적인 것들을 잘 다루는 존재입니다."

"뱀파이어가 무당이라도 된다는 말씀이세요?"

한 남학생이 퉁명스럽게 대꾸했다. 학생들의 얼굴에 조금씩 짜증이 떠오르고 있었다. 사료와 문헌에 대해 연구하고 분석하기에도 바쁜 수업 시간에 뜬금없이 뱀파이어 얘기를 시작한 교수에 대해 조금씩 불만을 표출하는 모양새였다.

"뱀파이어는 죽은 영혼이 아니라 산 영혼을 다루죠. 예를 들어 설명해 보겠습니다. 내가 알고 있는 한 뱀파이어는, 뱀파이어 중에서도 아주 사악한 뱀파이어이지요. 인간이 최고로 나약해졌을 때, 바로 그 순간의 방심을 파고들어 가장 악랄한 방법으로 괴롭히는 악취미를 가졌거든요. 여기서 말하는 '최고로 나약해질 때'란 인간이 깊은 잠에 빠져 있을 때를 말합니다. 당신이 꿈속에 있을 때, 무의식의 세계에 깊이 발을 들여놓았을 때."

꿈? 경주의 미간이 꿈틀거렸다. 동시에 느슨해져 있던 신경 줄이 갑자기 팽팽히 잡아당겨졌다.

"여러분? 모두 각자 생각해 봅시다. 본인들이 가진 최악의 기억을 떠올려 보도록 해요. 자— 모두 생각했습니까?"

갑작스런 꿈 얘기에 학생들은 황당해하면서도 순순히 예, 하는 대답을 내놓았다. 경주도 속으로 그렇다고 대답했다. 그녀가 갖고 있는 기억 중 가장 최악은 물어보나마나 양부로부터 성폭행을 당할 뻔했던 그날의 기억이었다.

"그 최악의 일을 가끔은 꿈속에서도 보게 될 겁니다. 그렇죠?"

네. 다른 학생들이 대답하는 틈을 타 함께 대답하고는 경주는 뚫어져라 교수를 응시했다. 교수 또한 그녀의 시선을 느낀 듯 천천히 고개를 돌렸다. 그리고는 안경이 없으면 늘 초점 없이 흐리멍덩하던 그 눈으로 경주를 뚫어져라 응시한다. 무엇인가를 암시하는 느낌에 경주는 그의 눈을 마주한 채 꼼짝도 하지 못했다. 그러고 보니 오늘 교수는 안경을 쓰지 않았다…….

"그때가 바로, 당신이 가장 불안하고 약해진 때입니다. 당신의 뇌는 아무런 보호 장치 없이 무방비하게 열리게 되고, 그 틈을 타 뱀파이어는 당신의 정신세계로 스며들어 그 속을 마음껏 유영하게 되지요. 심지어 제 뜻대로 조정하기도 합니다. 그 결과 그는 꿈속에서 당신을 행복하게도, 불행하게도 만들 수 있게 되었지요."

윤이안? 멍하게 경주는 생각했다. 어렴풋이 교수가 이안의 얘기 하고 있음을 깨달았다.

그때였다. 교수가 움직이기 시작했다. 단상에서 내려오더니 천천히 경주를 향해 다가왔다. 경주는 두 눈을 커다랗게 뜨고 점점 더 거대해지는 김 교수의 모습을 정신없이 바라보았다. 그에게서 시선을 뗄 수가 없었다.

"당신은 뱀파이어의 노예가 되는 겁니다."

뇌쇄적일 정도로 나른하고, 굵직하면서도 매끄럽고 부드러운 목소리가 공기 중을 휘돌았다. 쿵쾅쿵쾅, 세차게 울리던 심장 소리가 박자를 놓쳤다. 한순간 숨이 멎었고 맥박의 팔딱거림이 두 배로 빨라졌다. 눈앞에 서 있던 김 교수가 어느새 다른 사람이 되어 서 있었다.

"윤이안?"

"그래, 나야."

"당신이 어떻게……?"

두 눈이 휘둥그레진 채로 경주는 그 자리에서 천천히 일어났다. 두 눈을 비비고 또 비벼도 자신의 앞에 있는 사람은 김 교수님이 아니라 윤이안이었다.

"아직도 상황 파악이 안 되었군, 민경주. 그렇지?"

"상황 파, 파악이라니요? 내가 뭘 파악해야 한다는 거예요?"

"네가 내게 사로잡힌, 지금의 이 상황."

"사로…… 잡혔다고요?"

경주는 대체 이게 다 무슨 소린지 알 길이 없어 멍하게 그의 말을 되풀이했다. 윤이안의 입가에 사악하리만치 아름답고 달콤한 미소가 떠올랐다. 금지된 열매인 양 탐스럽고 섹시한 그의 입술이 서서히 열리고, 우주를 품은 듯 깊고 어두운 눈동자가 서서히 감겼다가 떠졌다. 그의 눈에 사로잡혀 있던 경주는 서서히 정신이 혼미해지는 듯하였다. 호흡이 갈라졌다. 심장은 격렬히 공중제비를 돌아댔고 숨소리는 거칠어졌다. 그는 차가운 손을 들어 그녀의 따스한 볼을 감싸고는 고개를 끌어 내렸다.

"방금 말한 것 같은데? 넌 내 노예가 된 거라고."

"그, 그건 꿈속에서……."

"제대로 들은 것이 하나쯤은 있어서 다행이야. 맞아. 넌 꿈속에서 내 노예가 됐어. 꿈속에서라면 난 언제든지 널 가질 수 있지. 꿈속에서…… 네 주인은 나야, 민경주. 그리고 여긴 바로 그 꿈속이지."

"하지만!"

뭔가 항의를 하려는 순간이었다. 그의 매혹적인 입술이 경주의 입술을 물었다. 말을 하기 위해 벌린 입술 속으로 그의 날렵하고 매끄러우면서도 정력적인 혀가 거침없이 밀고 들어왔다. 동시에 이안의 강인한 팔뚝이 그녀를 넝쿨처럼 휘감고 자신의 품으로 바짝 끌어당긴다.

속절없이 그에게 바짝 안긴 자세로 경주는 두 눈을 미친 듯이 굴려 주위를 살폈다. 그 와중에도 자신이 강의실 한복판에 서 있다는 사실을 잊지 않았던 것이다. 불행인지 다행인지, 주변은 이미 강의실이 아닌 침실로 바뀌어 있었다. 어느새 경주는 이안의 몸 아래에서 쾌락에 겨워 신음하고 있었다!

"이건 꿈이야."

이안의 입술에 입술을 댄 채 경주는 중얼거렸다. 확실하게 느낌이 왔다. 교수의 강의도 꿈이고, 지금 이 순간 역시 꿈이라는. 온몸을 다정하게 쓰다듬어 그녀를 노글노글 녹아내리게 만드는 이 손길도, 입안을 집요하게 찾아들어 와 혀끝을 휘감아 빨아올리기를 반복하여 그녀의 체온을 2도쯤 훌쩍 끌어 올려놓고 있는 이 입술도, 모두 그녀의 뇌가 지어낸 허깨비에 불과했다. 자신이 또다시 윤이안을 상대로 말도 안 되는 망상을 펼치고 있는 것이었다.

"맞아. 이건 꿈이지."

"미쳤나 봐요, 정말. 내가 왜 이러는지 모르겠어요. 왜…… 왜 자꾸 이런 꿈을 꾸는지. 내가 내 꿈에서 내 마음대로 못하는 이유가 뭔지……."

이안의 커다란 손이 티셔츠 위로 불룩 솟아오른 자신의 가슴을 감싸는 모습을 지켜보며 경주는 멍하게 중얼거렸다. 어차피 이 모든 게 꿈이라면 저항해 봤자 소용없다는 생각이 들었다. 그를 밀어내고 싶지 않았다. 그를 원했다. 원하는 일을 이성의 원칙에 위배된다고 하여 굳이 하지 말아야 할 필요는 없었다. 이건 그저 꿈이니까.

"그 이유가 궁금해?"

그가 속삭이는 사이 그녀의 셔츠가 벗겨졌다. 그냥 사라졌다는 표현이 더 정확하겠다. 순식간에, 정말로 눈 한 번 깜짝할 사이에

마술처럼 일어난 일이었으니까. 이제 그의 손바닥 아래에 있는 것은 셔츠도 브래지어도 아니었다. 흥분으로 부풀어 올라 팽팽해질 대로 팽팽해진 자신의 가슴이었다. 경주는 입을 크게 벌리고 두 눈을 미치도록 빨리 깜빡거렸다.

"왜냐하면 이건 내 꿈이거든. 내가 지배하는 내 꿈."

이안이 귓가에 나지막이 속삭였다. 발갛게 달아올라 한껏 딱딱해진 꼭지가 그의 손가락 사이로 끼워지더니 천천히 비틀리고 쥐어짜지기 시작했다. 짜릿한 감각이 가슴 끄트머리에서부터 찌르르, 일어나더니 척추를 타고 온몸으로 번져 가기 시작했다.

"으흣…… 으으읏……!"

발끝까지 차고 오는 전율에 몸을 떨며 경주는 신음했다. 숨이 턱 밑까지 차올랐다. 기운이 쏙 빠지고 눈앞이 캄캄해졌다. 하지만 그럼에도 불구하고 온몸의 감각은 팔딱팔딱 생생하게 살아 움직였다. 그가 고개를 수그려 붉은 꼭지를 입속에 넣자, 감각은 절정을 향해 미친 듯이 치고 올라갔다. 경주는 발끝을 오므리며 그의 두개골을 성마르게 끌어안았다. 손가락 사이로 깃털처럼 부드럽고 매끄러운 머리카락들이 흘러넘쳤다.

순간 경주는 인상을 찌푸렸다. 이상하다. 분명 이것은 꿈인데. 자신이 지금 꿈속에 온몸을 담그고 있음이 확실한데. 그런데 손끝에 와 닿는 감각이 너무나도 생생했다. 마치 현실처럼 감각이 살아 있었다.

"꿈이 아니야?"

미심쩍게 혼잣말을 중얼거리며 경주는 몸을 뒤틀었다. 무겁다. 아주 많이. 실제로 누군가가 자신의 온몸을 짓누르고 있는 것처럼. 꿈속이라면 무게감 따위 느낄 수 있을 리가 없었다. 정말, 진짜로 이상하다. 뭔가 잘못된 것 같다.

경주는 더 세차게 몸을 뒤틀었다. 꿈에서 벗어나기 위해, 자신의 의식을 짓누르고 있는 환몽의 안개에 격렬히 대항했다. 그리고 한순간 완벽하게 가벼워진 의식으로 두 눈을 번쩍 떴다. 그와 동시에 경주는 꿈의 포박으로부터 자유로워졌다.

"……!"

깜깜한 공간을 채우며 그녀의 눈앞에 그것이 있었다. 황금빛 눈. 뱀파이어의 눈!

경주의 눈동자가 공포로 인해 훌쩍 열렸다. 너무나 깊은 두려움에 휩싸여 비명조차 지르지 못하는 경주를 향해 윤이안이 씩, 미소를 지으며 속삭였다.

"안녕, 나의 희생자."

음침하면서도 나른한, 섹시하기 그지없는 그 음성의 주인공이 날카로운 이를 보인다. 번쩍. 섬광이 스쳐 지나갈 때쯤 그는 주저하지 않고 입을 벌려 경주의 새하얀 목덜미를 물었다. 꺄악, 경주는 비명을 질렀다. 그리고 뱀파이어의 품 안에서 기절하고 말았다.

다시 눈을 떴을 때 경주는 모든 것들이 다 원상 복귀됐을 거라고 생각했다. 자신이 뱀파이어와 침대를 뒹군 것은 그저 꿈, 혹은 최근 들어 과도하게 물이 오른 상상력의 산물이었기를 바랐다.

그러나 기절 상태에서 깨어난 그녀의 눈앞에는 방금 전의 끔찍하고도 해괴망측한 상황과 동일한 그림이 펼쳐져 있었다. 윤이안이 거기 있었다. 자신의 아파트에. 자신의 침실에.

"꺄악!"

경주는 비명을 지르며 침실 제일 구석진 곳으로 이동했다. 그와 최대한 멀리 떨어지기 위해 아주 본능적으로 골라 들어간 곳이었지만 구석에 등을 대고 이안을 바라본 순간, 그녀는 자신이 엄청난 실수를 저질렀다는 걸 깨달았다. 이안이 출입문 근처에 서 있는 관계로 그녀는 탈출구에서도 가장 멀리 떨어진 꼴이 되어 있었다.

"당신 여기서 뭐 해? 우리 집엔 어, 어떻게 들어왔어? 아니, 우리 집은 어떻게 알았어?"

경주의 모습을 이안은 묵묵히 바라보았다. 경주의 놀람과 공포는 그의 예상을 훨씬 웃돌았다. 이안이 꿈속에서 그토록 암시를 걸었음에도 경주는 그가 뱀파이어라는 걸 의심조차 해보지 않은 듯했다. 이렇게 되면 일이 쉽게 흘러가지만은 않을 것이다.

"기절한 여잘 돌봐주고 있었지. 자물쇠를 따고 들어왔고, 교수가 학생 집 주소를 알아내는 일은 그리 어려운 일이 아니야. 차례대로 대답이 됐나?"

"자물쇠를 땄다고? 당신 도둑이야? 훔쳐 갈 것도 없는 집엔 왜 몰래 들어온 건데?"

"해야 할 얘기가 있어서."

"당신과 난 할 얘기가 전혀 없어! 있다손 치더라도 당신이 내 집에 무단으로 침입하면서까지 해야 할 말은 절대 아닐걸!"

거침없이 소리를 지르고는 있었지만 민경주는 매우 불안해 보였다. 침대를 가운데에 두고 있긴 하나, 언제라도 그에게 붙들릴 수 있는 상황이니 당연했다. 그럼에도 불구하고 눈빛은 서슬 퍼런 칼날처럼 날카롭게 살아 있었다. 평상시보다 위기상황에서 훨씬 강해지는 여자임이 틀림없었다. 그러한 확신은 그녀의 시선이 침실 협탁 위에 놓여 있는 핸드폰과 손톱밀대에 가 있는 것을 보자 더욱 또렷해졌다. 민경주는 이 위기를 눈물과 호소로 끝낼 생각이 전혀 없어 보였다. 투쟁하고 싸울 생각인 것이다. 흥미인지, 감동인지 모를 한 자락 감정이 이안의 심장을 울렸다.

"틀렸어."

이안은 공격 의사가 전혀 없음을 알리기 위해 두 손을 들어 올렸다.

"너와 내가 지금부터 나눌 얘기들은 모두 국가의 일급비밀이야. 아무도 듣게 해선 안 돼."

"그래서 내 집에 몰래 들어왔단 말이야? 자물쇠를 따고?"

"네 입장에선 도저히 이해할 수 없는 상황이겠지. 그렇다 하더라도 잘 생각해 봐. 그동안 꿈을 통해 네게 많은 것들을 알려줬잖아? 거기서 답을 찾을 수 있을 거야."

"꿈을 통해…… 뭘 했다고?"

"난 뱀파이어야."

이안은 단도직입적으로 본론을 꺼냈다. 즉각 방 안에는 침묵이 깔렸다. 별다른 반응을 보이지는 않았으나 그를 미치광이 바라보듯 보고 있는 경주의 눈빛으로 보아 그녀가 이안의 발언을 어찌 생각하는지는 대강 짐작할 수 있었다. 이안은 재빨리 한마디 덧붙였다.

"물론 넌 믿지 않겠지만."

"그나마 다행이네. 내가 믿지 않을 걸 예상했다는 건 머리가 구제 불능 수준으로 돌아버리진 않았다는 말이니까."

황당한 얼굴로 경주가 말했다. 그리고는 또다시 빠르게 협탁을 훔쳐본다. 몸을 날려 손톱밀대라는 하찮은 무기를 손에 쥘 타이밍을 엿보는 것이었다. 이 여잔 대체 언제쯤 깨달을까. 저딴 도구로는 이안에게 개미 똥만큼의 해도 끼칠 수 없다는 사실을.

"내가 미쳤다고 생각하는군."

"미치지 않고서야 어떻게 자기가 뱀파이어라는 황당무계한 소릴 할 수 있겠어? 그것도 한밤중에 혼자 사는 여자 집에 몰래 들어와서."

"아무리 황당한 말이라도 주장을 뒷받침할 만한 증거가 있다면 믿어야지, 사학자 아가씨."

"당신 주장을 뒷받침할 증거들이란 게 있을 리 없어! 당신은 뱀파이어가 아니라 미친 사람이고 헛소리를 하고 있는 거니까!"

"모든 걸 상식적으로 생각하면 답은 쉽게 나와. 내가 미친 사람이라면 어떻게 서울대 교수가 될 수 있었겠어?"

"학문과 사이코 기질은 별개야!"

"이젠 내가 사이코라고 주장할 셈인가?"

"당신 정체가 뭐든 뱀파이어는 아니야. 당신은 내게 거짓말을 하고 있는 거야. 내가 그딴 소릴 믿을 것 같아? 당신은 심지어 대낮에 햇빛 아래에서도 아무렇지도 않게 거리를 활보했잖아. 그래놓고 뱀파이어라니! 사람을 속이려면 제대로 밑밥을 깔아놓고 속이던지! 누굴 바보로 알아?"

"네 입에서 햇빛 얘기가 나올 줄이야. 예습은 모두 헛짓이었
군."

"뭐? 예습?"

"드라큘라와 뱀파이어는 다르다고 말했을 텐데. 꿈속에서 졸았
나? 내 수업, 제대로 못 들었어?"

이 남자가 대체 무슨 말을 하는 거야? 내가 자기 수업을 왜 들
어? 난 사학과 학생인데!

기가 막힌 얼굴로 경주는 자신 앞에 서 있는 남자를 노려보았
다. 경주의 눈에 그는 아무리 봐도 정신이상자였다. 이렇게 멀쩡
해 보이는 사람이 미치광이일 리는 없다고, 뭔가 다른 이유가 있
어서 이런 헛소리들을 하는 것이라고, 생각해 보았지만 이 기막힌
사태에 대한 마땅한 해명이 떠오르지 않았다. 이 마당에 달리 뭘
생각할 수 있겠나. 한밤중에 남자가 여자 혼자 사는 집에 몰래 잠
입한 이유라면 오직 하나. 그는 성도착자이자 자신이 뱀파이어라
는 망상에 사로잡힌 불쌍한 환자인 것이다. 그것도 겉이 아주 멀
쩡한 환자!

"드라큘라는 인간이 만들어낸 허구야. 하지만 뱀파이어는 다르
지. 버젓이 이렇게 실재하고 있으니까."

저것 봐! 완전히 돌았어!

"이봐요, 자칭 뱀파이어 씨. 당신은 부인하겠지만 뱀파이어도
사람들이 만들어낸 허구예요. 실존하지 않는다고요. 소설이나 영
화에나 등장하는 존재."

경주는 피가 거꾸로 솟는 기분임을 철저하게 숨기고 꽤나 이성

적으로 대화를 하는 척하였다. 그리하여야만 상대가 경계심을 풀고 방심이란 걸 할 테니까. 흘낏, 다시금 협탁을 훔쳐보았다. 저게 수중에 들어오기만 하면 여기서 빠져나갈 수 있을 텐데!

"아니. 뱀파이어는 실존해. 적어도 320년 전부터 쭉 그래 왔다고 확답해 줄 수 있어."

"320년 전?"

"내가 그해 태어났으니 산증인이라고 할 수 있거든."

"기가 막혀! 지금 그걸 나더러 믿으라는 거예요? 기껏 해야 서른 살 정도밖에 안 되어 보이는 당신이 320살이나 먹은 미라라는 걸 내가 순순히 믿을 것 같아요? 내가 그리 딸해 보여요?"

"미라가 아니라 뱀파이어. 아무리 이해력이 꽝이라지만 미라와 뱀파이어를 구분 못할 정도로 멍청인 아닐 거 아니야. 호칭은 제대로 써주셔야지, 낙제생."

침을 튀기며 버럭거리는 그녀를 빤히 바라보며 그가 싱긋, 미소를 짓는다. 말이 안 통하니 이겨먹을 자신이 없다. 경주는 이를 악물었다. 머리가 깨져 버릴 것 같았다. 도대체 어째서 자신에게는 늘 이런 변고가 일어나는지 너무 억울해서 화가 날 지경이었다. 아닌 밤중에 홍두깨도 아니고, 이게 다 무슨 날벼락인가 말이다. 짜증스레 한숨을 내쉬고 경주는 상대를 전투적으로 노려보며 빠르게 중얼거렸다.

"저기요. 나한테 왜 이러는 건지 모르겠지만 지금 순순히 나가면 봐드릴게요."

"봐줘?"

"경찰에 신고만은 하지 않겠다고요. 이대로 뒤를 돌아 내 집에서 나가요. 그리고 다시는 내 눈 앞에 나타나지 말아요."

"난 아직 목적을 달성하지 못했어."

"나와 얘기를 하기 위해 여기 왔다고 한 것 같은데요. 얘기는 충분히 했잖아요."

"충분치 않아. 아직 날 믿지 않잖아?"

"당신이 뱀파이어라는 말을 어떻게 믿어요?! 어떤 바보 천치가 믿어요?"

너무 답답해 경주는 또다시 버럭 소리를 질렀다. 하지만 격한 경주의 반응에도 불구하고 이안은 전혀 개의치 않는 듯하다. 잘생긴 얼굴을 이리저리 돌려 집 안 곳곳을 살피는 여유를 부리는 걸 보면. 어찌나 얄미운지! 할 수만 있다면 당장 달려가 귓방망이를 날려주고 싶은 심정이었다. 분노 덕인지, 피부 아래에서 갓 잡은 활어처럼 펄떡펄떡 뛰어대던 공포심은 조금씩 사그라졌다. 미치광이이긴 해도 다행히 공격성은 없는 사람 같았다.

그래. 잘만 구슬리면 무사히 빠져나갈 수 있을지도 몰라.

"아직도 늦지 않았어요. 지금 나가면 경찰에 신고만은 하지 않을게요. 이 이상 날 건드리면 나도 가만있지 않을 거예요. 내가 보기보단 꽤 무서운 여자거든요? 지구 끝까지 쫓아가서 당신을 반드시 감방에 처넣을 거예요. 콩밥 자셔야 한다고요."

"내가 경찰을 무서워할 거라고 생각해?"

"아니에요? 뱀파이어한테는 경찰도 문제가 안 되나 보죠? 아아! 맞다. 목덜미를 물어 피를 빨아 자시면 끝이지, 참!"

어울리지 않게 한껏 비아냥거리는 경주의 말투에 이안은 하마터면 미소를 지을 뻔하였다. 참으로 대담한 여자가 아닌가. 미치광이라 생각하면서도, 그를 협박하는 것도 모자라 설득하고 도발하고 비꼬기까지 하니 말이다. 무모하면서도 대단한 강심장이었다. 게다가 이제는 슬금슬금 게처럼 옆 걸음으로 협탁 쪽으로 다가가고 있다. 만약 이처럼 상황이 심각하지 않았다면, 박수를 쳐서 그녀의 용기에 경의를 표하였을 것이다. 하지만 그러는 대신 이안은 성큼 경주에게 다가가, 자신이 그녀의 속셈을 알아챘음을 알렸다.

"우린 피를 빨아먹지 않아. 뱀파이어가 그렇다는 건 인간들이 만들어낸 허상일 뿐이라고 내가 말 안 했던가. 꿈에서 말이야."

이안과의 거리가 다시 좁혀지자 경주는 움찔했다. 심장이 단단히 오그라들어 숨을 흡, 하고 들이마셨으나 다행히 이안은 더 이상 가까이 다가오지 않았다. 경주가 달아나지만 않는다면 그 역시 다가오지 않겠다는 듯 이안은 그 자리에 가만히 서서 그녀를 지켜보기만 했다. 바짝 긴장이 돼 경주는 혓바닥을 내밀어 아랫입술을 핥았다.

"꿈…… 이라니. 아까부터 대체 무슨 소리예요?"

"내가 만들어낸 네 꿈들. 기억 안 나?"

"당신이 만들어낸 내 꿈……?"

무심히 그의 말을 따라하는 순간이었다. 방금 전 꾸었던 꿈이 퍼뜩 떠올랐다. 김 교수님이 수업시간에 뱀파이어 운운했던 바로 그 이상한 꿈. 설마 그 꿈이……?

"아냐. 말도 안 돼."

"난 인간의 무의식 세계를 마음대로 넘나들 수 있어. 네가 꾼 꿈들은 모두 내가 만든 거지."

"우, 웃기지 말아요."

경주는 눈동자만 굴려 협탁을 다시 한 번 훔쳐보았다. 휴대폰과 손톱밀대. 저걸 단 한 번의 동작으로 집어야 했다. 그리고 몸을 굴려 침대를 넘은 뒤, 전속력으로 달려 현관문 밖으로 나가는 것이다. 중도에 잡히면 손톱밀대로 그를 찌르면 된다. 완벽하게 제지할 수는 없겠지만 도망칠 시간은 벌 수 있을 것이다.

"네가 무슨 꿈을 꿨는지 알아. 내가 뱀파이어가 아니라면 어떻게 그럴 수 있겠어?"

"거짓말하지 말아요. 당신이 어떻게 내가 꾼 꿈을 안다는 거예요? 내 머릿속에서 일어난 일을 당신이 어떻게……?"

"그냥 알 수 있어. 뱀파이어라면 누구나 어느 정도는 가능하지. 모두들 나만큼 잘하는 건 아니지만. 유전적으로 따라오는 거랄까."

"유전이라고요?"

"뱀파이어는 유전이야. 뱀파이어의 피를 마셔서 뱀파이어가 되는 게 아니라, 태어날 때부터 뱀파이어로 태어난 거다. 날 때부터 운명 지어졌다는 점에서 모두에게 슬픈 일이지."

"태어날 때부터 뱀파이어로 태어난다고요? 하하! 점입가경이네. 갈수록 뻥이 화려해지네요, 네? 뱀파이어가 실존하고, 그게 유전으로 전해 내려오는 거고, 당신이란 사람은 남의 무의식 세계를 마음대로 넘나들 수 있고 320살이나 먹었고? 이게 다예요? 당신이 날 속이기 위해 지어낸 거짓말, 이게 전부예요?"

"거짓말이 아니야. 사실이야."

"웃기시네!"

"내 말을 믿는 게 좋을 거야. 앞으로 네게 닥칠 운명에 적응하려면."

"운명 같은 소리 하고 있네!"

거칠게 반항의 말을 쏘아붙이고 경주는 협탁 쪽으로 몸을 날렸다. 여자치고 꽤 날렵했고 동작 역시 나무랄 데 없이 정확했다. 그녀는 눈 깜짝할 사이에 휴대폰과 손톱밀대를 손에 넣고 침대로 몸을 던졌다. 이제 빙그르르, 몸을 굴려 반대편에 발을 내리기만 하면 무사히 오피스텔을 빠져나갈 수 있었다. 하지만 허무하게도 그녀의 탈출 경로는 너무나도 무기력하게 차단당하고 말았다. 정신을 차려보니 경주는 침대 위에서, 이안에게 제압당한 채로 숨만 격렬히 헐떡이고 있었다.

"고집부리지 마. 네게는 숙명이 있어. 받아들여."

호흡이 잔뜩 흐트러진 경주와는 달리 이안은 멀쩡했다. 양쪽 팔목을 그의 손에 붙들린 경주는 있는 힘껏 몸부림을 치며 벗어나려 애를 썼다. 하지만 그러면 그럴수록 그의 몸은 더욱더 단단하게 그녀를 내리눌렀다.

"당신이 내게 이렇게 찾아와 하고자 했던 얘기가 그건가 본데. 좋아요, 자칭 뱀파이어 씨. 그래서 내 숙명이 뭐라는 거예요? 내가 뭘 받아들이면 되는 거죠? 왜 내 앞에 나타난 거예요? 나한테 무슨 짓을 하려는 거냐고요!"

경주의 눈동자에 불꽃이 타올랐다. 그 불꽃 안에선 경멸, 증오, 분노가 이글거리고 있다. 이안은 잠시 그녀를 물끄러미 지켜보았다. 운명에 순응하지 않으려는 그녀의 처절한 몸부림이 안타까웠다. 제아무리 벗어나려 해도 결국엔 받아들이게 될 것임을, 이렇게 치열하게 버둥거려 봤자 모두 부질없는 짓임을, 너무나도 잘 알기에 그녀가 안쓰러웠다.

그러나 시간이 많지 않다. 자신의 반항이 무모하고 아무 의미도 없음을 그녀가 깨달을 때까지 무작정 구경만 하고 있을 수 없었다. 이안은 속내를 알 수 없는 새까만 눈동자로 경주를 내려다보며 무겁게 중얼거렸다.

"널 네 운명의 짝에게 데려다주는 게 내 임무다."

순간 경주가 엄청난 괴성을 내질렀다. 이안의 다리 사이에 경주의 꺾은 무릎이 꽂혔다. 경주는 균형을 잃고 쓰러지는 그를 세차게 밀어내며 콧방귀를 뀌었다.

"미친 자식!"

제4장 번식에의 욕구

　—작업을 서두르길 바람. 그들의 움직임이 심상치 않아. VIP가 위험해.

　수업을 마치고 강의실을 나가던 중, 태빈으로부터 날아온 이메일을 확인한 이안은 확연히 느껴지는 인기척에 재빨리 휴대폰 화면을 껐다. 여학생 한 명이 이안을 향해 꾸벅 인사를 하더니 무언가를 건네 왔다. 손안에서 따뜻해진 캔커피 하나와 핑크빛으로 포장된 선물상자였다. 러브레터도 함께. 선물을 밀어내고 편지와 커피만 받으며 이안은 고맙다고 말해주었다. 여학생은 얼굴을 붉히며 달아났다. 동급생들로 보이는 서너 명의 여학생들이 그녀의 뒤를 따랐다. 왁자지껄 떠들썩한 여학생들을 잠시 지켜보다가 이안은 발길을 재촉했다. 그리고 그 어떤 일보다 중요한 당면한 과제를 떠올렸다.

VIP의 안전.

수장의 암호화된 메시지는 사태가 생각보다 급박하게 돌아가기 시작했음을 알리고 있었다. 그렇다면 이안은 VIP를 최대한 빨리 이해, 설득시켜야 했다. 하지만 불행하게도 VIP는 그를 믿으려 하지 않았다. 어젯밤 일을 떠올리며 이안은 눈살을 찌푸렸다. 민경주는 그를 쓰러뜨리고선 그대로 달아나 버렸다. 그에 대한 불신을 그것만큼 제대로 표현할 길은 없을 것이다.

"변장 솜씨가 형편없군."

뒤를 돌아보지도 않은 채 이안이 묵직하고도 낮게 중얼거렸다. 작은 목소리였으나 이안의 뒤에 바짝 붙어서 걷고 있던 VIP가 알아듣기엔 충분히 컸다. 붉은 립스틱과 스모킹 아이섀도, 두터운 마스카라와 길게 붙은 인조 속눈썹, 가슴이 깊게 파인데다가 몸매가 찰싹 달라붙은 짧은 원피스, 굽이 족히 15㎝는 될 듯 높은 킬힐로 변장을 한 민경주가 몹시도 당황한 듯 속삭였다.

"나인 걸 어떻게 알아봤어요?"

"못 알아보는 게 더 힘들 것 같은데. 제발 좀 봐달라고 아우성을 치는 꼬락서니를 하고 있잖아."

"평소의 나와 완전히 다른 모습이잖아요. 봐도 못 알아볼 줄 알았어요. 내 친구들은 다 날 몰라보던데."

"그 친구들은 분명 붉은 입술과 맨다리에 성호르몬이 자동으로 분비되는 종자들이 아니었겠지."

"당신 몸이 내 다리를 보고 성호르몬을 분출시켰다, 이 말이에요?"

물론이다. 그것도 아주 미친 듯이. 강의 시간이 아니었다면 민경주를 어디론가 끌고 가 정신없이 탐했을지도 모를 일이었다. 하지만 그렇다는 걸 알려 민경주를 겁먹게 할 생각은 추호도 없다. 민경주는 그의 VIP다. 임무. 그는 민경주의 안전을 책임져야 할 사람이었다. 이안은 무뚝뚝하고 무관심한 말투로 중얼거렸다.

"천박한 화장과 옷차림 때문에 널 보지 않으래야 않을 수가 없었다는 말이야. 너도 알다시피 난 예지력과 통찰력이 뛰어난 뱀파이어지. 당연히 즉각 널 알아보았어."

"내가 당신을 뱀파이어라고 인정했던가요?"

"그랬으니 날 찾아온 거 아닌가?"

"착각하지 마시죠. 난 아직도 당신을 정신병원에 입원시켜야 한다는 의무감을 느끼고 있으니까."

동시에, 당신이 정말로 진실을 말하는 건지도 모른다는 기괴한 믿음도.

속으로 중얼거리며 경주는 눈살을 찌푸렸다. 마음에 안 들게도 어젯밤 이후부터 줄곧 경주를 사로잡은 생각은 '윤이안은 옳다'였다. 마치 생모가 자신을 버릴 때 했던 '사랑한다'는 말이 진실이란 걸 본능적으로 캐치했던 것처럼 윤이안을 믿어야 한다는 사실이, 그가 하자는 대로 따라야 한다는 본능적 예감이, 경주를 혼란스럽게 했다. 어떻게 이런 감정에 사로잡힐 수 있는 것인지, 실증의 학문을 전공하는 사학자가 어떻게 상상의 산물인 뱀파이어의 존재 가능성을 열어둘 수 있는 것인지, 경주는 스스로를 이해할 수 없었다.

'제정신이 아닌 거지.'

게다가 지금은 자진해서 이안을 찾기까지 했다. 변장을 도와준 친구, 혜진은 도저히 이해 못하겠다며 끝까지 경주를 말렸었다.

"기껏 달아나 놓고 왜 찾아가? 그 사이코가 해코지라도 하면 어쩌려고."

"변장했잖아. 쉽게 알아보지 못할 거야. 여차하면 도망치지, 뭐."

"글쎄, 여차하면 도망칠 만큼 위험하다고 생각되는 인물을 왜 굳이 제 발로 찾아가려고 하느냐 말이야. 굳이 변장까지 하면서!"

"몰라서 물어? 도강하려고 그러지. 그 사람이 진짜 교수인지, 교수라면 제대로 된 강의를 펼칠 수 있는 교수인지, 내 머리로 직접 판단해 보려고."

"자기가 뱀파이어라고 주장하는 남자잖아. 그런 사람이 제대로 된 강의를 하는지 안 하는지, 뭐가 중요해? 그냥 사이코인데."

"그 사람의 지적 수준이 얼마나 되는지 파악해야 경찰서에 보낼지, 정신병원에 보낼지, 결정할 수 있을 거 아니야."

"그냥 경찰에 신고해! 경찰이 알아서 판단하게 내버려 둬! 왜 네가 그걸 판가름하려고 해? 위험하게시리."

혜진의 주장대로 경찰에 신고하면 그만이란 걸 모르는 바가 아니었다. 경주도 이렇게까지 나서는 자신이 이해되지 않았다. 그의 코앞까지 와 있는 이 순간에도, 자신이 진짜 미친 건 아닐까 걱정이 될 정도였다.

하지만 경주는 어떻게든 그를 다시 봐야 했다. 자신의 내면과 본능이 왜 이 남자를 향해 한없고 무궁무진한 믿음의 신호를 내보내는지 알아내야 했으니까.

"아직도 고민 중이라니 유감이군."

윤이안이 등을 보인 채 걸으며 말했다.

'내가 더 유감이네, 이 사람아.'

경주는 속으로 음울하게 읊조렸다. 한 시간짜리 그의 강의를 듣고 난 지금, 그녀는 몹시도 괴로웠다. 그에 대한 믿음이 대략 열 단계쯤 훌쩍 상승해 버렸기 때문에. 당황스럽게도 윤이안은 오늘 매우 수준 높은 강의를 펼쳤다. 심리학의 'ㅅ' 자도 모르는 경주마저 홀딱 반할 정도로 지적인 수업이었음을 인정하지 않을 수 없었다. 덕분에 혼란은 더욱 가중되었다. 믿음의 신호가 더더욱 맹렬해진 것이다.

"문제를 좀 더 직관적으로 바라보면 어떨까. 복잡하게 생각하지 마. 보이는 대로, 들리는 대로, 마음 가는 대로 믿고 따라. 그럼 더 이상의 고민은 하지 않아도 될 거야."

마음 가는 대로 따르고 싶지 않아! 내 문제는 바로 그거라고요.

"어설픈 충고는 그만두시죠. 그래 봤자 당신이 어제 주절거렸던 거짓말을 내가 믿는 일은 절대로 일어나지 않을 테니까요."

"난 거짓말은 하지 않아."

"대신 사기를 치시죠. 헛! 그러고 보니 말 되네."

"뭐가."

"가짜 목사가 지구 멸망 따위의 소설로 신도들의 전 재산을 가로채는 신흥 사기 수법에 대해 들은 적이 있어요. 혹시 당신도 내게 뱀파이어니, 뭐니, 이상한 소설로 날 현혹시킨 후에 돈을 뽑아먹으려는 속셈이었어요? 그런 거라면 포기해요. 그딴 거 믿지 않는 사람이니까. 난 우뇌보다는 좌뇌가 발달한 인간이거든요. 논리적이고 이성적인 사고가 내 주특기죠. 혹시라도…….”

그를 만나면 저절로 맹렬히 발생하는 긴장감을 해소시키기 위해 경주는 자기가 생각해도 쓸데없는 소리를 지껄이기 시작했다. 그 역시 쓸데없다고 생각했는지 이안이 일순, 우뚝 걸음을 멈추었다. 그의 뒤에 바짝 붙어서 걷고 있던 경주가 급브레이크조차 밟지 못할 만큼 갑자기. 퍽. 그의 등에 정면으로 코를 박았다.

“아!”

아픈 코를 움켜쥐고 인상을 찌푸리고 있으니 이안이 우아하게 턴을 하여 경주를 마주 본다. 경주는 신경질을 내기 위해 그를 노려보았지만 아무 말도 할 수 없었다. 그의 눈동자는 조용히 이글거리고 있었다. 경주의 심장이 쿵, 하고 떨어졌다. 이안은 성큼 다가와 경주와의 사이를 훌쩍 좁히고는, 훤칠한 키를 이용해 시선을 직각으로 꽂아 그녀를 위압적으로 내려다보았다.

“그래서 미래의 사학자님께선 아직도 내 말을 믿지 못하신다?”

“무, 물론이죠.”

또다시 찌릿찌릿, 마음이 보내는 ‘윤이안은 옳다’의 신호를 싹 무시하고 경주는 더욱 단호하고 꽉 막힌 어조로 단정했다. 이안의 입가에 비웃음이 스쳤다.

“그럼 왜 날 찾아왔지? 경찰에 신고하기 전 친절히 경고장을 날리기 위해? 아니면 내 사타구니가 제대로 제 기능을 발휘하고 있는지 확인하려고?”

“어제 일은 미안하게 됐어요. 처음엔 그렇게까지 할 생각은 아니었는데 나도 모르게 감정이 들어가서 의도했던 것보다 훨씬 세게 들어가 버렸어요. 많이 아팠…… 겠죠?"

쥐어짜듯 겨우겨우 목구멍으로 밀어내 한 말이었으나 이안은 대답이 없었다. 대신 빤히, 아주 빤히 경주를 노려보고만 있었다. 초조함이 밀려들어 경주는 혓바닥으로 아랫입술을 거칠게 핥고는 더욱 조심스럽게 물었다.

"병원에는 가봤어요?"

"그럴 필요 없어."

이미 한 시간 전, 강의실 구석에 앉아 있는 그녀를 발견한 순간부터 그의 사타구니는 왕성하게 제 기능을 다하고 있으니까. 이안은 경주의 발끝서부터 머리끝까지 눈으로 샅샅이 훑으며 느릿느릿 질문을 던졌다.

"설마 정말로 그것 때문에 날 찾아온 거야? 내가 너 때문에 성불구자가 됐는지, 안 됐는지 알아보려고? 그래서 그런 옷차림을 하고 내 강의실에 나타났어?"

경주의 얼굴이 단숨에 발그레해졌다.

"그러려고 이런 옷을 입은 건 아니에요! 정말로 난 이렇게 변장하면 당신이 날 못 알아볼 줄 알았다고요."

"그래. 그럼 이젠 뱀파이어 앞에선 뭐든 감추는 게 불가능하다는 걸 알았겠지?"

"난 아직도 이 세상에 뱀파이어란 존재하지 않는다, 라고 생각해요. 그렇다고 이미 말했잖아요. 내가 이렇게 찾아온 건…… 오직 호기심 때문이에요."

"호기심?"

"알다시피 난 사학도잖아요. 사학도라면 기본적으로 호기심과

탐구 정신이 뛰어나죠. 궁금한 걸 그냥 묻어두질 못해요, 기질적
으로."

"그래서 날 탐구하시겠다고?"

이안이 눈을 조금 크게 뜨고는 경주를 자세히 들여다보았다. 경
주는 마음속에 일고 있는 엄청난 대혼란을 그에게 들키지 않기 위
해 애써 태연한 척 미소를 지었다. 동시에 신께 마음으로 빌었다.
제발 윤이안이 미치광이라는 증거를 찾을 수 있게 도와달라고. 그
를 향해 요동치는 이 맹목적 믿음을 사그리 정리할 수 있게 제발,
증거를 달라고. 그러면서도 전혀 흔들리지 않는 듯 다부진 목소리
로 당돌히 말했다.

"당신이 지어낸 얘기라는 걸 내가 증명해 보이고 싶어요."

"어떻게?"

흥미롭다는 듯 그의 입가가 슬그머니 반원을 그렸다.

"만약 당신 말이 다 사실이라면 내가 묻는 말에 빈틈없이 답변
을 해줄 수 있을 것 아니에요. 앞과 뒤가 모조리 다 맞겠죠, 당연
히. 수많은 퍼즐들의 조각을 찾아 맞추며 하나의 그림을 완성하는
것처럼요. 그 속에 거짓된 퍼즐 조각이 하나라도 섞여 있으면 그
그림은 완성되지 못하는 거죠."

"뱀파이어에 대해 알고 싶어졌다는 뜻이로군."

"착각 말아요. 뱀파이어는 아무래도 상관없으니까. 알고 싶지
도 않아요."

경주의 입에서 거짓말이 술술 나왔다.

"난 그저 당신 머릿속에 가득 차 있는 그 망상들이 무엇에 기인
하는 건지 알고 싶을 뿐이에요. 더불어 도대체 날 누구에게 인도

하겠다는 것인지도요."

"아하. 운명의 짝이 누군지 궁금한 거로군. 진작 말씀하시지."

이안이 씩, 차갑게 미소 짓더니 몸을 돌려 다시 걷기 시작했다. 또각또각, 촘촘하고 빠른 킬힐의 발자국 소리가 재빨리 이안을 따라붙었다.

"난 운명의 짝 같은 건 믿지 않아요. 태어날 때부터 자신의 짝이 정해져 있다는 거잖아요. 그런 건 정말 말도 안 되는 소리라고 생각해요."

"처음으로 우리 둘이 의견 일치를 보는군. 나도 그렇다고 생각해. 하지만 세상에는 자신의 신념과 다른 운명을 타고난 사람도 분명 있어."

"당신 말은 내가 그런 운명을 타고났다는 거예요? 왜요? 왜 하필 내가 그런 사람이어야 하는데요?"

"난 신이 아니야. 왜 하필 네가 그런 운명을 타고났는지 내가 어떻게 알겠어?"

"뭔가 납득할 만한 이유를 대지도 못하면서 무작정 내게 당신의 주장을 주입시키려 했던 거예요? 아까도 말했지만 난 사학도예요. 역사적 사료나 문헌이 없으면 절대로 확신이란 걸 하지 않는. 날 이해시키려면 뭔가 그럴싸한, 과학적인 사실이나 증명 가능한 얘길 하라고요."

"이쯤에서 우리 뱀파이어의 독특한 유전형질에 대해 설명해 줘야겠군. 우리의 피와 정액, 모유, 근육, 뼈, 뇌, 간 등에는 독성이 함유되어 있어. 내성이 없는 인간의 몸에 섞이면 죽을 수도 있을 만큼 아주 강력한 독이지."

"뭐라고요? 죽는다고요?"

"내성 없는 인간이 무모하게 뱀파이어와의 체내수정을 시도하다가는 목숨을 잃게 돼."

"체내수정…… 이라뇨?"

"교미."

"교…… 뭐요?"

점점 더 기가 막힌 말들이 흘러나오자 경주가 눈을 부릅뜨며 되물었다. 우뚝. 이안이 다시 발걸음을 멈추고 어깨 너머로 경주를 돌아보았다. 감정이라곤 터럭만큼도 없어 뵈는 차가운 시선으로 그는 무뚝뚝하게 말했다.

"인간들은 섹스라고들 하지. 씨를 퍼트리는 행위. 짝짓기. 번식활동."

"당신들은 그걸 그렇게 불러요?"

토할 것 같은 얼굴로 경주가 물었다.

"대부분의 인간 여자들은 뱀파이어의 정액에 함유된 독성을 견디질 못해. 내성이 없으니까."

경주의 식겁한 반응에도 불구하고 이안은 아무 일도 아니라는 듯 다시 걷기 시작하며 기계적으로 설명을 늘어놓았다. 펄떡펄떡 뛰어대는 심장을 가까스로 누르며 경주는 이안의 뒤를 다시금 쫓았다.

"그런 이유로 뱀파이어는 인간과 섹스를 할 수 없지."

"당신과 섹스하면, 내가 죽는다는 거예요?"

경주는 뇌를 거치지 않고 불쑥 무의식중에 떠오른 말을 토해내고는 흠칫 몸을 떨었다. 냉큼 입을 닫고 손으로 입술을 꾹 눌렀지만, 발 없는 말은 이미 이안의 귓속으로 쏙 들어가고 만 이후였다.

"그렇다곤 안 했는데."

나른하게 깔리는, 윤이안 특유의 근사한 목소리가 공기 중을 울렸다. 얼굴을 마주한 것도 아니었건만. 그저 목소리를 듣는 것만으로도 경주의 몸은 달아올랐다. 꼴깍. 마른침을 삼키고 그녀는 애써 아무렇지도 않은 척 태연하게 말했다.

"어쨌든 나도 인간 여자니까 뱀파이어의 어…… 그것을 받아내지 못할 것 아니에요."

"성격이 급하군. 속단하지 마. 다 그렇다는 뜻은 아니었으니까."

"살아남는 여자도 있단 말이에요?"

"있다고들 하지. 아직 직접 내 눈으로 보진 못했지만 전해 듣긴 했어."

"설마 그게 나라는 건 아니겠죠?"

"……."

"나예요?"

"뱀파이어 종족은 남성 쪽이 강력한 우성이야. 종족 대부분이 남성이지. 모든 면에서 인간의 수십 배의 욕구를 가진 우리 종족이, 번식을 목적으로 내성을 가진 인간 여자를 원하게 되는 것은 당연한 일이야."

"그러니까 내가 뱀파이어 독인가 뭔가, 그것에 대한 내성이 있다는 거예요? 그래서 당신네 종족들이 날 원하고?"

초조하고 불편한 심경에 따라 이안의 발걸음이 빨라졌다. 이안을 따라다니며 그의 신경을 괴롭히고 있는 킬힐 소리의 템포도 빨라졌다. 친분이 있는 여교수가 알은체를 하며 활짝 웃자 이안은 눈인사를 건네고 미소를 보였다. 뒤이어 50대 남자 교수가 지나가며 인사말을 건네 왔다. 적당히 대꾸해 주고 다시 가던 길을 걸었다. 하지만 오래지 않아 킬힐만큼이나 그를 미치게 하는 향수 냄새가 훅, 등 뒤로부터 날아들었다.

"계속 내 말을 무시하는데요."

뾰족하게 날이 선 경주의 음성이 뒤따라 들려올 때쯤 이안은 멈춰 섰다. 그의 이름이 붙은 교수실 앞이었다. 킬힐 소리도 뒤따라 멈췄다. 향수 냄새가 더욱 진하게 그를 자극했다. 이안은 싸구려라 자신의 취향이 전혀 아님에도 불구, 자신의 본능에 지대한 영향을 끼치고 있는 향수 냄새를 크게 들이마셨다. 사타구니에 자리한 물건이 요동을 쳤다.

"그런 식으로 묵비권을 행사하면 내 마음대로 해석해 버리는 수가 있어요. 그렇게 되면 나도 내가 어떤 결론을 내리게 될지 장담 못해요. 그러니 내 물음에 정확한 답을 줘요. 내가 당신네 뱀파이어 독에 대한 내성을 갖고 있나요?"

"가능성이 높지."

잔뜩 쉰 목소리로 대답하고, 이안은 고개를 숙여 자신의 몸 상태를 체크했다. 비참하리만치 커다래진 그것이 바지 안에서 꿈틀거리고 있었다.

"당신도 확신하지 못한다는 거예요?"

"당연하잖아? 시험해 볼 수도 없는 일이니."

"그럼 그걸 어떻게 확인하겠다는 거예요? 설마 나한테 뱀파이어와 실제 교미…… 아니, 섹스를 하게 하려는 건 아니죠?"

"지금은 21세기야. 그런 원시적인 방법이 아니어도 따로 알아내는 수가 있으니 걱정하지 마."

물론 그의 짐승은 원시적인 방법을 원하는 것 같지만.

"좋아요. 그건 그렇다고 쳐요. 그럼, 내게 운명이 따로 있다고 말한 건 내성을 지녔을 가능성 때문이었던 거예요? 내가 뱀파이어를 받아낼 수 있는 강인한 존재라서. 그래서 당연히 뱀파이어의 짝이 되어야 한다는 건가요?"

"넌 희귀해. 뱀파이어와 섞일 수 있는 몇 안 되는 인간 여자 중에 한 명이지. 그 특별함을 아무렇게나 내동댕이칠 수는 없잖아?"

"내가 원하지 않는다고 해도요?"

"운명은 흐름이야."

중얼거리며 이안이 교수실 문을 벌컥 열었다. 책 냄새와 함께 이안의 머스크 향기가 경주의 코끝으로 스며들어 왔다. 경주는 몹시도 기분 좋은 냄새라고 속으로 생각했다.

"네가 아무리 발버둥을 쳐도 이미 꺾인 흐름을 되돌릴 순 없어. 넌 뱀파이어의 여자가 되어야 해. 네가 내성을 지녔다는 것은 그런 운명을 타고났다는 뜻이야."

이안이 가혹한 말로 그녀의 '기분 좋음'을 확 깼다. 경주는 불끈 화가 치미는 것을 느꼈다. 그놈의 운명. 독성이니 내성이니, 도저히 믿어보려 해도 믿을 수가 없는 헛소리, 듣는 것만도 짜증나 죽겠는데 왜 자꾸 구닥다리 운명 타령인 건지 알 수가 없었다. 진짜 뱀파이어가 존재하고, 독성이니 내성이니 하는 것도 다 사실이라 치자. 그게 뭐? 뱀파이어에 대한 내성을 지녔다는 이유로 뱀파이어의 여자가 되어야 한다는 건 대체 무슨 논리인데?

"정해진 운명이란 건 없어요. 그러니 되돌리지 못할 흐름이란 것도 없죠. 난 뱀파이어의 짝이 되진 않을 거예요."

이안의 뒤를 따라 당당히 교수실 안으로 들어서며 경주는 선언했다. 명백히 이안의 뜻에 반하는 말이었다. 침묵이 교수실을 장악했다. 이안은 여전히 뒤를 돌아보지 않은 채였다. 끼이익, 문이 천천히 닫히기 시작했다. 분위기 탓인지 경주는 등골이 오싹해졌다.

이윽고 달칵 소리와 함께 문이 완전히 닫히자 이안이 기다렸다는 듯이 천천히 몸을 돌렸다. 그리고는 섬뜩할 정도로 진지하게 말했다.

"널 감당할 인간 남자는 없어. 뱀파이어의 여자가 되는 게 네 운명이다."

"좋아요, 정리해 봅시다."

두려움이 오장육부를 비틀어대고 침착함과 대담함을 갉아먹고 있었으나 경주는 최대한 아무렇지도 않은 척 연기를 했다. 이안의 짙은 시선이 안면으로 날아왔다. 이안의 눈은 예리하게 번들거리고 있었다. 먹잇감을 노리는 맹수의 그것처럼. 그 시선을 온전히 혼자 다 받아내기 벅찬 나머지 경주는 이리저리 어지럽게 걸음을 옮기기 시작했다.

"당신은 뱀파이어예요. 그러니까 당신이 주장하는 바에 따르자면 말이죠. 뱀파이어는 독특한 유전학적 형질을 갖고 태어나는데,

그건 체내의 독성이 있다는 거죠. 마치 뱀이나 복어의 독처럼 인간에게 해가 되는 강한 독성. 따라서 인간과 뱀파이어가 체내수정을 시도할 시엔 거의 100퍼센트, 인간이 죽는 걸로 결말을 맺어요. 하지만 몇몇 인간들은 태어날 때부터 뱀파이어의 독성에 대한 내성을 가지고 있어요. 여기까지, 맞나요?"

"……."

대답 없이 이안은 경주에게만 온 신경을 집중했다. 선정적인 붉은색 립스틱을 위아래로 덕지덕지 바른 도톰한 입술이 꼼지락거릴 때마다 그는 피가 역류하는 기분을 느끼고 있었다. 그가 심상찮은 침묵을 지키고 있자 경주는 성마르게 혀를 내밀어 입술을 핥았다. 작고 의미 없는 행동이었으나 그 때문에 둘 사이의 긴장감은 더욱 고조되었다. 이안의 시선은 경주의 입술과 혀에 고정되어 있었고, 그녀의 숨소리는 점점 더 거칠어졌다. 경주는 재빨리 몸을 틴하며 그의 시선에서 벗어나고자 했다. 하지만 이내 뒤통수로 꽂혀왔다.

"계속해 볼게요."

이안이 자신을 주시하고 있음이 적나라하게 느껴져서 심장이 벌렁벌렁 뛰어댔다. 떨리는 목소리를 간신히 제어하며 경주는 쥐어짜듯 말을 이어갔다.

"뱀파이어는 유전적으로 남성이 우성형질이에요. 그것도 아주 강력하죠. 그래서 여성 뱀파이어가 태어나는 일은 거의 없다시피 해요. 당연히 뱀파이어에겐 자신의 짝을 찾아나서야 할 필요성이 생기겠죠. 한 번의 일시적인 교미가 아닌 자신의 혈육을 낳고 종족을 보존해 줄 여자. 뱀파이어 독에 대한 내성을 가진 인간 여자.

당신이 어느 날 갑자기 내 앞에 나타난 건, 내가 그 내성을 가진 여자일 수도 있기 때문이고요."

"……."

"어때요? 내 핵심 정리가."

빙그르르 몸을 돌려 그를 마주하며 경주가 물었다. 아무렇지도 않은 척 태연한 얼굴로 말하고는 있으나 이안은 알았다. 그녀가 매우 불안, 초조해하고 있음을. 또한 흥분해 있음을.

그녀의 아름다운 목선을 가로지르는 푸른 정맥이 팔딱팔딱 뛰고 있었다. 이안은 그녀의 쇄골과 목선 중간 지점을 뚫어져라 노려보았다. 어젯밤 자신이 이를 세워 물었던 곳이었다. 장난처럼 가볍게 물었던 건데, 살결이 워낙 하얗고 연약한 나머지 희미하게나마 잇자국이 나 있었다. 눈살이 저절로 찌푸려졌다. 자신도 모르는 사이 손을 내밀어 그곳을 매만지며 이안은 나지막하게 속삭이듯 물었다.

"어젯밤엔 어디서 잤지?"

"……네?"

차가운 그의 손길이 닿자 경주는 몸을 떨었다. 하지만 그뿐. 그의 손을 떨궈내진 않았다. 그럴 수가 없었다. 그러고 싶지 않았으니까. 이안의 손끝에서부터 정체를 알 수 없는 전율이 일어나더니 순식간에 온몸을 에워쌌다. 경주의 숨은 가빠졌다.

"집을 나가서 돌아오지 않았잖아. 어디에 있었던 거야?"

"뱀파이어라면서요. 영적으로 특화된. 내가 어제 어디에서 잤는지 마음만 먹으면 알아낼 수 있는 거 아니었어요?"

"난 잠재되어 있는 무의식에 침입하는 거지, 기억을 헤집는 게 아니야. 또한 아무 때나 남의 무의식에 침입하여 개인의 사생활을 염탐하는 짓엔 흥미 없어."

그 대답을 뱀파이어가 아닌 증거라고 우길 수도 있었다. 하지만 경주는 그러지 못했다. 뭉게뭉게 피어오르던 그에 대한 믿음이 또 다시 이성을 갉아먹었다. 대책 없이 경주는 그의 말을 몽땅 믿고만 싶어졌다. 개인 사생활을 염탐하는 짓은 하지 않는다는 그의 말도, 어젯밤 자신을 걱정했던 거란 것도 마냥 믿고만 싶었다. 대화하는 내내 머리꼭지까지 쌓아놓았던 방어벽에 금세 쩍쩍 금이 가기 시작했다. 위험신호다.

"난…… 친구네 집에 갔었어요."

"어떤 친구?"

그녀의 감정적 혼돈을 감지했는지 못했는지, 이안이 경주의 목에 댄 손바닥을 부드럽게 원을 그리듯 움직이며 보드라운 살을 문질렀다.

"대학 때 사귄 친구요. 근처에서 자취를 하거든요. 어젯밤엔 너무 놀란데다 무서워서 다시 집으로 돌아갈 수 없었어요."

긴장감과 싸우며 경주는 겨우 중얼거렸다. 바짝 마른 아랫입술을 쓱 핥자 이안의 시선이 어두워졌다.

"이제는 날 무서워하지 않는다는 뜻인가."

"밤새 생각해 봤어요. 당신은 날 공격할 기회가 얼마든지 있었지만 그러지 않았잖아요? 내가 달아나게 그냥 두고, 뒤쫓지도 않았고요. 정황들을 종합한 결과, 당신 목적이 내 생명을 위협하는 건 아니라는 결론을 내렸어요."

"그렇군."

휴, 경주는 한숨을 내쉬었다. 치열한 고뇌가 느껴지는 뜨겁고 격렬한 숨이 작은 입술 사이로 쏟아져 나왔다. 목선에 새겨진 섬세한 정맥을 따라 천천히 내려오던 찬 손길이 우뚝 멈추었다. 어느새 이안의 손길이 쇄골 아래쪽까지 내려와 있었다. 손끝이 가늘게 떨려오자 이안은 재빨리 그녀에게서 손을 떼고, 세차게 주먹을 틀어쥐었다.

"어쩌면 단순히 살짝 맛이 간 것일 수도 있지 않을까, 생각했어요. 간혹 그런 사람들 있잖아요. 어떤 것에 너무 깊이 몰두해 보통 사람들은 절대로 이해할 수 없는 정신세계를 갖게 되는 괴짜들. 외계인이나 귀신, 사후세계를 믿는 사람들처럼, 당신도 그저 뱀파이어의 존재를 믿는 괴짜일 뿐인 거죠."

"그래서? 내가 만들어낸 뱀파이어 논리의 허점은 찾으셨나?"

"뱀파이어 자체가 논리적이지 못한데, 어떻게 논리의 허점을 찾아낼 수 있겠어요? 애초 논리라는 게 존재하지 않는 얘기잖아요. 당신 얘기는 논리가 아니라 그냥 헛소리예요. 그중 최고봉은 운명의 짝이고. 도대체 내가 왜 얼굴도 본 적 없는 남자와 엮여야 돼요?"

"뱀파이어의 수장은 대물림이 되는 자리야. 수장이 짝을 짓는 건 종족의 미래와 직결돼. 내성의 여자를 최우선으로 취해야 할 필요가 있는 거지."

"그 수장이라는 사람인가요? 당신이 말한, 내 짝이라는 남자가? 엄청나게 잘나신 분인가 봐요?"

"수장은 다른 모든 뱀파이어를 뛰어넘는 존재다. 그를 만나면 모든 여자들이 운명을 느끼지. 부유한데다가 잘생겼거든."

"당신보다 더?"

"나보다도 더."

이안이 씩 야릇한 미소를 지어 올렸다. 경주는 괜히 얼굴이 붉혀졌다. 마치 짝사랑하다 속마음을 들킨 여학생처럼. 문득 그에게 쪽지를 전하던 여학생이 떠오른다. 관심이 있음을 열렬히 드러내던 여교수의 미소도. 질투심이 경주의 심장을 맹렬히 찔러댔다. 경주는 두 눈에 힘을 주고는 입술을 비틀었다.

"수장인지 뭔지, 그 남자의 잘난 점을 그리 줄줄 읊지 않아도 돼요. 그래 봤자 그 사람이랑 잘해볼 생각, 추호도 없으니까. 난 남자의 외모나 재산 내역에 혹하는 여자가 아니거든요."

"함부로 단언하지 말지."

"걱정 마요. 다른 모든 여자들처럼 그 남자를 보고 운명을 느끼지는 않을 테니까."

"수장의 여자가 되는 건 아무나 가질 수 있는 행운이 아니야. 말했잖아. 그는 어떤 뱀파이어보다도 더 우월한 존재라고. 심지어 수컷으로서의 능력까지도 말이야. 수장의 여자가 되면 밤마다 쾌락의 늪에서 허우적거릴 수 있을 거다."

"뭐, 뭐요……?"

경주는 그만 입을 떡 벌리고 말았다. 너무 기가 막히니 곧바로 받아칠 말이 생각나지 않았다. 단 한 마디 말에 머릿속이 초토화되어 버렸다. 이게 과연 제정신으로 할 수 있는 말인가 싶으니 갑자기 이안이 불쌍해지려고 했다. 그렇다. 윤이안은 미쳤다. 돌았다. 그러지 않고서야 이런 소릴 대놓고 할 리가 없다. 그녀는 성큼한 걸음 다가가 그의 코앞에 제 얼굴을 들이댔다. 아주 전투적으로. 그리곤 손가락을 들어 콕콕, 그의 가슴 부위를 찍어 내리며 이를 갈았다.

"난 내 운명을 고작 쾌락 따위에 걸지 않을 거예요. 내가 누군가를 원하게 된다면 그건 그 사람을 사랑해서일 거라고요. 그 사람을 죽도록 사랑해서, 내 목숨만큼이나 아껴서, 그 사람 없으면 내가 못 살 것 같으니까, 그 사람과 일평생 함께하고 싶고 그 사람의 아기를 낳고 싶으니까! 난 그러고 싶은 사람하고 결혼할 거라고요."

"……."

"그러니 내 앞에서 다시는 짝이니 뭐니, 이상한 소리 말아요. 다시는! 체내수정이니 교미니, 그딴 토악질 나오는 말로 신성한 애정 행위를 매도하지도 말고요! 아시겠어요, 자칭 뱀파이어 씨?"

이안이 자신의 가슴을 내려다본다. 손톱에 빨간색 매니큐어가 칠해진 그녀의 작고 가느다란 검지가 가슴팍에 박혀 있었다. 그것에서 이안은 시선을 뗄 수가 없었다. 떼어지지 않았다. 주먹 쥔 그의 손에 더욱 힘이 들어갔다. 꽉 다문 입안에서 어금니가 질끈 깨물어졌다. 감각점을 닫으려 애썼으나 소용없었다. 그의 오감은 민경주를 향해 점점 더 넓게 열리고 있었다.

"설마 사랑이 뭔지 모르는 건 아니죠?"

이안이 어떤 감각에 휩쓸리고 있는지, 그것을 내리누르느라 얼마나 안간힘을 쓰고 있는지 아무것도 모르는 경주는 순진하게도 자신의 얼굴을 더욱 가까이 들이민 채로 인상을 찌푸렸다. 수상쩍다는 듯 그를 노려보는 두 눈은 가늘게 좁혀 있었다. 피 냄새가 진동했다. 붉은 립스틱, 붉은 매니큐어, 붉은 피. 극심한 허기짐이 이안을 괴롭혔다.

"당신네들 뱀파이어는 감정이 없어요? 떨림이랄지, 설렘이랄지. 그런 거 못 느껴요?"

"……."

"설마 정말로, 잠자리 능력만으로 상대의 매력을 평가하는 건 아니죠? 그건 말이 안 되잖아요. 자기들이 인간과 다를 바 없음을 주장하는 게 당신네 뱀파이어들 아닌가요? 그런 식으로 마음에 드는 이성을 고르는 건 동물들이나 하는 짓이죠."

"……."

"하긴. 인간도 동물이긴 하네."

작게 중얼거린 민경주가 훅, 한숨을 내쉰다. 그의 코앞에서. 하얀 목덜미를 드러내고. 향긋한 피 냄새를 풍기며.

이안은 다분히 동물적이고도 원시적인, 폭력적일 정도로 가혹하고도 아찔한 유혹을 견뎌내며 생각했다. 뱀파이어는 육체적 욕망을 인간보다 수백 배는 더 강하게 느낀다는 사실을 다음번엔 꼭 알려줘야겠다고. 폭력. 섹스. 피. 뱀파이어는 스스로 욕망하는 것을 눌러 참을 자제력의 지수가 인간의 1/10도 되지 않았다. 그러므로 내성을 가진 민경주를, 너무나도 매혹적인 그녀의 피와 몸을 취하지 않기 위해 이안은 실로 경이로울 정도의 인내심을 발휘하고 있는 것이었다.

"인간이 섹스를 하는 궁극적인 이유도 마찬가지 아닌가? 자손의 번식. 그리고 쾌락."

내적인 갈등을 극심하게 겪고 있음에도 이안의 음성은 평온하고 매끄러웠다. 한순간 그의 동공에 황금빛이 감돌았다 사라졌다.

이안의 눈을 뚫어져라 주시하고 있었으나 경주는 그 찰나의 번뜩임을 캐치하지 못하였다. 애정 행위의 근원적 가치를 모조리 무시하는 그의 발언에 열광적으로 코웃음을 치느라.

"헛! 기가 막혀서. 아니거든요? 인간은 사랑을 표현하기 위해 섹스를 하는 거거든요! 감정이 전제되지 않으면 즐거움을 찾을 수 없다고요!"

"사랑?"

"인간적인 애정이라고 해두죠. 그게 없으면 섹스는 불가능해요. 그렇기 때문에 관계를 맺는 데에 있어서 책임 의식을 느끼게 되는 거죠. 우린 행위 그 자체가 아니라, 그 너머에 있는 좀 더 정신적인 차원에 의미를 둔단 말이에요. 이해하시겠어요?"

"……."

"생식능력이 뛰어난 수컷이 최고의 인기를 구가하던 시절은 구석기? 신석기? 아무튼 예전에 끝났어요. 그러니 내가 수장의 뛰어난 생식능력에 홀딱 반할 거란 착각도 작작하세요. 예?"

"애정 없는 섹스에선 즐거움을 찾을 수 없다는 게 네 생각이란 말이지?"

"당연하죠. 그리고 그게 맞는 거예요."

"아닌 것 같은데."

"내 말이 맞다니까요!"

"그럼 증거를 보여주든가."

피식. 이안이 입가에 비웃음을 떠올려, 그녀의 말을 믿지 않는다는 의사를 분명히 전달했다. 경주는 발끈했다. 욱하고 안 좋은 성미가 끓어올랐다. 사악하기 이를 데 없는 윤이안을 향한 반발심이 속에서 부글거렸다. 거의 폭발할 지경이었다. 도저히 그에게 도전하지 않으면 안 될 만큼!

경주는 가느다란 두 팔을 재빨리 뻗어 그의 목을 넝쿨처럼 휘감았다. 커다란 덩치가 흠칫 놀라는 것이 피부로 느껴졌다. 일시적인 만족감이 찾아와 경주는 더욱 적극적으로 몸을 밀어붙이며 그의 입술에 키스를 했다.

이안은 완력으로 그녀를 밀어내려 했다. 그녀의 가슴 언저리에 손을 대고 힘을 주어 그녀를 떼어내려고까지 하였다. 하지만 경주는 더욱 거세게 덤벼들어 자신의 몸을 그에게 찰싹 붙였다. 이윽고 이안이 저항을 포기하고 그녀를 끌어당기자 두 사람은 마치 한 사람인 양 완벽하게 겹쳐졌다.

"젠장……."

이안은 좁은 교수실 벽에 경주를 밀어붙이고 키스를 퍼부었다. 한껏 열린 경주의 입안으로 몹시도 급하고 격정적으로 파고들어, 그 속을 애무했다. 이러면 안 된다는 걸 알면서도 이안은 제멋대로 흘러가는 자신의 의지를 꺾을 수가 없었다. 그의 정신은 본능과 욕망에 점령되어 버렸다. 이 여자가 누군지, 자신이 어떤 임무를 띠고 이곳에 있는지, 그녀를 어떻게 대해야 하는지, 아무것도 생각할 수 없었다. 오로지 그녀를 갖는 것, 그녀를 내 것으로 만드는 것, 그녀를 탐닉하는 것에만 집중되어 있었다.

명백한 이성의 참패였다.

"으흠……."

열띤 신음이 경주의 혀를 타고 흘러나왔다. 그는 그녀의 머리채를 가볍게 거머쥐고, 입안으로 더 깊숙이 파고들었다. 목구멍까지 들어갔다 연약하게 주름진 살점들을 애무하고, 치열의 안쪽을 빠르게 훑고 지나갔다가 종래에는 쾌감에 떨며 방황하는 경주의 붉은 혀와 만났다. 붙들어 휘감고 빨아들였다. 깊게. 아주 깊게.

달콤한 혀. 짜릿한 맛.

이안은 차가운 손을 치마 속으로 미끄러뜨렸다. 동시에 원피스의 라운드 네크라인을 아래로 끌어 내리고는 브래지어 안에 감싸인 가슴을 꺼냈다. 손바닥으로 세차게 쥐고 뭉개자 이안의 혀를 입안 가득 담은 경주가 나른하고도 급박한 신음을 흘렸다. 이안은 붉고 도톰한 입술을 입안에 머금고 길게 빨아들였다. 한 번, 두 번, 세 번……

이미 부어오른 입술을 혓바닥으로 부드럽게 핥고, 이어 입술로 빨아들이는 농밀한 키스가 끊임없이 이어졌다. 이안에게 입술을 점령당하다시피 한 경주는 숨이 턱 끝까지 차오르는 듯 거세게 헐떡였다. 이안은 혀를 깊숙이 들이밀어 매끄러운 붉은 내벽을 부드럽게 핥아 올리고는, 입술로 그녀의 입술을 흡착하듯 세차게 빨아들였다. 쯉, 소리를 내며 경주의 입속에서 빠져나오자 경주가 아쉬운 듯 작은 탄성을 흘렸다.

"아……."

이안은 혀를 내밀어 그녀의 한숨을 핥고는, 다시금 그 안으로 밀고 들어갔다. 키스는 점점 더 농밀해졌다. 이안이 한쪽 손으로 경주의 가슴을 주무르며, 다른 쪽 손으로 치마 속 검정색 스타킹과 팬티를 찢듯이 끌어 내렸다. 보드라운 엉덩이 살을 느낄 수 있게 되자 그는 그곳을 거칠게 문질렀다. 자신의 거대해진 앞섶에 한껏 밀어붙인 채로.

그녀의 속살은 금세 젖어들었다. 그가 더 이상 더듬고 문지를 필요도 없이 완벽하게. 키스는 어느새 거칠어져 경주의 혀가 뽑히기 일보 직전이었다.

"민경주……."

입술을 떼고 속삭이며 이안은 자신의 바지 지퍼를 내렸다. 더 이상 참을 수 없었고 참기도 싫었다. 그녀를 당장 갖지 못하면 죽을 수도 있을 것 같았다. 숨이 쉬어지지 않았고 뇌는 생각을 멈추었다. 100m 달리기를 막 마친 사람처럼 폐가 터져 버릴 듯했고, 느껴지는 것이라곤 오로지 충동뿐이었다. 그녀를 향한 충동. 민경주를 향한 욕구. 당장 경주의 다리를 벌리고 그 안에 자신을 묻고 싶었다. 지금 당장.

"쓰레기."

경주가 벽에 밀어붙여진 채로 뇌까린 것은 그때였다. 완벽하게 욕망에 휩쓸린, 탁하고 갈라진 목소리였으나 그 속엔 역겨움이 가득했다. 작은 충격이 이안의 혼탁한 정신을 뚫고 전해졌다. 격하게 숨을 들이쉬었다 내쉬기를 반복하며 그는 천천히 고개를 들었다.

"짐승 새끼."

민경주가 그를 노려보며 중얼거리고 있었다. 가슴을 원피스 밖으로 드러낸 문란한 자세로. 한쪽 허벅지로 이안의 허리를 감고 있는 관능적인 자세로. 여직 가쁜 숨을 수습하지 못한 채로 말이다. 그녀의 눈엔 당혹감은 물론, 이렇듯 급격히 욕망에 휩쓸려 버린 자신에 대한 저주가 이안을 향한 분노와 함께 자리하고 있었다. 자신이 이토록 쉽고 빠르게 무너질 줄 상상도 하지 못했던 게 틀림없었다. 이안은 남아 있는 자제력을 총동원하여 천천히 그녀에게서 떨어져 나왔다.

"당신은 그저 욕망에 사로잡힌 짐승일 뿐이야. 뱀파이어? 웃기지 마라 그래. 그딴 건 이 세상에 존재하지 않아. 그건 자신의 추잡함을 덮기 위해 당신이 만들어낸 허상일 뿐이라고."

밀려오는 자기혐오를, 상대를 향한 비난에 실려 토해내고 경주는 떨리는 손으로 옷매무새를 고쳤다. 그러고는 뒤도 돌아보지 않고 교수실을 나가 버렸다.

이안은 경주가 사라진 출입문을 바라보며 천천히 땀으로 범벅이 된 얼굴을 문질렀다. 손이 미친 듯이 떨리고 있었다. 채 풀리지 못한 동물적 욕구가 그의 내부에서 주체할 수 없을 만큼 강렬하게 요동을 치고 있는 것이다. 당장 캡슐이 필요했다. 그렇지 않으면 자신이 무슨 짓을 하게 될지 장담할 수 없었다. 그는 뼛속까지 뱀파이어니까.

이안은 쓰러질 듯 비틀거리며 캐비닛을 뒤져 캡슐이 담긴 플라스틱 약병을 찾아냈다.

제5장 피를 향한 본능

경주가 과외 아르바이트를 마치고 집으로 귀가한 건 밤 11시 반. 3층 엘리베이터 문이 열리자 미리 가방에서 꺼내놓았던 열쇠를 쨀랑거리며 현관문을 향해 다가갔다. 철컥. 귀에 익은 소리와 함께 앞집 현관문이 열린 것은 그때였다. 앞집 사는 남학생이 어디 가려는 모양이다 싶어, 경주는 반사적으로 몸을 슬쩍 비틀고 고개를 끄덕였다.

"안녕하세……."

"귀가 시간이 너무 늦어."

안부 인사가 채 끝나기도 전에 상대방 음성이 날아왔다. 누구의 것인지 단박에 알아들은 경주는 번쩍 눈을 들어 상대를 확인했다. 윤이안. 안경이 없고 청바지와 티셔츠 같은 편안한 복장을 한 윤이안이다. 그가 어떻게 앞집에서 나오는 걸까. 잘못 본 게 아닐까.

순간적으로 의구심이 들어 머리를 흔들고 두 눈을 미친 듯이 깜빡여 보았다. 하지만 그의 모습은 사라지지 않고 그 자리에 있었다. 심지어 딸내미 귀가 체크하는 아버지처럼 손목을 꺾어 시간을 확인하기까지.

"다, 당신이 여긴 어떻게? 304호는 남학생 혼자 사는 걸로 아는데."

"조금만 더 일찍 다니지. 어두워지면 네 안전은 장담하기 힘들어져."

"당신이 왜 거기서 나오는 거냐고요! 빨리 대답해요. 대답하지 않으면……!"

경주가 기겁한 얼굴로 거칠게 다그쳐 묻자 이안은 불쑥 대답을 뱉어냈다.

"이사 왔어."

"이사요? 당신이? 언제요?"

경주는 미간을 찡그렸다. 멀쩡히 잘 살던 남학생은 대체 어디로 가고 이 남자가 이사를 왔다는 말인지, 도무지 이해할 수가 없었다. 경주의 궁금증은 금세 풀렸다. 이안은 그녀의 마음을 들여다본 사람처럼 시원스레 답을 내놓았다.

"오늘. 웃돈 들여 사들였지. 기존 세입자는 집을 6층으로 옮기는 대신 이사 비용과 보증금 전액을 대주겠다고 했더니 흔쾌히 이사를 하더군."

"이 오피스텔이 그런 막대한 손해를 감수하면서까지 갖고 싶을 만큼 대단히 매력적인 곳이라곤 생각지 않는데요."

인상을 쓰며 경주는 중얼거렸다.

"왜 내가 막대한 손해를 감수하면서까지 갖고 싶었던 게 '오피스텔' 이라고 생각하는 거지?"

"설마, 아직도 포기 안 했어요?"

"난 원래 뭐든 쉽게 포기하지 않아."

"혹시, 날 강제로 어떻게 해볼 생각이에요? 기절시킨다거나 죽인다거나."

"널 해칠 생각은 없다고 이미 말했을 텐데."

"좋아요, 그럼 당신은 날 절대로 못 데려가요. 그러니 날 당신네 수장한테 데려가겠다는 당찬 포부는 이만 폐기하세요. 난 당신 뜻대로 행동할 생각이 전혀 없으니까. 당신이 아까 했던 그 헛소리, 난 하나도 믿지……."

믿지 않는다는 말을 하려던 경주는 이내 딱 입을 다물었다. 낮에 있었던 일이 떠오르니 훅, 안면에 열기가 몰려들었다. 그런 짓을 해놓고도 뻔뻔하게! 어처구니없게도 이안은 그녀와의 키스에 별다른 의미를 두지 않는 것 같다. 자신 앞에 저리 태연한 모습으로 나타난 것으로 보아. 섹스는 쾌락과 종족 보존만을 위한 생식 활동일 뿐이라 말하는 사람한테 뭘 바랄까.

의외의 심란함이 몰려와 경주는 작게 한숨을 내쉬었다. 그리곤 포기의 몸짓을 하며 휙, 등을 돌려 작은 소리로 구시렁거렸다.

"아무리 생각해도 말이 안 돼. 피를 빨아먹지 않는 뱀파이어라니. 그런 걸 대체 어떻게 지어냈담. 그런 걸 누가 믿는다고. 다섯 살 꼬맹이도 안 믿겠네."

경주의 손에 매달려 있는 열쇠가 짤랑거렸다. 그녀는 이만 대화는 마감하고 집에 들어가 쉬고 싶다는 듯, 철저히 그를 외면하고 있었다. 보내줘야 한다는 걸 이안은 알았다. 많은 일이 있었던 오늘인 만큼 그녀가 혼란스러워할 거라는 것도, 진실을 받아들일 시간을 주어야 한다는 것도 알았다. 한데도 저도 모르게 이안은 그녀를 초대하고 있었다.

"들어와서 집 구경이나 해."

"뭐요?"

즉각 경주가 이안을 돌아보았다. 표정을 보아하니 자신이 잘못들었을 가능성에 대해 생각하는 듯하다. 이안은 어깨를 으쓱했다.

"집 구경."

"지금 날 초대하는 거예요?"

"집들이 같은 거라고 생각해."

"집들이?"

이런 헛소리는 생전 처음이라는 얼굴로 경주가 또다시 반문했다. 이안은 한쪽 눈썹을 휙 끌어 올리며 태연자약하게 응대했다.

"내가 방금 새로 이사 왔다는 말 안 했던가?"

"했죠."

황당한 얼굴로 힘주어 말하며 경주는 허공에 대고 빈손을 흔들었다.

"했지만, 그게 나랑 무슨 상관이에요? 내가 왜 당신네 집을 구경해야 하는데요? 난 심지어 당신이랑 이웃사촌이 되는 것조차 싫은 사람이라고요."

"우리 인연 정도면, 이웃사촌은 아니더라도 집들이할 사이 정도 되는 것 같은데."

"인연이요? 우리가 대체 무슨 사이인데요?"

"같은 학교. 교수와 학생."

"전공이 달라요. 그다지 가까운 사이랄 순 없죠."

"서점 직원과 단골손님?"

"우리 서점에는 당신 말고도 단골손님이 엄청나게 많거든요. 하지만 그 사람들 모두를 가깝다고 말하진 않잖아요."

"하지만 그중 너의 꿈속을 드나드는 사람은 나밖에 없지."

"또 그 소리예요?"

경주는 크게 되물으며 두 눈을 부릅떴다. 그리고는 말도 안 되는 소릴 들으면 응당 그렇듯, 피가 거꾸로 솟고 불같은 성미가 분출되기를 기다렸다. 하지만 화가 나기는커녕 오히려 심장이 미친 듯이 뛰어대고 얼굴이 빨갛게 달아오르기 시작하였다. 머릿속으론 파노라마처럼 꿈의 내용들이 흘러갔기 때문에!

"어쩌면 너는 이미 알고 있는지도 모르지. 내가 사실을 얘기하고 있다는 걸. 단지 네 내면에 있는 방어기제가 강력하게 반발하여 진실을 받아들이기를 거부하는 것일지도."

"웃기지 말아요. 당신이 어떻게 내 꿈속에 들어와? 그게 말이 된다고 생각해요? 자기가 무슨 흑마법사야, 뭐야. 아니, 혹시 최면 술사예요? 나한테 최면 걸어서 그런 은밀한 환영을 심어놓은 거 아니에요?"

속눈썹을 퍼덕거리며 경주가 강력하게 부정했다. 아무 문제 없어 보였다. 너무 강력하게 부정하고 있다는 것만 빼면. 얼굴이 점점 더 새하얗게 질려가고 있다는 것도. 핏기 없는 경주 얼굴을 빤히 내려다보며 이안은 태연히 지적했다.

"은밀한 환영을 보긴 봤다는 뜻이로군."

"아니거든요! 누가 봤대요?"

이제 그녀의 얼굴이 붉어지고 있었다. 열이 뻗치기 시작한 듯 두 볼이 발그레해지고, 눈동자에 분노가 차올랐다. 그녀의 목소리는 한층 더 높아져 있었고 그에 따라 혈압도 상승하는 듯하였다. 이안은 1분 전부터 위층계단에 서서 자신들의 대화를 경청하고 있는 구경꾼을 향해 흘낏 고갯짓을 하며 덤덤하니 말하였다.

"진실 공방은 들어가서 하지. 더 이상 목소리 키우는 건 민폐일 것 같으니."

"미안하지만 그럴 생각 없어요. 이사 오신 것은 환영까진 못해 드려도 축하는 해드릴게요. 여긴 학교와도 가깝고 교통편도 좋아요. 교수님 입장에선 학교 학생들이 대부분이라 불편할 수도 있겠지만, 그건 이미 고려하신 후에 입주하신 것일 테죠? 어쨌든 잘 지내시길 바라요."

이안에게 화가 난 건지, 자신에게 화가 난 건지, 몹시도 복잡한 마음으로 경주는 차갑고 딱딱하게 작별의 말을 내뱉고는 휙 턴을 하였다. 그리고는 이만하면 됐다, 더 이상은 미친 사람 상대하지 말자, 집에 들어가 거품 목욕을 하고 푹 잠이나 자자, 생각하고 있는데 또다시 그가 신경 긁는 말을 던져 왔다.

"질 것 같아?"

꼿꼿하게 선 경주의 등줄기가 즉시 단단하게 굳었다. 열쇠를 쥔 손가락 마디들이 하얗게 질려가기 시작했다.

"그게 아니면 내 집에 들어가 와인 한 잔 못 마실 이유 없을 것 같은데."

빠득, 경주의 이가 갈렸다. 주먹이 울자 열쇠들이 희미하게 짤랑거렸다. 감정에 격하게 휘둘리는 그녀를 비웃듯 이안은 사악하리만치 나긋나긋한 음성으로 부드럽고 달콤하게 중얼거렸다.

"혹시 내게 인간적인 애정을 느끼는 건가? 그래서 나와 한 공간에선 절대로 있을 수 없는 것?"

덫이란 걸 알았다. 이안이 자신을 집으로 끌어들이기 위해 도발하고 있다는 걸 경주는 아주 잘 알고 있었다. 하지만 이대로 모든 굴욕을 참아 넘길 수는 없었다. 그건 경주의 성격상 있을 수 없는 일이었다. 그가 왜, 무엇을 위해 제집으로 초대하는 것인지는 모르나 일이 이렇게 된 이상 무작정 피할 수만은 없다.

경주는 휙, 아까 전과 똑같이 맹렬한 기세로 턴을 하여 그를 마주했다. 그리고는 번쩍이는 눈길로 그를 쏘아보며 심히 공격적으로 응대했다.

"비켜요. 원하는 대로 들어가 줄 테니."

윤이안의 오피스텔에 한 발 들이민 순간, 경주는 깨달았다. 이곳은 윤이안만의 독점적 영역이며, 자신은 이곳에서 그 어떤 영향력도 행사할 수 없을 것이란 걸. 뱃속이 요동쳤다. 오래된 책 냄새, 짐승의 가죽 냄새 등, 코끝으로 스미는 심히도 원초적이고 남성적인 내음들이 그녀의 내부를 격하게 들쑤셨다. 여길 들어오는 게 아니었어, 혼잣말을 중얼거리며 경주는 천천히 오피스텔 내부를 둘러보았다.

건물의 내부구조는 경주의 것과 데칼코마니처럼 똑같았지만 분위기는 상이했다. 전체적으로 19세기 미국을 그대로 옮겨놓은 듯한 내부 인테리어 탓도 있지만, 그것보다 더 근본적인 원인이 있었다. 바로 집주인. 윤이안을 닮아 오피스텔 내부는 음침하고 우울하고 비밀스럽고, 어딘지 모르게 신비로워 보였다. 집주인은 엔틱 가구를 선호하는 게 틀림없었다. 가구들이 죄다 100년 이상 된 듯했다. 긴 벽면 모두를 차지하고 있는 책장은 꽤나 인상적이었다. 책장 가장자리에 새겨진 섬세하고도 고급스러운 문양을 손끝으로 매만지며 경주는 집주인을 돌아보았다.

좁은 집 안 한가운데에 우뚝 서 있는 윤이안은 자칫 우스꽝스러워 보일 수도 있었다. 작은 평수의 허름한 학생용 오피스텔은 결코 이안이 가진 중압감과 압도적인 카리스마에 걸맞지 않았기 때문이다. 그에게는 중세시대 거대한 성이 어울렸다. 단단한 외곽과 높은 탑과 망루가 있는. 하나, 참으로 신기하게도 그는 지금 그 어느 때보다도 더 남성적이고 지배적으로 보였다. 키가 더 커 보였고, 몸매는 전에 없이 섹시해 보였다. 또한 눈은…… 위험해 보였다. 당장 자리를 박차고 도망치고 싶어질 정도로.

"와, 와인이나 갖고 와요. 빨리 마시고 가게."

아랫입술을 급하게 핥아내며 경주는 이안을 향해 말했다. 이안의 시선이 슬쩍 아래로 떨어져 경주의 촉촉하게 젖은 입술에 머물렀다.

"급하게 굴 것 없어. 우린 아직 나눠야 할 얘기가 아주 많은 것 같으니까."

"내가 여기 온 이유는 단 한 가지예요. 당신의 이사를 축하하기 위해서. 다른 얘긴 안 할 거니까 그리 알아요."

"뭐, 그게 네가 원하는 거라면."

눈을 들어 경주의 눈을 보며 이안이 말했다. 한일자로 다물어져 있던 입술 끝이 슬쩍 위로 꺾였다. 예의상으로 보이는 희미한 미소. 이안이 주방으로 성큼성큼 걸어 들어가자 경주는 자신도 모르게 훅, 숨을 내쉬었다. 그가 눈에 보이지 않으니 숨 막힐 듯했던 긴장감이 다소 완화되는 것 같았다. 경주는 전열을 가다듬기 위해 비장한 마음으로 숨을 골랐다.

잠시 후. 적지 않은 노력을 기울여 겨우 평정심을 되찾은 경주는 굉장히 이국적이고 흥미로운 물건에 집중하고 있었다. 총. 현대에 흔히 볼 수 있는 권총보다는 총신이 길고 구경이 큰 리볼버가 책장 한 칸에 진열되어 있었다. 서부영화에서 한 번쯤 보았을 법도 한 것이, 한눈에도 예스러움을 느낄 수 있을 만큼 오래된 물건이었다. 윤이안이 19세기 마니아인 것이 분명하다고 생각하며, 경주는 총신에 희미하게 박힌 글자에 시선을 박았다.

—Gettysburg, 1863.

"게티스버그. 1863년……."

게티스버그는 미국 역사에서 가장 중요한 장소 중 하나다. 남북전쟁이 한창일 때 전쟁에서 밀리고 있던 북군이 게티스버그에서 결정적인 승리를 거두면서 전쟁의 승기를 잡았다는 것은 굳이 미국인이 아니어도 아는 상식이다. 게티스버그 전투가 있었던 해가 1863년도인가? 총신에 이런 글귀가 적혀 있다는 것은, 이 총이 그 시대 그 전투에서 활약했다는 뜻인가? 이런 귀한 물건을 윤이안이 어떻게 손에 넣었……?

"게티스버그를 시작으로 연이어 승전보가 날아들고 있습니다, 각하."

뇌가 번쩍거리며 뉴런 깊숙이 박혀 있던 기억 하나를 인식했다. 그리곤 또다시 다른 기억 조각 하나를 끄집어 올렸다.

"그들은 위험해. 인간보다 훨씬 더 영리하고 힘이 세며 천성적으로 잔인한 습성을 가졌어. 그런 종족을 다수의 선량한 시민들 사이에 풀어놓는 것만큼 위험천만한 일은 또 없을 걸세."

"오랫동안 스스로를 컨트롤할 능력을 기른 자들입니다, 각하. 테빈 갬블을 만나보시면 아시겠지만 보통 인간들과 다를 바가 전혀 없습니다."

또 다른 조각 하나도.

"노예제도를 철폐하겠다는 정치인이라면 우리 종족을 인간사회로 받아들이는 데에 주저함이 없을 것이라 판단했을 뿐입니다."

테빈 갬블. 게티스버그. 아브라함 링컨. 며칠 전 꿈에서 보았던 장면들이 생생히 머릿속으로 떠올랐다. 그녀의 무의식에 들어와 꿈을 만들어냈다고, 그러니 꿈에서 해답을 찾으라던 윤이안의 말도.

"말도 안 돼……."

등골이 오싹해지고 온몸이 얼어붙어 버렸다. 심장이 격렬하게 튀어 오르고 입술이 벌어져서는 다물어지지 않았다. 고장난 인형처럼 그녀는 입술을 삐꺽거리며 거친 숨만 몰아쉬었다. 윤이안은 자신이 320년 전에 태어났다고 했다. 사실이라고 가정한다면 그는 1700년대에 태어났고, 그렇다면 게티스버그 전투에 참전했을 수도 있다. 그가 이 총을 갖고 있어도 하등 이상할 게 없는 것이다.

소행성이 충돌하듯 지성과 감각이 격돌했다. 이깟 허술한 몇 가지 정황만으로는 윤이안의 말을 결코 믿어선 안 된다는 '사학자적 이성'과 그럼에도 불구하고 본능적으로, 그가 정말 뱀파이어임이 틀림없다고 경고하는 '초자연적 직감'이 상충하며 그녀를 미친 듯이 혼란 속으로 빠뜨렸다. 경주는 자신도 모르는 사이 뒷걸음질을 치고 있었다.

"아니야. 그럴 리가 없어. 말이 안 되잖아. 난 사학자라고."

그동안 경주는 윤이안의 말을 '허무맹랑한 헛소리'라고 결론 내리기 위해 무던히도 노력했었다. 마음에서 저절로 우러나오는 윤이안에 대한 믿음을 거부하기 위해 일부러 지독하게 굴었다. 그가 하는 말은 무조건 의심하고 믿지 않으려 애를 썼었다. 한데도 지금, 그녀는 완전히 흔들렸다. 윤이안의 말을 거의 믿고 있었다. 그러고 싶지 않은데도 불구하고!

헛웃음이 절로 나왔다. 너무 어이가 없어서 점점 무서워질 지경이었다. 머리가 어지럽고 속이 울렁거려서 참을 수가 없었다. 보이지 않는 손에 의해 목이 졸리는 듯한 기분에 숨이 헐떡여졌다. 뇌에서는 끊임없이 외쳐 대고 있었다.

도망쳐! 빨리 이곳에서 벗어나!

떨어지지 않는 발바닥을 겨우 움직여 뒷걸음질을 계속해서 쳤다. 흡인력을 갖고 있는 듯 그녀의 시선을 사로잡는 리볼버로부터 떨어지기 위해 정신없이 움직였다. 현관 근처에 서 있던 서랍장에 부딪친 것은 바로 그때였다.

발뒤꿈치가 툭, 하고 서랍장 아래 여닫이문을 건드렸다. 여닫이문이 충격에 의해 열리더니 그곳에서 뭔가가 쏟아져 나왔다. 깜짝 놀라 경주는 재빨리 뒤를 돌아보았다. 그러자 경주의 눈에 충격적인 물건이 들어왔다. 투명하고 밀폐된 비닐봉지. 서랍에 꽉 차 있던 수많은 봉지들이 강을 이루듯 흘러나와 있었다. 봉지 안에 들어 있는 액체는 붉은색이었다. 피처럼 선명한. 비명이 터지기 일보 직전 경주는 자신의 입을 손으로 틀어막았다. 꽉 누른 손바닥 사이로 비명 대신 신음이 흘러나왔다.

'피.'

피였다. 확실했다. 피가 봉지 안에 들어 있었다. 음료처럼 먹기 좋게 일정량을 넣어 밀폐시킨 피였다.

"오래된 와인이야. 믿지 않겠지만 1855년산……."

주방에서 나오던 이안이 우뚝 걸음을 멈추었다. 경악으로 물든 경주의 눈과 이안의 눈이 허공에서 부딪쳤다. 어렵지 않게 그녀의 눈에서 공포감을 발견한 이안은 그녀를 안심시키기 위해 천천히 입술을 열었다.

"민경주."

다음 순간 민경주가 움직였다.

"민경주!"

이안의 외침을 뒤로하고 경주는 날다람쥐보다도 더 빨리 그곳을 빠져나왔다.

❖

　인생 처음으로 수업을 빼먹었다. 서점 아르바이트도 빠졌다. 대
신 경주는 하루 종일 모텔 구석에 누워 끙끙 앓았다. 너무 커다란
충격을 받아서인지 한밤중에 갑자기 열이 올라 다음날 오전까지
꼼짝하지 못하였고, 열이 떨어진 후부터는 고열의 여파로 손가락
하나 까딱할 기운조차 남아 있지 않아 운신하지 못하였다. 깊은
수면 상태에서 깨어난 것은 오후 4시. 핸드폰으로 친구 혜진의 메
시지가 수십 통 와 있었다.

　「도대체 왜 연락이 안 되는 거야? 그 미치광이가 또 찾아온 거야?」

　엊그제 오갈 데 없는 경주를 재워주고, 화장품과 옷가지 등을
빌려줘 변장을 도와준 혜진은 갑작스레 연락이 끊긴 친구를 무척
이나 걱정하고 있었다. 경주는 혜진에게 전화를 걸어 자신이 무사
함을 알리고 통화를 끊었다. 엄밀히 따지면 무사하달 수 없는 상
태였지만 친구를 더 이상 걱정시키고 싶지 않았다.
　경주는 찌뿌듯한 몸을 일으켜 대충 씻고 모텔 방을 나왔다. 근
처 식당에서 요기를 하고 그녀가 향한 곳은 도서실. 평소 이용하
던 곳은 아니다. 경주는 이안을 신뢰할 수 없었기에 그가 알 만한
곳은 되도록 피하며 돌아다녔다. 도서실에서, 그녀는 닥치는 대로
책을 뒤졌다.

《아르놀드 파올레(Arnold Paole) 사건은 동 세르비아에서 일어난 의문의 연쇄살인 사건인데, 마을 주민들은 예전에 죽은 아르놀드 파올레란 호위병이 범인일 것이라며 그의 무덤을 열어보자고 했다.》

샘 클라크, 〈뱀파이어의 기원〉 中

《특정 유전자에 돌연변이가 생기면 노화가 급속도로 진행되는 '조로증(Progeria)'이 생긴다는 사실을 발견했다. 또 항산화효소 유전자의 발현이 증가하면 수명이 늘어나고, 반대로 인슐린이나 성장호르몬 관련 유전자의 발현을 억제하면 수명이 연장된다는 사실을 발견했다. 결국 노화와 장수에 관계되는 유전자의 발현 정도를 조정하면 미리 프로그램된 운명은 어느 정도 조절할 수 있다는 사실을 알게 된 것이다.》

하야시 류노스케, 〈유전자 발현이란?〉 中

《텔로머레이즈는 정상세포에서는 발현되지 않고 줄기세포, 생식세포, 암세포에서만 발현되어 텔로미어 길이를 일정하게 유지하는 것으로 알려져 있다. 따라서 과학자들은 정상세포에서 텔로머레이즈의 활성을 증가시키는 물질이나 약물을 개발함으로써 노화 과정을 늦추고, 수명도 연장시키는 방안에 대해 연구하고 있다. 만약 이 연구가 결실을 거둔다면 인간은 그야말로 불로장생의 꿈을 달성할 수 있을지도 모른다.》

슈테판 하버, 〈텔로미어〉 中

충격적이게도 꿈이나 환각 상태에서 보았던 몇몇 정보들을 여러 문헌이나 책들을 통해 찾아낼 수 있었다. 꿈속에서 김학민 교수가, 아니, 김학민으로 가장한 윤이안이 말하던 세르비아 사건은 실제로 일어났던 일이었다. 게다가 유전자의 발현이 증가하면 인간의 생명이 늘어날 수도 있단다. 이것은 뱀파이어가 인간이지만 유전자의 변이로 인하여, 인간보다 오래 살게 되었다는 이안의 주장에 부합되는 자료였다. 유전자 변이로 인한 새로운 종(種)의 탄생. 그게 과연 있을 수 있는 일일까?

혼란스러웠다. 또한 무서웠다. 그런데도 몸에서는 아드레날린이 미친 듯이 뿜어져 나오는 기분으로, 정신없이 자료들을 찾아보고 또 찾아보았다. 사춘기의 제2차 성징. 라이디히(Leydig). 테트로도톡신(tetrodotoxin, TTX). A.C.킨지(1894~1956)……. 몇 시간이나 자료들을 뒤적거리고 나서는, 더 이상 아무것도 확신할 수 없는 지경에 이르러 버렸다.

정말로 윤이안이 뱀파이어일까?

뱀파이어라는 종족이 정말로 존재하는 걸까?

솔직히 그가 살인마일 거란 추측이 훨씬 더 현실적이었다. 사람을 몰래 죽이고 그 피를 모아두는 변태 엽기 행각의 살인마. 그는 다음 희생양으로 일가친척 없는 고아, 죽더라도 슬퍼하거나 찾는 이 하나 없는 외톨이, 민경주를 고른 것이다.

그러나 경주는 살해당하기 일보 직전 간신히 빠져나왔고, 이제 그녀가 해야 할 일은 경찰서를 찾아가 일련의 사건들을 증언하는 것이었다. 하지만 그렇게 해야만 한다는 걸 앎에도 불구하고 경주는 여기에 있었다. 여전히 뱀파이어의 존재를 믿어야 하나, 말아야 하나, 갈팡질팡 고뇌하며. 정말로 스스로도 이해할 수 없는 미친 짓이었다.

"그래, 민경주. 넌 미쳤어. 그러지 않고서 이럴 수는 없어."

도서실을 나오며 경주는 혼잣말을 중얼거렸다. 바람이 찼다. 7시가 넘어 깜깜해진 길을 걷기 시작하며 경주는 옷자락을 여몄다. 따뜻한 침실에서의 포근한 잠이 그리웠으나 아무것도 결론 내리지 못한 상태에서는 집에 돌아갈 수 없었다.

"네가 본 건 '대체혈액'이라는 거야."

그때 차가운 저녁 바람을 뚫고 남자의 목소리가 날아들었다. 경주는 우뚝 그 자리에 섰다. 등 뒤, 멀지 않은 곳에서 들려온 음성의 주인공은 윤이안이었다.

"뱀파이어의 특성 중 하나인 '피에 대한 욕구'를 억제하기 위해 개발된 것이지. 맛과 냄새는 피와 흡사하지만 진짜 피는 아니다. 마시면 일시적으로 피에 대한 욕구를 풀어줄 수는 있으나 지속적인 효과를 기대할 수는 없을뿐더러, 몸속 호르몬을 조금씩 파괴하여 생명을 단축시키기 때문에 함부로 마셔서도 안 돼. 비슷한 것으로, 호르몬을 일시적으로 마비시키는 고농축 캡슐이 있지. 뱀파이어가 본능적인 욕구와 충동을 조절하지 못했을 때를 대비해 만들어진 거야. 이것의 남용 역시 명을 재촉하는 위험 행위지."

"그딴 소릴 내가 믿을 거라고 생각하는 건 아니죠?"

휙, 고개를 돌려 그를 노려보며 경주가 차갑게 물었다. 그는 검은 와이셔츠와 검은 슈트, 검은 구두와 검은 코트, 검은 가죽장갑을 낀 채였다. 머리서부터 발끝까지 검정으로 휘감은 그의 모습은 사신과도 같았다. 섹시하고 잘생긴 사신. 기가 막히게도 그의 멋진 모습을 보는 순간 가슴이 뛰었다. 이런 순간에도 이런 반응을 보이는 스스로를 저주하며 경주는 이를 앙다물었다.

"차라리 소설가가 되는 건 어때요?"

"네가 날 믿지 않는다는 걸 알아. 그래도 난 진실을 말할 거다. 그게 내 의무니까."

"진실 좋아하시네! 솔직히 말해보세요. 희생자들의 피, 맞죠? 당신은 연쇄살인마고."

"정말로 그렇게 생각했다면 어제 곧바로 경찰서로 향했겠지. 하지만 넌 그러지 않았어."

"난…… 난 당신이 하는 말, 하나도 안 믿어요. 믿을 수가 없어요. 믿어지지 않아요!"

경주는 절박하리만치 고집스럽게 소리쳤다. 자꾸만 흔들리는 자신의 마음을 다잡기 위해 안간힘을 쓰는 모습이었다. 그녀를 감정 없는 시선으로 묵묵히 바라보던 이안은 이내 깊고 그윽한 음성으로 말하였다.

"믿지 마."

"……"

"믿어지지 않는 걸 억지로 믿으려고 할 필요 없어. 나도 네가 그러길 바라진 않아."

이안이 미치도록 다정하고 포근하게 말한다. 당장이라도 그의 품에 안겨 울고 싶어졌다. 그의 어깨에 기대어 이 불안함과 초조함을 씻어버리고 싶어졌다. 경주는 약해지는 마음을 정신없이 추스르며 이를 악물었다. 냉큼 그의 눈을 피해 고개를 끌어 내리고는 일부러 독하게 쏘아붙였다.

"내가 여기 있다는 건 어떻게 알았어요? 날 미행했어요?"

"이쪽은 프로야. 현대의 최첨단 장비로 특정인의 위치를 파악하는 건 너무나도 쉬워. 너라는 존재를 처음 찾아내기가 어려웠지, 찾아낸 후의 미행은 식은 죽 먹기란 소리야."

"결국 난 당신 손바닥 안에서 놀고 있었던 거네. 당신한테서 그토록 힘껏 도망쳤는데 당신은 이미 내 소재를 파악하고 있었다는 거잖아. 얼마나 우스웠을까. 얼마나 가소롭고 같잖았을까."

"널 우습다고 생각한 적 없어. 같잖다거나 가소롭게 여긴 적도 없고. 믿지 않겠지만 난 널 이해해. 네 기분. 네 입장. 네 방황. 모두."

"날 이해한다고요? 당신이 날? 내 입장을 이해해요?"

가당찮은 소리에 화가 나 경주는 버럭 소리를 질렀다. 싸늘한 바람 한줄기가 두 사람 사이의 공간을 휘돌며 스쳐 갔다. 이안의 각진 뺨 위로 칠흑처럼 새까만 머리카락이 붙는다. 바람결에 흐트러진 머리카락들과는 정반대로 그의 표정은 조각된 듯 한 치의 흔들림도 없었다. 감정이 없는 로봇만큼이나 매정해 보이는 모습에 경주는 더더욱 화가 치밀었다. 공감능력 제로에 가까운 모습으로 이해한다고 말하다니, 그걸 어떤 여자가 믿겠는가.

"솔직히 말하자면 처음엔 널 쉽게 납득시킬 수 있을 거라고 생각했어. 네가 이 모든 걸 빨리 받아들이고 흡수할 거라 생각했지. 지금은 그게 내 계산 착오였다는 걸 인정해. 난 네가 인간세계의 법칙에 길들여진, 진짜 인간이란 걸 간과하고 있었어."

"어떻게 그걸 간과할 수가 있죠? 난 인간이에요! 인간들은 남의 꿈속에 침입할 수 있다거나 320년을 살아왔다거나, 운명처럼 태어날 때부터 짝이 정해져 있다는 미친 소릴 들으면 당연히 안 믿어요. 핏빛 액체가 들어 있는 밀폐봉지를 자신의 집에, 그것도 다량 보관하는 사람을 보면 살인마라고 생각하기 마련이라고요. 누구도 그런 사람을 뱀파이어라고 생각하지 않아요. 알겠어요?"

"더 이상 아무 말도 하지 않겠어. 네게 판단을 강요하지 않을 거야. 하지만 널 해칠 생각은 추호도 없다는 것만큼은 분명하게 해두고 싶다. 난 살인마가 아니야. 널 죽이지 않아."

"그걸 어떻게 믿어요?"

"믿지 않아도 상관없어. 아까도 말했듯이, 난 그저 사실을 말하고 싶을 뿐이야."

"아, 알겠다. 날 당신 보스한테 데려가고 싶댔지. 뱀파이어 독성인가 뭔가, 거기에 내성이 있는 날 당신 보스한테 상납하는 게 당신 목적이랬지. 그래서요? 당신 보스가 뭐래요? 날 손끝 하나라도 다치게 해선 안 된대요? 내가 당신 종족 보존의 수단이니 절대로 해쳐서는 안 된대요?"

"네 안전이 최우선이란 말은 했었다."

소리치는 경주에게 돌아온 것은 황량하기 그지없는 말이었다. 꾹꾹 눌러 참았던 눈물이 안구 밖으로 솟구쳤다. 가슴이 찢어지는 것만 같았다. 왜인지 모르겠으나 그의 말을 듣는 순간 날카로운 칼이 심장을 찌른 것처럼 아파 죽을 것 같았다.

뜨거운 눈물은 경주의 심정을 대변하듯 눈에서 광대뼈로, 두 볼로, 뾰족한 턱으로 흘러 떨어졌다. 떨리는 입술을 깨물며 두 눈을 꾹 감았다가 다시 떴을 때까지, 윤이안은 돌처럼 꼼짝하지 않고 자리를 지키고 있었다.

"널 귀찮게 하지 않을 거야. 네가 사실을 받아들일 때까지 시간을 주겠어. 그러니 더 이상 달아나지 마. 집으로 돌아가. 이렇게 돌아다니는 건 위험해."

"날 생각해 주는 척하지 마요. 내겐 당신이 더 위험해."

"집으로 돌아가."

"싫어요."

"말 들어. 귀찮게 하지 않을 거라고 했잖아."

"도대체 당신이 뭔데 내게 이래라저래라……!"

또다시 불처럼 성미가 치솟으려 하자 경주는 하던 말을 멈추었다. 말해 뭐 하겠나. 입만 아프지. 경주는 입을 꾹 다물고는 가던 길을 마저 가기 시작했다. 일정 거리를 유지하고 서 있던 그가 뒤따라왔다.

"네가 묵었던 모텔은 이미 폐쇄됐어."

걸음을 멈출 수밖에 없었다. 경주는 고개를 꺾어 이안을 노려보았다.

"그게 무슨 소리예요?"

"오늘 매매계약서를 작성했어. 내가 샀지. 내 소유 건물이니 폐쇄도 내 마음대로 할 수 있다. 넌 거기로는 못 돌아가."

"건물을 샀다고요?"

"확인해 보고 싶으면 가서 확인해도 좋아."

"정말로 모텔 건물을 사서 폐쇄했단 말이에요? 단순히 내가 거기에 묵지 않길 바란다는 이유로?"

"네가 다른 모텔로 옮기면 그곳도 똑같은 신세가 되겠지."

"당신, 돈이 그렇게 많아요? 그런 쓸데없는 짓에 낭비해도 될 만큼?"

"320년 동안 내가 뭘 했을지 생각해 봐."

"미쳤어. 완전히 돌았어……."

넋이 나간 듯 혼잣말을 중얼거리는 경주를 내버려 두고 이안은 손목시계를 확인하며 빠르게 중얼거렸다.

"조만간 해가 완전히 질 거다. 밤은 네게 불리해. 위험은 언제 어디서든 존재하고. 네가 없는 사이 오피스텔에 최첨단 경비시스템을 작동시켜 놓았다. 오로지 나와 너만이 출입할 수 있게 해두었으니 집으로 돌아가는 게 가장 안전할 거야."

"내 숙소에 당신이 왜 그런 걸 설치했냐고 물으면, 분명 내 안전이 당신의 임무이기 때문이라고 말하겠죠?"

"이해하고 있어서 다행이군."

"내가 이해하고 있다고 생각해요?"

"적어도 머리로는 이해한 것 같은데. 조만간 심정적으로도 완벽하게 이해할 날이 오겠지."

"그럴 일은 영원히 없을 거예요."

"함부로 미래를 예측하지 마. 사람 일이란 건 아무도 모르는 법이야. 타라, 집까지 데려다줄 테니."

주머니에서 자동차 리모컨을 꺼내더니 눌렀다. 뿅. 소리가 들리고, 경주의 전방에 세워져 있던 비싼 외제차의 잠금장치가 풀렸다.

경주는 두 눈을 휘둥그레 떴다. 자동차에 대해서 잘 알지는 못하지만 이 차가 십억 대를 호가하는 비싼 차라는 건 안다. 일개 교수가 타기에는 너무 비싸다. 도대체 이 남자 정체가 뭐야? 얼마나 돈이 많기에 이런 차를 타고 다니면서 며칠 사이에 집을 사고, 건물을 살 수가 있지? 또다시 머리가 깨질 듯 아파왔다. 거부하고 싶은 것에 대한 압박감이 온전한 이성을 후려치고 깨부쉈다.

"난 네가 걱정되는 것뿐이야. 그거 외엔 바라는 거 없어."

부드러운 목소리가 바람결에 실려왔다. 당황스럽게도 이안의 몇 마디 말에 아픈 가슴이 스르르 녹아내렸다. 더 이상의 반항은 없었다. 경주는 그가 자신을 좋아하고 있을지도 모른다는, 웃기지도 않는 감상에 젖어 조용히 차에 올랐다.

"뱀파이어는 피를 마시지 않는다는 말은 그럼, 뭐였어요? 거짓말이었어요?"

경주가 입을 연 것은 오피스텔 엘리베이터에서였다. 도서관에서 집까지 오는 동안 그들은 단 한 마디도 나누지 않았다. 경주는 여전히 혼란스러운 상태였고 이안은 그녀를 배려해 굳게 입을 다물었다. 침묵 상태는 의외로 편안했다. 잔뜩 곤두서 있던 신경이 천천히 가라앉았고, 어느새 침묵 상태에 몸을 맡기어 꾸벅꾸벅 졸기까지 하였다. 하지만 차에서 내리자마자 경주는 다시금 끔찍한 현실에 직면했다.

"거짓말은 하지 않겠다고 말했을 텐데. 적어도 너에겐 진실만을 말하려고 노력 중이야."

"피를 마시지 않는데 왜 '대체혈액'이란 게 필요하죠?"

"피를 마시진 않지만 좋아해. 뱀파이어가 태어날 때부터 가지고 있는 습성 중 하나지. 피, 폭력, 섹스에 본능적으로 끌리게 되어 있어. 이미 유전자에 새겨져 있어서 싫어도 어쩔 도리가 없지. 평생 자제력을 갈고닦는 수밖에."

"희대의 연쇄살인범, 성폭력범들이 죄다 뱀파이어라는 말로 들리네요."

"연쇄살인, 성폭력 사범 중에 뱀파이어가 없다곤 말 못해."

섬뜩한 말과 함께 띵— 엘리베이터가 열렸다. 경주는 빠르게 그곳을 빠져나오며 가방을 뒤져 열쇠를 꺼냈다. 하지만 더 이상 열쇠는 필요 없었다. 오피스텔은 이미 번호 키 시스템으로 바뀌어져 있었다. 발끈해 '누구 마음대로 바꾼 거냐'며 화를 내야 했지만 아쉽게도 지금 경주에겐 그럴 기운이 없었다. 더 이상 싸울 힘도, 버틸 힘도 남아 있지 않았다. 정신력이 완전히 고갈된 기분이었다.

"눈을 들어. 시스템이 네 홍채 정보를 인식할 수 있도록."

아무것도 묻지도 따지지도 않고 경주는 눈을 들었다. 눈높이에 딱 맞는 곳에 자그마한 구멍이 뚫려 있었다. 언뜻 보기엔 단순한 현관문 렌즈 같았지만 실은 홍채 인식 기능이 들어간 보안 시스템이었다.

"번호 키 슬라이더를 열고 엄지를 대."

지문인식 기능도 있나 보다. 이렇듯 이중 삼중으로 보안해 뒀으니 안전하다고 큰소리쳤구나 싶었다. 경주는 명령어에 반응하는 로봇처럼 말없이 그가 시키는 대로 했다. 도어락이 풀리는 전자음 신호가 떨어지기가 무섭게 온몸이 축 처졌다. 기진맥진이란 말이 경주의 상태를 가장 잘 표현한 말이었다. 그녀는 이렇게까지 보안에 신경 쓰는 이유가 뭔지 묻지도 못하고, 지친 몸을 이끌고 집 안으로 들어섰다.

이안은 경주가 집 안으로 들어가는 것을 확인하고, 맞은편 자신의 숙소를 향해 몸을 틀었다. 바로 그때. 경주의 오피스텔 안에서 등골이 오싹할 만큼 날카로운 비명 소리가 터졌다.

　"아악!"

제6장 그녀의 정체성

"안전가옥이야. 곧바로 이동했어. 아직 안심할 순 없어. 벌써
뒤를 밟혔을지도 몰라. 최대한 빨리 여길 떠야 해."

[한곳에 오래 머물러서 좋을 거 없지.]

이안이 기대했던 바대로, 수화기 속 상대방은 이 방면의 전문가
답게 몇 가지 짧은 정보만으로도 모든 상황을 제대로 파악했다.
이안은 희미하게 고개를 끄덕이곤 어깨 너머로 뒤를 돌아보았다.
작은 철제 침대 위에 경주가 누워 있었다. 깨끗한 이불에 둘러싸
인 채 잠들어 있는 그녀는 갓난아기처럼 연약하고도 평화로워 보
였다. 하지만 불과 1시간 전, 난장판처럼 어지럽혀지고 온통 피 냄
새가 진동하는 오피스텔 한복판에선 결코 그러지 못하였다.

침입자는 경주가 공포에 떨기를 바랐던 듯 집 안 곳곳에 흔적을
남겼다. 대체혈액이 벽마다 칠해져 있었고 바닥에는 악의적인 문

구가 새겨져 있었다. 경주는 극심한 패닉 상태에 빠져 온몸을 덜덜 떨었다. 이안은 그녀를 꼭 안아주는 대신 지체하지 않고 그곳을 빠져나왔다.

"급하게 빠져나오느라 아무것도 챙기질 못했어. 무기, 새 휴대폰, 신용카드, 약간의 현금과 캡슐이 필요해."

[캡슐? 천하의 현자(賢者)에게 캡슐이 필요하다고?]

의외의 요청에 한기빈이 놀리듯 물었다. 기빈은 이안을 '현자'라고 불렀다. 유전자적 특성상 본능적인 욕구에 취약한 뱀파이어임에도 성인(聖人)에 가까운 인내심과 자제력을 갖춘 이안을 추켜세우는 말이었으나 당사자인 이안이 달가워하는 수식어는 아니었다. 그는 자신이 완벽한 뱀파이어라고 생각했다. 피, 폭력, 섹스에 대한 욕구를 참아내는 것은 언제나 그에게 극심한 고통을 안겨주었다.

[그게 대체 왜 필요해? 형은 그런 것 없이도 자제하는 데에 아무런 문제가 없잖아. 피가 그리우면 차라리 대체혈액을 마시는 게 더 낫다는 걸 모르진 않을 테고. 혹시 VIP 때문?]

"네가 상관할 일 아니야."

[이런, 이런. 내 짐작이 맞는 것 같은데? 설마 벌써 건드린 건 아니겠지?]

"쓸데없는 소리 마. 장난칠 기분 아니야."

이안은 무뚝뚝하게 중얼거리며 다시금 경주를 돌아보았다. 건물에 사람이 있다는 것을 알리지 않기 위해 불을 켜지 않았기 때문에, 캄캄한 실내에는 오직 창밖으로 들어오는 달빛뿐이었다. 달빛을 받은 경주의 얼굴은 숨이 막힐 정도로 아름다웠다.

[그래, 나라면 모를까. 형이 그런 짓을 할 리가 없지. 우리 종족 최고의 현자님이신데. 수장에 대한 충성도라면 타의 추종을 불허하시잖아. 아니지. 모든 부분에 있어서 모범이 되는 존재이시지. 나조차도 '윤이안의 반만큼만 해봐' 란 소리를 귀에 딱지가 앉을 정도로 많이 들으며 자랐으니까.]

"어쨌든 난 세상에 내 씨를 퍼트리고 싶은 마음이 전혀 없어. 괴물은 나 혼자만으로도 충분해."

애써 경주에게서 시선을 떼며 이안은 덤덤하게 중얼거렸다. 수화기 속 기빈이 피식 비웃음을 흘렸다.

[그런 거들먹거림은 신부 후보감이 수없이 많아졌을 때나 해. 지금은 전혀 그럴싸하게 들리지 않으니까. 씨를 퍼트리고 싶어도 받아줄 여자가 없는 신세에 그런 소릴 해봤자 다 헛소리로 들린다고.]

"모르는 것 같아 알려주는데 VIP가 내성을 갖고 있는지 없는지는 아직 확인되지 않았다."

[이거 왜 이래. VIP가 내성을 갖고 있을 확률이 99.9퍼센트라는 건 알 만한 사람들은 다 아는 사실이야. 그것 때문에 이쪽도 저쪽도, 그 여자를 손에 넣기 위해 혈안이 되어 있는 거 아닌가. 수장의 신부가 되어야 한다고 생각하는 것도 그래서잖아. 설마 부인할 셈?]

기빈이 가볍게 이안의 반박을 잠재웠다. 이안은 주먹을 틀어쥐며 이를 악물었다. 만약 기빈이 실제 앞에 있었다면 주먹을 날렸을 거란 충격적인 자각이 들었다. 어려서부터 함께 자라온 형제 같은 기빈을. 목숨을 내놓아도 아깝지 않을 만큼 아끼는 자신의 친구, 종족의 수장, 한태빈의 하나밖에 없는 혈육인 기빈을. 이안은 주먹을 풀어 길고 아름다운 손가락을 이용해 거칠게 머리카락을 걷어 올렸다. 그리곤 뜨겁고 긴 숨을 토해내며 힘겹게 중얼거렸다.

"오피스텔에 내 리볼버를 두고 왔어. 그것도 가져다줘."

"게티스버그의 전리품 말이로군. 오케이, 접수완료."

비밀정보국 MIA(Minority Intelligence Agency) 한국지회의 요원이자 뱀파이어 성채(뱀파이어 세계의 상징적 표현이자 공동체 요새인 성(城)을 지칭) 수호요원, 한기빈은 쾌활하게 답하면서도 왠지 모를 찜찜함을 느끼며 눈살을 찌푸렸다. 수화기 저편의 윤이안에게서 심상찮은 기운이 느껴졌다. 뭔가 일이 벌어지고 있는 게 틀림없다. 수도승 같은 윤이안과 수장의 신붓감 사이에. 이거야 원. 참을 수가 없군. 궁금해 돌아가시겠어. 속으로 생각하며 기빈은 씩 한쪽 입술 언저리를 끌어 올렸다.

[내일 밤 거기서 봐. 뒤 밟히지 않도록 조심하길 바란다.]

"걱정 마. 그건 내 전문이잖아."

[거만 떨지 마. VIP 신원이 노출되었어. 이 시점에 성채가 나설 거라는 건 불을 보듯 뻔해.]

"오케이, 알았다고. 조심하겠다고. 내일 봐."

신중한 성격답게 이안이 잔소리를 시작할 기미가 보이자, 기빈은 냉큼 작별인사를 고하고 통화종료를 눌러 버렸다. 대수롭지 않은 듯 전화를 받았지만 이번 일이 중요하고도 급한 일이란 걸 모르진 않았다. 이안이 설치해 놓은 보안장치를 뚫었다는 사실만으로도 기빈은 이미 많은 것을 알아챘다. 그중 가장 우려되는 바는 VIP가 위험하다는 것. 그건 그녀를 보호 중인 이안도 위험하다는 뜻이었다. 꾸무럭거릴 시간이 없었다. 기빈은 서둘러 침대에서 빠져나와 의자 등받이에 아무렇게나 걸쳐 놓았던 청바지를 집었다.

"한기빈!"

막 한쪽 다리를 청바지에 끼워 넣고 다른 쪽 다리도 마저 넣으려는 순간이었다. 견고하고 육중한 기빈의 방문이 뻥 소리와 함께 거침없이 열렸다. 한 치의 망설임조차 느껴지지 않는 이 무례하고 야만적인 행위의 주체가 누군지는 군이 확인해 볼 필요도 없었다. 감히 기빈의 방에 이런 식으로 들이닥칠 수 있는 사람, 아니, 뱀파이어는 딱 한 명뿐이었다.

불의의 사고로 목숨을 잃은 지인의 딸이라는 이유로 태어날 때부터 지금껏 태빈의 성에 머물고 있는 꼬마숙녀. 순혈 뱀파이어와 또 다른 순혈 뱀파이어 사이에서 태어난 희귀하고도 희귀한 혈통의 뱀파이어. 신윤리다.

기빈은 험악하게 인상을 찌푸리며 만행의 주인공을 노려보았다. 여성다움이나 부끄러움이라곤 눈 씻고 찾아봐도 찾을 수 없는 신윤리는 벌거벗은 것이나 다름없는 기빈을 향해 저벅저벅 보무도 당당하게 걸어오고 있었다. 아름다운 두 눈에 불이 번쩍거리는 걸 보니 기분이 몹시 좋지 않은 모양이었다. 이번엔 또 무엇이 성질 사나운 공주님의 심기를 불편하게 만들었나, 그래?

"사실대로 말해! 이안의 새 임무가 태빈 오빠의 신부를 데려오는 거였단 게 사실이야?"

아하. 역시 이것이었군. 예상 범위에서 조금도 벗어나지 않는 신윤리. 쯧쯧, 혀를 차고는 기빈은 하던 일을 계속하며 윤리를 외면했다.

"꼬마야, 남자의 방에 들어올 때는 노크라는 걸 해야 하는 법이야. 유모가 네게 그런 것도 안 가르쳐 줬냐."

"웃기지 마. 네가 어떻게 남자야?"

"어떻게든 난 남자야. 네 눈엔 내가 남자로 안 보일지 모르겠지만 널 뺀 모든 사람들 눈에 난 남자니까 그만 인정하는 게 좋을 거다, 꼬마야."

"인정 못해!"

"그리고 꼬마야. 남자가 옷 벗고 있는 모습은, 그리 빤히 쳐다보면 안 되는 거야. 얼굴을 붉히지는 못할망정 적어도 시선은 다른 곳에 둬야지. 여자가 말이야."

"글쎄, 내가 왜 그래야 하는 거냐고. 난 널 남자로 보지도 않는데."

"또한 꼬마야. 너보다 100년은 더 산 '오빠' 한테는 '웃기지 마' 같은 소린 절대 하면 안 된다. 너라고 불러서도 안 돼. 오빠, 오라버니. 그랬어요, 어쨌어요. 끝에 '요'라는 존칭을 예의 있게 붙여 줘야 하는 거야. 알겠냐?"

"어차피 넌 오래 살지도 못할 거잖아. 위험한 임무는 자청해서 떠맡고, 익스트림 스포츠는 골라서 해대고, 건강에 안 좋은 건 일부러 먹고 피우면서. 으휴, 담배 냄새. 방 안에 찌든 것 좀 봐. 태빈 오빠가 경고했는데도 계속 피워대고 있지?"

"내 주위엔 이놈의 잔소리꾼들이 왜 이리 많아?"

기빈은 투덜거리며 꼭 낀 바지를 끌어 올리고 단추를 채웠다.

도대체 누가 윤리에게 이안의 임무에 대해 알려준 것일까. 누군지 모르지만 멍청하기 이를 데 없는 사람인 것만은 틀림없다. 사실을 알게 되었을 때 윤리가 이렇듯 노발대발, 천방지축 날뛸 것이란 건 누구나 쉽게 예상할 수 있는 일 아닌가. 윤리의 안중에 남자란 단 한 사람뿐이니 말이다. 한태빈, 우리의 대단하고 잘나신 수장 나리.

"됐고. 빨리 샤실을 말해. 어떻게 된 거야? 이안이 어떻게 태빈 오빠 신부를 데리고 온다는 거야?"

"마지막으로 경고한다, 꼬마야. 내가 존경해 마지않는 이안 형을 함부로 부르지 마. 그분은 우리 종족의 마스터야. 인간의 전투에 참가, 용병으로 뛰면서 우리 종족이 해방을 맞이하는 데에 결정적인 기여를 한 마스터. 인간세계로 따지자면 독립운동가쯤 되겠네. 그만큼 윤이안 마스터는 위대해. 내 우상이시란 말이다. 너도 알지? 종족의 역사상 해방을 위해 싸우다 마스터에 오른 이는 손으로 꼽을 정도로 귀하다는 거. 그만큼 우리 후손은 그분들을 존경해야 한다는 거."

"누가 아니래? 기억 못할까 봐 알려주는데 우리 아버지도 해방운동으로 마스터 칭호를 받으신 거거든."

"그리고 이 오라버니도 마스터지. 넌 내게도 존경을 표해야 옳아."

"쳇, 자긴 부모 잘 만나서 거저 얻은 칭호면서 생색은. 그렇게 따지면 나도 마스터거든?"

앙칼지게 쏘아붙이며 윤리는 길지도 않은 송곳니를 공격적으로 드러낸다. 그녀의 말은 기빈의 표정에서 장난기를 싹 걷어갔다.

순식간에 차갑게 굳어가는 기빈을 보고서야 윤리는 자신이 실수를 저질렀다는 것을 깨달았다. 그의 아킬레스건을 건드린 것이다.

마스터란, 성채의 수장이 내리는 일종의 작위였다. 뱀파이어를 위해 중요한 임무를 완수했거나, 뱀파이어 연합인 〈W.A.M.(World Association Of Minority)〉에 없어서는 안 될 중요한 인물에게만 내려져, 중대한 범죄나 실수로 인해 수장으로부터 환수가 되기 직전까지 대대로 이어지게 되어 있다. 태빈과 기빈이 바로 그러한 케이스에 속했고, 그건 윤리도 마찬가지였다.

하지만 윤리는 아직까지 마스터 칭호에 애착이 없고 태빈은 뱀파이어 해방에 지대한 영향을 끼친 인물로 마스터에 걸맞은 행보를 걸어왔다. 문제는 마스터 지위를 가장 자랑스럽게 여기는 기빈이 그에 걸맞은 이력을 보여주지 못하는 데에 있었다.

기빈은 태어난 지 100여 년밖에 안 된 덕에 해방운동을 할 필요도 없었고, 세계는 냉전을 끝낸 지 오래라 스파이 짓도 못한다. 자신이 마스터 칭호를 받을 자격이 충분하다고 생각하지만, 그걸 증명해 보일 만한 기회가 전혀 없었다. 아마 죽을 때까지 그럴 것이다. 세상은 너무 평화롭고 조용했다. 기빈이 울화통 터지는 것은 바로 그 때문이었다.

"난 성채를 수호하는 요원 중 가장 뛰어나."

기빈이 으르렁거리며 윤리의 코앞까지 성큼성큼 다가왔다. 190cm에 가까운 키에 성채의 수호요원으로 탄탄한 근육질 몸매를 지닌 기빈은, 160cm가 겨우 넘을까 말까 한데다 성장호르몬의 문제로 아직까지 2차 성징이 나타나지 않는 윤리의 눈에 거의 거인으로 비쳤다.

'무식하게 힘만 세서는.'

입술을 비틀며 윤리는 기빈의 벌거벗은 상체를 비판적으로 쳐다보았다. 수영 선수처럼 비정상적으로 넓은 어깨. 울퉁불퉁 근육이 튀어나오고 힘줄이 도드라진 팔뚝. 손가락으로 한 번 눌러보고 싶어지게 만드는 가슴근육…….

"……."

거무스름한 젖꼭지가 딱 눈높이에 있었다. 꿀꺽. 윤리는 저도 모르게 침을 삼켰다. 가슴이 울렁거리고 아랫배가 조여왔다. 심박수가 조금씩 상승하고 있다. 이 이상한 기분은 뭐지? 아동의 것처럼 납작한 가슴마저 한기빈의 성적 매력 앞에서 발기하고 있었다.

"누, 누가 뭐래나. 네가 뛰어난 요원인 건 나도 알아."

"성채가 나로 인해 안전하다는 것만으로도 내 마스터 자격은 충분하다고."

"알았어. 알았다고. 장래 형수님으로서, 내가 인정해 줄게. 됐지?"

이 덩치만 큰 멍청이 같으니라고. 얼굴을 코앞까지 들이밀면 어쩌자는 거야? 입술이 닿기 일보 직전이잖아!

"누가 형수님이래?"

"나지 누구야?"

"수장한테 롤리타 콤플렉스가 있었던가."

재수 없이 웃음답지 않은 웃음을 차갑게 흘리며 기빈이 비아냥거렸다. 이번엔 윤리의 얼굴에서 핏기가 싹 가셨다. 나이가 열여덟 살이나 먹었는데도 2차 성징과 뱀파이어 변이현상이 나타나지 않는다는 것은 현재 윤리의 가장 큰 고민이자 콤플렉스였다. 변이가 일어나지 않는 상태에서는 수태를 할 수가 없다. 장래 뱀파이어 수장의 아내가 되는 것이 인생 최대 목표인 윤리에게 이것만큼 중요하고 괴로운 일은 없었다.

"난 열여덟 살이야."

기빈을 노려보며 윤리는 씹어뱉듯 중얼거렸다. 기빈은 발끈하는 윤리를 보며 쾌감을 느끼는 양 싸악, 악랄한 미소를 지어 올렸다.

"우리에게 나이란 아무런 의미가 없어. 변이과정을 거치지 않는 여자는 여자가 아니지."

"변이는 조만간 올 거야."

"언제? 남들은 보통 열여섯이면 찾아온다는 변이가 왜 너한테만 없는 거지? 그거야말로 문제 있는 거 아닌가?"

"늦는 경우도 있댔어!"

"어쨌든 지금은 아니지. 넌 아직 어린애야. 어린애는 수장의 취향과 거리가 멀어도 한참 멀지."

"난 어리지 않아! 열여덟 살이나 먹었단 말이야. 날 좋아한다고 해서 수장이 롤리타 콤플렉스인 건 아니라고!"

"수장이 널 좋아한다고 누가 그래?"

"좋아할걸. 좋아해. 좋아한다고 했어!"

"동생으로서 좋아한다는 거겠지."

기빈이 정확히 진실을 꼬집자 눈이 따끔거리기 시작했다.

"난 순혈 뱀파이어야. 순혈의 여자 뱀파이어는 귀해. 100년 넘게 성채에 후손이 태어나지 않고 있다는 걸 감안하면, 태빈 오빠가 날 좋아하지 않을 가능성은 희박해."

"꼬마야, 좋아하는 감정은 후계자 생산과 아무 상관이 없어. 씨앗을 품는 것과는 그 성격이 다르다고. 물론 너 같은 꼬마는 전혀 이해를 못하겠지만."

"그럼 이안이 데려올 신부는? 그 여잔 태빈 오빠가 좋아해 준대? 예뻐? 변이를 거쳤대?"

"낸들 알겠냐, 꼬마야. 하지만 스물여덟 살이나 먹었으니 2차 성징을 거친 어엿한 여인이란 건 의심할 여지가 없겠지. 그 여잔 너와는 달리 지금 당장 수장의 후계자를 낳아줄 수 있어."

"나도 조만간 변이과정을 겪게 돼. 조만간!"

작은 주먹을 단단히 쥐고 윤리가 소리쳤다. 당장이라도 눈물을 쏟을 듯 눈가가 촉촉해졌다. 기빈은 속으로 혀를 찼다. 이 불쌍한 꼬마를 대체 어쩌면 좋을지. 수장에게 하루빨리 후계자를 낳을 의무가 있긴 있다. 하지만 문제는 태빈에게 수장 자리에 대한 미련이 전혀 없다는 데에 있었다. 후계자가 생기지 않아 수장 자리를 내줘야 한다면, 그는 두말없이 내줄 위인이었다. 후계자를 얻기 위해 굳이 여동생 같은 윤리를 취할 이유가 전혀 없다는 말이었다.

"난 순혈 혈통이야. 내가 후계자를 낳으면 태빈 오빠는 날개를 다는 거야. 적어도 죽을 때까지는 수장 자리에서 내려올 일이 없을걸. 우리 엄마가 그랬어. 난 태빈 오빠 신부가 될 몸이라고! 아버지가 돌아가신 이후 태빈 오빠가 엄마와 날 거둔 것도, 모두 나 때문일 거라고!"

"울지 마."

윤리의 커다란 눈에서 닭똥 같은 눈물이 뚝뚝 떨어지자 기빈은 무뚝뚝하게 명령했다. 물론 기빈의 말을 따를 신윤리가 아니었다.

"다른 사람은 싫어. 태빈 오빠여야만 해."

고통스럽게 중얼거리는 윤리는 당장이라도 꺼이꺼이 통곡할 것만 같다. 기빈은 훅, 깊은 한숨을 내쉬고는 엄격한 어조로 말하였다.

"운다는 건 포기한다는 거야. 벌써 태빈 형을 포기했어?"

"나, 난……."

"포기하기엔 아직 일러."

"그게 무슨 말이야?"

호소력 짙은, 눈물 젖은 눈망울이 기빈을 향해 반짝였다. 그 맑음과 순수한 열정이 기빈의 가슴을 찢어지게 했다. 기빈은 우울하게 중얼거렸다.

"이안 형이 꽤 매력적이잖아. 인간 여자들이 사족을 못 쓸 만큼."

"……?"

외계인을 상대하는 양 윤리가 멍하게 기빈을 바라보았다. 기빈은 엄지로 윤리의 눈가에 얼룩진 눈물자국을 쓱 닦아내며 대수롭잖은 듯 대꾸했다.

"이안 형이 그 여잘 취할 수도 있다는 뜻이야."

눈을 떴을 때 경주의 시야를 가득 메운 것은 남자의 넓은 가슴팍이었다. 검은 셔츠. 머스크 향. 여자의 손길을 부르는 감미로운 감촉. 경주는 윤이안의 품에 안겨 있었다. 그 명백한 사실이 생생히 인식된 순간, 그녀는 발작적으로 몸을 뒤틀었다.

"아직 밤이야. 더 자도록 해."

품 안에서 요동치는 경주를 더 세게 끌어당겨 안으며 이안이 중얼거렸다. 칠흑같이 어두운 밤, 좁아터진 낡은 침대 위, 여자를 안고 있는 남자의 것치고는 너무나도 평온한 목소리다. 일순 경주는 굴욕을 느꼈다. 여자로서의 명예가 치명적으로 훼손된 기분이었다. 경주는 몸을 더욱 세차게 뒤틀며 소리쳤다.

"비켜요!"

"쉿. 목소리 낮춰."

"당신이 비키기 전엔 절대로 못 낮춰요! 이거 놔요!"

"우릴 노리는 자들에게 광고라도 할 셈이야? 여기 있다고, 당장 와서 잡아가라고?"

"당신과 침대에 이렇게 찰싹 달라붙어 있으니 차라리 그 사람들 손에 잡히는 게 낫겠어!"

"철없는 소리. 넌 그자들에 대해 아무것도 몰라."

"내가 왜 몰라? 미치광이 사이코 집단일 게 뻔한데."

"제발 목소리 낮춰. 진심으로 하는 말이다. 그자들에게 잡히는 날엔, 차라리 죽는 게 낫다는 것이 어떤 건지 알게 될 거야."

"당신이 자기 임무를 충실히 해낸다면 그럴 일은 없겠죠."

콧방귀를 뀌며 경주는 두 팔에 힘을 주고 이안의 몸을 최대한 멀리 밀어냈다. 하지만 이안이 실제로 밀려나는 행운은 일어나지 않았다. 그의 견고하고도 단단한 몸은 마치 요새처럼 경주를 감싼 채로 짓누르고 있었고, 그 요새는 경주가 밀어내려 하면 할수록 더욱더 견고해졌다. 몇 번의 시도만으로 경주는 온몸의 힘을 다 써버렸다. 금세 지쳐 버린 경주는 그의 품에서 축 늘어져 버렸다.

"눈 감아. 잘 수 있을 때 많이 자둬. 앞으로 며칠 동안 한숨도 못 자게 될 수도 있어."

"여기가 어딘데요?"

따끔거리는 눈을 빠르게 깜빡거리며 경주는 속삭이듯 물었다. 자신이 왜 이런 지경에 빠진 것인지, 대체 어디서부터 어떻게 무엇이 잘못된 것인지, 앞으로 자신은 어떻게 살아가게 될 것인지, 모든 게 암담하고 두려워 당장이라도 울음이 터질 것 같았다. 하지만 여기서 울 수는 없다. 이안의 앞에서 약한 모습을 보이고 싶지 않았다. 경주는 눈물을 쏟지 않기 위해 이를 악물고 버텼다.

"아무도 모르는 곳."

낮고 작은 목소리가 부드럽고 따뜻하게 울렸다. 이안의 입술이 소리 없이 경주의 귀를 찍어 눌렀다. 차갑지만 보드라운 감촉에는 일말의 동정심이 묻어 있었다. 정체 모를 따스함이 경주의 가슴 안에서부터 피어올랐다.

"당분간 피해 있으면 돼. 당분간만이야."

"언제까지요?"

"안전해질 때까지."

"안전해질 때까지 계속 여기에 머무는 거예요?"

"여긴 조금만 쉬었다가 뜰 거야. 내일쯤. 그때까지 될 수 있으면 조용히 지내는 게 좋아."

"이게 지금 쉬는 거예요?"

"시간을 버는 것이기도 하고. 그자들은 지금 우릴 찾기 위해 혈안이 되어 있어. 아무 준비 없이 이곳을 나서는 건 자살행위나 다름없다. 도움을 받을 때까지는 움직임을 최소화하는 게 상책이야."

"그자들이 대체 누군데요?"

"반(反)변이자들."

"반…… 뭐라고요?"

생소한 단어에 눈살을 찌푸리며 경주는 조금, 아주 조금, 이안의 품으로 들어갔다. 정체를 알 수 없는 공포심이 경주의 내부에서 너울거렸다. 이안의 건장한 팔이 경주를 단단히 안았다. 답답해야 정상이었으나 왠지 모를 안도감이 느껴졌다. 이안의 품이라면 안전할 것이라는 막연한 믿음이 그녀의 의식 속에 자리하고 있었다.

"합리적인 변이에 반대하는 자들이지. 합리적인 변이란, 21세기 들어 새로 개발된 뱀파이어의 생명단축 시스템이고."

"생명단축?"

"호르몬 변이로 인해 인간의 열 배가 넘는 생명력을 갖게 되는 걸 원천적으로 봉쇄하는 의료적 시스템이지. 변이가 시작되는 초기에 변이활동을 억제시켜 최대한 인간에 가까운 상태를 유지하게 만들어줘. 호르몬 변이가 시작되는 무렵부터 12주간 무균실에서 집중적인 시료를 받고 이후부턴 정기적으로 호르몬 관련 주사를 맞게 돼."

"생명이 길면 좋은 거 아니에요? 왜 일부러 단축시키려고 해요?"

너무도 순진한 질문이 날아오자 이안은 빙긋 입술 언저리를 꺽어 올렸다. 그는 두껍고 커다란 손바닥으로 느릿느릿 작은 원을 그리며 경주의 연약한 등을 어루만졌다.

"분명 장점이 많겠지. 그랬으니 예부터 인간들이 그리 열렬히 영생불사를 꿈꿔왔을 테고. 하지만 우리 종족은 언제나 그 반대의 것을 추구해 왔어. 유한의 삶."

"호강에 겨워 요강 깨는 소리 하시네."

"800년이야. 평균 800년. 몸 사리고 조용히 살면 적어도 천 년은 거뜬히 살 수 있어. 천 년 동안 숨을 쉬며 살아간다는 게 얼마나 지루하고 고통스러운지 겪어보지 않은 사람은 절대로 몰라."

"그래서 그 합리적인 변이를 겪으면 인간처럼 몇십 년 만 살 수 있다는 거예요? 당신도 합리적인 변이인가 뭔가를 겪었어요?"

"변이는 16살 즈음, 인간이 제2차 성징을 겪을 무렵 나타나. 시스템이 개발되었을 때 이미 난 변이 시기를 놓친 후였지. 하지만 정기적으로 호르몬 주사를 맞고 있어. 아마 내 생명은 벌써 100년쯤 줄어들었을 거야."

"반변이자들이 생겨날 법도 하네요. 그들은 그러니까, 오래 살고 싶은 거죠?"

"단순히 그것 때문에 반기를 든 것은 아니야. 그들은…… 인간과 공조하는 모든 것들에 반기를 든 거야. 인간들은 우리가 동등하게 서로의 세계를 인정하고 협조하는 공생 관계라고 말하지만, 실은 우리의 힘을 이용할 속셈뿐 우리의 안위와 번영에는 전혀 관심이 없다고 생각하거든. 종국에 가선 우리가 인간의 지배를 받는 노예 신세로 전락할 거라는 게 그들의 주장이야. 합리적인 변이로 우리가 우리 스스로의 힘을 줄인다면 인간들은 그 틈을 노려 우리를 지배하려 할 거라는 게 그들 논리이지."

"뭐가 뭔지 하나도 모르겠어요."

이안의 품에서 경주는 희미하게 고개를 내저었다. 최근 며칠 사이에 일어난 엄청난 일들과 밀려드는 생경한 지식들 때문에 뇌 주름이 비정상적으로 꿈틀거렸다. 생각해야 하는데 너무 피곤해서 아무것도 할 수 없었다. 그저 눈을 감고 따뜻한 이안의 품에서 잠들고만 싶었다.

"인간들이 우릴 실험 대상으로 본다는 오해, 정부에 협력해야만 온전히 살아갈 수 있는 현실에 대한 분노. 그것이 그들로 하여금 새로운 조직체를 만들어 떨어져 나가게 했어. 그들은 인간뿐 아니라 인간에 협력하는 우리 조직한테까지 반기를 들었지. 뱀파이어 연합을 적으로 규정하고, 오랫동안 훈련해 온 자제력을 벗어 던지고 본능에만 충실하여 인간세계를 닥치는 대로 유린하고 있어."

"그럼 그자들의 타깃은 당신이겠네요?"

"이런……."

쪽. 쪽. 귓바퀴에 그의 입술이 두 번 더 찍혔다. 나직이 중얼거리는 말소리 뒤 끝에 희미한 웃음소리가 붙었다. 그가 소리 내어 웃는 건 처음이라 깜짝 놀라 고개를 들어보려 했지만 이안에게 뒤통수가 눌려 꼼짝도 할 수가 없었다. 그의 입술이 경주의 정수리에 와 닿았다. 나른하게 움직이던 그의 손바닥은 천천히 아래로 흘러내려 볼록 튀어나온 그녀의 둔부를 감쌌다. 찌르르, 예기치 못한 전류가 아래로 치고 들어오자 경주는 숨을 멈추었다. 피곤에 찌들어 있는데도 육체가 저절로 반응했다.

"반변이자들이 쫓는 건 너다, 낙제생."

정수리를 찍어 누르고 있던 이안의 입술이 빙그레 미소 짓는 것이 느껴진다.

"그 사람들이 나를 왜요? 난 평범한 인간이잖아요. 당신을 알기 전까진 뱀파이어의 존재도 믿지 않았던. 정부에 반감을 가졌다는 그 반변이자들한테 난 아무 짓도 안 했어요. 아무 감정도 없다고요. 그 사람들이 날 타깃 삼아 죽이려 할 이유가 전혀 없단 말이에요."

"슬픈 일이지만 넌 평범하지 않아, 민경주. 내 말을 믿어. 그자들이 찾는 사람은 너야."

"303호, 304호. 호수가 비슷해서 착각한 걸 거예요. 당신을 죽이려고 침입했는데 호수를 잘못 체크하고 우리 집에 들어온 것이 분명하다고요."

"그들은 실수 따위 하지 않아."

"정말로, 반변이자들이 원하는 게 나인 것 같아요?"

"너인 것 같은 게 아니라 너라니까."

"왜요? 왜 난데요?"

불안한 음성으로 경주가 물었다. 안타까움을 느끼며 이안은 동그랗고 자그마한 경주의 엉덩이를 달래듯 느리게 문질렀다.

"반변이자들에게도 후계자가 필요하기 때문이지."

"설마 그쪽 수장도 날 신부로 맞이할 생각이래요?"

"반변이자들에겐 신부의 개념이 없어. 여자란 후계자를 생산하는 도구에 불과할 뿐이라고 생각하지."

"도구?"

"그자들은 뱀파이어 본연의 욕구를 여과 없이 표출하는 무리들이야. 인간에 동화되기 위해 끊임없이 노력하는 우리와는 달라. 그들에겐 도덕과 규칙이 없어. 자비심도 동정심도. 오직 야만성과 본능만이 존재할 뿐이지."

"짐승이라는 말로 들려요."

두려운 듯 그녀는 이안에게 더욱 매달렸다. 가슴팍에 얼굴을 들이밀고 가느다란 두 팔로 그를 꼭 끌어안았다. 날카로운 손톱이 등 뒤로 박혀오자 이안은 희미하게 헐떡였다. 다리 사이에 달린 물건이 순식간에 납덩어리처럼 무거워졌다. 수백 년 동안 그 누구도 성공하지 못한 일을 민경주는 너무나도 쉽게 해냈다. 그 어떤 여자도 이안을 이렇듯 완벽한 짐승의 상태로 만들지 못했었다. 이안은 깊게 숨을 들이마신 후 다시 천천히 내쉬며 한껏 허스키해진 목소리로 속삭였다.

"맞는 말일지도. 야성성이야말로 뱀파이어의 정체성이라고 여기는 자들이니까. 그자들은 평화와 융화를 선택한 변이자들을 자연과 신의 섭리를 거스르는 반역자라 비난하지."

"그런 자들이 날 찾는 거라면 당연히 후계자 생산 때문이겠네요. 내가 내성을 가진 여자란 걸 어떻게 알았을까요?"

"네게 내성이 있는지 없는지는 아직 몰라. 정확한 건 확인하는 절차를 거쳐야 알 수 있어. 그전까지는 함부로 내성이 있다고 말하면 안 돼."

"하지만 내성을 갖고 있을 가능성이 월등히 높잖아요. 그래서 당신네도 그자들도 날 갖기 위해 혈안인 거 아닌가요?"

"박사님의 뇌가 이제야 기지개를 켜는 모양이로군."

경주의 흐트러진 머릿결에 얼굴을 묻고 그가 속삭였다. 정수리 쪽으로 희미한 웃음기가 전해지자 경주는 다시금 몸을 뒤척였다. 짜릿한 감각이 머리에서 발끝까지 단번에 관통하고 있었다. 허벅지를 짓누르고 있는 이안의 몸이 점점 묵직해지는 게 고스란히 느껴졌다. 당장 다리를 벌려 그것을 품고 싶다는 음란하고도 자극적인 생각이 머릿속에서 맴을 돌았다. 한 남자를 향해 이토록 강렬한 욕정을 품을 수 있다니. 새삼 경주는 자기 자신이 무서워졌다.

"이러지 마."

다급하게 헐떡이며 이안이 자그맣게 속삭였다. 어느새 경주는 이안의 몸 위로 올라타 그와 맞닿은 곳을 격렬하게 비벼대고 있었다. 흥분으로 인하여 부푼 가슴을 그의 가슴에 문질렀다. 바지 위로 불룩하게 솟아오른 융기를 다리 사이에 가두고는 정신없이 허리를 앞뒤로 움직였다.

"이러지 마, 민경주. 움직이지 마……!"

당장 숨을 거둘 것처럼 이안이 격하게 경주를 제지했다. 소리치진 않았으나 충분히 매서운 말투였기에 경주는 당장 그의 명령을 들어야 옳았다. 하지만 그러기는커녕 더욱 세차게 허리를 움직여 그를 고통과 쾌락의 경계선상에 올려두었다. 이안은 경주를 밀어내야만 하는 의무감과 취하고 싶은 욕구 사이에서 갈피를 잡지 못하였다. 늘 본능과 싸워 이겨내는 타입의 뱀파이어였으나, 지금 이 순간만큼은 이길 자신이 없었다. 아니, 이기고 싶지 않았다. 당장 그녀의 안으로 들어가 씨앗을 방사하고 싶은 극렬한 욕구가 이안을 지배하고 있었다.

"제발. 내게서 떨어져."

"내가 떨어지길 원해요? 정말로?"

헉헉 가쁜 숨을 토해내며 그녀는 허리로 원을 그렸다. 바지 속 이안의 욕망이 점점 더 커졌다. 아무리 성관계에 무지한 여자라 할지라도 이게 무엇을 의미하는지 정도는 경주도 알았다. 이런 상 태로는 아무리 윤이안이라 해도 자신을 쉽게 밀어내지 못할 것이 라는 것도. 경주는 후물거리는 아랫도리를 더욱 강하게 밀어붙이 며 그의 입술을 찾았다.

"그렇다면 날 밀어내요. 어서."

이안의 입술에 대고 속삭인 말이었다. 뜨거운 숨소리와 함께 나 른하고 유혹적인 목소리가 허스키하게 흘러나오자 이안은 끝까지 붙들고 있던 자제력을 내던져 버리고, 두 손으로 그녀의 머리를 격렬하게 끌어당기며 입술을 포개었다. 그는 물어뜯듯 그녀의 도 톰하고도 새빨간 입술을 쭈웁쭈웁, 소리가 나도록 빨아 당겼다가 놓아주었다. 또렷한 라인을 그리는 윗입술도, 쫄깃한 아랫입술도 모두 그의 동물적이고 원초적인 관심을 받을 수 있었다.

"아, 음……."

경주는 더욱더 세차게 허리를 굴렸다. 농밀하고 섹시한 키스로 인해 몸속에 있는 정염의 씨앗은 불길에 휩싸였다. 지금껏 단 한 번도 느껴보지 못한 강력한 성욕이 경주를 부채질하고 있었다. 이 안을 품고 싶었다. 이안의 몸을 자신의 몸 안에서 느끼고 싶었다. 그가 자신의 안으로 미끄러져 들어올 때 어떤 느낌이 될지 상상만 해도 미친 듯이 달아올라 비명이 터질 것만 같았다.

그때, 비정상적으로 거대한 욕망의 파고에 휩쓸린 이는 경주뿐 만이 아닌 듯 이안이 힘차게 허리를 들어 몸을 뒤집었다. 단박에 두 사람은 아래위가 바뀌었고, 경주는 그의 육중하고도 매력적인 몸 아래에 깔린 채 헐떡였다. 옷을 입고 있었으나 둘은 모두 벌거 벗은 것처럼 서로를 삼킬 듯한 시선으로 바라보았다. 놀랍게도 경 주의 시선을 받자 이안의 것이 더욱 커지기 시작했다. 경주는 동 그랗게 뜬 눈으로 그곳을 빤히 바라보았다.

"굉장…… 하네요……."

숨을 헐떡이며 경주가 중얼거렸다. 자신이 무슨 소릴 지껄이는 지도 모른 채 아무렇게나 중얼거린 말이었다. 갑자기 이안이 아랫 도리에 힘을 싣고 허리를 움직이기 시작했다. 마치 성행위를 하는 듯 천천히, 그러나 충분히 세차게 경주의 다리 사이를 찔렀다. 연 달아, 쉬지 않고.

"으훗! 아아아아아흑……!"

이안이 그녀의 허벅지를 위로 올리자 둘의 접촉은 더욱 자극적 이고 적나라해졌다. 부딪침이 빠르고 격렬해졌다. 폭발하는 정욕 이 정신과 육체 모두를 지배했다. 이안의 커다랗고 무자비할 정도 로 힘이 센 손아귀가 양쪽 가슴을 쥐었다. 이미 흔들리고 있던 가 슴이 그의 손에 들어가 일그러지고 짓눌려졌다. 쾌감이 또다시 번 개처럼 그녀를 덮쳤다. 울부짖으며 경주는 이안의 등을 세차게 끌 어안았다.

"으으흑, 이안 씨……!"

눈물이 솟구쳤다. 클라이맥스가 다가왔다는 걸 몸으로 느낄 수 가 있었다. 그의 살 냄새가 간절했다. 경주는 그의 목덜미에 얼굴 을 묻고 흐느꼈다.

"으흑, 흑, 흑, 흑……!"

"민경주……."

이안은 숨을 헐떡이며 경주의 귓불을 물고 세차게 빨았다. 잡아 뜯듯 연신 물고 빨아대는 행위가 반복될수록, 옷 위로 꽉 쥔 가슴의 끝을 자꾸만 문질러 댈수록, 무겁고 단단한 욕망의 결정이 사타구니를 찔러댈수록 경주는 오르가슴에 더 가까이, 더 빠르게 도달하고 있었다. 흐물흐물 노글노글해진 여성은 이미 물기가 흥건하게 배어나와 그를 받아들일 준비를 완벽하게 마친 후였다.

"내게 내성이 있는지 없는지…… 지금 확인해 봐요, 이안 씨."

허리를 튕겨 엉덩이를 더욱 그의 남성에 밀착시키며 경주는 헐떡였다. 야하게 내돌리던 이안의 혀가 순간 움직임을 멈추었다. 가슴을 주무르던 손길도 정지했다. 빠르게 튕겨대던 허리도 굳어버렸다. 헉헉, 이안의 거친 숨이 타액으로 범벅이 된 경주의 귓바퀴로 부딪쳐 왔다. 그는 간신히 자제력의 끝을 붙잡고 있었다.

"이안 씨."

경주가 그의 뺨을 두 손으로 감싸며 속삭였다. 겨우 고개를 든 그의 눈동자는 황금빛으로 이글거리고 있었다. 경주는 키스하기 위해 바닥으로부터 고개를 들어 올렸다. 하지만 입술을 붙이기 직전, 이안이 고개를 틀어버렸다. 그는 눈 깜짝할 사이에 몸을 일으켜 경주에게서 멀리 떨어졌다.

"미안해."

"이안 씨……?"

"실수였어. 이럴 생각…… 없었어."

갑작스럽게 태도가 바뀐 이안의 모습에 당황해 경주는 두 눈을 맹렬히 깜빡였다. 온몸이 욱신거렸다. 그에게 어루만져지던 유두가, 찔러지던 사타구니가 채워지지 않은 갈증으로 인해 아우성쳤다. 그가 다시 자신을 만져 주길 그녀의 몸이 원했다. 극렬한 욕구로 인해 떨리고 있는 자궁 속으로 미끄러져 들어와 주길 간절히 원했다. 경주는 온몸을 휘감는 실망감에 울먹이며 손을 내밀었다. 하지만 그는 더욱더 멀어져 등을 보이기까지 했다.

"하지만 아까는 날 원했잖아요. 날 끌어안고 놓아주지 않았잖아요."

"네가 혹시라도 도망칠까 봐 그랬던 것뿐이야. 이렇게 널…… 이러려던 의도는 아니었어. 정말로."

이안의 손은 떨리고 있었다. 마약중독자처럼. 경주가 이안을 원하는 만큼, 이안도 경주를 원하고 있는 것이 틀림없었다. 경주는 많은 의미를 담아 진심으로 속삭였다.

"상관없어요. 이젠."

"난 상관있어. 그리고 너도 상관있어야 해."

"난 당신과 섹스하고 싶어요. 지금."

"넌 지금 제정신이 아니야. 네가 무슨 말을 하고 있는지도 전혀 몰라."

"내가 무슨 말을 하는지는 내가 더 잘 알아요."

"너와 관계하는 일은 절대로 없어. 이런 일, 다시는 없을 거야. 약속해."

영혼 따위 느껴지지 않는 메마른 그 한마디만을 남기고, 이안은 성큼성큼 걸어가 꽉 닫혀 있던 방문을 거세게 열어젖혔다. 경주는 침대에서 벌떡 몸을 일으켜 다그치듯 소리쳤다.

"어디 가는 거예요?"

"요기할 것 좀 사올게. 쉬고 있어."

이안은 정말로 그녀가 쉴 수 있을 거라고 생각하는 걸까. 경주는 이안에 대한 갈망으로 인해 온몸이 갈기갈기 찢기는 것 같았다. 그가 원망스러웠다. 이렇게 중단할 거라면 처음부터 시작하지 말았어야 했다. 절망감과 패배감으로 인해 경주는 울고만 싶었다. 당장 그에게 달려가 매달리고 싶었다. 하지만 경주는 그러는 대신 악에 바친 독한 음성으로 소리쳤다.

"당신은 아직 내게 말하지 않았어! 반변이자들이 내가 내성을 가진 여자란 걸 어떻게 알아냈는지!"

"……."

문 밖으로 나가지 않고 이안이 잠시 그곳에 못 박혀 서 있었다. 한참 후, 고개를 돌려 경주를 보았을 때 이안의 눈동자는 까마득하게 깊은 흑색으로 되돌아와 있었다. 그는 사탕을 빼앗겨 버린 어린아이처럼 떼를 쓰는 경주를 가만히 바라보며 무뚝뚝하게 중얼거렸다.

"넌 하프야. 네 아버지는 뱀파이어지."

그 한마디만을 남기고 이안은 밤공기 속으로 사라져 버렸다.

제7장 **기습적으로**

아버지가 뱀파이어라는 얘길 들었을 때 의외로 경주는 담담한 반응을 보였다. '아버지가 뱀파이어? 그래서 뭐?' 하는 마음이었달까. 부모 없이 20년 넘게 살아왔는데 이제 와서 아버지, 혈육, 뿌리, 그딴 게 무슨 소용일까 싶었다. 현실로 느끼기엔 너무나 비현실적인 일이라 자연스레 소설이나 영화 줄거리를 듣는 듯 제삼자의 입장이 될 수밖에 없기도 했고. 어쩌면 지금까지도 충분히 힘들고 지쳤으므로 또 다른 충격과 마주하기 겁이 난 것인지도. 뇌에 과부하가 걸려 버려 가혹한 현실 앞에 몸을 사린 것이다.

어쨌든 그녀는 그날 밤 산란한 마음과 피곤한 육체 때문에 한숨도 자질 못했다. 이안이 어디선가 침낭을 찾아와 바닥에 잠자리를 봐, 한 침대에서 자야 하는 최악의 상황을 면했는데도 불구하고. 이안 역시 그러했던 듯, 다음날 아침 둘의 몰골은 가관이었다.

이안은 묵묵히 전날 사왔던 음식을 꺼내 경주에게 건네고는 욕실로 향했다. 샤워를 마친 후, 경주가 충분히 음식을 먹었는지 체크하고는 어젯밤 사온 물품들 중 속옷을 챙겨 건네주었다. 흰색의 평범한 면 팬티와 브래지어였다. 괜스레 얼굴이 붉어졌으나 경주는 간신히 아무렇지도 않은 척하고는 욕실로 들어갔다. 이안은 경주의 샤워 물소리를 들으며 요기를 했다. 경주가 그러했던 것처럼.

정오쯤, 경주는 친구 혜진에게 연락하게 해달라고 요구했지만 단칼에 거절당했다.

"반변이자들이 네 신변을 파헤쳤다면 그 친구에 대해서 모를 리 없어. 그 친구한테 이미 미행도 붙었을 거고, 전화도 도청당하고 있을 거다. 친구를 위해서도 너를 위해서도, 당분간은 연락하지 않는 게 좋아."

화가 났지만 참았다. 그의 말이 전적으로 옳다는 걸 알았기 때문에. 자신 때문에 혜진이 걱정하는 건 싫지만, '민경주와 연락이 닿은 인간'으로 분류되어 반변이자들에게 고문당하는 것보다는 백배 나았다.

이후 경주는 식사 시간과 용변 볼 때를 제외하곤 모두 침대에 누운 채로 시간을 보냈다. 그동안 아버지가 뱀파이어라는 사실을 떠올리지 않기 위해 그녀는 무던히도 애를 썼다. 수업. 논문. 알바. 지금은 지극히 비현실적으로 느껴지는 현실의 문제를 떠올리고 집중하려 했다. 하지만 잡다한 생각들은 항상 '아버지'로 끝을 맺었다. 저녁 즈음엔 경주도 인정할 수밖에 없었다. 자기보호본능이 발동하여 내내 외면하려 했지만 더 이상 그럴 수 없다는 것을.

아버지.

나를 낳아준 내 아버지.

내 아버지는 정말 뱀파이어일까? 나는 정말 인간과 아버지 사이에서 태어난 하프뱀파이어인 걸까? 윤이안의 말을 다 믿어도 되는 걸까? 하나의 의문이 해소되면 또 다른 의문이 생겨났다. 꼬리에 꼬리를 무는 의문들로 경주의 머릿속은 포화상태였다.

오후까지 잠자코 수면을 취하거나 매일 교신을 취하던 이안이 경주를 이끌고 안전가옥을 나간 것은 하늘이 해거름 노을로 아름답게 물들어 있을 즈음이었다. 그들은 안전가옥에 비치되어 있던 오토바이로 시내 도로까지, 도로에서 택시를 타고 한참을 갔다가, 버스와 지하철로 두 시간 가까이 이동한 뒤 가까스로 약속 장소까지 와 있었다. 그동안 내내 경주는 이안의 꽉 막힌 귀에 대고 종알거렸다. 잔소리의 주요 골자는 이거였다.

"사실이 아닐 가능성은요? 당신이 내게 거짓말을 했을 수도 있잖아요. 일단 난 진실 여부를 확인해 볼 수가 없잖아요. 아버지 자체에 대한 기억이 거의 없거든요. 우리 아버진 가족과 함께 살지 않으셨어요. 우리완 따로 떨어져 지냈고 집엔 정기적으로 몇 달에 한 번씩 방문한 게 다예요. 왜 그랬는지는 모르지만…… 가족과 많은 시간을 보내진 않았어요. 그래서 아버지에 대해 생각나는 게 별로 없어요."

"그럴 만한 사정이 있었을 거야."

"어머니는 네 살 때 날 버렸죠. 아무런 연락처도 남기지 않았어요. 이름이며 나이며, 자신에 대한 정보도 전혀. 그것도 그럴 만한 사정이 있었을까요?"

"그랬다고 생각해."

이안은 다분히 심드렁한 태도로 일관하고 있었다. 그런데도 경주는 묘한 위안을 받았다. 가슴이 알싸해지면서 뜨끈한 감정이 울컥 치밀었다. 경주는 숨을 크게 들이쉬었다가 천천히 내뱉으며, 이안에게 그 어떤 감정도 갖지 않기로 마음먹었던 몇 시간 전의 결정에 따라 점점 커져 가는 감정세포를 가차 없이 잘라냈다.

"보기보다 꽤나 감성적인 구석이 있네요. 난 그리 생각하지 않아요. 그런 믿음을 갖고 살기엔 내가 겪어온 현실이 너무 냉혹했죠. 감상적인 생각 따윈 아주 어릴 때 이미 버렸어요."

"내 평생 감성적이란 평을 듣긴 처음이군."

"내 추측은 이래요. 당신이 내 무의식에 들어와 내 기억을 훔친 거죠."

"그런 건 안 한다고 했을 텐데."

달빛 한 자락이 유일한 빛인 어둠 안에서 이안이 눈을 깔고 경주를 내려다본다. 거대한 목조 널빤지들이 탑처럼 높이 쌓아 올려진 공사장에는 개미 한 마리도 보이지 않았다. 쪼그리고 앉아 있던 다리가 저려와 경주는 작은 주먹으로 다리를 툭툭 때리며 어깨를 으쓱했다.

"당신도 모르게 그랬을 수도 있잖아요. 나도 당신이 일부러 작정하고 그런 짓을 한 건 아니라고 생각해요. 그 정도로 비열한 사람은 아니잖아요."

"고마워서 돌아가시겠네."

낮게 비아냥거리며 그가 목조탑에 바짝 몸을 기대고 반대쪽을 훔쳐보았다. 제법 싸늘해진 바람에 이안의 목덜미를 덮고 있던 머리카락이 흔들렸다. 그 머리를 손으로 쓸어보고 싶은 충동을 가까스로 누르며 경주는 한숨을 내쉬었다.

"어쨌든 내가 고아이고, 아버지에 대한 정보가 전혀 없이 자랐다는 걸 안 당신은 그걸 이용하기로 한 거죠."

"그래, 꽤 그럴싸한 추리네. 하지만 내가 뭣 때문에 굳이 그런 짓까지 해야 하지? 마땅한 동기가 없는데."

"그걸 왜 나한테 물어요? 당신이 무슨 속셈을 갖고 있는지 낸들 어찌 알겠어요?"

"엉망진창이군."

"당신이 엉망진창이라고 말할 자격은, 전후사정 완벽하게 맞아떨어지는 설명을 내게 했을 때만 생겨요. 알겠어요? 내 아버지가 뱀파이어라면 그 사람이 누군지 말해요. 내 아버질 내 앞에 대령하라고요. 그럼 뭐, 최대한 내 쪽에서 양보해서 유전자 검사를 해보죠. 진짜 내 아버지란 결과가 나오면 그때는 믿어보도록 할게요. 콜?"

"입 좀 다물어."

뇌까리듯 이안이 명령을 내리고는, 자발적인 그녀의 협조를 전혀 기대하지 않는 양 재빨리 커다란 손으로 경주의 입을 틀어막았다. 깜짝 놀라 아주 잠깐 반항의 몸짓을 해보았으나 경주는 이내 공포를 느끼며 돌처럼 굳어버렸다. 뒤쪽에서 차 소리와 함께 헤드라이트 불빛이 다가오고 있었기 때문이었다. 이안이 경주를 끌어당겨 자신의 옆구리에 바짝 붙였다. 희미한 머스크 향이 경주의 폐부를 가득 채웠다.

달그락. 이안이 허리 뒤춤 어딘가에서 뭔가를 꺼내 들었다. 경주는 이안의 손에 입이 틀어 막힌 채로 두 눈을 커다랗게 뜨며 '헉!' 하고 숨을 들이마셨다. 달빛 아래 검은 총구가 반짝이고 있었다.

"웨스트우드."

자동차 헤드라이트가 꺼지고, 차 안에서 누군가가 나오며 뜻 모를 단어 하나를 던져 왔다. 그러자 마치 암호를 주고받는 양, 이안이 자리에서 일어나며 대꾸한다.

"갬블."

손에 들고 있는 총을 원래 있던 자리에 도로 집어넣는 걸 보니 상대가 누군지 감을 잡은 듯하였다.

"갬블. 예전 이름 오랜만에 들으니 감개가 무량하네."

어두운 그늘 뒤편에서 남자 한 명이 나와 그 모습을 드러냈다. 갬블? 경주는 이안의 뒤꽁무니에 찰싹 붙어 선 채 남자를 유심히 바라봤다. 25살 정도로밖에 안 되어 보이는 앳된 청년은 눈에 띌 정도로 매우 핸섬했지만 꿈에서 보았던 '테빈 갬블'은 아니었다. 청년은 이안과 엇비슷한 키였지만 덩치는 더 좋았다. 마른 근육에 날렵한 체구를 가진 이안에 비해 그는 다소 커다란 근육질 몸매를 갖고 있었다. 또한 이안만큼은 아니지만 그도 조금은 외국인 같은 구석이 있었다.

"목숨도 질기셔, 마스터. 반항아들의 살벌한 십자과녁을 피해 여기까지 살아오다니."

"내 목숨 질긴 걸 이제야 알았다니 유감이다, 개빈."

"기빈이라고 불러주길 바라. 난 한국이 좋아. 한기빈으로 오래

오래 한국에서 살 거야."

"어련하시겠어."

남자와 이안이 몇 단계에 걸쳐 주먹을 쥐고 부딪치거나 손바닥을 마주치는 등의 손 인사를 나눴다. 두 사람은 꽤 친한 사이인 듯 합이 잘 맞았다. 신나고 적극적인 상대방에 비해 이안은 꽤나 심드렁하고 기계적인 움직임을 보인다는 차이점만 있을 뿐이었다.

"요구한 것들은 잘 준비했겠지."

"새 휴대전화, 위조 신분증, 무기, 현금. 아! 형의 귀여운 전리품도. 형이 묵던 오피스텔과 VIP의 숙소, 모두 둘러봤는데 별다른 점은 포착 못했어. 그 자식들은 형이 앞집에 묵고 있었다는 걸 몰랐던 게 분명해."

"지금쯤은 알았겠지."

"녀석들 정보력이면 아마도. 형의 최종 목적지가 우리 성채일 거란 것도 당연히 알아챘을 것이고. 지금쯤 성채로 가는 길목에 병력을 매복시켜 놓았을 거야. 괜히 힘 빼면서 목표물의 일거수일투족을 감시하고 뒤쫓는 것보다는 한곳에 잠복해 있다가 적시에 덮치는 게 훨씬 효율적이니까."

"성채로 직행하는 건 위험하다는 말이냐?"

"이번 일에 대해 수장의 입장은 하나야. VIP의 안전이 최우선이다. 알다시피, 그 자식들은 치킨게임의 강자잖아. 싸움이 자기네들한테 불리하게 전개된다 싶으면 무슨 수를 써서라도 VIP를 해치려 들 거야. 인간을 증오하는데다 우리 쪽 수장의 후계자 문제까지 겹쳐 있으니, VIP를 뺏길 바에야 아예 없애 버리는 게 낫다고 생각할 거란 거지. 늘 그래 왔듯."

"그동안의 전적이 있으니 조심하는 게 좋겠지."

"이번 작전은 최대한 VIP를 격전에 끌어들이지 않고 조용히 마무리하는 쪽으로 갈 거야."

"유인작전이 필수이겠군."

"이미 세워뒀어. 내가 누구야? 형의 자랑스러운 제자이자 성채의 탑시드 요원, 한기빈이잖아."

"디데이는?"

"일주일은 넘기지 않을 생각. 마음 같아선 좀 더 시간을 길게 잡아 놈들의 진을 빼주고 싶은데. 형이야 이런 일에 베테랑이라 걱정되지 않지만 VIP는 다르잖아…… 하이!"

기빈이 이안의 등 뒤에 몸을 움츠리고 서 있는 경주를 발견하고 손을 흔들었다. 눈을 크게 뜨고 환히 웃는 그는 확실히 여자들이 혹할 만한 외모의 소유자였다. 하지만 경주는 좀체 경계심을 늦출 수가 없었다. 그의 입에서 나오는 '성채'니, '마스터'니, '요원' 따위의 말들이 그녀를 절로 긴장하게 만들었다.

"VIP가 낯선 이를 조심하는 건 바람직한 거겠지?"

이안의 등 뒤로 한층 더 숨어버리는 경주의 반응에 상처를 받았지만 어쩔 수 없다는 듯, 기빈은 어깨를 으쓱했다. 그리곤 이안을 바라보며 찡긋 매력적으로 윙크를 날렸다.

"형에게만 경계심을 푼 것 같은데?"

"……."

"전에도 말했지만 수장한테 너무 충성하지 마. 그래 봤자 그 인간은 고마운 줄도 모르니까. 형이 수백 년 동안 죽을 고비 넘겨가며 희생을 치른 사이, 그 인간이 한 게 대체 뭐야? 형이 전쟁터에 총알받이로 나가 있는 동안 대통령과 협상한 일? 위험천만한 첩보 일을 도맡아 러시아, 헝가리, 동독 등을 돌아다닐 때, 무기 팔아 부를 축적한 일?"

"한기빈."

깐죽거리며 비아냥거리는 기빈을 이안이 점잖게 제동을 걸었다. 하지만 백만 년(?) 만에 형의 뒷담화 기회를 얻게 된 기빈은 입에 모터를 단 것처럼 신나게 주절거렸다.

"수장 밑에서 늘 희생하는 2인자 노릇, 질리지도 않아? 어차피 권력이란 건 영원하지 않아. 형도 알다시피 100년 동안 후계자를 만들지 못하는 수장은 수장 자격이 없잖아. 솔직히 지금의 수장은 누구든 마음만 먹으면 당장이라도 끌어내릴 수 있다고 봐. 가장 유리한 위치에 있는 사람은 두말할 것 없이 형이고. VIP가 형을 수장으로 만들어줄 비장의 카드가 되어주겠지. 지금 세상 모든 행운이 형 쪽으로 기울고 있어. 알고나 있어?"

"지금 그 말은 못 들은 걸로 하겠다."

"내 이럴 줄 알았지. 형이 충성심으로 말미암아 넝쿨째 들어온 환상의 패를 굳이 포기할 거라고, 내가 미리 예상했었지. 하는 수 있나? 평양 감사도 저 싫다면 못하는 거지. 가만있자, 내가 한 번 시도해 볼까? 어때? VIP를 내게 넘기는 건."

"꺼져."

갑자기 험악한 기운을 내뿜으며 이안이 단도직입적인 거절의 뜻을 밝혔다. 이보다 더 확실한 의견 표명이란 있을 수 없다고, 기빈은 속으로 생각했다. 역시. 예상이 맞아떨어졌다. 우리의 목석 중의 목석. 뱀파이어계의 현자. 여자 보기를 돌같이 하는 원조 철

벽남. 지난 3백 년간 뛰어난 철학자이자 훌륭한 문인, 섹시한 백작, 거친 용병, 교활한 스파이 등 갖가지 모습으로 살아왔던 윤이안이 한 여자에게 콱 꽂혀 로맨티시스트가 된 것이다.

흥미로워. 아주, 아주 흥미롭다.

기빈은 이안의 뒤에서 호기심 가득한 눈을 반짝이며 자신을 바라보고 있는 여자를 향해 세상 모든 여자들이 혹할 만한 섹시하고도 매력적인 특유의 미소를 지어 보였다. 이안의 눈빛이 더욱 어두워진다. 유혹을 멈추지 않으면 자신의 목을 졸라 죽여 버릴지도 모르겠다고 생각하며 기빈은 손에 들고 있던 자동차 키를 획 던졌다. 키는 작은 포물선을 그리며 이안의 손에 안착했다.

"일주일은 넉넉하게 버틸 수 있게 준비해 뒀어. 음식, 무기는 트렁크에. 리볼버 포함, 38구경 세 자루야. 탄환은 넉넉해, 큰 싸움에 휘말리지만 않는다면. 차에 위치추적기가 붙어 있어. 뒤는 우리가 봐줄 거야. 연락은 새 휴대전화로만. 메일 주소를 바꿨어. 가방 안 서류에 메모해 뒀으니까 확인해. 에…… 그리고 사학자님께 드리는 자그마한 선물도 있어."

"선물이라고요?"

경주가 고개를 불쑥 내밀며 물어왔다. 그러더니 다시 쏙 이안의 뒤로 숨어버린다. 이안의 양쪽 허리춤을 꼭 붙잡은 경주의 작은 주먹을 내려다보며 기빈은 씩 웃었다.

VIP의 안전은 더 이상 걱정할 필요 없겠다. 이안은 민경주를 지키기 위해서라면 자신의 목숨도 내놓을 위인이고, 민경주는 이안에게 자기 목숨을 의탁할 만큼 믿는 게 분명해 보이니까. 맹목적인 믿음. 하나밖에 없는 비상구. 지금 민경주에게 이안은 그런 존재인 듯하였다.

"이곳을 피하는 게 좋아. 알고 있겠지만, 한곳에 오래 머무는 건 위험해. 하지만 이곳과 멀리 떨어진 시골, 두메산골이라면 괜찮을 지도 모르지."

"확인됐군?"

의미심장한 기빈의 말에 이안이 즉각 반응했다. 일에서 손 뗀 지가 얼만데 이리 촉이 살아 있나, 그래. 하여튼 알아줘야 한다니 까. 빙그레 미소 지으며 기빈은 경주를 향해 손가락 두 개로 경례 를 붙였다.

"이안 형한테 꼭 전해달라고 하세요, 저희 선물. 그럼 수고."

이안의 뒤춤에서 기빈의 작별 인사를 듣던 경주가 다시금 고개 를 내밀었다. 기빈은 예의 매력적인 윙크를 찡긋하더니 환하게 웃 으며 따스한 인사말을 더했다.

"부디 끝까지 살아남아요."

경주는 고맙다는 뜻으로 입가에 희미한 미소를 띠고 고개를 끄 떡였다. 기빈은 빙그레 웃으며 이안과 가볍게 눈인사를 주고받고 는, 왔던 길로 되돌아가기 위해 뒤를 돌았다.

퍽!

뭔가가 고깃덩어리에 박히는 것과 같은 소리가 들려온 건 바로 그때였다. 조건반사인 양 아주 빠른 속도로 이안이 경주를 품에 안고 핑그르르 몸을 돌려 널빤지 더미 안쪽에 납작 붙었다. 기빈 도 뒤따라 몸을 피했고, 그사이 연달아 뭔가가 날아가 사방에 부 딪치는 소리가 들려왔다.

"젠장!"

기빈이 욕설을 중얼거리며 뒤춤에 꽂아두었던 총을 꺼내 소음기를 달고 총알을 장전했다. 부지불식간에 벌어진 상황에 뭐가 뭔지 알 수가 없었던 경주는 그제야 기빈의 가슴팍에서 혐오스러운 액체가 흐르는 것을 발견하였다. 붉은 피였다.

뱀파이어의 피.

"미행당했어. 빌어먹을! 대체 어떻게 알았지?"

기빈은 널빤지 더미에 바짝 몸을 붙인 채 쏟아지는 총알이 잠잠해질 때까지 기다리며 빠르게 중얼거렸다. 격렬한 숨소리와 가파르게 오르내리는 가슴은 그가 얼마나 당황했는지, 이 상황을 얼마나 수치스러워하는지를 여실히 보여주고 있었다.

"형이 경거망동하지 말라고 할 때 들었어야 했는데. 내 자만심이 일을 망쳤어."

"자아비판은 나중에 해."

머리통을 목조 널빤지 더미에 쿵쿵 찧는 기빈을 곁눈질하며 이안이 중얼거렸다. 상황이 이런데도 그의 말투는 평소와 다를 바 없이 평온하기 그지없었다. 허리춤에서 권총을 꺼내 장전하는 걸 보지 못했다면 이안이 상황의 긴박함을 모른다고 생각했으리라. 경주는 끔찍한 기빈의 가슴팍에서 겨우 눈을 떼고 이안을 돌아보았다. 그는 경주가 걱정되는 듯 빤히 내려다보고 있었다.

"여긴 내가 맡을 테니 형은 VIP를 모시고 이곳을 빠져나가. 내가 엄호할게."

"괜찮겠어?"

경주에게서 눈을 떼지 않은 채로 이안이 기빈에게 물었다.

"위쪽에 한 놈. 좌측 전방과 우측 전방에 각각 한 놈씩. 도합 셋이야. 이 정도는 나 혼자 해결할 수 있어. 내가 망쳐 놨으니 수습은 내가 하게 해줘."

"네 뜻이 정 그렇다면야."

이안이 기빈의 무모한 제안을 수락했다. 놀란 나머지 경주는 이안을 향해 두 눈을 휙 치뜨며 표정을 일그러뜨렸다. 그러다 죽으면 어쩌려고? 부상까지 당한 마당에. 경주는 기빈에게 물었다.

"어깨는 어쩌려고요? 피가 나잖아요."

"내 어깨요?"

"몰랐어요? 지혈해야 하지 않을까요? 이대로라면……?"

"내가 뱀파이어라고, 이 사람이 말 안 해요?"

기빈이 턱으로 이안 쪽을 찌르며 씩 웃었다.

"뱀파이어는 이 정도의 부상으론 죽지 않아요. 또 나처럼 뛰어난 성채 요원은 서너 명의 적들과 싸워 절대로 패하지 않죠. 내 걱정이라면 염려 마세요."

"하지만……."

기빈의 말투에는 뭔지 모를 씁쓸함과 고집스러움이 배어 있었다. 자신의 능력을 의심받는 지금의 상황이 썩 달갑지만은 않는 듯하였다. 그러나 경주가 보기에 부상은 결코 작지 않았다. 그의 검은 셔츠가 흥건했다. 지금도 움직일 때마다 피가 나는 게 분명했다. 치유 능력이 월등해 쉽게 죽지 않는다 해도 뱀파이어 역시 인간처럼 통증을 느낄 수 있는 생명체다. 아플 거다. 사람이 총에 맞으면 아픈 것과 똑같이 그도 아플 것이다.

"이건 미친 짓이에요."

중얼거리며 이안에게 제발 말려보라는 눈짓을 보내보았지만 그는 묵묵부답, 싹 무시했다. 그리고는 기빈과 약속이라도 한 듯 그가 '셋 하면 뛰어' 라고 말하기도 전에 경주의 손을 꼭 잡았다. 기빈이 실제로 숫자를 세기 시작하자 경주의 어깨를 자신의 옆구리에 꼭 끌어다 붙이기까지 한다.

"셋!"

긴장하고 말 새도 없이 3초는 금세 지나갔다. 기빈이 손을 밖으로 뻗어 양방향으로 엄호사격을 하자 이안이 뛰기 시작했고, 그와 한 몸처럼 붙어 있던 경주도 달려야 했다. 기빈의 총구가 연달아 불을 뿜어 적에게 명중하자 상대방의 공격도 잦아졌다. 그 틈을 이용하면 자동차가 있는 곳까지 무사히 도달할 수 있었다. 그러나 몸을 숨길 수 있는 자동차 차체까지 채 10m도 남지 않은 지점에서 신발이 벗겨졌다. 경주는 순간, 멈추지 말고 달려야 한다는 사실을 까맣게 잊고 말았다.

"안 돼!"

이안의 울부짖는 소리가 공사장을 울렸고, 적들은 상대의 방심을 놓치지 않았다. 경주의 다리와 어깨로 총알이 쏟아지듯 날아왔다. 경주는 신발을 한 손에 쥔 채 그 자리에서 얼어붙어 버렸다. 0.1초도 되지 않는 찰나의 순간에 그녀는 자신의 어리석음을 질책했다. 그리고 죽음을 맞기 위해 숨을 들이켜는 순간, 무언가가 그녀의 몸을 날쌔게 붙들고 옆으로 세차게 몸을 굴렸다.

파파파팍! 팍! 파팍!

바닥으로 총알이 연속으로 박혔다. 경주는 숨을 격렬하게 들이쉬었다가 뱉기를 반복하며 정신을 잃지 않기 위해 애썼다. 심장이 갈비뼈를 뚫고 튀어나올 것만 같았다. 그녀는 이안의 품에 안겨 있었다. 이안은 경주를 구해 또 다른 목조 널빤지 탑 아래로 숨어든 것이었다. 이안이 아니었다면 그녀는 벌써 온몸에 총상을 입고 죽었을 거다. 그녀뿐이겠는가. 이안마저도 죽을 뻔했다. 그의 커다란 몸이 경주의 몸을 완전히 에워싼 상태였으니까. 끔찍한 생각에 소름이 쫙 끼치고, 자신이 너무나도 멍청하게 느껴져 경주는 온몸을 떨었다.

"이안 씨……?"

"……."

놀란 건 이안도 마찬가지인 듯, 그는 경주의 뒤통수에 이마를 대고 거친 숨결을 잠재우고 있었다.

"괜찮아요? 어디 안 다쳤어요?"

"……멍청이. 죽을 뻔했잖아."

그게 다였다. 더 이상 아무 대꾸도 하지 않고 이안이 몸을 일으켰다. 경주도 따라 일어났다. 자신의 두 팔과 허리를 단단히 감고 있는 이안의 건장한 팔뚝이 눈에 들어왔다. 그 와중에도 이안은 손에 쥐고 있던 총을 놓지 않고 있었다. 제대로 숨을 쉬기 위해 애를 쓰며 경주는 멍하게 권총을 응시했다. 몇 초 지나지 않아, 총구 방향으로 진득한 액체가 흘러내리는 것을 목격할 수 있었다.

"피가 나요!"

"정신 차려. 나와 기빈이가 엄호할 거야. 몸을 최대한 낮추고 차로 달려가. 그리고 내가 합류할 때까지 바닥에 납작 엎드려 있어."

"피 난다니까요, 당신!"

"정신 차리란 말이야, 민경주!"

경주의 어깨를 틀어쥐고 휙 흔들며 이안이 처음으로 크게 소리쳤다. 그 험악함에 깜짝 놀라 경주는 입을 다물었다. 이안은 어깨에 총상을 입었는데도 대수롭잖은 듯 눈 하나 깜빡하지 않고 오로지 경주에게만 집중하고 있었다. 경주의 눈에 눈물이 차올랐다.

"내 말 잘 들어. 네가 아무리 뱀파이어의 딸이라 해도 넌 하프야. 하프에 대해선 연구되어진 게 거의 없어. 뱀파이어의 특징을 얼마나 갖고 있는지, 뱀파이어와 인간 중 어떤 종(種)에 더 가까운지 정확히 아는 사람이 아무도 없다고. 정신 바짝 차리지 않으면 넌 죽을 수도 있다는 뜻이야. 알아들어?"

"……."

경주는 고개를 끄덕였다. 흔들리는 턱 밑으로 눈물이 후드득 떨어졌다. 오열이 터질 것만 같았지만 입술을 깨물며 참아냈다. 그의 총상이 걱정되어 죽을 것 같았다.

"넌 내가 시키는 대로만 해. 그러면 살 수 있어."

"……."

"내가 널 죽게 내버려 두지 않을 거야. 알았어?"

또다시 끄덕였다. 이번에는 전보다 훨씬 굳센 움직임이다. 이안은 경주의 몸을 끌어안고 팔딱팔딱 뛰는 관자놀이에 입술을 꾹 눌렀다. 그리고는 다시 몸을 떼어 경주의 눈을 똑바로 바라보며 빠르게 중얼거렸다.

"셋, 하면 뛰어."

기빈과 이안의 엄호사격이 다시 시작되었고 경주는 살벌한 총격전을 뚫고 성공적으로 작전을 수행했다. 이안이 시키는 대로 바닥에 납작 엎드린 채 숨어 있자니 약속대로 이안이 합류했다. 그는 경주를 자동차 뒷좌석에 태우고 운전석에 올라탔다. 그녀가 자동차 바닥에 엎드려 간간이 날아드는 총알을 피하고 있는 걸 확인하고서야 이안은 차를 출발시켰다.

"병원으로 가요! 빨리요!"

공사장에서 멀어지자 경주는 벌떡 바닥에서 일어나 소리쳤다. 이안의 팔에서는 아직도 피가 흐르고 있었다. 피 비린내가 자동차 안에 진동했다.

"저들은 우릴 쉽게 포기하지 않아. 조만간 뒤쫓아올 거다. 지금 멈추는 건 위험해."

"당신 팔을 좀 봐요. 피가 계속…… 계속 나잖아요!"

"호들갑 떨지 마. 치명상이 아니니 조만간 출혈은 멎을 거야."

"호들갑 떨지 않게 생겼어요? 당신이 날 구하려다가 이렇게 됐는데?"

"난 임무를 수행하다가 다친 거야. 너 때문이 아니니 쓸데없는 생각 마."

"미치겠네. 왜 이렇게 고집이 세요? 왜 남의 말은 귓등으로도 안 듣느냐고요. 난 당신이 걱정되어서 죽겠는데!"

"걱정할 힘은 너 자신한테나 써. 내겐 필요 없으니까."

"이안 씨!"

"소리쳐도 소용없어. 이 차가 병원으로 향하는 일은 없을 거야."

평범한 쥐색 중형차는 허름한 겉보기와는 달리 꽤 괜찮은 엔진을 달고 있는 듯 소리도 없이 도로를 달리고 있었다. 2차선의 좁은 도로를 몇 구간 거쳐 빠르게 시내를 벗어나는 그는 운전 솜씨가 썩 좋았다. 경주는 고집쟁이 이안을 노려보며 이를 악물었다.

팔 위쪽에 난 총상에서 쉴 새 없이 피가 뚝뚝 떨어지고 있었다. 울컥 감정이 치솟고 눈물이 나올 것만 같았다. 자신이 바보처럼 신발만 집어 들지 않았다면 이런 일이 안 생겼을 거라고 생각하니 미안하고 또 미안해서 죽을 것만 같았다. 그런데도 이 인간은 괜찮다고만 하니!

정말 죽여 버리고 싶다, 윤이안.

"좋아요. 그럼 응급처치라도 하게 해줘요."

"뱀파이어는 응급처치 따위 받지 않아."

기계처럼 감정이 전혀 느껴지지 않는 어조로 그가 즉각 응답했다. 평상시였다면 그의 어투에서 충분히 웃음기를 캐치할 수 있었겠지만, 불행히도 경주는 지금 정상이 아니었다. 이안에 대한 걱정 이외엔 아무것도 귀에 안 들어왔다.

"피가 계속 흐르잖아요. 피비린내 때문에 토할 것 같단 말이에요."

"조금만 참아. 조만간 저절로 지혈이 될 테니까."

"상처를 동여맬 수 있게만 해줘요! 그런다고 당신이 손해 볼 건 없잖아요. 내가 날 위해서 지혈해 주겠다는데 왜 자꾸 필요 없대요? 내가 정말로 이 자리에서 점심에 먹은 음식 목록을 다 확인해야 만족하겠어요? 와우, 피비린내에 토 냄새. 환상적이겠네."

"좋아."

이안은 가만히 경주가 열 내며 말하는 걸 듣고만 있더니, 허무할 정도로 짧고 간단한 답을 던졌다. 그 철면피 같은 태도에 욕설이 절로 나왔지만 경주는 입을 꾹 다물었다. 지금으로선 지혈을 허락해 준 것만도 고마웠다. 더 이상 그가 피 흘리는 걸 보지 않아도 된다는 사실에 안도감이 밀려왔다. 경주는 혹시라도 그가 마음을 바꿀세라 재빨리 명령했다.

"옷 벗어요."

"뭐?"

"상처를 확인해야 하잖아요. 윗도리 벗어요."

"아, 상처. 난 또."

입술 언저리를 끌어 내리며 그가 조그맣게, 그러나 그녀가 들을 수 있을 만큼 충분히 큰 소리로 중얼거렸다. 물론 당연지사, 이 또한 농담이었다. 하지만 상처에 온 신경을 모으고 있는 경주에겐 그저 비아냥거림으로밖에 들리지 않았다.

"빈정대지 말고 어서 벗어요. 가죽 재킷과 셔츠, 모두요."

"지금 운전 중인데. 아까도 말했다시피 우린 멈출 수 없어."

"그럼 운전하면서 벗어요. 그딴 묘기 대행진은 능력 밖이란 개소린 하지 말고요. 아까 보니 당신네 뱀파이어들은 못하는 게 없더구만."

"피를 보더니 입이 거칠어지셨군."

"난 하프잖아요. 뱀파이어의 피를 반이나 물려받았으니 피와 폭력에 반응하는 건 당연한 거 아니겠어요?"

"아, 그런가?"

전혀 몰랐다는 듯 시치미 뚝 떼며 중얼거리는 미스터 뱀파이어. 그 순간 경주는 깨달았다. 그가 일부러 말장난을 걸며 시간을 지연시키고 있음을. 경주는 이를 갈며 어절마다 힘을 주어 다시 한 번 명했다. 이번엔 정말 무섭게. 두 눈을 부라리며 얄짤 없이. 거의 협박조로.

"빨리. 벗어요. 꾸물대지 말고!"

기가 막히게도 이안은 웃음을 터트렸다. 낮고 두텁고 그윽한 음색이었다. 화가 머리끝까지 나 있는 경주의 몸을 후끈 달아오르게 만들 정도로. 이안은 유쾌한 얼굴로 순식간에 옷을 벗었다. 기가 막힌 운전 솜씨는 옷을 벗는 동안에도 십분 발휘되어, 사고 걱정 따위는 전혀 들지 않았다. 경주는 재빨리 실내등을 켜고는 총상을 살폈다.

출혈은 현재진행형이었다. 총알이 박힌 짙붉은 구멍에서 피는 지금도 계속해서 흘렀다. 또다시 울컥 감정이 끓어올라 경주는 숨마저 멈추고 어금니를 사리물었다. 자신이 이 사람을 죽일 뻔했다는 사실이 다시 한 번 떠올랐다. 이 사람이 자신을 살리기 위해 몸을 던졌다는 사실도. 엄청난 보호본능과 애정이 폭풍처럼 경주를 덮쳤다. 어떻게 윤이안을 좋아하지 않을 수 있겠는가. 그는 경주의 목숨을 구해준 생명의 은인이었다. 그것만으로도 그를 사랑할 이유는 충분했다.

"죽지 말아요."

"난 안 죽어, 민경주."

나른한 웃음기를 달고 이안은 실내 미러를 통해 경주를 주시하고 있었다. 위독한 환자를 앞에 둔 사람처럼 과하게 진지한 경주의 모습이 이안에겐 우스꽝스러워 보였다. 뱀파이어가 이딴 피 몇 방울 흘리는 것으로도 목숨을 잃는 존재였다면 그는 벌써 뼛가루가 되었을 것이다.

그는 뱀파이어다. 인간세계에서 살아남는 법을 터득해 버린 덕에 보통 뱀파이어보다도 훨씬 더 목숨 줄이 질긴 뱀파이어. 그는 결코 쉽게 죽지 않는다. 때문에 그의 안전을 걱정하는 이는 드물었다. 경주의 호들갑스런 태도가 우습고 귀여우면서도, 한쪽 가슴이 뭉클해지는 것은 아마도 그 때문일 것이다. 그녀가 자신을 걱정한다는 사실이 기분 좋았다. 썩.

"내가 당신 살릴 거예요."

"그래. 날 대체 어떻게 살릴지 몹시 기대가 되는군."

노골적인 흥미를 담고 중얼거리던 이안이 일순 표정을 굳혔다. 경주가 갑자기 윗옷을 벗기 시작했다.

"뭐 하는 거야?"

"보면 몰라요? 옷 벗잖아요."

"왜?"

"당신을 살리기 위해서죠. 당연히. 지금까지 뭘 들었어요?"

"날 살리기 위해 굳이 네 알몸을 보여줄 필요는 없……."

다음 순간, 알게 되었다. 왜 그녀가 옷을 벗어 던진 것인지. 경주는 재킷 아래 입고 있던 얇은 반팔 셔츠를 뿌욱— 소리 나도록 찢었다. 그녀는 상처 부위를 싸맬 붕대 대용으로 자신의 셔츠를 선택한 것이었다. 이안은 한동안 입만 벌린 채 가만히 있어야 했다. 경주가 브래지어만 걸친 채로 자신의 상처를 살피는 모습은, 보는 것만으로도 그를 미치게 만들었기에.

"아파도 참아요."

팔뚝을 빙 두르던 천이 어쩔 수 없이 상처 근처를 누르게 되자 경주가 긴장하며 말했다. 이안은 생각했다. 팔뚝 따위 아무래도 상관없다고. 지금 사타구니로 몰려드는 욕망의 고통에 비하면 상처 부위에서 느끼는 고통은 아무것도 아니었다. 경주가 살이 벌어진 부위를 보기 위해 상체를 좀 더 굽혔다. 덕분에 브래지어에 감싸인 가슴골을 더 자세히 볼 수 있었다. 이안은 이미 단단해진 물건으로 피가 쏠리는 걸 느끼며 황급히 시선을 돌렸다.

"젠장……."

"아파요? 많이 아파요?"

욕설을 중얼거리며 숨을 헐떡이자 경주가 고개를 번쩍 들고 물었다. 그 덕에 풍만한 가슴이 실내 미러 안에서 부드럽게 출렁거렸다. 낭창낭창한 그 움직임으로 인하여 그의 몸은 더욱 빳빳해졌다. 당장 차를 세우고 뒷좌석으로 가 경주를 갖고 싶은 미친 욕구가 끓어올랐다. 경주의 다리를 최대한 넓게 벌리고, 그녀의 아랫도리를 자신의 것에 밀착시킨 뒤 거칠게 파고들고 싶었다. 경주의 탐스러운 가슴이 흔들릴 때까지, 그녀의 입에서 쾌락의 비명 소리가 터질 때까지, 자신과 함께 기분 좋은 절정에 오를 때까지, 쉼 없이 찔러 넣고만 싶었다.

"대충하고 빨리 옷이나 입으시지."

머릿속에 가득 찬 섹시한 민경주의 모습을 힘껏 내치며 이안이 퉁명스럽게 말했다. 물론 혹시라도 자신의 상태를 경주가 눈치챌까 봐 그럴싸한 말 한마디도 덧붙였다.

"지나가는 차가 널 볼 수도 있어."

"알았어요. 빨리할게요."

건성으로 말하는 경주는 온통 환부에 집중되어 있었다. 그녀는 셔츠로 만든 붕대를 조심스럽게 둘렀다. 천이 상처 한가운데를 누르며 지나가자 핏물이 배어 나왔다. 경주는 얼른 입술을 대고 핏물을 빨았다. 얼떨결에 한 행동이었다. 환부를 다 감기도 전에 셔츠가 피로 얼룩지는 게 왠지 싫어, 반사적으로 흐르는 핏물을 빨아먹은 것이었다. 하지만 그녀가 뭘 한 건지 확인한 이안이 거칠게 고함을 질렀다.

"뭐 하는 거야! 너 미쳤어?"

끼이이익!

급브레이크 소리가 귀청 찢어져라 울렸다. 몸이 거세게 앞으로 쏠렸다가 뒤로 젖혀지면서, 차가 섰다. 이안이 사색이 된 채로 차에서 내려 뒷좌석 도어를 열었다. 상처를 싸매다가 갑작스런 상황을 맞이한 경주는 어안이 벙벙해져 두 눈을 휘둥그레 떴다. 이안이 그녀를 차 밖으로 거칠게 끌어냈다. 브래지어에 청바지만 입은 채로 끌려 나온 경주를 어디론가 끌고 가며 이안은 험악하게 외쳤다.

"벌려!"

"네……?"

"입 벌리란 말이야, 이 골칫덩이야!"

아직도 영문을 몰라 멍한 경주의 입안으로 이안의 손가락이 들어왔다.

제8장

반(反)변이자들 : 합리적 변화를 거부하는 자

"당장 토해야 해."

"뭘요?"

이성을 잃은 이안을 빤히 바라보며 경주는 물었다. 여직 이안의 손가락을 입에 문 채였다. 이안은 이보다 더 멍청한 질문은 없다는 듯 격렬하게, 양옆으로 숲이 우거진 으슥한 도로변에 메아리가 치게 쩌렁쩌렁, 고함을 질러댔다.

"그걸 몰라서 물어?! 네가 빨아먹은 내 피 말이야!"

"왜요?"

"넌 하프니까!"

"……."

경주의 눈꺼풀이 한 번, 두 번, 세 번, 깜빡였다. 그 눈망울은 머릿속이 없을 무(無)의 경지인 듯 순진하기 짝이 없었다. 이안은 이를 악물었다. 브래지어만 입고 입술을 동그랗게 오므린 채 그의 손가락을 물고 있는 경주는 이안으로 하여금 엄한 환상을 품게 만들었다. 그녀의 생명이 위급한 상황에 이런 생각을 하는 자신이 추잡하게 느껴져 이안은 더욱 거칠게 씹어뱉듯 말했다.

"하프에게 내성이 있는지 없는지, 정확한 사실은 아직 아무도 몰라. 우리 뱀파이어 역사상 하프는 극히 드물었기 때문이지. 서너 명이 있었다고 전해지지만 그들의 유전자 샘플을 정밀 검사할 기회가 없었어. 후손을 남기지도 않았고. 근 200여 년 동안 하프는커녕 인간 여자조차 우리 뱀파이어의 짝이 된 적이 없었단 말이야. 내성을 지닌 인간 여자가 뱀파이어와 짝을 이룬 건 네 어머니가 유일하고, 하프도 너뿐이라고. 그 말은 네게 내성이 없을 수도 있다는 말이야."

"내성 없는 여자가 뱀파이어의 피를 마시면……?"

"죽지."

"난 살아 있잖아요."

"피를 마신 후 독성이 퍼지기 전까지는 당연히 목숨이 붙어 있겠지. 완전히 몸속에 흡수되기 전에 빨리 토해야 해. 그러면 살 수 있어."

"하지만 아프지 않은데요. 정말 아무렇지도 않아요."

"빨리 토하란 말이야, 빨리!"

경주에게 내성이 없을 가능성만큼이나 있을 가능성도 컸다. 확률은 말 그대로 50대 50. 하지만 이안이 느끼는 순간의 공포심은 100퍼센트에 육박했다. 그녀가 죽을 수도 있다는 생각만으로 이안은 벌써 초주검이었다. 한데도 뱀파이어의 위험한 피를 삼킨 당사자께서는 너무나도 태연하다. 오히려 새하얗게 질린 이안이 재미있다는 듯 빙긋 웃기까지 한다. 그러더니 그의 손가락을 입안에서 굴리며 쭉, 빨았다.

"빌어먹을 민경주."

숨을 헐떡이며 이안이 중얼거렸다. 그리곤 경주를 거칠게 자동차 차체에 밀어붙인 후, 그녀의 몸에 자신의 하체를 밀착시켰다. 등이 딱딱한 차체에 부딪쳐 아플 법도 하건만 경주는 멈추지 않고 계속해서 그의 손가락을 빨아먹었다. 아주 맛있는 사탕처럼 맛을 음미하며. 이안의 하체가 단단하게 일어서 경주의 하복부를 공격적으로 찔러댔다. 고통에 신음하며 이안이 이를 갈았다.

"죽고 싶어 환장했어?"

"안 죽을 수도 있잖아요. 내성이 있을 가능성이 훨씬 높다고 말한 사람은 당신이에요, 교수님."

"죽을 수도 있어! 단 1퍼센트라도 가능성이 있다면 당연히 죽음에 대비해야지!"

"이대로 죽으면 운명으로 받아들여야죠, 뭐. 뱀파이어의 딸인데 요절이라니. 해외 토픽감 아니에요?"

"정말 미쳤군."

"그렇지만 왠지 난 안 죽을 거 같아요. 예감이 그래요. 맹독을 마시면 그 순간 큭! 통증을 느껴야죠. 드라마 같은 거 보면 그렇잖아요. 하지만 난 보다시피 멀쩡해요. 정말 요만큼도 아프지 않아요. 그러니까 조용히 기다려 보자고요. 내가 죽는지, 안 죽는지."

"목숨을 두고 도박하지 마. 다른 사람도 아닌 네 목숨이잖아, 이 멍청아!"

이안은 도끼눈을 뜨고 으르렁댔으나 이내 그 소린 신음과 헐떡임으로 바뀌어 버렸다. 경주가 그의 허리를 끌어안고 골반을 굴리며 손가락을 쭙쭙, 소리가 나도록 세차게 빨아댔기 때문이었다. 이안은 이성을 붙잡고 싶었지만 그럴 수가 없었다. 경주는 노골적인 공격을 쉼 없이 퍼부었고, 그녀를 향해선 연패 신화를 기록 중인 그의 자제력은 또다시 패하고 말았다.

30분 후, 이안은 여전히 생생하고 발랄하게 살아 있는 경주를 내려다보고 있었다. 키스로 인해 입술은 퉁퉁 부어 있었고 연약한 살결은 그의 수염 자국에 쓸려 얼룩덜룩 빨개져 있었지만 죽지 않고 멀쩡한 것만은 사실이었다. 언제 벗겨 버렸는지 브래지어가 바닥에 떨어져 있었다. 딱딱하게 곧추선 젖꼭지를 손가락으로 감싸며 이안은 경주의 정수리에 입을 맞추었다. 가슴 깊숙한 곳에서부터 안도의 한숨이 흘러나왔다.

"네가 하겠다고?"

한 시간 뒤 시골의 한 모텔에서, 이안은 손에 날카로운 새 과도를 든 경주를 마치 시한폭탄 바라보듯 보며 재차 물었다.

"하면 안 되나요?"

미심쩍어하는 이안의 반응에도 불구하고 경주는 자신감이 충만해 보였다. 이런 일을 늘 해오던 사람처럼 아무렇지도 않게 빙긋 웃기까지. 불과 몇 시간 전 피를 보고 토할 것 같다던 그 민경주 맞는지 의구심이 들 정도다. 이안은 마지못해 시인했다.

"안 될 것까진 없지."

"그럼요. 총상 부위가 아무리 팔뚝이라지만 오른쪽이잖아요.

오른손잡이인 당신 혼자 상처를 째고 총알을 빼는 건 위험천만한 일이죠. 당연히 두 손 멀쩡한 내가 도와야 한다고 생각해요. 그게 훨씬 안전할 거예요."

"혹시 생살 찢어본 적 있어?"

"어…… 고기는 잘라봤어요."

"그래, 엄밀히 말해 내 살덩이도 고깃덩어리랄 수 있겠지. 하지만 네가 잘라본 고깃덩어리는 죽어 있는 거고, 난 살아 있어. 그 차이점은 굳이 말하지 않아도 알겠지?"

"난 하프잖아요. 뭐, 여태 인간들 사이에서 인간처럼 살아와 확신할 수는 없지만 한 가지만은 말할 수 있어요. 피를 무서워하지 않는다는 거. 고어 영화도 잘 봐요, 나."

"아까는 피비린내 때문에 토할 것 같다고 했던 거 같은데."

"거짓말이었어요."

그의 예리한 추궁에 경주는 뻔뻔하게 실토했다. 이안은 두 눈을 날카롭게 좁혀 뜨며 경주를 노려보았다. 혹시 다른 속내가 있는 건 아닌지 가늠해 보려는 듯.

경주는 거리낄 게 전혀 없었다. 설사 이안이 자신의 무의식으로 들어온다 해도 상관없었다. 정말로 순수하게, 이안이 걱정되고 이안을 돕고 싶어서 나선 것뿐이니까. 그를 살리고 싶다는 결심이 대단한데다 자신이 진짜 내성이란 걸 갖고 있다는 사실을 이제 막 알게 된 터라 의욕이 충천해 있었다. 사실 마음속으론 '뱀파이어로 산다는 게 생각보다 즐거운 일일지도 모른다'고 생각하는 중이었다. 섹시하고 잘생긴 뱀파이어 짝꿍과 함께라면 더더욱.

"좋아…… 미친 짓 같지만 네가 원한다니 맡겨보지."

경주의 눈에서 시선을 떼지 않은 채 이안이 천천히 중얼거렸다. 느리면서도 말끝을 질질 끄는 말투에는 경주에 대한 의심덩어리가 뒤엉켜 있었다. 행여 찌르겠다고 덤비지 마라, 그래 봤자 난 죽지 않으니 소용없다, 등의 경고도. 그의 경계대상이 되었다는 사실에 경주는 괜히 즐거워졌다. 보호대상으로 여기지는 것보다 이편이 훨씬 더 기분 좋았다.

"누워요."

"별것도 아닌데 그냥 하지."

"그래도 누워요. 앉아 있는 것보단 눕는 게 지혈을 위해 좋으니깐."

더 이상 고집부리지 않고 이안은 경주가 시키는 대로 순순히 누웠다. 순한 양처럼 말을 잘 듣는 이안을 보니 경주의 기쁨은 배가 되었다. 그녀는 베개 등을 이안의 팔 밑에 괴어 상처 부위를 높이 하고는 주방으로 가서 과도를 뜨거운 물에 넣어 소독했다.

"칼날을 세워."

경주가 다시 돌아와 자리를 잡고 앉자 이안이 말했다.

"살 속으로 찔러 넣은 후 그대로 그어내려. 피가 나오는 건 무시하고, 칼을 쑤셔서 박혀 있는 총알을 빼. 너무 깊이 넣지는 말고."

"알았어요. 그렇게 할게요."

"하다가 도저히 못하겠으면 말해. 내가 마무리할 테니까."

"아뇨. 내가 끝까지 해요. 소독약도 미리 준비해 뒀어요."

"긴장되지 않아?"

"조금요. 하지만 잘해낼 거예요. 나도 뱀파이어니까. 뱀파이어한테 이 정도는 껌이잖아요. 안 그래요?"

"그렇지."

이안은 여전히 이 상황이 마음에 들지 않는 양 감동 없는 메마른 어조로 대답했다. 하지만 겉으론 그리 보일지언정 속마음은 경주에 대한 걱정으로 꽤 심란한 상태였다. 경주가 씩씩한 외양과는 달리 긴장해 있었기 때문이었다.

"준비됐어요. 이제 갈게요."

"어서 해."

"형겊 같은 거 입에 물지 않아도 되겠어요?"

"비명을 질러 사람들 불러들일 생각은 추호도 없으니까 걱정하지 말고 시작해."

"오케이. 그럼 시작합니다."

미세하게 칼끝이 떨리고 있었다. 이안은 걱정 섞인 시선으로 경주가 자신의 정체성을 받아들이는 의식을 가만히 지켜보았다. 부디 민경주가 성공적으로 이 일을 해내 그녀 자신의 무의식이 원하는 대로, 스스로 뱀파이어임을 완벽하게 증명해 보이길 바라 마지않았다.

지익. 드디어 칼끝이 이안의 살점을 가르기 시작했다.

얼마 후, 이안이 눈을 떴을 때는 한밤중이었다. 피가 낭자했던 간이수술 직후 긴장이 풀려 까무룩 잠이 들었던 이안은 한 팔로는 경주를 끌어안고 다른 한 팔은 깨끗한 붕대를 감은 채 여전히 모텔 바닥에 누워 있었다. 민경주는 그의 팔을 베고 새우처럼 몸을 구부린 채 잠들어 있었다. 그의 이마에 찬 수건이 올려져 있는 걸로 보아 경주는 그를 간호하다가 깜빡 잠든 것이 틀림없었다. 이안은 손안에 들어와 있는 경주의 작고 귀여운 엉덩이를 부드럽게 어루만졌다.

"음⋯⋯."

경주가 잠결에 허리를 꿈틀거렸다. 주인의 손길을 받은 고양이 처럼 기분 좋은 신음을 흘리면서. 마치 더 쓰다듬어 주길 바라는 것처럼. 그와 동시에 제 몸을 이안의 품속으로 바짝 밀어붙였다. 밤이 되어 공기가 제법 쌀쌀해지니 저절로 따스함을 찾아 그에게 로 붙는 것이었다. 이안은 방금 전 자신의 상처를 돌보아준 사랑 스럽고 용감한 여자를 품 안으로 가까이 끌어당겼다.

"으음⋯⋯ 어? 깼어요?"

기분 좋은 신음을 나른하게 흘리다가 경주가 깨어났다. 부지불 식간에 자신이 환자를 괴롭히고 있다는 생각이 든 듯 경주는 깜짝 놀라 몸을 일으키려 했다. 하지만 그의 품에서 벗어나려는 시도는 금세 실패로 돌아가고 말았다. 철푸덕. 순식간에 경주는 다시 바 닥에 눕혀졌다.

"가만히 있어."

"하지만 당신은 환자예요. 푹 쉬어야죠. 피를 얼마나 쏟았는지 알아요?"

"아프지 않아."

"그래도⋯⋯!"

"내가 아프지 않다면 아프지 않은 거야. 내가 괜찮다면 괜찮은 거라고. 쓸데없는 걱정은 하지 말란 말이야. 알아들었어?"

이안이 이를 악물며 핏대를 높이자 경주는 하는 수 없이 고개를 끄덕였다.

"좋아. 이제 꿈틀대지 말고 그대로 있어. 난 이 상태가 좋으니까."

"알았어요."

그의 말에 반발하고 싶은 마음이 굴뚝같았지만 경주는 입을 다물었다. 비록 고집불통 이안은 자신이 환자라는 걸 인정하려 들지 않았지만 그는 지금 환자이고, 환자는 흥분하면 안 된다. 말다툼으로 그를 흥분케 하느니 원하는 대로 하게 해주는 게 좋을 성싶었다.

"훨씬 낫군."

"팔이 저리기 시작하면 말해요. 일어날 테니까."

"입 좀 다물지. 이 몸은 환자니까 쉬어야 해."

두 눈을 감고 다시 잘 준비를 하며 이안이 중얼거렸다. 고개를 젖혀 그를 바라보며 경주는 입술을 삐쭉거렸다.

"아까는 아프지 않댔으면서."

"아프진 않지만 환자는 환자지. 그리고 분명히 말해두는데, 날 환자 취급한 사람은 너야."

"당신이 환자니까 환자 취급한 거죠. 세상 사람들 다 붙잡고 물어봐요. 당신이 환자 아닌가. 총에 맞고 피를 한 바가지 흘렸으면서. 당신 뱀파이어 친구가 항생제를 챙겨줘서 얼마나 다행인지 몰라요. 안 그랬다면, 으휴! 생각만 해도 끔찍해."

"내 뱀파이어 친구의 이름은 한기빈이야. 수장인 한태빈의 동생이지."

"수장을 별로 좋아하지 않는 것 같던데 동생이라고요? 당신더러 배신자가 되라고 부추겼잖아요."

"겉으로만 그러는 것뿐이야. 마음속으론 수장을 그 누구보다도 존경하고 있어."

"뱀파이어끼리도 무의식을 공유해요?"

"그건 그냥 알 수 있는 거야. 그 녀석, 보기보다 괜찮은 녀석이거든."

웃는다. 늘 한일자로 굳게 다물어져 있기만 하던 이안의 입술이 부드러운 곡선을 그리며 웃는다. 이안은 수장인 한태빈만큼이나 한기빈을 아끼고 좋아하는 게 틀림없었다. 살짝 질투가 나기도 하고 호기심도 생겼다. 도대체 그들은 어떤 관계이며 어떤 날들을 함께했던 걸까. 한편으론 안심되기도 했다. 이안이 거리낌 없이 자신의 감정을 내보인다는 건 마음이 편안해졌다는 뜻이니까. 자신이 이안의 품에서 즐겁고 편안한 것처럼 그 역시 그렇다는 거니까.

"내 아버지는 어떤 사람이었어요?"

너무 편안했던 것일까. 생각지도 않은 걸 물어봐 버렸다. 너무나 갑작스러운 일이라 그녀는 아랫입술을 질끈 깨물고 미간에 주름을 잡았다. 하지만 이미 튀어나온 말을 주워 담을 수는 없는 일. 자신의 정체에 대해 알게 된 후부터 줄곧 궁금해 왔던 것이어서, 딱히 주워 담고 싶지도 않았다.

"네 아버지에 대해 알고 있는지부터 물어봐야 하는 거 아니야?"

잠시 침묵을 지키던 이안이 조용히 대꾸했다. 경주는 어깨를 으쓱했다.

"얘기 들어보니 당신은 뱀파이어계에선 서열이 꽤 높은 것 같던데요, 뭘. 이것저것 알고 있는 것도 많고. 또 당신 성격이라면 임무를 맡은 후 나에 대해 파악해 뒀을 것 같기도 하고요."

"네 부친인 민영훈 박사는 호르몬 변이 시스템의 핵심 연구진이었어."

"그 생명단축을 위해 만들었다는 시스템 말인가요?"

"맞아. 반변이자들의 타깃 중 한 명이었지. 너와 네 어머니를 몹시 아꼈어. 함께 지내지 못했던 것도 그래서였지. 소중한 가족이 혹시라도 반변이자들에게 노출될까 염려하여 그 누구에게도 결혼 사실을 알리지 않았어. 심지어 성채 식구들에게까지도. 안타까운 일이지. 성채에만 알렸더라도 불행은 없었을 거야."

"그분도 내 존재를…… 이번 일을 알고 계세요?"

"민 박사는…… 작년 이맘때 목숨을 잃었어."

경주의 손이 파르르 떨렸다. 그녀로선 전혀 예상 못했던 말이었다. 뱀파이어니까 죽지 않고 살아 계실 줄 알았다. 놀라울 정도로 젊은 모습으로. 겉모습은 자신보다 더 어려 보일 수도 있겠다 싶어, 은근히 대면할 일을 걱정하였었는데. 그랬는데…….

"죽기 직전까지 민 박사는 아내와 딸을 찾고 있었어. 하지만 도저히 찾아낼 수가 없었지. 네가 6살 때 입양되면서 '김유리'란 이름으로 살게 되었고, 이후 여러 기관을 거칠 때까지 쭉 '김유리'였기 때문에 다시 민경주로 살고 있을 줄은 꿈에도 몰랐던 게 원인이었지. 중도에 입양기관이 통폐합되거나 사라지지만 않았어도 제 이름을 되찾았다는 사실을 알았을 텐데."

"어떻게…… 돌아가셨어요?"

"반변이자들의 습격을 받았어."

"반변이자들이라고요?"

"그들은 민 박사를 일찌감치 블랙리스트에 올렸지만, 성채와 국가의 비호 때문에 쉽사리 건들지 못했었어. 그러다 작년, 저쪽 수장의 여동생이 캡슐과 대체혈액의 다량 복용으로 인해 목숨을 잃는 사건이 벌어졌지. 그 보복으로 반변이자들은 민 박사를 납치, 고문한 후 심장을 도려냈어. 구출하기 위해 그곳에 도착했을 때는 이미 숨을 거둔 후였어."

손이 더 심하게 떨려왔다. 가슴팍이 빠르게 오르락내리락하였다. 경주는 꿀꺽 침을 삼키며 미친 듯이 날뛰기 시작하는 심장을 가라앉히기 위해 애썼다.

기억에도 없는 아버지였다. 피를 나누어 주었지만 애정을 나누어 주진 않았다. 무능력하여 아내와 딸을 지키지 못했고, 그 덕분에 자신은 어머니와 헤어져 지금껏 불행한 삶을 살아야 했다. 자신이 평생을 외롭고 고통받으며 살아온 것은 모조리 아버지의 탓이었다. 밉고 또 미운 존재인 것이다. 한데…… 그런데도 숨을 쉴 수 없을 만큼 고통스러웠다. 자신이 제대로 미워할 새도 없이 돌아가셨다는 사실이 너무나도 원망스럽고 슬펐다.

심장이 도려내지다니!

그토록 잔인하고 무자비하게 살해당하시다니!

"어, 어머니는 언제 돌아가셨어요?"

나오지 않는 목소리를 억지로 쥐어짜며 물었다. 깜빡이는 속눈썹 사이로 눈물이 주르륵 떨어졌다.

"살아 계셔."

"네?"

경주의 고개가 거세게 흔들렸다. 눈물이 가득 고인 그녀의 눈망울을 이안은 담담하게 내려다보았다. 동정도 위로도 전혀 드러나지 않은 무표정한 얼굴이었으나, 경주는 느낄 수 있었다. 그가 자신의 감정을 이해하고 있다는 걸. 자신의 아픔과 회한과 씁쓸함을 이안이 모두 알고 있다는 걸. 그것만으로도 경주에게는 큰 위로가 되었다.

"지금까진 한곳에 오래 머물지 않는 습성 때문에 찾아내기가 쉽지 않았어. 하지만 최근 3년간 같은 곳에 머무는 것으로 파악됐지. 신원을 확인하기 위해 며칠 전 우리 쪽에서 요원을 보냈어. 그리고 답이 왔지. 네 친모인 이수연 여사가 틀림없다고."

"어, 어디에 계시는지 알아요?"

숨을 헐떡이며 경주가 물었다. 이안은 부상당한 팔을 움직여 차가운 손바닥으로 경주의 볼을 감쌌다. 그리곤 엄지로 눈가에 매달린 물기를 훔치며 속삭였다.

"기빈이가 말하던 선물이 바로 그거다. 녀석이 친절하게 여사님의 거처를 알려주고 갔어."

이수연에게 지난 3년간은 꿈처럼 행복한 시간이었다. 그 어떤 번뇌도, 고통도 슬픔도 없는 완벽한 삶. 그 속엔 사랑하는 남편이 있었고 천금을 줘도 바꾸지 않을 보물, 경주가 있었다.

남편인 영훈은 뱀파이어다. 날카로운 송곳니로 사람을 공격하지도, 햇볕을 무서워하지도, 관 속에서 잠을 자지도 않지만 어쨌든 뱀파이어다. 그는 100년 이상을 살아왔다. 그러나 20대 초반처럼 젊은 외관을 갖고 있다. 심지어 24년밖에 살지 않은 수연보다도 훨씬 더 어려 보였다. 영훈은 정부산하기관의 비밀연구원이자 세계 각국 대표자들이 모여 실시하는 공동 프로젝트의 권위자로, 집에는 두 달에 한 번 들렀다 잠깐씩 머무르는 게 고작이었다.

"당신을 사랑해. 얼마나 사랑하는지 몰라. 우리 경주도 마찬가지고. 그래서 함께 지낼 수 없는 거야. 두 사람이 내겐 너무나도 소중하니까. 절대로 잃고 싶지 않으니까. 당신과 경주의 존재가 세상에 알려지면 위험해질 수도 있으니까. 날 이해해 줄 수 있지? 내 말대로 따라줄 거지?"

무엇 때문인지는 알 수 없었지만 영훈은 아내와 딸을 세상과 단절시켰다. 시골에 땅을 사고 농가로 위장한 뒤 아내와 딸이 그곳 밖으로 절대 나오지 못하게 함으로써. 짬이 날 때 남몰래 영훈이 방문하는 것 외에 수연과 경주는 외톨이였다. 가족을 보호하기 위해서라고, 너무나 소중하고 사랑하는 가족이기에 이렇게 할 수밖에 없다고, 남편은 말하였지만 수연은 이해할 수 없었다. 자신이 왜 숨겨진 여자가 되어야 하는지. 다른 곳에 진짜 아내가 있는 것은 아닌지, 의문을 가질 수밖에 없었다. 그 문제로 수연이 화를 내고 히스테리를 부릴 때면 영훈은 우울하게 말하곤 했다.

"뱀파이어의 아기를 낳은 인간 여자가 공개되면 세상은 한바탕 전쟁을 치르게 될 거야. 당신과 우리 경주는 실험실 쥐가 되든지, 번식의 숙주가 되겠지. 난 당신과 경주를 그렇게 만들고 싶지 않아."

남편의 말을 믿고 싶었지만, 솔직히 수연은 온전히 믿어지지 않았다. 자신이 한 일이라곤 뱀파이어를 사랑하고 그의 아기를 낳은 일밖에 없는데. 자신이 원하는 거라곤 가족과 함께 행복하게 살아가는 것뿐인데. 도대체 왜 자신이 실험실 쥐가 되어야 하고 번식의 숙주가 되어야 하는지, 이해할 수가 없었다. 그러나 지금 이 순간, 수연은 어렴풋이나마 깨닫고 있었다. 영훈이 왜 그토록 필사적으로 그들을 지키려 했는지.

수연은 겨우 며칠 전 네 살 생일을 맞이한 꼬마 귀염둥이, 경주를 꼭 끌어안았다. 눈물이 하염없이 흘렀지만 소리는 내지 않았다. 낼 수 없었다. 내면 절대로 안 되었다. 수연은 경주의 작고 귀여운 입도 틀어막고 있었다.

"엄마, 괜찮아요?"

엄마의 손바닥 아래에서 경주가 물었다. 제법 큰 목소리였다. 경주는 더욱 샘솟는 눈물을 참아 누르며 고개를 가로저었다.

"쉿, 아가. 크게 말하면 안 된다고 했잖니."

수연이 숨마저 죽이며 작은 목소리로 속삭이자 꼬마 경주가 씩씩하게 고개를 끄덕이며 자그맣게 대답했다.

"우리가 들키면 저 아저씨들이 이기죠?"

한줄기의 빛도 들어오지 않는 완벽한 어둠 속인데도 불구하고 경주는 두려워하는 기색이 전혀 없었다. 오히려 재미있어 죽겠다는 투였다. 실로 뱀파이어의 딸답지 않은가. 수연은 슬픈 미소를 지으며 경주를 더 가까이 끌어안았다. 그리고 딸의 귀에 자신이 불과 10분 전에 해주었던 말을 되풀이해 주었다.

"그래. 저 아저씨들이 이기면 우린 다음 주에 아빠를 볼 수 없어. 이건 게임이야. 엄마랑 했던 숨바꼭질이랑 비슷한. 아빠를 만나기 위해선 절대로 저 아저씨들한테 들키지 말아야 되는 거야. 우리 똑똑한 경주, 엄마 말 무슨 뜻인지 알았지?"

"응, 알았어요."

자그마한 손이 수연의 등을 끌어안았다. 수연은 경주의 작은 머리통을 연신 쓰다듬으며 숨죽여 오열했다. 이 작은 벽장 안에서 얼마나 버틸 수 있을까. 그들이 이곳을 발견하지 못하고 지나칠 확률은 얼마나 될까. 생각하면 미칠 것만 같았다. 자신이 발각되어 죽게 되는 것은 상관없었다. 실험실 쥐든, 번식의 숙주든 뭐가 되어도 견딜 수 있었다. 사랑하는 영훈과 헤어지는 것은 고통스러울 테지만 어떻게든 버텨낼 것이다. 하지만 경주는…….

경주만큼은 안 된다. 경주가 절대로 저들의 손에 들어가게 해서는 안 되었다. 경주를 살릴 수만 있다면 자신은 어떻게 되어도 상관없다고 수연은 생각했다.

"아무래도 벌써 튄 것 같은데?"

방문이 열리는가 싶더니 오싹할 정도로 야비하게 들리는 첫 번째 목소리가 말하였다. 세 명의 침입자 중 우두머리 격인 놈이었다.

그들은 10분 전 갑작스럽게 침입하여 온 집 안을 뒤지고 다녔지만 목적했던 여자를 찾을 수 없었다. 당연한 일이었다. 2층 다락방을 청소하던 수연은 언덕을 넘어 자신의 집을 향해 달려오는 지프 트럭을 우연히도 미리 발견했으니까. 이곳은 외부와의 접촉이 전혀 없는 외딴 곳이었고 방문자는 오로지 남편뿐이었다. 그리고 남편의 차는 밴이었다. 지프를 본 순간 수연은 불길한 예감에 휩싸였다.

위험이 감지되자마자 수연은 딸을 찾았다. 마당에서 흙장난을 하며 놀던 경주에게 게임의 룰을 설명하고 서둘러 벽장 안으로 들어갔다. 벽장의 출입구는 커다란 그림으로 위장이 되어 있어서 쉽게 찾지 못할 것이다. 또한 집 밖으로 연결된 비밀 통로가 있었다. 벽장 안에 숨은 수연이 알아낸 것은, 침입자들은 험악한 인상의 장정 셋이라는 것, 그들이 손에 도끼와 총 따위의 무기를 들고 있다는 것, 그들이 누군가를 찾고 있다는 것 등이었다.

"2층에 청소 도구가 늘어져 있었어. 청소하던 중 도망친 게 분명해."

걸걸하고 퉁명스러운 것이 돼지를 연상케 하는 두 번째 목소리가 우두머리의 의견에 동조했다.

"방금 전까지 이곳에 있었다는 뜻이군."

"멀리 도망가지는 못했을 거야. 그깟 인간 여자가 도망갔으면 얼마나 갔겠어. 한숨 자다가 뒤쫓아도 충분히 포획할 수 있을걸."

"그래, 뛰어봤자 벼룩이지."

"아니면 이 집 어딘가에 숨어 있던지."

사이코패스의 것인 양 섬뜩할 정도로 부드러운 세 번째 목소리가 중얼거렸다. 수연의 팔에 저절로 힘이 들어갔다. 으으, 경주가 수연의 품에서 작게 신음했다.

"엄마, 숨 막혀요."

"쉿."

얼른 팔에 힘을 풀며 수연은 손가락을 입술에 댔다. 어둠 속에서 유일하게 반짝이는 경주의 눈동자가 아래위로 흔들렸다. 고개를 끄덕이는 것이다. 작은 경주는 엄마를 따라 통통한 손가락을 입술 위에 올려놓고 꾹 입을 다물었다. 벽장 밖에서는 여전히 침입자들이 입씨름을 벌이고 있었다.

"설마 우리가 아직 뒤지지 않은 곳이 있다는 거야?"

"그럴 리가. 우린 다 뒤졌어. 망할 놈의 냄새 나는 동물 우리들까지 죄다. 그 인간 계집애는 무서워서 달아난 거야. 꽁지 빠지게."

"하지만 느낌이 아주 이상해. 아무도 없는 것 같긴 한데, 자꾸만 누군가가 우릴 보고 있는 것 같단 말이야. 그런데도 기분 나쁠 정도로 조용하고."

"아무도 없으니까 조용한 거지, 바보 자식아."

"하지만……."

"아까워. 여기서 잡았어야 했는데."

사이코패스의 말을 가로막으며 우두머리가 말했다.

"그랬다면 여러모로 재미있었을 텐데 말이야."

"어이! 설마 그 계집한테 눈독 들이고 있는 거야? 그런 거라면 포기하는 게 좋을걸. 수장이 이미 찜했다고. 우리가 그 계집앨 찾는 이유도 바로 그 때문이잖아. 잡아서 수장에게 바치기 위해."

돼지 목소리가 거들먹거리며 우두머리에게 면박을 준다. 수연은 꼴깍 마른침을 삼켰다. 수장. 그런 말을 언뜻 들은 것도 같다. 영훈에게서. 아비규환과도 같았던 뱀파이어 세계를 하나로 규합한 뱀파이어의 리더라고 했었다. 그 수장이 날?

새로운 공포가 뼛속까지 스며들어 왔다.

"물론 수장한테 바쳐야지. 마지막에 가서 말이야."

"그 말은, 계집을 바치기 전에 우리가……?"

"먼저 취해도 달라질 거 없잖아? 어차피 그 계집은 변이자의 여자야. 순결하지도 서투르지도 않다는 거지. 우리가 몇 번 갖고 놀다가 데려가도 수장은 전혀 눈치채지 못해."

"미안하지만 난 빠질 거다. 수장을 배반하는 행위는 싫거든."

사이코패스가 특유의 부드러운 말투로 말하였다. 그러자 우두머리가 코웃음을 쳤다.

"물론 너야 그렇겠지. 네 녀석은 수장한테 알랑방귀 뀌어서 이미 번호표를 받았잖아. 2번이냐, 3번이냐? 4번? 5번?"

"번호표라니? 그게 무슨 말이야?"

돼지 녀석이 영문 모르겠다는 듯 물었다. 그러자 우두머리가 뱀의 혓바닥처럼 교활하기 짝이 없는 말투로 설명했다.

"뱀파이어와 교미해도 죽지 않는 그 인간 계집이 수장의 후계자를 낳고 나면, 수장께선 친히 총애하는 몇몇 녀석들에게 그 계집을 빌려주실 계획이란다."

"뭐라고? 계집을 빌려준다고?"

"욕망을 충족시키고 자손을 번식시키라는 따뜻한 배려지. 오직 몇 놈에게만. 자신의 먼 친족이거나 아주 절친한 자들에게만. 700년간 자손 없이 고통받고 있는, 나 같은 놈은 안중에도 없이 말이야!"

"말도 안 돼. 그런 불공평한 처사가 어디 있어? 그 계집앨 잡겠다고 몇 달 동안 근처 도시를 이 잡듯이 뒤진 사람은 우린데! 은혜를 베풀 거면 우리에게 제일 먼저 베풀어야지!"

돼지가 발악을 했다. 수장의 먼 친척이자 이미 자손 번식의 기회를 잡아놓은 사이코패스는 침묵을 지켰다. 그리고 이 모든 대화를 다 듣고 있던 수연은 숨이 멎는 것과 같은 충격에 할 말을 잃었다.

뱀파이어와 교미해도 죽지 않는 인간 계집. 후계자. 욕구 충족. 자손 번식!

그 순간 모든 것들이 이해되었다. 영훈이 왜 자신을 그토록 숨기려 했는지. 왜 사랑한다면서 둘의 관계를 떳떳하게 세상 앞에 내놓지 못했던 것인지. 그리고 따지는 그녀에게 그가 왜 '사랑하기 때문에'라는 이유를 댄 것인지도.

"수장의 여자다. 빌려주는 것도 수장의 마음이지, 멍청한 것들."

"뭣이? 그 여자는 수장의 것이 아니야. 민영훈, 변이에 앞장서는 우리 종족의 반역자! 그자의 여자지. 그자에게서 우리가 빼앗으면 우리의 것이 되는 거란 말이다. 알겠냐, 이 뱀 같은 놈!"

"이봐, 말조심해. 그 여자를 갖기 위해 수장에게 반기를 들겠다는 말로 들리니까."

"굳이 반기를 들 필요는 없지. 계집을 잡은 후, 수장에겐 놓쳤다고 보고하면 되니까. 그리고 우리가 그 계집을 취하는 거지."

"그럴 계획이었다니 안됐군. 이미 내가 알아버렸으니까. 너희는 내 손에 끝장이다, 이놈들."

"지금 끝장을 맞을 놈은 우리가 아니라 너지. 우리 둘이 널 죽여버릴 테니까."

"너희가 날 죽이겠다고? 이봐, 정신 차려. 난 성채의 최고 요원이야."

"아무리 최고라도 너 혼자서는 우리 둘을 못 당하지."

셋은 분열 중에 있었다. 우두머리와 돼지가 한편이고, 그들은 동료이자 시기의 대상인 사이코패스를 제거할 생각이었다. 수연을 빼돌리기 위해. 그녀를 취하기 위해.

손발이 떨려왔다. 경주의 두 귀를 막고 있는 수연의 손이 부들부들 떨리고 있었다. 눈물이 쉴 새 없이 흘러나왔다. 어둠 속에서 경주는 걱정스러운 듯 엄마의 볼을 닦아주었다. 그러면서도 기특하게도 아무 소리도 내지 않았다. 수연은 딸을 품에 꼭 껴안았다.

얼마 지나지 않아, 침입자들이 싸움을 시작한 듯 살림살이들이 부서지는 소리가 나기 시작했다. 경주가 겁먹지나 않을지 걱정이 되었지만 어쩔 수 없이 수연은 포옹을 풀었다. 이 끔찍한 곳에서 벗어나야 했다. 이곳에서 잡힐 수도 죽을 수도 없었다. 딸을 안전한 곳으로 피신시키기 전까지는 절대로 저들에게 잡히면 안 된다. 영훈에겐 도움을 요청할 수도 없다. 그의 수장이 이 모든 사달의 원흉이니까.

"경주야."

"아저씨들이 싸워요."

"엄마 말 잘 들어, 경주야. 이제부터 우린 이곳을 나갈 거야. 지금처럼 조용히, 소리를 내지 않고 몰래. 저 아저씨들이 우리가 움직이는 소리를 들으면 절대로 안 돼."

"싸우는 틈에 다른 곳에 숨으려는 거죠?"

"맞아. 명심해야 해. 절대로 소리를 내면 안 된다는 거. 우리가 여기 있다는 걸 아저씨들이 알게 해선 절대로 안 돼."

"그럼 우린 지는 거죠? 그렇죠?"

"응."

"살금살금 갈게요. 안 들키게."

"똑똑한 우리 딸. 좋아, 이제 가자."

딸에게 단단히 약조를 받고 수연은 벽장 뒷문을 이용해 몰래 집을 빠져나왔다. 침입자들 그 누구도 눈치채지 못했다. 가련한 모녀가 그곳에 있었다는 것도, 몰래 빠져나갔다는 것도. 태어날 때부터 자신의 친구였던 강아지 럭키가 피투성이가 되어 나뒹구는 모습이 어린 경주의 눈에 띄기 전까지는. 침입자들은 낯선 이를 보고 짖는 럭키를 도끼로 내려쳐 죽게 만들었던 것이다.

경주는 날카로운 비명을 질렀다. 수연이 재빨리 딸의 입을 틀어막았지만 이미 늦어버렸다. 경주의 비명 소리는 사방이 툭 터진 들판의 공간을 타고 멀리멀리 메아리치고 있었다. 현관문이 열리는 소리가 꽈당 하고 울렸다. 수연은 경주의 작은 손을 쥐고 필사적으로 뛰기 시작했다. 몸을 숨기기 위해 방향을 틀어 모퉁이를 돌았지만 그곳은 막다른 곳이었다. 나무로 된 아름다운 울타리가 쳐져 있었고, 울타리를 뛰어넘으면 가파른 산벼랑뿐이라는 걸 수연은 너무도 잘 알았다. 하는 수 없이 수연은 축사 안으로 뛰어들었다.

"여기 숨어 있어. 안으로 쭉 들어가서 몸을 숨겨."

소들이 여럿 들어 있는 우리 안으로 딸을 밀어 넣으며 수연은 말했다.

"절대로 밖으로 나오면 안 돼. 엄마가 소리를 질러도 절대로. 알았지?"

"엄······!"

경주가 희미하게 불렀으나 수연은 끝까지 들을 수 없었다. 이미 침입자들이 축사 안으로 들이닥쳤기 때문이었다.

"이게 뉘신가. 인간 여자 아니신가."

"어딘가 숨어 있다던 녀석의 말이 맞았군."

한 놈을 이미 해치운 듯 수연을 향해 다가오는 놈은 둘뿐이었다. 수연은 옆에 있던 괭이를 집어 들었다.

"다가오지 마."

"이런. 그걸로 대체 뭐 하게? 그게 우릴 털끝만큼이라도 다치게 할 수 있을 것 같아? 우리가 누군지 설마 모르는 건 아니겠지? 우린 네 남편과 똑같은 종족이야."

"아니야! 내 남편은 너희처럼 역겹고 구역질 나지 않아!"

"구역질 난다고? 이봐, 그건 좀 심하잖아? 역겨운 것까진 그럭저럭 들어주겠는데 구역질 난다는 말은 좀 아니지. 응?"

우두머리가 두 눈을 희번덕거리며 손에 쥔 도끼를 들어 올렸다. 번쩍. 어슴푸레한 저녁노을 빛이 칼날에 반사되었다. 덜덜 손을 떨면서도 수연은 제발 딸이 아무 소리도 내지 말아주기를, 시키는 대로 조용히 있어주기를 기원하고 또 기원했다. 그렇게만 해준다면······ 딸을 살릴 수 있을지도 몰랐다. 자신이 희생될지언정 경주만큼은 이들에게 발각되지 않고 살아남을 수 있을 것이다!

"내 남편은 살인자가 아니야. 살인자, 반역자, 비열하고 추잡스러운 자들은 바로 너희들이야. 난 절대로 너희를 따라가지 않을 거야."

"아하? 그러셔? 네년이 우릴 따라가게 되는지, 마는지, 어디 한 번 두고 볼까?"

우두머리의 눈빛이 광기로 번쩍거리는가 싶더니 눈 깜짝할 사이에 달려들어 왔다. 수연은 반사적으로 뛰기 시작했다. 손에 든 괭이를 집어 던지고 미친 듯이. 최대한 축사에서 멀리 떨어지려 노력했다. 신발이 벗겨져도, 발바닥에 돌멩이가 들어와 박혀도 아랑곳하지 않고 달리고 또 달렸다. 하지만 뱀파이어들이 더 빨랐다. 수연은 얼마 가지도 못하고 그들 손에 붙잡히고 말았다.

쫘악! 옷이 찢겨졌다.

"으흐흐흐, 생각했던 것보다 꽤 탐스럽군. 수장이 좋아하겠어."

"우리 타입이기도 하고 말이야. 역시 수장에게 알리는 건 뒤로 미루는 게 좋겠어."

커다란 나무에 몸이 밀쳐졌다. 거칠게 반항했지만 수연은 자신의 운이 다했음을 예감했다. 자신은 야만인들의 손에 들어갔고, 이제 죽는 것보다도 더 괴롭고 치욕스러운 일들을 겪게 될 것이었다.

수연은 웃었다. 눈물을 철철 흘리면서도 미소 지었다. 자신의 귀엽고 영특한 딸은 아직도 축사에서 나오지 않고 있었기 때문에. 경주는 엄마의 말을 너무도 잘 듣고 있었다. 잘하고 있어, 우리 딸. 그렇게 하는 거야. 절대로 나오지 않는 거야.

"으음, 그 자식을 해치운 건 나니까 내가 먼저 이 계집을 먹어치우겠어."

"마음대로. 난 구경하는 쪽도 좋아해."

"으흠…… 이 피 냄새, 죽이는군. 민영훈, 그 개자식이 아무도 몰래 혼자 독식하고 있을 만해. 벌써 내 물건이 피 냄새를 맡고 기뼈 날뛰는군. <u>으흐흐흐—</u>"

우두머리가 독사의 것처럼 끔찍한 혓바닥을 놀리며 수연의 턱을 핥았다. 힘껏 저항하며 수연은 질끈 두 눈을 감았다. 남아 있는 힘이 점점 바닥나고 있었다. 조만간 버티지 못하고 이들에게 굴복하게 될 것이다. 자신의 몸은 더럽혀질 것이고, 몇 번이고 반복하여 유린당할 것이다. 어딘가로 끌려가 이들의 정액받이가 되겠지. 그렇게 되도록 가만히 있을 수 없다. 절대로. 이들에게 철저히 복수하고 말리라.

이들이 원하는 건 뱀파이어를 상대할 수 있는 인간 여자. 희귀하고 또 희귀하여, 취할 수만 있다면 전쟁도 불사할 만큼 귀중한 존재. 자신이 죽어버리면 이들은 또다시 수백, 수천 년 동안 그러한 존재를 찾아내기 위해 헤매야 할 것이다. 뜨거운 눈물을 흘리며 수연은 웃었다. 블라우스가 찢기고 브래지어가 벗겨지고 있었다. 수연은 혀를 깨물기 위해 이를 세웠다.

퍽. 소리와 함께 뱀파이어의 머리통이 수연의 가슴 위로 떨어진 것은 바로 그때였다. 놈의 목덜미에 단도가 찍혀 있었다. 뱀파이어의 몸에서 힘이 빠지는 것 같더니 바닥으로 쓰러져 뒹굴었다. 수연은 훤히 드러난 앞가슴을 손으로 가리고 새로이 등장한 뱀파이어를 바라보았다.

"너, 너는 한태빈……!"

공포에 질린 돼지가 목이 졸린 듯 목소리를 겨우겨우 짜냈다. 죽은 사람이 살아 돌아왔다고 해도 저렇게 덜덜 떨지 못할 것이다. 한태빈이란 뱀파이어는 머리서부터 발끝까지 어둡고 음침하며 우울한 기운을 무섭게 뿜어내고 있었다. 그는 차갑게 웃더니 허리를 굽혀 쓰러진 뱀파이어의 뒤통수에 꽂힌 단도를 회수했다.

"그래, 맞다. 난 한태빈, 너희들의 수장이지. 비록 너희들이 나에 대한 충성의 맹세를 헌신짝처럼 버렸지만 말이야."

"여긴 어, 어떻게 알고?"

"너희들이 민영훈의 여자를 찾고 있다는 첩보를 입수했지. 충성스러운 나의 마스터, 민영훈의 일은 내 일이다. 민영훈의 적은 내 적이고, 민영훈의 아내 역시 내 사람이다. 한마디로 이 일은 내 소관이라는 거지."

민영훈의 아내 역시 내 사람이다.

그가 그렇게 말했다. 영훈이 모시는 수장이, 영훈의 아내인 자신을 취할 목적으로 여기까지 찾아온 것이다! 수연은 후들거리는 다리에 힘을 모아 천천히 뒷걸음질을 쳤다. 여기서 빠져나가야 돼.

수연은 발 뿌리에 힘을 주고 축사를 향해 뛰기 시작했다. 잠시 쓰러져 있던 우두머리가 크어억, 소리를 내며 일어나는 것이 느껴졌다. 그들은 치열하게 싸울 것이다. 뱀파이어들이니 쉽게 죽지 않을 터, 서로 치열하게 싸우는 동안 충분히 이곳에서 나갈 수 있었다. 차고에는 남편이 이곳에서만 이용하던 소형차가 있었다. 그걸 타고 가는 거다. 최대한 빨리. 그리고 경주를 자신에게서 떼어놓는 거다.

경주야. 우리 아가, 넌 행복해야 해. 너만큼은 행복하게 자라야 해.

"엄마……."

한밤중, 모텔 바닥 이안의 팔에 안겨 잠이 든 채로 경주가 울먹거렸다. 눈물을 흘리고 있었다. 어릴 때 헤어진 생모의 꿈을 꾸고 있다는 걸 이안은 알았다. 경주의 무의식 속에 잠들어 있는 기억을 끄집어내 꿈속에 펼친 장본인이기에. 그는 경주에게 진실을 알려주고 싶었다. 어머니가 얼마나 그녀를 사랑했는지, 어떤 심정으로 딸과의 이별을 선택했는지, 모두 알게 해주고 싶었다.

이제 경주는 세 살 어린애가 되어 하염없이 울었다. 이안은 우는 경주를 부드럽게 안았다. 울음이 잦아질 때까지. 생모를 이해하고, 어릴 때부터 품었던 원망과 한을 모조리 풀어낼 때까지. 그리하여 편안하게 깊은 잠속으로 빠져들 때까지.

그날 밤 이안은 깨달았다. 자신이 이 작고 여린 여자를 위해서라면 목숨도 바칠 각오가 되어 있다는 것을. 민경주를 웃게 하기 위해서라면 죽음도 불사할 수 있었다. 수백 년 동안 그 어떤 여자에게도 마음 주지 않았던 윤이안이 민경주를 사랑하게 된 것이다.

제9장 나는 뱀파이어다

이안이 이른 아침 눈을 뜨고, 맨 처음 알게 된 사실은 밤새 수술 부위가 깨끗이 아물었다는 것이었다. 더불어 속으로 곪아 썩어가 던 경주의 상처도 말끔히 치유되었다는 것도. 그녀의 활기찬 기운 이 숙소 내부를 가득 채우고 있었다. 어젯밤 꿈으로 말미암아 부 모로부터 버림받았다는 사실을 다른 각도로 이해하게 된 것이 틀 림없었다.

경주는 혹시라도 그가 깰까 봐 살금살금 걸어 다녔다. 그 섬세 한 배려에도, 타고난 동물적 감각을 지닌 이안은 경주의 움직임을 또렷이 인식할 수 있었다. 다소 어지러운 동선에서 초조함이 읽혀 졌다. 향긋하고 고소한 음식 냄새가 공간을 넘실거렸고 냄비가 보 글거렸다. 일상의 소리는 아주 잠깐이었지만 이안을 낯선 포근함 으로 감쌌다. 하지만 그는 곧 지금은 감상에 젖어 흐느적거릴 만큼 여유 있는 상황이 아니라는 사실을 떠올렸다.

"어어? 깼어요?"

소리 없이 일어나 앉으려니 민경주의 다소 호들갑스럽고 들뜬 목소리가 들려왔다. 그게 너무 달콤하고 행복하게 들려 가슴에 알싸한 통증이 일었다.

"미안해요. 나 때문에 깼죠? 조심한다고 했는데."

"괜찮아. 잘 만큼 잤어."

"괜찮긴요. 당신은 환자라 푹 쉬어야 한단 말이에요."

"그럴 필요 없어. 이젠 멀쩡해."

"네네, 그러시겠죠. 팔뚝에 총이 박혀 빼낸 지 24시간도 지나지 않았지만, 당연히 당신은 멀쩡하시겠죠. 어련하시겠어요."

배배 꼬인 말투로 말하며 경주는 고개를 끄덕끄덕, 두 눈을 깜빡깜빡, 하였다. 불신이 가득한 그녀의 눈을 바라보며 이안은 눈썹을 치켜떴다. 진짜야, 라는 의미로. 그러자 경주는 입술 꼬리를 삐쭉 꺾어 내렸다. 누가 뭐래요?

이안은 하는 수 없이 너털웃음을 흘릴 수밖에 없었다. 다 나았다는 그의 말을 경주는 전혀 믿지 않았다. 보통 인간의 상식을 지닌 그녀로서는 그리 생각할 수밖에 없었다. 총알을 빼낸 구멍, 그 끔찍한 상처는 절대로 하루 만에 나을 수가 없는 것이었다.

"당신은 불사신이 아니에요, 윤이안 씨. 그저 뱀파이어일 뿐이라고요."

"너도 알겠지만 '그저'란 말과 뱀파이어는 같은 의미로 쓰기에 매우 부적절해. 서로 어울리는 단어가 아니지."

"아뇨. 어울려요. 뱀파이어는 인간처럼 칼에 베면 피를 흘리고,

총에 맞으면 쓰러지는 존재이니까요. 어제 보니 좀 시시하더라고요."

"며칠 전까지만 해도 그렇게 생각하지 않았잖아."

"그땐 뱀파이어가 영생불사의 존재인 줄 알았으니까요. 사람의 피를 빨아먹고 다른 사람을 뱀파이어로 만드는, 책이나 영화에 등장하는 그런 뱀파이어 말이에요. 하지만 실제로는 그게 아니었잖아요. 날카로운 송곳니도 없고 뱀파이어를 전염시키지도 못해요. 그러니 인간에게 공포심을 심어주지도 못하잖아요. 심지어 죽을 수도 있고."

"죽는 건 그만한 상대를 만났을 때만이야. 뱀파이어를 죽일 수 있는 건 사실상 뱀파이어뿐이지."

"내 말이. 그놈의 뱀파이어들 때문에 당신은 어제 죽을 수도 있었어요."

"하지만 난 살아 있지."

"그게, 총알 한 방이었기 때문이라곤 생각 안 해봤어요? 당신이 불사조여서 죽지 않은 게 아니라, 운이 좋아서 살아남은 거라고는요? 정말 치명적인 곳에 여러 발 맞았다면 사정이 달라졌을 수도 있었잖아요."

"난 뱀파이어 역사상 가장 뛰어난 요원 중 하나였어. 지난 300년 간 수많은 미션을 수행하면서도 죽지 않고 살아남았지. 난 절대로 쉽게 죽지 않아."

"하지만……!"

"난 늘 임무를 완수했었어. 이번에도 그럴 거야."

"당신 몸이나 제대로 지키시죠, 뱀파이어 양반. 내 몸은 나 혼자

지킬 수 있으니까 신경 꺼주시고요."

이안을 뚫어져라 노려보며 경주는 이의란 있을 수 없다는 듯 단언한다. 그녀에게서 발산되는 의지, 힘, 추진력과 같은 강력한 아우라가 사방으로 뻗쳤다. 이안은 아무 말도 하지 않았다. 시선을 피하지도 않았다. 그저 가만히 경주를 마주 보고 있었다. 한참 동안 그들 사이에는 침묵과 긴장감만이 일렁였다.

"죽을 한 번 쒀봤어요."

침묵 속에 감돌던 감정의 균형을 깨뜨린 건 경주였다. 터질 듯한 긴장감을 참을 수 없게 된 그녀는 이안의 시선과 그의 멋들어진 상체를 애써 외면하며 일부러 씩씩하게 행동했다. 이안은 수상쩍은 시선으로 경주를 훑었다.

"죽을 쑤다니?"

"새벽에 우연히 깼는데 불행히도 다시 잠들지 못했어요. 모텔 측에 문의하니 취사가 가능하다고 해서, 아침이나 준비해 볼까 했죠. 당신은 아직 환자니까 밥보다는 죽이 더 나을……."

"주방에는 음식 재료가 없었을 텐데?"

벌써 상황 파악이 완료된 이안에게는 경주의 말을 끝까지 들을 만큼의 참을성이 남아 있지 않았다. 그는 거칠게 머리카락을 긁어 올리며, 스스로 위험을 자초한 경주를 매섭게 노려보았다.

"맞아요. 그래서 밖에 나가 장을 좀 봤죠. 당신 지갑에서 돈을 좀 빼갔는데…… 괜찮죠?"

"……."

"도둑 취급할 생각은 말아요. 난 엄연히 '우리'가 먹을 걸 만들기 위해서 돈이 필요했던 거니까. 너무 곤히 자고 있어서 당신을 깨울 수가 없었어요. 전복 몇 개랑, 쌀이랑, 봉지에 들어 있는 김치랑 장조림…… 그리고 채소 몇 가지 산 게 다예요. 영수증도 갖고 있어요. 보여줘요?"

저 여잘 대체 어째야 하지? 그녀를 사로잡기 위해 혈안이 된 반변이자들이 도시를 이 잡듯 뒤지고 있는 이 상황에 누구의 보호도 없이 혼자 밖에 나가다니. 겁이 없는 건가. 제정신이 아닌 건가. 어젯밤 꿈에 그토록 생생히 과거의 일을 펼쳐 놓았으면, 반변이자들이 얼마나 무섭고 잔인한 자들인지 깨달았어야 했다. 몸을 사리고 두려워해야 하는 거다. 한데 민경주는 전혀 신경 쓰지 않고 있었다.

"다시는 혼자 움직이지 마. 그리고 분명히 말하는데 난 환자가 아니야. 다 나았어."

"알아요, 알아. 당신은 뱀파이어죠. 그것도 쉽게 죽지 않고 임무에 실패한 적도 없는 최고 요원. 그러니 자긍심이 대단할 거예요. 이 정도 총상으로는 날 저지할 수 없어. 난 강해. 뭐 이런 마음일 거라고 생각은 해요."

"내가 자존심 때문에 안 아픈 척한다는 거야? 사실은 아프면서?"

터무니없는 소릴 들은 사람처럼 이안이 황당한 얼굴로 물었다.

사실 이쯤 되면 멀쩡하게 나은 팔뚝을 경주에게 보여주고, 더 이상 걱정할 필요 없다는 사실을 알려줘야 옳았다. 하지만 이안은 말하지 않았다. 꾹 입술을 붙이고 단 한 마디도. 멀쩡하다는 사실이 알려짐과 동시에 오롯이 그에게만 쏟아지던 민경주의 관심과 애정도 사라질 것이기에. 총에 맞았을 때부터 누리고 있던 경주의 호들갑과 온갖 잔소리 혜택이 썰물처럼 빠져나가 자취도 없어질 것이다. 이안은 그 비극의 도래를 최대한 지연시키고 싶었다. 비열한 짓이란 걸 알았지만, 그리하여 민경주의 관심과 애정을 받을 수만 있다면 상관없다고 생각했다.

"물론 그럴 리는 없겠죠. 당신이 괜찮다면 괜찮은 거겠죠. 하지만 난 아니에요. 괜찮지 않아요. 알겠어요?"

이것저것 차려진 상을 들고 경주가 다가왔다. 자그마한 교자상에는 김이 모락모락 피어오르는 그릇 하나와 반찬 몇 가지가 올라와 있었다. 아까부터 이안의 후각을 자극하고 있는 고소한 향의 정체였다. 죽. 민경주가 목숨 걸고 사온 재료로 직접 끓인 환자식. 강력한 알싸함이 심장을 조여왔다. 이안은 잠시 동안 아무 말 하지 않다가 묵직하게 중얼거렸다.

"죄책감 같은 거 느낄 필요 없어."

"죄책감이요?"

경주는 이안의 앞에 교자상을 내려놓고는 두 눈을 반짝 떴다.

"내가 다친 것에 대한."

"내가 죄책감 때문에 이런다고 생각해요?"

"아니라고?"

"물론 죄책감을 갖고 있어요. 당신이 다친 건 내 탓이잖아요. 내가 그 순간 멈추지만 않았어도 당신이 총에 맞는 일은 없었을 테니까. 내 어리석음 때문에 당신이 이렇게 힘든 일을 겪고 있으니까. 하지만 오로지 그것 때문에 이러는 건 아니에요. 난 당신이 고마워요. 말도 못하게, 정말 너무너무 많이요. 그래서 당신을 돌보려는 거예요. 비슷하게 들리겠지만 그건 엄밀히 달라요. 이해

돼요?"

"날 돌보고 싶다고? 고마워서?"

가슴의 통증이 심해졌다. 이안은 눈살을 찌푸렸다.

"당신 상처가 다 나을 때까지요."

"그럴 필요 없어. 난……."

"입 다물어요, 제발. 그냥 내 시중을 받아요. 그래야 내 마음이 편할 것 같으니까."

이번에야말로 괜찮다고, 상처는 흠 하나 없이 깨끗이 나았다고 말해줘야 했다. 하지만 이안은 어느새 그녀가 시키는 대로 꾹, 입을 다물고 있었다.

"아, 하세요."

이안이 포기했다고 생각했는지 경주는 생글생글 눈웃음을 흘리며 숟가락에 직접 끓인 죽을 한입 떠서 들이밀었다. 이안의 위장이, 심장이, 동시에 요동을 쳤다. 우지끈. 꼬르륵. 민망한 마음에 그는 다치지 않은 왼손을 움직이며 무뚝뚝하게 중얼거렸다.

"내 손으로 먹겠어."

"안 돼요. 내가 직접 먹여줄 거예요."

어림없다는 듯 경주가 숟가락을 뒤로 물렸다. 단호한 눈짓으로 엄히 그를 바라보며 고개를 삭삭 흔드는 경주는 마치 사립학교 교장선생님 같았다. 복도에서 뛰다가 야단맞는 초등학생 어린이가 된 기분이라 이안은 눈살을 찌푸릴 수밖에 없었다.

"혼자 먹을 수 있어."

"내가 왜 이러는지는 이미 설명했어요."

"하지만……."

"그냥 아, 입 벌려요."

하는 수 없었다. 뱀파이어 아버지에게서 특별함을, 인간 어머니에게서 뱀파이어 독성에도 살아남는 강인함을 물려받은 민경주는 지독한 고집쟁이다. 이안은 자신이 절대로 경주를 이길 수 없다는 걸 알았다. 평생을 갈고닦아 온 그의 자제력이 그녀 앞에선 결코 힘을 쓰지 못하는 사실만으로도 충분히 입증되는 문제다. 심장이 또다시 욱신거렸다. 이안은 그 달콤한 발작을 무시하며 순순히 입을 벌렸다.

"좋아요. 맛이 어때요?"

"뭐. 나쁘지……."

단순히 나쁘지 않다고 말하려 했지만 역시나 목구멍이 막혀 말이 안 나왔다. 사실은 그 어떤 산해진미보다도 더 맛이 훌륭했으므로. 요동치던 심장이 덜컹 내려앉았다. 가슴이 불덩이처럼 뜨거워지고 숨이 가빠오자 이안은 재빨리 입을 벌렸다. 공기를 흡입하기 위해서였으나 그 순간을 놓치지 않고 경주가 한 숟가락 더 밀어 넣었다.

"음, 잘 먹는다. 맛있죠? 감동적이죠? 내가 요리 솜씨 하나는 끝내주거든요. 혼자니까 어쩔 수 없이 갈고닦을 수밖에 없었던 거지만. 요리를 한다고 해서 다 잘하는 건 아니잖아요?"

"뜨거워."

"네?"

"뜨겁다고. 입천장 다 데겠다."

"아! 미, 미안요."

깜짝 놀란 경주가 냉큼 찬물이 든 컵을 이안의 입에 대주었다.

그리고는 이번엔 죽을 떠서 입으로 후후 식혀서 떠먹여 준다. 간간이 반찬도 넣어주고 입 주위도 정리해 주었다. 아들 학예회 바라보는 어미처럼 씩 뿌듯한 미소를 지어 올리기도 하면서, 경주는 이안이 죽 한 그릇을 뚝딱 해치울 때까지 자리를 뜨지 않았다.

"당분간은 내가 이렇게 수발들어 줄게요. 며칠 꼼짝 않고 쉬어야 할 테지만 걱정 말아요. 시킬 일 있으면 언제든지 불러요. 알았죠?"

잠시 후 경주는 이안이 비운 그릇을 흐뭇하게 내려다보며 말했다. 이안은 귀엽게 오물거리는 민경주의 입술을 지그시 바라보며 꾸무럭거리는 강탈에의 욕구를 참아 눌렀다.

"그놈의 빌어먹을 수발은 이것으로 끝이야. 우린 오늘 이곳을 뜰 거니까."

"여길 뜬다고요? 어디로요?"

"어디든. 우린 여기 있으면 안 돼."

"아…… 들었어요. 당신이 기빈 씨랑 나누던 대화."

경주는 한곳에 오래 머물러 있으면 위험하다던 그들 대화를 떠올리며 중얼거렸다. 순간 이안의 표정이 급격히 찌그러졌다.

"기빈 씨?"

"당신 친구요. 그 사람 이름이 한기빈이라고 하지 않았어요?"

이미 희미하게 구겨져 있던 이안의 인상이 더할 나위 없이 험악해졌다. 그는 심지어 자신의 귀에도 기묘하게 들리는 음산한 목소리로 읊조렸다.

"어제는 그냥 '당신 뱀파이어 친구'라고 불렀잖아."

"그랬죠. 하지만 곧장 당신이 이름을 가르쳐 줬잖아요. 이름 부르라는 뜻 아니었어요?"

정확한 지적이었다. 이안은 정확히 그런 의도로 그렇게 했었다. 하지만 막상 경주의 입에서 기빈의 이름이 쉽게 흘러나오자 기분이 훅 가라앉았다. 너무 친밀하게 들렸다. 항상 그래 왔던 듯 자연스럽게 들렸고, 그래서 기빈이 경주와 가까운 사이인 것처럼 느껴졌다.

그는 민경주가 자신을 '이안 씨'라고 부른 지 불과 하루나 이틀밖에 안 됐다는 사실에 집중했다. 만난 지 몇 시간 만에 기빈을 '기빈 씨'라고 부르는 건 몹시 부당하고 불공정한 처사였다. 이런 걸 굳이 따지려 드는 자신이 어리석고 유치하게 느껴졌지만 어쩔 수 없었다. 유치해도 싫은 건 싫은 거다. 이안은 정말로 '기빈 씨'라는 말이 듣기 싫었다.

"그냥 '뱀파이어 친구'라고 부르는 게 낫겠어."

"왜요?"

"생각해 보니 두 사람은 이름을 부를 정도로 가까운 사이가 아닌 것 같아서. 우리 뱀파이어들은 호칭 문제를 꽤나 신중하게 다루거든."

"호칭에 예민한 편인가 봐요?"

"뭐."

"얼마만큼 친해야 이름을 부를 수 있는데요?"

경주는 호기심이 이는 듯 금세 눈을 반짝였다. 뱀파이어는 나이나 격식의 문제에 있어서 인간보다 훨씬 개방적이다. 아주 가깝게 지내는 가족이나 지인을 뺀 나머지 대부분의 뱀파이어들은 서로를 직책이나 지위가 아닌 이름으로 불렀다. 그렇다는 사실을 지금 당장 알려줘야 했지만 이안은 입에 지퍼를 채운 듯 아무 말도 하지 않았다.

"아주, 아주 많이."

"그렇군요. 아쉽긴 하지만 다음에 친해질 기회가 생기겠죠."

"그렇겠지."

한기빈은 성채의 수장, 한태빈의 동생이니까. 태빈을 떠올리자 순식간에 기분이 암울해졌다. 경주를 성채로 데려가서 맞닥뜨려야 할 현실이 눈앞에 선하게 펼쳐졌다. 내내 외면해 왔던 현실의 잔인함이 칼날처럼 이안의 심장을 베고 지나갔다.

"항생제 한 알 먹어요. 팔은 이리 내놓고요. 붕대 갈아줄게요."

상을 옆으로 치우고 구급상자를 무릎에 올려놓는 경주는 그 어느 때보다도 활기찼다. 자신이 이안을 위해 뭔가 할 수 있다는 사실이, 민폐덩어리가 아닌 조력자가 될 수 있다는 사실이 무척이나 뿌듯했다. 기분이 이루 말할 수 없이 좋았다. 경주는 이안을 꼭 자신의 손으로 회복시키리라, 제대로 간호해 보이리라, 더 단단히 결심하고 있었다.

"……먼저 처리해야 할 게 있는데."

경주가 구급상자에서 항생제와 새 붕대를 꺼낼 때, 이안이 입을 열었다. 경주는 정말로 이안을 환자로 대하기로 작정한 듯 백의의 천사 저리 가라 할 정도로 상냥한 미소를 생긋 머금었다.

"뭔데요?"

"욕실을 이용해야 하는 거야."

"아……."

이안이 욕실에서 처리해야 할 일이 무엇일지는 굳이 물어보지 않아도 충분히 예상할 수 있는 것이었다. 저도 모르게 상상이 돼, 경주의 얼굴은 발그레하니 달아오르기 시작했다.

"설마 그 문제마저 도와주겠다고 나서는 건 아니겠지?"

"그, 그건……."

"응?"

이안이 대답을 재촉하며 한쪽 눈썹을 쑥 치켜 올렸다. 경주는 당황했으면서도 당황하지 않은 양 어깨를 으쓱했다.

"그건 혼자 해야 할 것 같은데요. 할 수 있죠?"

"할 수 없다면 도와주려고?"

"꼭 그래야 한다면 그래야겠죠. 하지만 그 정도쯤은 당신 혼자서도 잘할 수 있잖아요. 안 그래요?"

"용변 보는 것 정도는 할 수 있겠지. 하지만 샤워는……."

갑자기 경주의 눈꺼풀이 빠르게 움직였다. 바쁜 꿀벌의 날갯짓처럼 1초에 수십 번씩 닫았다 떴다를 반복하고, 그 속에 자리한 눈동자는 어디에 시선을 고정해야 할지 몰라 갈지자로 이리저리 움직이고 있었다. 저 작은 머릿속 대뇌는 아주아주 바삐 움직이고 있을 것이다. 어떻게 하면 이 상황을 모면할 수 있을 것인가. 제입으로 그의 수발을 들겠다고 했으니 한 입 갖고 두말하는 사람 되지 않으려면 뭐든 하긴 해야 하는 상황이었다. 이안은 넘치는 유쾌함을 참을 길 없어 피식 웃음을 흘렸다.

"샤워도 혼자 할 수 있을 것 같군."

"어…… 정말요?"

"정말."

"솔직하게 말해요. 난 괜찮으니까. 괜히 못할 거면서 하겠다고 우겼다가 상처가 덧나면 안 되잖아요. 미끄러지거나 부딪치는 사고를 당하면 어떡해요?"

"걱정해 줘서 고마운데 난 정말 괜찮아."

"좋아요, 그럼 혼자 갔다 오세요."

선심이라도 쓰는 양 경주가 허락하자 이안은 자리에서 일어났다. 다친 팔이 아프지도 않은지 제멋대로 힘주고 휘두르는데다 웃음기를 참지도 않는지라, 보는 경주는 심기가 아주 불편해졌다. 조심성이 없어도 저렇게 없을까. 저렇게 막 함부로 움직이다가 상처가 벌어지기라도 하면 어쩌려고?

걱정이 돼 경주는 잔소리를 퍼부었다. 물론 이안은 전혀 새겨듣는 기색이 아니었다. 오기가 발동되자 경주는 이안의 뒤를 졸졸 따르며 종달새마냥 그의 뒤통수를 쪼아댔다. 옆집 개가 짓는 양 이안은 철저히 무관심했다. 뒤따라오며 종알대는 여자 따위는 일말의 위협조차 못 느끼는 듯 딱히 저지할 생각도 없어 보였다. 하지만 욕실 안으로 들어가자마자 그는 단호하리만치 세차게 쾅, 문을 닫아버렸다. 곧이어 닫힌 문 저편으로부터 물소리가 콸콸 들려왔다. 잠시 후 그마저도 사라지고 집은 온통 침묵에 휩싸였다.

갑자기 궁금증이 무성하게 자라났다. 안에서 대체 뭘 하기에 조용해졌는지. 그러면 안 된다는 걸 알면서도 어느새 경주는 욕실 문에 귀를 붙이고 있었다.

"큼큼!"

자신이 변태처럼 굴고 있다는 사실을 깨달은 즉시 경주는 냉큼 뒤로 물러났다. 얼굴이 화끈거렸다. 다른 사람도 아닌 자신이, 남자가 들어간 욕실에 귀를 붙이고 안에서 일어나고 있는 일을 상상했다니, 도무지 믿어지지가 않았다. 한여름 태양처럼 활활 타오르는 두 볼을 차가운 두 손으로 감싸고 경주는 행여나 이안이 이 사실을 눈치챌까, 횡설수설 영혼 없는 수다를 지껄이기 시작했다.

"전에 당신이 했던 말, 기억해요? 내가 진짜 인간이라는 걸 깜빡했었다고 했었잖아요. 그래서 뱀파이어에 대해 날 이해시키는 일이 이리 어려울 줄 몰랐다고. 난 그 말이 도무지 말 안 된다고 했었죠. 솔직히 그때 난 당신이 미쳤다고 생각했어요. 난 인간인데, 내게 왜 인간인 줄 몰랐다는 말을 하는 건지 도무지 이해가 안 되더라고요. 하지만 지금은 알겠어요. 당신이 왜 그런 말을 했는지."

"……."

"당신은 내가 하프라는 걸 이미 알고 있었어요. 뱀파이어의 피가 조금이라도 섞였으니까, 당연히 내가 그 문제를 쉽게 받아들일 거라고 생각했겠죠. 인생을 살면서 누구나 그러하듯 나 역시 한 번쯤은 자신의 정체성에 대해 고민해 봤을 테고, 내 본성은 뱀파이어니까요. 뱀파이어란 걸 각성하진 못했을지라도, 적어도 인간과 근본적으로 다른 존재일 거라는 자각 정도는 했을 거라 생각했겠죠. 근데 난…… 내가 인간이 아닐 거란 생각은 해본 적이 없었어요. 단 한 번도요. 그래서 처음 당신이 뱀파이어란 말을 했을 때 엄청 당황했었죠."

욕실 안에서는 답이 없었다. 이안이 자신의 말을 듣고 있는지조차 확신할 수 없었지만 경주는 하던 말을 계속하기로 했다. 뜬금없고 의미 없이 시작한 말이었지만 진심이었다. 언젠가는 그에게 꼭 하고 싶었던 말이기도 했다. 경주는 큼큼, 목청을 한 번 더 가다듬고는 계속했다.

"아마 처음부터 꿈에서 얻은 정보조차 없이 갑자기 뱀파이어 얘길 들었다면, 지금보다도 더 혼란스러워했을 거예요. 그러니까 결론은 당신이 옳았다고요. 이 말만은 꼭 하고 싶었어요. 고마워요."

"……."

"거부하고 밀어내기만 하는 내가 꽤 답답했을 텐데, 끝까지 인내해 줘서. 내가 받아들일 때까지 기다려 줘서."

"난 내 임무에 충실했을 뿐이야. 네가 고마워할 필요 없지."

욕실 문이 아주 갑작스레 열렸다. 면도와 세수를 마친 이안이 아까보다 훨씬 더 깔끔하고 잘생긴 모습으로 서 있었다. 이안의 팔뚝을 감고 있던 붕대는 이미 풀어져 있었다.

"붕대가……? 상처가……!"

상처는 믿을 수 없을 만큼 깨끗하게 아물어 있었다. 팔뚝에는 아무런 흔적도 남아 있지 않았다. 마치 시간을 돌려 총을 맞기 전으로 되돌아간 듯 정말로 말끔했다. 경주의 눈동자는 금방이라도 튀어나올 것처럼 커다래졌다.

"이게 어, 어떻게 된 일……?"

"밥 먹고 대충 씻어. 30분 후에 이곳을 나갈 거니까 샤워는 하지 말고."

"여길 나가요? 어디로요?"

기적이 일어난 이안의 팔뚝을 뚫어져라 바라보며 경주는 멍하게 물었다.

"네 생모를 만나러."

"우리 엄마요?"

경주가 훅 시선을 들어 그를 올려다본다. 갈색 점박이가 박힌 검은 그녀의 눈동자에 놀라움과 더불어 기쁨이 출렁거리고 있었다. 열렸다가 닫혔다가, 다시 가까스로 열린 경주의 입술이 파르르 떨려왔다. 안 나오는 목소리를 겨우 짜내 경주는 간신히 속삭였다.

"정말 만나러…… 가는 거예요?"

"만나지도 않을 거면 뭣 때문에 기빈이가 주소를 줬겠어? 움직여. 서두르면 오늘 안으로 만날 수 있을 테니까."

그것으로 대답은 충분했다. 세수는 이미 일어나자마자 해뒀으니 다시 안 해도 된다. 아침? 안 먹어도 된다. 그러니까 지금 당장 출발할 수 있다. 어머니가 살아 계시고, 이제 곧 그분을 만날 수가 있다고 생각하니 기절할 것처럼 강한 힘이 솟구쳤다. 아드레날린이 분출하고 도파민이 미친 듯이 치솟았다. 모든 것이 완벽해지는 기분이다. 늘 혼자였고 공허함과 외로움이 마치 한 몸처럼 붙어 다녔던 그녀인데 지금은 그런 감정을 1프로도 느낄 수 없었다.

"가요."

경주는 떨리면서도 힘차게 말했다. 이안이 그녀의 눈을 들여다보며 한쪽 눈썹을 치켜떴다. '정말 이대로 출발해도 되나?' 하고 묻는 거란 걸 본능적으로 알아챘다. 경주는 활짝 웃으며 그 어느 때보다도 확고한 어조로 말했다.

"준비 완료예요."

❖

차로 거의 5시간 넘게 달렸나 보다. 때론 해안선을 따라, 때론 산기슭을 넘어 이안과 경주는 남쪽으로 달리고 달렸다. 더 이상 차가 들어갈 수 없는 곳에 다다라서야 그들은 차에서 내려 산에 오르기 시작했다.

　"여기가 확실해요?"

　"기빈이가 네 말을 들으면 몹시 자존심 상해할 거다."

　이후 30분간 대화는 없었다. 경주는 무작정 이안의 꽁무니를 따라 걷고 또 걷고, 오르고 또 올랐다. 경주에게 버거운 코스가 나타나면 이안은 손을 내밀었다. 마음 같아선 거절하고 싶었으나 산세가 생각했던 것보다 많이 험하여 도움을 받지 않을 수가 없었다. 최고 난코스에서 막 벗어난 경주는 손을 무릎에 대고 헉헉 숨을 몰아쉬며 주변을 휘휘 돌아보았다.

　"우리 엄마가 이런 곳에서 지내신단 말이죠?"

　"그랬기에 그토록 오랜 기간 발견되지 않을 수 있었겠지."

　"조용하고 안전한 곳 같아요. 나도 이제부터 여기서 엄마랑 같이 살까 봐요. 물론 엄마가 허락하시면요. 설마 거절하시진 않겠죠?"

　경주가 건넨 농담에 이안은 웃지 않았다. 경주는 괜히 어색해져 허리를 펴고는 어깨를 으쓱했다.

　"논문도 마쳐야 하고 일자리 문제도 해결해야 하니까 일단은 서울로 돌아가야 하겠지만, 나중에라도 이런 곳에서 사는 거 나쁘지 않을 것 같아요. 공기도 맑고 경치도 훌륭하잖아요. 건강에는 그만일 거 같아요. 어린 시절도 생각나네요. 그날 그 사건이 일어나기 직전까지 나도 이런 곳에서 살았어요."

"며칠 쉬러 오는 거라면 모를까 이런 곳에서 장기 체류하는 건 불편함 그 자체지."

"대신 완벽하게 안전하잖아요. 여기에 숨어 있으면 아무도 날 찾아내지 못할 거 아니에요."

"세상 어느 곳도 완벽하게 안전하지는 못해. 우리가 이곳을 찾아냈다면 반변이자들도 찾아낼 수 있어. 어쩌면 이미 찾아내 이쪽으로 오는 중일지도 모르지. 더 이상 이곳은 비밀 장소가 아니고, 안전하지도 않아."

"나 때문에 엄마가 위험해졌다는 말로 들리네요."

"너 때문이 아니야. 네 어머니 행적은 우리 쪽에서 지난 24년간 쭉 추적해 오고 있었으니까."

"왜요?"

"당연히 보호해 드리기 위해서지. 성채로 들어갈 때까지 내가 두 사람을 가드할 거다. 날 믿어. 너와 네 어머니에게 가장 안전한 곳은 우리 성채야."

"잠깐만요. 내가 잘못 들었나요? 아깐 세상 어느 곳도 안전하지 않다고 하지 않았어요?"

"성채는 달라. 최첨단 요새인 그곳은 펜타곤보다도 안전해. 게다가 성채를 건드리게 되면 전면전을 피할 수 없게 돼. 그렇다는 걸 그들도 알고 있지. 전쟁은 그들이 가장 피하고 싶어하는 것 중 하나야. 전력 면에서 우리가 그들을 압도하거든. 반변이자들 입장에선 필패인 싸움이지. 녀석들이 뒤에서 친다거나 연약한 여인들을 노리는 등, 치졸한 작전을 쓰는 것도 모두 그 때문이야."

"그럼 죽을 때까지 엄마와 난 그 성채라는 곳에서 살아야 해요? 말도 안 돼. 난 나만의 삶이 있어요. 엄마도 마찬가지고요."

"왜 말이 안 돼? 성채는 모든 면에서 완벽한 곳이야. 인간으로서 살아가는 데에 필요한 모든 것들을 갖추고 있지. 안전하고 부유하고 안락한 주거공간이다. 불편함은 전혀 없을 거야. 심지어 넌 돈을 벌어야 할 필요도 없어."

"난 내 힘으로 돈을 벌 거예요. 다른 누구의 도움은 필요 없다고요. 성채라는, 수장의 할렘 같은 곳에서 갇혀 지내느니 차라리 자결을 하고 말겠어요!"

"성채는 성채야. 할렘이 아니라고."

"어쨌든 거기서 평생을 썩을 생각은 눈곱만치도 없어요. 절대로 그렇게는 안 살아요. 알겠어요?"

"대체 어쩌겠다는 거야?"

이안이 차갑게 응수하며 두 눈을 가늘게 좁혀 떴다. 경주는 생각했다. 자신도 뭘 어떻게 해야 할지 정말 모르겠다고.

그녀는 이안을 사랑했다. 서점에서 처음 보았을 때부터, 아니, 꿈속에서 그의 품에 안겼을 때부터, 이안을 향해 끓어오르는 사랑을 주체할 수 없었다. 그에게는 마치 운명처럼 끌렸다. 심지어 정신병자 혹은 연쇄살인범이라고 추정되어질 때에도 밀어낼 수 없었다. 좋아하면 안 된다 생각하면서도 미치도록 강하게 끌리는 자신의 감정을 막을 수 없었다. 하지만 정작 이안은 경주를 원치 않았다. 그는 경주가 자신들의 미래를 위해 뱀파이어 수장의 여자가 되길 바랐다. 수장의 여자가 되어 다음 대의 수장을 낳아주길 바라고 있었다. 늘 그렇게 말해왔었다······.

갑자기 한 자락 의혹이 불쑥 고개를 쳐들었다. 그게 과연 진심이었을까, 라는. 늘 말해왔다는 사실만으로 그게 진짜 이안이 원하는 바라는 거라곤 단언할 수 없었다. 윤이안은 남들보다 훨씬 책임감이 강하고 자제력이 뛰어난 남자다. 자기 자신의 인생이나 욕심보다는 뱀파이어 전체를 고려해 판단하고 결정하는 데는 도가 튼 남자이기도 하다. 평생 그렇게 살아온 남자가 과연 뱀파이어의 미래가 걸린 이 문제에서 진실을 말했을까?

"정면으로 부딪쳐 봐야죠."

마음속으로 모종의 계획을 세우며, 경주는 패기 좋게 이안을 노려보았다. 도도하게 턱을 들어 올리니 이안의 눈빛은 어두워졌다.

"뭐?"

이안이 음험하게 속삭였다. 소름이 쫙 끼치고 등골이 오싹해졌다. 순식간에 간이 콩알만 해졌지만 경주는 두려움을 필사적으로 이겨냈다. 지금 이 순간 그녀는 그 어느 때보다도 대담하고 무모하게 보여야 했다. 그래서 그의 속이 걱정으로 시꺼멓게 타도록 해야 했다. 경주는 턱을 더 높이 추켜올리고 대범하게 응수했다.

"당신 말대로 숨는 건 한계가 있잖아요. 내가 내성을 가졌다는 걸 알면 그들은 날 죽을 때까지 쫓아다닐 거예요. 내가 아무리 숨고 도망쳐도 결국엔 찾아내겠죠. 그러니 헛수고 따위는 하지 않을래요. 그들이 날 찾아다닌다면 만날 거예요. 만나서 얘기할 거예요. 난 너희들과 함께하기 싫다, 하고 당당히 말해야죠."

"그걸 지금 말이라고 해? 녀석들한테 너 같은 여자는 자신의 생명만큼이나 간절한 존재야. 씨족이 보존되느냐, 이대로 사라지느냐의 문제니까. 설득한다고? 네가 어떻게? 그들이 순순히 네 말을 들어줄 것 같아?"

"들어줄 때까지 설득해야죠."

"네가 아무리 떠들어대도 그들은 널 놓아주지 않아. 네 말 따위 들어주지 않는다고! 반변이자들이 네게서 원하는 건 단 하나야. 널 자기들 씨받이로 이용하는 것. 널 보는 즉시 자기들이 원하는 방식대로 처리할 거란 말이야. 알아들어?"

"설마 죽이기야 하겠어요?"

"민경주!"

"나도 뱀파이어예요. 비록 인간들 사이에서 28년간 하루도 빠짐없이 욕구를 조절하며 살아온 덕에 생각도, 성향도 인간에 가깝지만 근본은 나도 뱀파이어라고요. 우리 엄마처럼 그리 호락호락 당해주진 않을 거예요. 그쪽에서 세게 나오면 나도 세게 나갈 거란 말이죠. 아무리 반변이자들이라도, 날 그리 쉽게 어쩌진 못할 걸요?"

"물론 그렇겠지. 네가 힘껏 저항하면 그들도 쉽게 널 갖지는 못할 거다."

이안이 덤덤하게 인정하자 경주는 잠시 의기양양해졌다. 역시. 자신의 존재 가치는 상상을 초월하는가 보다. 그 잔인한 놈들도 자신을 어쩌지 못할 정도라면 말이다. 씩, 승리의 미소가 절로 지어졌다. 하지만 짜릿한 승리감은 오래가지 못했다. 차갑기 그지없는 이안의 음성이 똑똑 끊기는 어조로 경고장을 써 내려갔다.

"하지만 결국엔 그렇게 하고 말 거다. 네가 망가지든, 말든 개의치 않고 말이야. 그들이, 궁극적으로 원하는 건, 네가 아니라 네가 품게 될 씨앗, 후계자니까. 그것 외엔 중요하지 않으니까."

"그렇게 겁줄 필요 없어요. 이미 다 알고 있는 사실이니까요. 당신이 어젯밤 내게 알려줬잖아요. 내 무의식 속에 들어와 엄마가 어떤 일을 당했었는지, 날 어떻게 지켜냈는지, 다 보여줬잖아요. 알아요. 나도 그런 삶을 살게 될지도 모른다는 거. 당신을 따라간다고 해도 달라질 것 없다는 것도요."

"달라지는 게 왜 없어? 내가 널 위험에 빠지게 놔둘 것 같아?"

"그렇지 않다는 건 알아요. 하지만 평생 당신한테 신세 지며 살순 없잖아요? 성채라는 곳에 숨고 싶지도 않고요. 난 엄마처럼 두려움에 떨면서 하루하루 마음 졸이며 살진 않을 거예요."

"일단 성채와 수장의 보호를 받게 되면 아무도 널 함부로 건드릴 수 없어. 성채와 수장의 것을 건드리는 행위는 선전포고, 즉 전면전의 시작을 의미하니까."

"무우우척 고맙네요. 하지만 아시죠? 난 뱀파이어 성채와 그 수장의 보호 따위 원하지 않는다는 거."

"민경주."

"혼자 버텨낼 거예요. 그럴 수 있어요. 나도 뱀파이어니까."

"민경주!"

짐승의 것처럼 거칠고 우렁찬 포효가 터져 나왔다. 아무리 생각해도 민경주는 제정신이 아닌 것 같았다. 그래서 화가 났다. 반변이자들이 어떤 존재인지 모르는 것도 아니면서 이렇게 고집을 부리는 경주가 너무 기가 막혀 불처럼 화가 치밀었다.

어떻게 이렇게 무모할 수가 있을까. 인생은 실전이다. 노력하면 어떠한 장애물이든 뛰어넘을 수 있는 동화 속 세상이 아니란 말이다. 아무리 용기를 내 반변이자들과 맞선다 해도 민경주는 절대로 그들을 이길 수 없다!

"넌 날 따라와야 해. 같이 성채로 가는 거야!"

"미안하지만 난 안 가요."

"가."

"안 가요. 적어도 제 발로 따라가는 일은 절대로 없을걸요?"

"미쳤군. 죽고 싶어서 환장했어."

"난 안 죽어요. 적어도 후계자를 낳기 전까지는 그들이 날 죽일 리 없다는 거, 당신도 잘 알잖아요."

"입 다물어, 민경주! 네가 그들 손에 들어가는 일은 절대로! 절대로 없을 테니까!"

이안이 두 눈을 번쩍이며 고함을 내질렀다. 검은 눈동자에 노란 띠가 진하게 떠올랐다. 극심한 분노가 이안의 이성을 휘감고 있었다. 며칠 전이었다면 그런 이안을 무서워했겠지만 지금은 아니었다. 경주는 그가 전혀 무섭지 않았다. 그가 자신을 해치는 일은 결코 없을 거라는 굳은 믿음이, 경주의 마음 한구석에 있었기 때문이다.

"넌 나와 같이 가는 거야. 다른 선택지는 없어. 싫다고? 안됐군. 그래도 별수 없으니까. 난 널 강제로라도 끌고 갈 거니까!"

"임무 때문인가요?"

"뭐?"

"내가 싫다는데도 기어코 성채로 데려가겠다고 우기는 이유 말이에요. 단지 임무이기 때문이에요? 아니면 다른 이유가 있는 건가요?"

다른 이유가 있다고 말해요. 날 원하니까, 날 사랑하니까 이러는 거라고 말해요. 어서.

"다른 이유라니."

깔깔한 목소리로 이안이 중얼거렸다. 얼굴빛이 어두워졌다. 경주는 눈을 반짝였다. 예측이 점점 맞아 들어가고 있었다.

"내 말은 그러니까…… 의심이 든다는 거죠."

"무슨 의심?"

"당신이 날 원해서 억지를 부리는 것 같다는 의심이요."

"뭐라고?"

이안이 그녀를 미친 사람 보듯 바라보며 멍하게 묻는다. 경주는 입술을 삐쭉거리며 어깨를 으쓱했다.

"충분히 그럴 만하지 않나요? 당신은 날 구하기 위해 자기 목숨을 헌신짝처럼 내버렸잖아요. 그런 일을 겪으면 어떤 여자든 낭만적인 상상을 하게 돼요."

"내가 널 좋아하기라도 한다는 거야?"

"아닌가요?"

"널 지키는 건 내 임무야. 감정과는 무관해."

"그럼 키스는요?"

"키스라니?"

"키스 몰라요? 키스 말이에요, 키스. 당신이 내게 키스했었잖아요. 내 무의식에 들어와 아주 친밀한 꿈을 심어주기도 했고요."

"그건……!"

"또한 내 일상을 흔들고 내 마음을 가져갔잖아요."

경주는 싱긋 웃으며 덧붙였다. 내내 조금의 흔들림도 없던 이안이 흠칫 몸을 떨었다. 갑작스런 경주의 고백 앞에 이안은 꿀 먹은 벙어리처럼 아무 말도 하지 못하였다. 이따금씩 입만 벙긋거릴 따름. 통쾌함에 온몸이 전율했다. 그의 반응을 총체적으로 검토하여 결론을 내리자면 '윤이안도 민경주를 사랑한다'가 되니까. 경주는 영특하기 그지없는 눈동자로 이안을 면밀히 살피며 확신에 확신을 거듭했다.

그는 날 사랑해.

확실하다. 단지 인정하려 들지 않을 뿐. 수장에 대한 충성심, 혹은 친구를 향한 의리 때문일 것이다. 빌어먹을 놈의 수장! 경주는 시니컬하게 입술을 비틀었다. 이안이 수장에게 충성을 바치든 말든 경주와는 아무런 상관이 없었다. 윤이안이 그놈의 의리 때문에 자신을 포기하겠다면, 그러라지. 그래 봤자 결과는 똑같을 것이니. 그녀는 수장을 거부할 것이다. 아무리 수장이라도 저 싫다는 여잘 강제로 취하지는 못할 것이다.

"당신 임무는 하나였어요. 아주 간단했죠. 뱀파이어의 후예인 민경주가 자신의 정체성을 깨닫도록 도와주고 성채로 데려오기. 하지만 당신은 거기에 플러스, 날 사랑에 빠지게 만들었어요. 다른 사람이 아닌 바로 당신한테 반하게 만든 거죠. 그래서 일이 아주 복잡해졌답니다."

"……."

"날 사랑하면서. 나 또한 사랑에 빠지게 만들었으면서. 그런 주제에 자꾸만 날 다른 남자 품으로 밀어 넣으려 한다면, 계속 그렇게 진실을 외면하려 한다면, 당신! 아주 크게 후회하게 될 거예요."

고요하지만 단호하고 강단 있는 말투로 경주는 속살거리듯 경고했다. 살포시 미소까지 띤 얼굴을 하고 있으나 눈빛은 매서웠다. 황금빛이 일렁이는 이안의 눈이 오로지 한곳, 민경주에게 꽂혀 있었다. 온 신경이 경주에게만 쏠려 있는 듯했다.

"난 인간이 아니라 뱀파이어예요. 그것도 당신처럼 오랫동안 자제력을 갈고닦지 않아서, 한 번 터지면 제어가 안 될 수도 있는 지극히 위험한 뱀파이어. 나도 내가 무슨 짓을 할지 몰라요. 그러니 더 이상 날 얕잡아보지 마요. 내 말 명심하라고요. 아시겠어요?"

"……."

그녀의 앙증맞은 입술에서 가당치도 않은 협박의 말이 줄줄 날아왔지만 이안의 귀에는 단 한 마디도 들리지 않았다. 오로지 불과 1분 전 그녀가 했던 말만 계속해서 리플레이되고 있을 뿐.

내 마음을 가져갔죠, 내 마음을 가져갔죠, 내 마음을 가져갔죠…….

"대답해요! 내 말 알아듣겠어요?"

한 손을 동그랗게 말아 주먹을 쥐고 거칠게 이안의 가슴팍을 내려치며 경주는 소리쳤다. 근육질로 딱딱한 가슴팍에 경주의 주먹이 한 번, 두 번, 세 번, 찍혔다. 이안은 제법 당차게 날아오는 경주의 손목을 거머쥐었다. 그와 동시에 그녀의 허리를 한 팔로 휘감아 휙, 자신의 품 안으로 끌어당겼다. 낭창한 경주의 몸이 단번에 이안의 앞섶에 밀착되어졌다.

철커덕. 익숙한 소음이 들려온 것은 바로 그때였다. 총알을 장전하는 소리였다.

"꼼짝 마."

등골이 오싹할 정도로 착 가라앉은 허스키 음성이 뒤를 이었다.

이안의 품 안에서 경주의 몸이 굳었다.

제10장 산세, 엄마, 사랑

"여자에게서 손을 떼. 천천히. 그리고 어깨 높이로 들어."

한 여자가 총신이 긴 수렵용 공기총을 이안에게 겨누고 있었다. 체구나 덩치는 작은 편이었으나 총을 겨누는 포즈는 심상치 않았다. 이런 상황에 익숙하지 않는 듯 긴장감이 역력하면서도 여자의 온몸에선 의기가 이글이글 타오르고 있었다. 손때 묻은 공기총은 그녀가 그 총을 오랫동안 소지했음을 말해주고 있다. 이 일을 대수롭게 넘기면 안 된다는 뜻이었다. 이안은 여자가 시키는 대로 경주에게서 천천히 손을 떼고 손을 들어 올렸다.

"괜찮아요?"

여전히 총구를 이안에게 겨눈 채 여자는 경주에게 물었다. 경주가 이안에게 희롱당하는 거라 생각한 게 틀림없었다. 아니라고 말해야 한다는 걸 알았지만, 경주는 아무 말도 할 수 없었다. 입이

얼어붙어 버린 것만 같았다. 입뿐만 아니라 심장도. 경주는 상대
방 여자를 뚫어져라 바라보았다.

"이봐요, 내 말 들려요? 괜찮냐고 물었어요."

"네…… 괜찮아요."

걱정스러운 듯 재차 묻는 여자에게 경주는 고개를 끄덕이며 겨
우 대답을 내놓았다. 다행이라는 듯 여자는 작은 한숨을 내쉬었
다. 그러더니 총신을 받든 손을 과감하게 뻗어 경주를 향해 흔들
었다.

"이리 와요, 어서."

경주는 멍하게 여자의 손을 응시했다. 작은 손은 거칠고 투박했
으나 우아했다. 여전히.

세월도 어머니의 타고난 아름다움을 무너뜨리진 못한 듯했다.
24년 전 어머니에게는 진주처럼 매끄러운 피부와 단아한 몸가짐
에서 우러나오는 우아한 아름다움이 있었다. 어머니에 대한 기억
이 하나씩 떠오르자 경주의 눈에 눈물이 고이기 시작했다.

"울지 말아요, 아가씨. 내가 도와줄게요. 어서 이리 와요. 내 뒤
에 숨어요, 어서."

경주의 친모, 이수연은 앞에 서 있는 아가씨가 자신의 딸일 거
라곤 상상도 못하고 있었다. 경주는 천천히 걸어 앞으로 가 수연
의 손을 잡았다. 그녀는 경주를 냉큼 끌어당겨 자신의 뒤춤으로
밀어 보냈다. 그리고는 다분히 공격적인 태도로 이안에게 맞섰다.

"자! 이제 넌 꺼질 시간이야."

"……."

"네 행운은 이것으로 쫑 났어. 당장 꺼져. 문제를 일으키지 않고

조용히 내 구역에서 사라진다면 목숨만은 살려주마."

"……."

상대가 아무 말도 하지 않자 이수연은 꿀꺽, 마른침을 삼켰다. 손이 떨려오기 시작했다. 총은 꽤 무거웠다. 오래 들면 들수록 점점 더 무거워졌다. 게다가 수연은 이 물건으로 사람을 쏴본 적이 한 번도 없었다. 어느 노쇠한 사냥꾼의 빈집에서 우연히 발견한 이 물건으로 쏘아본 것은 산짐승이 고작이었다.

"꺼지지 않으면 네 머리통을 박살 내주겠어. 까마귀밥이 되고 싶지 않으면 돌아가. 충고하는데 지금 도망치는 게 좋을걸? 난 명사수거든."

비웃듯 말하고 놈을 노려보았으나 상대 남자는 침묵으로 일관하고 있었다. 진한 청동빛이 도는 새까만 눈. 흔들리지 않는 남자의 눈동자가 수연을 불안하게 했다. 저런 눈을 딱 한 번 본 적이 있었다. 24년 전 그날, 자신의 집에 찾아왔던 뱀파이어 수장에게서. 그의 눈빛도 저토록 어둡고 폐쇄적이었다. 수연은 상대를 좀 더 자세히 훑어보았다.

큰 키. 유난히 서구적인 이목구비. 커다란 체구. 모든 여자들이 혹할 만큼 잘생긴 외모. 그리고 온몸에서 뿜어져 나오는 음험하고 매혹적인 아우라. 수장도, 남편도 똑같이 갖고 있던 바로 그 아우라……

'설마!'

아닐 거다. 아니야. 그럴 리가 없다.

"뒤로 돌아. 산을 내려가지 않으면 널 죽여 버릴 테다."

"난……."

상대가 입을 열었다. 낮고 우울한 목소리. 섬뜩할 정도로 24년 전 수장과 닮아 있었다. 수연은 위장을 조여오는 공포를 애써 내리누르며 침착하게 숨을 내쉬었다. 하지만 초조함은 점점 더 가파른 곡선을 그려가며 상승하고 있었다. 저도 모르게 아랫입술을 질끈 깨물었다.

　"죽지 않습니다. 시간 낭비일 뿐이란 거 잘 아실 텐데요, 부인."

　"너…… 너……?"

　수연의 몸이 눈에 띄게 떨기 시작했다. 두려움이 그녀의 의연함을 앗아갔다. 뼛속까지 깊이 새겨진 끔찍한 기억이 스멀스멀 떠올라 그녀를 패닉 상태로 밀어 넣었다. 제대로 숨을 쉴 수가 없어 헉헉, 가슴을 거세게 들썩이며 수연은 중얼거렸다.

　"너 설마…… 그 괴물?"

　"괴물이 아니라 뱀파이어입니다."

　"그래, 뱀파이어. 그 지긋지긋한 것들! 죽을 때까지 날 뒤쫓을 거라고 생각하긴 했지만 정말 이럴 줄은 몰랐네. 기어이 날 찾았어. 내일모레 오십 줄이라 여자 구실 따위는 이젠 꿈도 꾸지 못할 텐데도! 아직도 나 이외의 내성 있는 인간 여자를 못 찾았나 보지?"

　"쉽지 않은 일이죠."

　"그래서 날 잡아가 겁탈할 생각인가? 내가 너희들 괴물 족속들의 후예를 잉태하길 바라? 날 이용해 욕구를 충족하고, 너희 종족의 후계자도 얻길 바라는 거야? 흥! 미친놈들. 추악하고 더러운 놈들. 넌 날 못 데려가. 내가 널 죽여 버릴 테니까. 뱀파이어라서 죽지 않는다고? 강제로라도 날 데려가겠다고? 천만의 말씀. 그렇게 되도록 내가 가만있을 것 같아? 날 잡을 수는 있어도 너희들 뜻대로는 안 될 거다. 절대로! 너희들 손에 잡히는 순간 난 이미 시체가 되어 있을 테니!"

"부인."

"내 몸에 털끝 하나라도 손대봐. 그땐 너희들의 마지막 희망이 사라지는 거야. 내성 있는 유일한 인간 여자 이수연은 아무짝에도 쓸모없는 시체가 되어버릴 거란 말이다! 알아들어?"

"진정하십시오, 부인."

"못할 것 같지? 하지만 난 해. 왜냐고? 뱀파이어 남편을 둔 덕에 24년간 생때같은…… 사랑하는 사람과 떨어져 지내고 있으니까, 행여 뱀파이어 놈들한테 들킬까 마음 졸이며 살고 있으니까. 사는 게 사는 게 아니니까! 이놈의 삶에 난 아무 미련이 없어. 당장 죽어도 상관없는 사람이라고, 나는."

"그런 말씀 마십시오. 사실이 아니란 거 잘 압니다. 따님을 만나셔야죠, 부인."

"내 딸은……?"

수연은 갑자기 하던 말을 멈추었다. 따님. 저 뱀파이어가 그리 말하였다. 자신에게 딸이 있다는 걸 알고 있다는 뜻이었다. 악랄하고 집요한 뱀파이어들이 지난 24년간 경주의 존재를 알아내지 못했을 리 없다는 걸 알면서도 수연은 충격을 받았다. 가슴이 덜컥 내려앉았다. 설마 그들이 경주까지 잡아들인 것은 아니겠지?

"이제 그만 사실대로 말해요, 이안 씨. 엄마가 놀라시잖아요."

뒤에 있던 아가씨가 불쑥 말했다. 수연은 홱, 고개를 돌려 아가씨를 보았다. 큰 키. 마른 체구. 명민한 눈빛. 경주의 나이쯤 되어 보이는 이 아가씨가 방금 '엄마'라고 했다. 엄마. 나를 두고 한 말일까? 이 아가씨가 내게 엄마라고 한 건가? 이 아가씨가 바로 내 딸 경주인 걸까?

"맞아요."

수연의 눈에 떠 있는 수많은 질문들에 해답을 아가씨가 내놓았다. 눈물을 가득 담은 눈을 깜빡거리며 경주는 속삭였다.

"저 경주예요, 엄마."

수연의 손에 아슬아슬하게 들려 있던 낡은 공기총이 바닥으로 떨어졌다. 그녀의 눈가에 맺힌 이슬도 또르르 굴러떨어졌다.

"어서 먹어, 우리 아가. 여기까지 오느라 고생 많았을 텐데."

퉁퉁 부은 얼굴로 수연은 정성스레 버무린 나물을 경주의 밥숟가락 위에 올려놓았다. 경주가 어릴 때 그랬던 것처럼. 경주는 희미하게 고개를 끄덕이며 생모를 바라보았다. 기억 속 그 얼굴보다는 늙고 초췌했으나 분명히 자신의 엄마였다. 날마다 울면서 그리워했던 엄마. 때론 원망하고 때론 증오했지만 늘 사랑했던 엄마. 그녀는 경주를 바라보며 하염없이 울고 또 울었다.

"엄마도 드세요."

"그래, 나도 먹으마. 내 걱정 말고 어서 먹어."

"……."

하고 싶은 말이 많았다. 24년을 홀로 외로이 살아오면서 유독 험한 일을 많이 겪은 탓에 엄마를 만나면 제일 먼저 원망하고 따질 생각이었다. 왜 날 버렸냐고, 책임지지도 못할 자식을 왜 낳은 거냐고, 당신 때문에 내가 어떤 인생을 살았는지 아느냐고. 하지만 아무 말도 할 수 없었다. 엄마가 너무 불행해 보여서. 엄마가 너무 슬퍼 보여서. 오히려 동정심과 안쓰러움이 밀려들어 가슴이 미어졌다. 살아도 사는 것 같지 않다고 말하던 엄마의 말이 자꾸만 가슴을 때려서 슬펐다.

"네가 날 찾아올 거라곤 생각도 못했어. 널 다시 만날 수 있을 거란 생각도. 내가 미웠을 텐데, 널 그렇게 버려서 이 엄마가 죽도록 미웠을 텐데……."

"……."

"네가 어떻게 사는지 알고 싶었어. 한 번이라도 좋으니까 죽기 전에 네가 평범한 가정에서 행복하게 살고 있는 모습을 보고 싶었어. 하지만 나 때문에 네 존재까지 들키게 될까 봐 너무나 두려웠어. 나는 어떻게 되어도 상관없지만 넌 달랐으니까. 너까지 나와 같은 운명에 처하게 할 순 없었단다."

"……."

"딱 한 번, 네가 7살 때 찾아간 적이 있었어. 어느 곳에서 파양 당하고 시설에 있다는 걸 알아내서 널 만나려고 찾아갔었지. 하지만 네 얼굴을 보기도 전에 쫓기는 신세가 되었단다. 거의 죽을 뻔했었지. 그때 깨달았다. 널 찾으면 안 되는 거라고. 네게 관심을 가져서도 안 되고, 세상과 접촉해서도 안 되는 거라고. 나 때문에 네 존재까지 알려지게 되면 난 살아갈 수가 없었을 거야. 차라리 그놈들이 나한테만 집중하길 바랐어. 너 말고 나. 넌 그냥 내버려 두고 나만 쫓길 바랐어. 그래서 그놈들과의 기나긴 숨바꼭질을 시작했지. 그들을 피해 온갖 곳을 돌아다녔어."

"어떻게 지금까지 안 잡히실 수 있었어요?"

뻑뻑한 목소리로 간신히 물었다. 젊고 아름다웠던 엄마가 늙고 지친 모습으로 자신의 앞에 앉아 비통하게 울고 있는 모습은 경주를 미치게 만들었다. 가슴이 정말로 찢어지는 것 같았다.

"여기저기, 대한민국 땅이라면 어디든 안 간 곳 없이 다 돌아다녔어. 처음엔 하루 이틀 간격으로, 다음엔 일주일, 그다음엔 한달, 그다음엔 석 달 간격으로 생활 터전을 옮겼지. 놈들이 내 존재를 잊어주길 바라면서. 해외는 나갈 엄두도 못 냈다. 적어도 한국 땅 안에 있어야 우연이라도 네 소식을 전해 들을 수 있지 않을까싶어서. 부질없는 희망이었지만 그거라도 있었기에 지금껏 모진 목숨 연명할 수 있었단다."

"전⋯⋯."

엄마가 날 데리러 오길 바랐어요. 날마다 하늘에 대고 빌었어요. 제발 엄마가 날 다시 사랑하게 해달라고, 신께 빌었어요.

"말 안 해도 안다. 네가 날 얼마나 미워했을지. 얼마나 원망스러워했을지. 네 마음 다 알아. 무슨 이유에서든 자식을 버린 나 같은 엄마를 용서할 수 없었을 거야."

울컥 가슴 밑바닥서 통렬한 울분과 함께 슬픔이 밀려왔다. 모든게 다 사실이라서 서글펐다. 엄마의 짐작이 다 맞아서 눈물 났다. 숟가락을 쥔 손을 파르르 떨며 경주는 이를 악물었다. 입술과 아래턱이 바들바들 흔들렸지만, 애써 아무렇지도 않은 척하며 덥석 숟가락을 입에 물었다. 엄마가 숟가락에 얹어준 반찬이 아삭아삭 경쾌한 소리를 내며 씹혔다.

"그런데도 날 찾아와 줘서 고맙다. 이제 죽어도 여한이 없어. 네가 날 외면하지 않았다는 사실만으로도 난 지금 너무 행복해. 더 바랄 게 없다."

"……."

"사랑한다, 내 딸. 단 한순간도 널 사랑하지 않았던 적 없었어. 날 미워해도 좋아. 날 너무 증오해서 평생 안 보고 싶다 해도 할 말 없어. 하지만 이것만큼은 꼭 알아줬으면 좋겠다. 이 엄마는 죽을 때까지 널 사랑할 거란 거."

"……잠시만요."

더 이상 멀쩡한 척할 수 없었다. 여기까지 매정한 척하며 버틴 것도 용했다. 경주는 터지는 오열을 손바닥으로 틀어막으며 벌떡 자리에서 일어났다. 벌컥. 창호지로 막아놓은 허름한 나무 소재의 문을 열어젖히고 경주는 방을 빠져나왔다. 그리고는 마당에 정승처럼 버티고 서 있는 이안을 지나쳐 고샅길을 따라 정신없이 걸었다.

"잠시 시간을 줘도 괜찮을 것 같습니다."

뒤따르려던 수연을 이안이 말렸다. 수연은 두 모녀를 위해 식사 자리도 마다하고 자리를 비켜준 뱀파이어를 돌아보았다. 윤이안. 그는 남편의 친구였다. 남편으로부터 전해 들은 몇몇 지인들 얘기 중에 윤이안도 있었다. 하지만 그 때문에 윤이안을 믿는 것은 아니었다. 그가 경주를 이곳까지 인도해 주었기 때문에 믿는 것이었다. 수연 평생 윤이안처럼 고마운 사람은 없었다.

"괜찮을까요?"

"괜찮을 겁니다. 제게서 멀리 달아날 만큼 지각없지는 않아요."

"우리 딸…… 지켜줘서 고마워요. 여기까지 안전하게 보호해준 것도요."

"살아 있어주셔서 제가 더 감사합니다."

"그 사람, 죽었다고 들었어요. 오랫동안 나를 찾았다고요?"

어렵사리 남편 얘기를 꺼내는 수연은 의외로 담담해 보였다. 이안은 늘 사람 좋은 미소를 지으며 아내를 추억하던 친구 민영훈을 떠올렸다.

"그 여자만큼 나를 행복하게 해준 사람은 없었어. 처음 만났을 때 우린 아주 대단했지. 보자마자 사랑에 빠져 버렸어. 그 여자가 인간이니 마음을 줘선 안 된다. 나 좋자고 그 여자를 희생시키면 안 된다. 생각하면서도 그 여자에 대한 사랑을 멈출 수가 없었지. 혹시 우리의 전설 기억해? '운명의 짝' 말이야. 우리끼리 그런 건 근거 없는 헛소리라고 비웃었잖아. 하지만 그 여자를 보는 순간, 난 우리의 전설이 다 헛소리인 것만은 아니란 걸 알았어. 그건 진짜야. 우리에겐 짝이란 게 진짜 있어. 그래서 내가 이렇게 아내를 잊지 못하는 거지."

언제부터인지도 모르는, 옛날부터 구전하여 내려오던 전설을 들먹이며 영훈은 아내를 자신의 '짝'이라고 했다. 운명적으로 태어날 때부터 짝지어진 여자. 세상에 단 한 명밖에 없는 뱀파이어의 사랑. 그리고 여기, 영훈이 죽기 직전까지 자신의 '운명'이라 여기며 애타게 찾아 헤매던 여인은 침착하게 남편의 죽음을 받아들이고 있었다. 이안은 안타까운 마음을 잠시 접고 차분히 친구의 일을 얘기했다.

"죽기 직전까지도 포기하지 않았습니다. 많이 자책했죠, 이 모든 비극적인 상황에 대해."

"그 사람 탓이 아니었어요. 어쩔 수 없었겠죠. 난 다 이해했었는데, 자책감을 안고 죽었다니 안됐네요."

"어쩔 수 없었다는 것은 변명입니다. 무슨 수를 써서라도 자신의 가족만은 꼭 지켰어야 하죠. 그렇지 못했다는 건 뱀파이어에겐 큰 수치이자 불명예입니다. 민 박사는 늘 그 사실을 부끄러워했습니다."

"그럴 필요 없었어요. 어차피 우린 행복하지 못했을 거니까요. 난 인간이고 그 사람은 뱀파이어였잖아요. 늙지도 죽지도 않는. 그 사람은 죽을 때까지 처음과 똑같은, 청년의 모습을 하고 있었을 거예요. 난 이렇게 늙어버렸는데…….."

자조적으로 중얼거리며 수연은 빙긋 슬픈 미소를 지었다. 의연해지려 노력하고 있으나 점점 더 떨려오는 그녀의 목소리 때문이었을까. 상처받지 않았다는 듯 미소를 지었지만 검은 눈망울이 습기에 흐릿해져 있어서였을까. 이안은 순간 수연이 애써 고통을 감추고 있다는 걸 알아챘다.

"민 박사는 죽기 전까지 꾸준히 자신의 수명을 조절했습니다."

"수명을 조절…… 했다니요?"

수연이 고개를 들어 축축한 눈을 깜빡거렸다. 그녀는 남편이 뱀파이어라는 것 외엔 아무것도 모르는 듯했다. 그가 무엇을 하던 사람이었는지, 얼마나 중요한 사람이었는지, 어떤 식으로 아내를 사랑해 왔는지, 전혀.

"스스로 세포를 파괴해서 생명을 단축시켰죠."

"그게 무슨 말도 안 되는 소리예요? 스스로 세포를 파괴했다니요?"

"민영훈 박사는 뱀파이어의 생물학적 특징을 연구, 최초로 이론화했던 뱀파이어 전문가였습니다. 뱀파이어의 세포 연구를 이용해 인간의 생명 연장에 관한 연구를 활발히 했죠. 민 박사는 뱀파이어가 인간처럼 단계별로 자연스럽게 늙어갈 수 있는 시스템과 약도 개발했습니다. 약을 복용하면 원하는 대로 서서히 늙어갈 수 있죠. 물론 자신의 멀쩡한 세포를 파괴하는 행위인 만큼 고통도 큽니다. 박사는 변고로 죽음을 맞이할 때쯤 완벽한 50대의 외모를 하고 있었습니다."

"왜…… 왜 그런 일을?"

"아내를 사랑해서였겠지요. 아내와 다시 만났을 때, 다시 사랑하기 위해서."

"세상에……."

"약을 복용해 쇠약해지지 않았다면 그리 허무하게 반변이자들에게 납치당하는 일도 없었을 겁니다. 그는 훌륭한 뱀파이어 연구가였지만 뛰어난 요원이기도 했으니까요. 하지만 이미 장기간의 캡슐 복용으로 인하여 인간에 가까운 몸이 되어버린 박사는 반변이자들에게 속수무책으로 당할 수밖에 없었습니다."

"나, 난 그런 건 전혀 몰랐어요. 난…… 난 가슴에 한이 맺혀 살아왔는데. 내가 내성이 있다는 이유만으로 날 원했던 것이 아닐까, 날 혼자 갖기 위해 남들 몰래 숨겨놓았던 건 아닐까, 별의별 상상을 다 하면서 살아왔는데……."

이미 눈 주위가 빨간데도 수연은 또다시 새로이 눈물을 쏟아냈다. 기운이 다한 사람처럼 무너질 듯 쓰러지는 수연을 이안은 서둘러 부축했다. 이안의 품에서 수연은 한동안 목 놓아 울었다. 정말로 기가 막히게 숨을 거둔 남편을 애도하며. 남편을 온전히 믿지 못하였던 자신을 탓하며.

이안은 묵묵히 수연에게 어깨를 빌려주었다. 간간이 그녀가 몰랐던 뱀파이어 관련 얘기를 해주었다. 수연이 오해했을 '수장'에 대해서도 진실을 말해주었다. 24년 전 반변이자들이 말하던 자신들의 수장은 말 그대로 반변이자들만의 수장이었으며, 그때 나타난 태빈은 수연과 경주의 존재를 뒤늦게 알고 그들을 구하기 위해 나타난 '진짜' 수장이었다. 수연은 태빈을 반변이자들의 수장으로 오해하고 달아났다. 그 작은 오해로 인하여 경주 가족은 24년간이나 헤어져 살아야만 했었다.

"그럼 당신은 한태빈이라는 수장이 보내서 온 거겠군요."

"그렇습니다. 민영훈 박사 미망인으로서의 예우를 갖춰 모셔오라는 당부가 있었지요."

"내 딸도 같이 가는 건가요?"

"물론입니다. 두 분 모두 제가 직접 성채로 모실 생각입니다."

"성채라는 곳에 가면 내 딸도 무사할 수 있나요?"

"그곳이야말로 지구상에서 가장 안전한 곳입니다."

"난 아무래도 괜찮아요. 내겐 경주의 안전이 가장 중요해요."

"걱정하지 마십시오. 그곳은 부인께도, 따님께도, 가장 안전한 곳입니다."

"좋아요. 그곳에 가죠. 대신 내게 약속해 줘요. 성채에서도 경주 곁을 떠나지 않겠다고. 어떤 상황에 처하더라도 당신만은 경주의 편에 서겠다고."

이안은 잠시 망설였다. 성채는 경주에게 해를 끼칠 리가 없고, 그렇기에 자신이 그녀를 지켜야 할 상황 따윈 없을 것이기에. 하지만 슬픔과 충격, 근심과 걱정으로 처음 만났을 때보다 20년은 더 늙어 보이는 여인이 '제발……' 하며 눈물을 흘리자 더는 버틸 수가 없었다. 이안은 여인의 거친 손마디를 단단히 틀어쥐며 고개를 끄덕였다.

"약속하죠, 부인."

다음날 아침, 깊은 잠에서 깨어난 경주는 기분이 좋았다. 밤새 잠을 안 자고 엄마와 오순도순 얘기꽃을 피우다가 새벽녘에야 겨우 눈을 붙였는데도 전혀 피곤하지 않았다. 눈을 뜨자마자 시야에 들어온 누르스름한 천장도, 방 안을 휘도는 정겨운 시골 냄새도, 뜨끈뜨끈한 온돌방 느낌도, 다 좋았다. 그냥 좋았다. 경주는 기지개를 쭉 켜며 위축되었던 몸을 나른하게 휘었다. 옆자리는 비어 있었다. 쪽지만 덜렁 남겨져 있을 뿐.

―읍내 잠깐 내려가서 닭 한 마리 사오마. 늦을지도 모르니까 먼저 점심 먹어. 어제 무쳐 놓은 나물이랑 된장국 아직 남아 있다.

"이런."

눈살을 찌푸리며 경주는 쯧쯧, 혀를 찼다. 아무래도 빈약한 반찬이 마음에 걸렸나 보다. 돈도 없을 텐데 무슨 닭을 사오겠다고. 늦을지도 모른다는 걸 보니 읍내까지 도보로 가셨나 보다. 아니면 산에서 캔 것들을 시장에 내다 팔아 돈을 마련한 뒤 닭을 사려는 건지도. 미리 말했으면 이안에게 차를 빌려 대신 모셔다 드릴 수도 있었는데…….

지금이라도 차 몰고 읍내로 가볼까? 가는 방향은 이안이 알 것이다. 운 좋으면 가다가 만날 수도 있고, 가서 만나더라도 적어도 돌아올 땐 걷지 않아도 될 테니 훨씬 덜 힘드실 거다. 경주는 어머니를 찾아 나설 요량으로 자리를 박차고 일어났다. 헝클어진 머리카락만 대충 정리하고 구겨진 옷차림 그대로 밖으로 나와, 옆방문 앞을 기웃거려 보았다.

"큼!"

인기척을 냈지만 안에서는 반응이 없었다. 아직 자고 있는 걸까? 하지만 그럴 공산은 크지 않았다. 며칠을 함께 있으며 알게 된 바로, 윤이안은 잠귀가 매우 밝다. 그 어떤 작은 움직임도, 그 어떤 작은 소리도 놓치는 법이 없다. 신기할 정도였다. 오죽 신통방통하면 그를 시험해 보기까지 했을까. 정말 푹 자고 있을 거라 생각되는 시점에, 꿈틀 아주 희미하게 움직여 보는 것으로. 이안은 거의 조건반사적으로 반응했다.

어제, 자신의 고백에 그가 보였던 반응을 떠올리니 어깨가 절로 처졌다. 싱겁게도 그는 정말 아무 반응도 내비치지 않았다. 충격은 조금 받은 것 같았다. 전혀 예상하지 못했던 말이라 놀란 얼굴이긴 했다. 하지만 그뿐. 그는 지금까지 고백을 받아들이겠다, 거절한다, 일언반구 언급조차 없다. 여자가 사랑한다고 고백까지 했는데, 남자가 어떻게 이렇게 나올 수가 있나. 야비하게.

경주는 야트막한 나무 마루에 엉덩방아를 찧듯 털썩 주저앉았다. 한숨이 푹푹 나왔지만 전날 밤 엄마가 했던 말을 떠올리며 긍정적인 마음을 가져 보려 애썼다.

"그래. 우리 딸 사귀는 남자는 있고?"

잠자려고 이부자리를 펴고 누운 이수연 여사는 다 커버린 딸을 갓난아이처럼 제 품에 끌어안고 지난 긴 세월 해보고 싶어도 못해 봤던, 자장자장, 손동작을 토닥토닥하고 있었다.

"아직요. 공부만 하느라 남자 사귈 시간이 없었어요. 불쌍하죠?"

"좋아하는 남자는 있는 거 같던데?"

딸이 킥킥거리며 장난스럽게 받아들이자, 이 여사는 은근한 말투로 물었다.

"좋아하는 남자요?"

"윤이안 씨 참 잘생겼지? 믿음직스럽기도 하고."

"엄마…… 원래 이렇게 눈치가 빠르셨어요?"

어둠 속에서도 이 여사는 딸이 무척 놀라는 것을 느낄 수가 있었다. 이 여사는 덩치만 크지 어린애에 불과한 딸을 꼭 껴안았다. 꼿꼿해진 딸의 척추를 부드럽게 쓰다듬어 주는 그녀는 한없이 너그럽고 포용적이었다.

"티가 났어. 네가 윤이안 씨를 많이 좋아하는 것 같더라."

"심각하게 생각하실 필요…… 없어요. 걱정하시는 것만큼 진지한 감정 아니니까요. 그냥 많이 의지하게 되어서 생긴 감정이랄까. 그 사람이 절 보호해야 하는 상황으로 자꾸 엮이다 보니까 조금 좋아하게 된 것뿐이에요. 정말이에요. 엄마랑 아빠처럼 로맨틱하고 숭고한 감정은 아니에요. 절대로."

"별거 아니라면서 왜 그리 강조하는데? 단순히 상황 때문에 의지하는 것뿐이라면 너도 크게 신경 안 쓰면 되잖아."

"그건……."

경주는 한동안 아무 말도 못하였다. 그렇다는 걸 이 여사도 지적하지는 않았다. 그렇지만 이 여사도 경주도 모두 알고 있었다. 경주가 갖고 있는 감정이 결코 가볍지 않다는 것을. 이 여사는 한참 동안 침묵하다가 천천히, 아스라한 시선을 캄캄한 허공 어딘가에 두고 입을 열었다.

"네 아버지가 내게 이런 말을 해준 적이 있어. 뱀파이어는 태어날 때부터 자기 짝이 정해져 있다고. 네 아버지를 만나기 전에 그 얘길 들었다면 당연히 허무맹랑한 얘기라 생각했을 거야. 하지만 그땐 이미 네 아버지를 만난 후였고, 우린 진정한 짝들만 경험할 수 있다는 '운명적인 이끌림'을 체험했지. 그 얘길 믿을 수밖에 없었단다. 지금도 난 전설을 믿어. 너한테도 운명이 짝을 지어준 남자가 분명 있을 거야."

"운명인지 뭔지는 모르겠지만, 전 윤이안이 좋아요."

어머니의 따스한 품에 얼굴을 묻은 채 경주는 고백했다. 늘 그리워하던 엄마 냄새가 경주의 마음을 느슨하게 했다. 아무에게도 말 못하고 마음에 담아두기만 했던 것들을 어머니에게라면 다 털어놓을 수 있을 것 같았다. 경주는 어머니의 품에 더욱 파고들었다.

"그 남자를 원하니?"

"처음 봤을 때부터 쭉이요."

"그는 뭐래?"

"아무 말도요. 하지만 제가 느끼기에 윤이안도 날 좋아하는 것 같아요."

"그럼 아무 문제 없는 거네."

"아니요. 유감스럽게도 있어요. 아주 심각한 문제가. 윤이안은 제가 다른 사람의 짝이라 믿어요."

"다른 사람의 짝이라고? 누구?"

"수장이요. 엄마와 절 구하기 위해 찾아왔었던 바로 그 남자. 본 적도 없는 그 남자가 제 짝이라네요, 윤이안이."

피식, 이 여사의 입가에 웃음기가 떠올랐다.

"그래서 우리 딸 생각은 어떤데? 너도 네가 한태빈의 짝이라고 생각하니?"

"당연히 아니죠. 전 윤이안이 좋아요. 그 남자를 갖고 싶다고요."

"그럼 답은 하나구나."

이 여사는 딸이 다시 긴장하는 걸 느꼈다. 자신이 무슨 말을 듣게 될지 전혀 예측하지 못할 때나 나오는 방어적 태도였다. 그녀는 더없이 다정한 손길로 딸을 어루만지며 말하였다.

"네 짝은 윤이안이다."

엄마의 판단은 전적으로 사적인 감정에서 나온 것이라고 경주는 생각했다. 눈에 넣어도 안 아플 딸, 목숨을 걸고 지켜온 딸을

24년 만에 다시 만났는데 굳이 그런 딸의 마음을 아프게 하고 싶지 않았을 것이다.

어쨌든 경주는 '짝'에 대해선 신경 쓰기 않기로 했다. 솔직히 '운명적으로 나와 엮인 연인'이란 게 있을 것 같지도 않았다. 뱀파이어 세계에서 전설처럼 내려왔다는 그 말을, 뱀파이어로 태어나 뱀파이어로 자란 진짜 뱀파이어, 윤이안조차 믿지 않는다고 하지 않던가. 그따위 증거도 뭣도 없는 가설을 믿어가며 마음이 원하는 남자를 포기할 생각이 경주에겐 전혀 없었다.

그나저나 이 남잔 밤새 뭐 했기에 아직까지 안 일어나는 거지? 해가 중천이구만.

"큼! 큼!"

인기척을 다시 한 번 내보았다. 여전히 안에서는 답이 없었나. 너무 조용하니 슬슬 걱정이 되기 시작했다. 밤새 안녕이라고, 어젯밤에 예상치 못한 일이 벌어졌을지도 모르는 일. 경주는 저벅저벅 그의 방문 앞까지 다가가 덜그럭덜그럭, 허름한 문짝을 흔들었다.

"이안 씨! 아직 자요?"

계속 조용했다. 경주는 무릎을 마루에 대고 몸을 완전히 수그리곤 본격적으로 문짝을 흔들기 시작했다.

"안에 있으면 대답을 해요."

"……"

"계속 대답 안 하면 문 열 거예요. 열어도 되죠? 엽니다!"

"내가 다 벗고 잔다는 말, 안 했던가."

겨우 답이 날아왔다. 하지만 방 안쪽이 아니라 등 뒤에서 날아온 것이었다. 경주는 흠칫 놀라 휙 고개를 꺾었다. 윤이안이 멀쩡히 서서, 사족보행 짐승 자세로 무릎을 굽히고 엉덩이를 내민 경주를 물끄러미 내려다보고 있었다. 심히 노골적으로.

이 여사로부터 빌려 입은 몸뻬 바지는 엉덩이부터 발목까지 헐렁한 디자인이었지만 경주에겐 사이즈가 너무 작았다. 그러므로 지금 이 자세에선 몸매의 굴곡뿐 아니라 팬티 라인까지도 여과 없이 드러났을 것이다. 성희롱에 가까운 그의 시선에 기분 나빠해야 정상이었으나 경주는 반대로 후끈 달아올라 버렸다.

"어…… 이미 일어났었네요?"

"씻고 왔어. 아래 작은 계곡이 있어서 샤워 대용으로 그만이더라고."

"계곡에서 샤워를 했다고요?"

"상처 때문에 그제부터 씻지 못했잖아. 찌뿌둥해서."

"아, 그랬겠네요. 개운해…… 보여요."

억지로 얼굴에 웃음을 띠고 경주는 이안을 훑어보았다. 그는 웃통을 벗은 채였고 손에 수건을 들고 있었다. 몸에 걸친 거라곤 낡은 청바지뿐이었는데, 그마저도 단추가 채워지지 않은 상태였다.

배꼽 아래로 짙은 갈색 털이 마치 그녀의 눈길을 인도하듯 바지 속 어딘가로 들어가고 있었다. 꿀꺽. 침을 삼키며 경주는 냉큼 두 눈을 들었다.

그러나 위쪽은 더욱 위험했다. 넓고 탄탄한 가슴근육과 벨벳처럼 부드럽고 건강해 보이는 피부, 미끈한 허리와 환상적인 복근 위로 물기가 흐르고 있었다. 그녀의 입안에도 물기가 흘렀다. 경주는 고인 침을 꿀꺽 삼켰다.

"거기 그대로 있을 건가?"

그가 불쑥 물어올 때까지 경주는 성적 매력이 풀풀 풍기는 이안의 몸을 마음껏 감상하고 있었다.

"네?"

"방에 들어가고 싶은데."

경주가 가로막고 있어서 못 들어가고 있다는 뜻이었다. 뒤늦게 이안의 말을 알아듣고 그녀는 냉큼 몸을 뒤로 빼 길을 터주었다. 어색한 몸짓에 횡설수설을 하면서.

설마 부끄러워하는 걸까, 생각하며 이안은 미간을 찌푸렸다. 그럴 리가 없었다. 경주는 그와 함께일 때 단 한 번도 겁쟁이처럼 물러서거나 몸을 사린 적이 없었다. 이렇게 얼굴을 붉힌 적도 없었고. 늘 당당하고 솔직했다. 또한 자신의 육체가 그에게 끼치는 영향력에 대해서도 완벽하게 인지하고 있다.

어제만 해도 그녀는 사랑해 달라고 구걸하지 않았다. 당연한 권리인 듯 요구했다. 뻔뻔할 정도로 거침없는 그 언사에 이안은 폭발할 뻔했었다. 민경주에 대한 육체적, 정신적 욕구불만이 극에 달해 온몸이 터져 버리는 줄 알았다. 극심한 갈증으로 인해 현기증이 핑 돌 정도였다. 그때 이수연 여사가 등장하지 않았더라면, 그는 그 자리에서 경주를 갖고 말았을 것이다.

어제의 일이 떠오르자 이안의 몸이 순식간에 단단해졌다. 아무래도 오늘은 아침부터 캡슐을 먹어둬야 하려나 보다, 생각하며 이안은 성큼 걸음을 옮겨 처마 낮은 마루 위로 올라섰다. 얌전히 물러서 있던 경주로부터 난데없는 질문이 날아온 것은 바로 그때였다.

"캡슐을 왜 먹어요?"

머릿속 생각을 입 밖으로 중얼거렸나 보다. 낭패감이 스쳤지만 이안은 태연히 경주를 돌아보며 영문을 모르겠다는 듯 물었다.

"무슨 소리야?"

"방금 그랬잖아요. 캡슐을 먹겠다고. 캡슐, 그거 참기 힘든 게 있을 때 먹는 거 아니에요? 생명이 단축되는 거라 남용하면 안 된다고 했던 거. 맞죠?"

"머리 좋다는 말이 거짓은 아니었군. 그걸 기억하고 있다니."

"당연히 머리가 좋죠. 당신이 그랬잖아요. 뱀파이어는 인간의 업그레이드판이라고. 지능, 체력, 감각. 모든 면에서 월등이 뛰어나다고. 그러니 날 무시하지 마세요. 이렇게 교묘하게 말 돌리지도 말고요. 이렇게 딴소리하면 내가 당신 뜻대로 캡슐에 대해 까맣게 잊어먹을 줄 알아요?"

"뭐…… 좋아."

주변을 하릴없이 둘러보며 말끝을 질질 늘이더니 시선을 뚝 경주에게로 떨어뜨리며 이안이 말했다.

"네 뜻대로 캡슐 얘기를 하지. 대체 뭐가 궁금해?"

"아까 물었잖아요. 몸에 좋지도 않은 걸 뭣 때문에 먹는 거냐고."

"그 답은 이미 알고 있잖아. 캡슐이란 게 원래 뭔가 참기 힘든 욕구가 생겼을 때, 충동 조절의 일환으로 섭취하는 거야. 내게 뭔가 참기 힘든 욕구가 일었나 보지."

"욕구?"

"참기 힘든 욕구."

"참기 힘든…… 욕구라면……?"

경주의 눈동자가 스르르 아래로 굴러갔다. 정확히 단추가 풀려 있는 이안의 청바지로. 착각 때문인지 지퍼 아래쪽이 아까보다 훨씬 불룩해진 것도 같았다. 경주는 꿀꺽, 또다시 침을 삼켰다. 자꾸만 입에 침이 고였다. 온몸이 뜨거워지고 심장이 쿵쾅쿵쾅 코끼리 걸음을 걸어댔다.

경주는 저도 모르게 아랫입술을 슥슥 핥으며 이안을 흘낏 곁눈질했다. 그의 온몸은 욕구로 인해 달아올라 캡슐이 필요할 지경에 빠져 있는지 모르겠으나, 그의 안면은 아무 낌새도 엿보이지 않았다. 그저 따분한 영화를 보는 듯 지루한 표정이었다. 저 얼굴이 어떻게 욕구에 찌든 얼굴인데? 경주는 도무지 믿어지지 않았지만 다시 한 번 확인 차원에서 물었다.

"아침부터?"

"아침부터."

그는 순순했다. 대답도 순순, 표정도 순순.

"방금 냇가에서 찬물로 목욕하고 왔는데?"

"냇가에서 목욕하는 선녀라도 목격했나 보지."

"냇가에 여자가 있었어요?"

"농담해?"

"대답이나 해요. 있었는지, 없었는지."

"당연히 없었지. 여긴 첩첩산중이야. 이 근방에 사람이라곤 우리밖에 없어."

"그럼 도대체 왜……?"

하던 말을 멈추고, 경주는 두 눈꺼풀을 퍼드득퍼드득 두어 번

나풀거렸다. 말하다 보니 답이 나와 버렸다. 너무 간단하게. 이안은 이 근방에 사람이라곤 경주와 자신, 둘뿐이라는 사실 때문에 흥분한 것이었다. 그랬을 것이다. 경주 자신도 그 얘기를 듣는 순간, 다리 사이에 자리한 욕정의 핵심 부위가 욱신거리는 것을 느꼈기 때문에.

경주는 갑자기 턱 막히는 숨을 가까스로 들이쉬었다. 가슴이 부풀어 올랐다. 경주의 눈에 꽂혀 있던 이안의 시선이 저절로 가슴 쪽으로 내려갔다. 젖꼭지가 딱딱하게 굳었다. 나비 떼의 습격을 받은 듯 다리 사이로 극렬한 열기가 몰려들었다.

"저기…… 이안 씨?"

"아직도 질문이 있나?"

거칠게 묻는 이안은 셔츠 밑에서 점점 부풀어 오르는 그녀의 가슴에 집중하고 있었다. 경주는 무의식중에 욕구로 인해 똘똘 뭉쳐 아프기까지 한 가슴의 정점을 손바닥으로 문질렀다. 이안의 눈에 번쩍, 섬광이 스쳐 지나갔다. 경주는 불규칙적으로 변한 자신의 숨소리를 들으며 가까스로 물었다.

"그 욕구가 나 때문에 생긴 거예요?"

직설적으로 날아오는 질문을 듣는 순간 이안은 절벽 위에서 떨어지는 것과도 같은 아찔함을 느꼈다. 아슬아슬 제어하고 있던 자제력의 끈이 뚝, 끊어져 버렸다. 청바지 속에 단단해져 있던 물건이 기지개를 켜며 더욱더 커져 가고 있었다. 그의 내부에 갇혀 있던 원시적이고 파괴적인 본능이 폭발했다.

"그렇다면 캡슐을 먹을 필요 없어요. 난 당신이 참길 원하지 않으니까."

"이런, 빌어먹을……!"

순진한 말을 내뱉는 경주를, 이안은 한 팔을 뻗어 거칠게 끌어당겼다. 그녀가 뭐라 말하며 입을 열었지만 이안은 기다릴 수 없었다. 그는 단번에 경주의 입술 안으로 파고들었다.

제11장 **뱀파이어의 여자**

키스라고 명명하기에는 너무 거칠고 너무 야만적인 행위였다. 일방적인 약탈이라고, 미미하게 남아 있던 이안의 이성이 경고했다. 하지만 그는 멈출 수가 없었다. 그녀에 한해선 '한계효용 체감의 법칙' 조차 성립되지 않았다. 그의 민경주는 아무리 맛보아도 포만감을 느낄 수 없는 음식이며, 마시면 마실수록 갈증을 느끼는 물이었다.

이안은 평생을 갈고닦았던 자제력이 또다시 경주 앞에서 무너졌음을 실감했다. 뱀파이어 사이에선 경외시되고 있는 그 대단한 자제력이 한순간 아무짝에도 쓸모가 없어져 버렸다. 정염으로 인해 손발이 떨리고 사타구니의 남성은 완벽한 발기 상태에 접어들어 공격적으로 곤두서 있었다. 당장 넘쳐흘러 폭발직전인 이 정욕을 충족시켜야만 했다. 지금 당장.

"나도 그래, 민경주."

짐승처럼 그르렁거리며 이안은 경주를 밀어붙였다. 거대한 그의 몸집에 밀려 뒷걸음질을 쳤으나, 경주는 몇 걸음 못 가 허름한 나무 벽에 막혀 버렸다. 이안과 벽 사이에 갇힌 경주는 거침없이 파고드는 이안을 향해 팔을 뻗었다.

"나도 더 이상은 참을 수 없어."

이안은 그녀의 입안 깊숙이 파고들어 사방을 헤집고 돌아다니다가 거칠게 속삭였다. 그리곤 대답을 들을 생각도 하지 않고 쭈우웁, 길게 그녀의 혀를 빨아먹었다. 달다. 입에 넣고 오랫동안 녹여먹고 싶은 사탕처럼. 평생 놓아주고 싶지 않을 만큼.

경주가 뭐라 웅얼거렸다. 그의 입술 아래에서 입술이 움직였다. 이안은 경주의 윗입술을 물어뜯듯 빨다가 아랫입술을 똑같이 빨았다. 타액의 미끈거리는 소리가 이안의 게걸스런 키스와 함께하니 더할 나위 없이 야하고 자극적으로 들렸다.

이안은 경주의 입술을 먹고, 먹고, 또 먹었다. 고개를 주억거리며 안으로 깊게 파고들었다가 혀와 입술을 휘어 감고 길게 빨아들였다. 그녀의 입에서 간헐적인 신음이 흘러나올 때까지 계속해서. 그러다가 훅 놓아주고는 다시 안으로 깊게 파고들기를 반복했다.

"후회하게 될지도 몰라. 너도, 나도."

뾰족한 턱 선에 입술을 대고 그가 속삭였다. 경주는 뜨거운 숨을 격하게 받아내며 머리를 조금 뒤로 젖혔다. 희고 아름다운 목선이 드러났다. 이안은 경주가 기꺼이 던져 준 먹이를 덥석 물었다. 달짝지근하고 향긋한 경주 특유의 향기가 이안의 내부에 웅크리고 있는 짐승을 일깨웠다. 이안은 혓바닥을 내밀어 길고 느리게 경주의 피부를 핥았다.

"으으음……."

작은 신음을 흘리며 경주는 나긋나긋하고 섹시한 넓적다리 하나를 이안의 허리에 감았다. V자로 벌어진 청바지 앞섶에 경주의 얇고 펑퍼짐한 바지가 찰싹 달라붙었다. 건장하고 육감적인 이안의 팔은 어느새 셔츠가 벗겨져 훤히 드러난 경주의 허리를 받치고 있었다. 그는 머리를 아래로 끌어내려 꽃향기가 나는 경주의 쇄골에 코를 박았다. 가볍게 헐떡거리며 경주는 이안의 머리를 두 손으로 끌어안고 간신히 중얼거렸다.

"상관없어요. 난…… 난 후회 같은 거 안 하는 사람이거든요."

"듣던 중 반가운 소리군."

욕망으로 꽉 잠긴 그의 음성은 거칠고 야성적이었으며 잔인할 정도로 유혹적이었다. 경주는 골반을 들썩이며 아랫도리를 그의 앞섶에 더욱 밀착시켰다. 이미 충분히 가까운데도 불구하고 그와 더 가까워지고 싶었다. 그 누구보다도 더 가까운 사람, 다른 무엇보다도 소중한 존재이고 싶었다.

"그만 꿈틀거려, 민경주."

이안이 웅얼거렸다. 숨소리가 거칠었다. 허리와 엉덩이를 어지럽게 헤매는 손길은 성마르고 포악스러웠다. 당장이라도 옷자락을 찢고 살점을 잡아 주무를 것처럼. 경주는 그 난폭함이 전혀 두렵지 않았다. 달콤한 혀가 주는 쾌감 때문인지, 뜨거운 손길이 주는 설렘 때문인지, 정확한 이유는 알 수 없다. 어쩌면 지금까지 쭉, 그가 점잖음과 이성을 벗어던지고 진짜 뱀파이어의 야성을 드러내 주길 바랐는지도 모르겠다.

"멈추지 않으면 내가 널 다치게 할지도 몰라."

"협박하지 마요. 그래 봤자 하나도 안 무서우니까. 당신, 내가 누군지 몰라요?"

경주는 그의 튼실하고 남성적인 엉덩이를 종아리로 세차게 문지르며 흐느끼듯 말했다.

"고루하고 따분한 사학자."

브래지어 후크를 따며 탁하게 중얼거리는 이안은 볼록한 가슴 사이로 혓바닥을 미끄러뜨리고 있었다.

"뱀파이어의 딸이에요."

"자기가 뱀파이어인 것도 모른 채 스물여덟 해를 살아온 반쪽짜리 뱀파이어지."

"하지만 이젠 나도 자각했어요. 난 더 이상 약하지 않아요."

"남자 경험도 없으면서."

"이래 봬도 난 뱀파이어 내성을 가진 프리미엄 등급 암컷이라고요."

"처녀 입에서 별소리 다 나오는군."

툭. 새하얗고 모양 없는 면 브래지어는 무기력하게 바닥으로 떨어졌다. 이미 그의 이성을 앗아간 적이 있는 매혹적인 피조물이 이안의 눈앞에 펼쳐졌다. 완벽하게 발기되어 애처로울 정도로 딱딱해진 유두는 그를 원하고 있었다. 그가 입속에 넣고 굴려주길. 잘근잘근 씹고 힘차게 빨아주길. 극심한 갈증을 쾌감으로 채워주길. 이안은 그녀의 양쪽 가슴을 세차게 그러쥐었다.

"흣!"

짜릿함이 경주의 온몸을 후려쳤다. 그가 풍만하고 보드라운 가슴을 한 번, 두 번, 꽉 움켜쥐더니 천천히 주무르기 시작했다. 경주는 반사적으로 가슴을 더욱 위로 밀어 올리며 얕게 신음했다. 이안은 손바닥으로 가슴 밑동을 받치더니 엄지와 검지를 세워 꼬집듯 붉은 정점을 잡았다.

"아핫!"

전기충격기에 닿은 듯 펄쩍 뛰며 경주가 파르르 몸을 떨었다. 고개가 아치를 그리며 뒤로 휘어졌고 가슴은 거친 숨소리를 따라 가파르게 오르락내리락했다. 이안은 안쓰러울 정도로 민감하게 반응하는 가슴에 입술을 대고 게걸스럽게 빨며, 두 손가락으로 유두를 가볍게 비틀어 꼬집고는 무자비하게 눌러 경주로 하여금 더욱 짜릿한 전율을 느끼게 했다. 하웃, 하웃, 신음과 헐떡임이 뒤엉킨 탄성이 뜨겁게 달뜬 공기를 데웠다.

"처녀면 처녀답게 굴어. 처음엔 조심스럽게 굴 필요가 있다는 걸 인정해."

"처, 처녀에게도 욕망은 있는 법이에요."

쾌감 고문이 이어지는 가운데, 그로부터 잔인하게 괴롭힘을 당하면서도 경주는 쉽게 물러서지 않았다.

"더는 못 참아요. 이십팔 년을 참았으면 참을 만큼 참았다고요."

"참아야 한다고 말한 적 없어. 단지 천천히 하자는 거지."

"날 무시하지 말아요. 나도 잘할 수 있다고요."

"널 무시하는 거 아니야."

거짓말. 무시하는 거 맞으면서.

"내가 못 견딜까 봐 천천히 하자는 거잖아요. 내가 섹스 초보자니까 당신을 감당하지 못할까 봐, 이걸…… 제대로 해내지 못할까 봐."

"아니야."

"난 어려서부터 뭐든 빨리 배웠어요. 섹스도 금세 잘할 수 있을 거예요."

"네가 경험이 없어서 이해 못하는 것 같은데……."

그래, 경험 없다. 경험 없어서 그가 왜 위험하다는 건지 도저히 이해 못하겠다. 하지만 섹스가 뭐 별건가. 그딴 건 책이나 영화에서도 많이 봤다. 간접경험이라면 무수히 많은 그녀다. 남자와 여자가 서로의 몸을 부비고 끼워 맞춘 다음, 사랑의 감정을 나누는 것. 그거 아닌가? 그런 거라면 잘할 수 있다. 정말로 자신 있다.

경주는 발끈해, 자신의 가슴을 모아 그의 입에 물려 버렸다. 경주의 눈을 들여다보고 있던 이안은 무언가 중대한 충고를 해주려는 듯 입을 벌렸다가 졸지에 관능의 열매를 입에 넣고 말았다. 탱글탱글 터질 것처럼 부풀고 민감해져 있던 유두가 입속으로 들어오자 이안은 거의 본능적으로 빨아들이고 말았다. 아주 힘차게.

"아아, 아아!"

강력한 짜릿함이 경주를 덮쳤다. 그녀는 마구 헐떡였다. 머릿속은 하얘지고 눈앞에 별이 왔다 갔다 했다. 마음이 조급해졌다. 한시도 지체하고 싶지 않았다.

"아아아, 아, 아, 아, 아!"

경주는 부끄러운 줄도 모르고 소리쳤다. 크게 앓고 울부짖었다. 흔들리는 그녀의 가슴 위에 얼굴을 박은 채로 이안은 입을 더 크게 열고, 더 많은 살점을 빨아들였다. 부드럽고 말랑말랑한 가슴 덩어리는 설탕보다도 더 달콤했다. 혀끝을 세워 타액으로 미끄러운 젖꼭지를 핥고 문지르고 빨았다.

경주는 더욱더 격렬하게 호흡하며 부르르 떨었다. 다급하게 그의 머리카락을 붙들었다. 온몸이 뜨거웠다. 뜨거운 프라이팬 위의 마시멜로처럼 당장이라도 흐물흐물 녹아내릴 것만 같았다. 다리 사이에서 뭔가가 흘러내리자, 엉덩이를 높이 들어 음란한 리듬으로 팽팽하게 부푼 그의 그것에 맞대고 비볐다.

"빨리요. 죽을 것 같단 말이에요……."

"이런, 맙소사."

이안은 숨을 헐떡이며 경주의 귓가에 입술을 대고 목이 졸린 소리를 냈다.

"넌 미쳤어, 민경주. 세상에 너처럼 겁 없는 여잔 없을 거다."

"고루하고 따분하다면서요."

"틀렸어. 넌 고루함보단 자극적이란 말이 더 어울리는 여자야."

"……그래서 싫어요?"

그럴 리가 있을까? 없다. 전혀. 앞으로 그렇게 될 가능성도 물론.

이안은 한숨을 내쉬며 쭙, 쭙, 연신 쫀득한 가슴을 압착하듯 빨아들였다. 성마른 손길로 가슴에서 갈비뼈로, 배꼽 주위로, 그보다 더 아래로 애무하다가 최종 목적지인 고무줄 바지 안으로 일말의 주저함도 없이 단번에 미끄러져 들어갔다. 까슬까슬한 음모. 그 사이에 난 촉촉한 길. 그 길을 따라 내려간 이안은 결코 마르지 않을 듯한 오아시스를 발견했다. 욕망이 녹아내려 흥건해진 그곳을 천천히 문지르자 손바닥이 금세 젖었다. 그의 관자놀이 부근도 땀으로 젖고 있었다.

"난 널 싫어할 수 없어. 평생 그럴 수 없을 거야."

"왜요?"

"사실대로 말해주길 바라?"

천천히 손목을 앞뒤로 움직여 뜨겁고 붉게 달아오른 달콤한 꽃잎의 겉길을 문지르며 그가 물었다. 가운뎃손가락을 세우고 가볍게 속살을 긁자니 경주가 사랑스럽게 몸을 떨었다.

"날 속일 생각은 하지 말아요. 나도 육감이 살아 있는 뱀파이어예요. 당신 생각쯤은 나도 다 꿰뚫고 있다고요."

"아무래도 내가 엄청난 골칫덩이를 사랑하게 된 것 같군."

덤덤하게 중얼거리며 그는 손목을 좀 더 빠르게 움직였다. 물기 풍요로운 오아시스로 달콤한 통증이 전해졌다. 목구멍 사이로 날카로운 비명이 절로 터져 나왔다. 경주는 저도 모르게 그의 목을 세게 끌어안으며 허리를 뒤로 휘었다. 열망 때문에 흐릿해진 정신으로 희미하게, 이안이 그녀의 질문에 대한 답을 내놓았다는 깨달음이 찾아왔다. 그가 평생 그녀를 싫어할 수 없는 이유가 바로 '사랑하게 되었기 때문'인 것이었다.

윤이안이 누군가를 사랑하게 되었음을 인정했다. 천하의 윤이안. 그 누구에게도 곁을 내어준 적 없는 금욕의 상징, 윤이안이 민경주를 사랑한다고 인정한 것이다! 말할 수 없는 기쁨이 경주의 가슴에 차올랐다.

"운명이죠."

"그렇군."

감격스럽게 속삭이는 경주의 귓바퀴에 이안이 천천히 입술을 찍었다. 한 번, 두 번.

"그리고 운명은 흐름이에요. 흐름은 거스를 수 없고요."

"어디서 많이 듣던 말이네."

얼마 전 자신이 했던 말이란 걸 떠올리며 이안은 다시 관자놀이에 입술을 찍었다. 세 번, 네 번.

"그러니 받아들이세요. 당신 여자가 뱀파이어라는 사실을."

"노력하지."

이마를 가로지르며 다섯 번, 여섯 번. 콧잔등을 타고 일곱 번, 여덟 번. 입술에 대고 아홉 번, 열 번. 그리곤 혀끝을 내밀어 입속으로 침투하며 길게 키스했다. 그동안 이안의 가운뎃손가락은 느리게 좁디좁은 오아시스의 문을 비집고 들어갔다. 그의 손가락은 길었다. 그녀의 처녀에 비하면 절대로 작다고 할 수 없는 굵기이기도 했다. 이미 부드럽고 애정 넘치는 애무로 인하여 느슨해진 틈이었으나, 그 안을 비집고 들어가는 일은 결코 쉬운 일이 아니었다.

"아아아……."

몸을 떨며 경주가 이안의 목을 더 세차게 끌어안았다. 뭐라 뭐라 중얼거리는 것도 같았으나 그녀의 입안이 그의 혀로 가득 채워진 덕분에 제대로 들리지 않았다. 자극적인 키스를 이어가며 이안은 손가락을 그녀의 몸 안으로 깊이 쑥, 밀어 넣었다.

"아아아웃!"

단 한 번의 시도로 손가락이 쾌감을 감지하는 입구를 통과했고, 경주는 비명을 지르며 온몸을 떨었다. 절정이었다. 단지 손가락을 넣었을 뿐인데 민감 덩어리인 경주는 절정에 도달해 버린 것이었다. 경주의 손톱이 그의 맨 등에 박혀왔다. 그의 손가락을 둘러싼 그녀의 처녀가 빠르게 조였다 풀기를 반복하며 욱신거렸다. 이안은 경주를 꽉 끌어안았다. 당장이라도 그녀의 몸에 들어가 자신을 묻고 싶었으나 그럴 수는 없었다.

그는 길고 깊은 키스를 하며 그녀가 진정하길 기다렸다.

경주의 떨림이 잦아지자 이안은 그녀를 번쩍 들고는 자신이 묵었던 방으로 들어갔다. 맨바닥 위에 깔린 담요 위에 그녀를 뉘고, 이안은 그녀의 위에 몸을 겹쳤다. 살과 살이 맞닿은 곳이 인두로 지져지는 듯 뜨거워졌다. 참을 수 없는 열기에 경주가 나른한 신음을 흘렸다.

이안은 키스로 신음을 가두고 천천히 탐스러운 엉덩이를 감싸고 있는 그녀의 바지를 끌어 내렸다. 얇은 바지 자락과 함께 팬티가 벗겨졌다. 이미 노곤하게 긴장이 풀려 후물거리는 다리 사이는 쾌락의 정수가 넘쳐나 홍수를 이루고 있었다. 이안의 손가락이 길을 타고 내려가 쿡, 손가락을 박아 넣자 쿨쩍 소리가 나며 애액이 넘쳐흘렀다.

"아, 아앗!"

참을 수 없는 쾌감이 덮쳐 오자 경주는 엉덩이를 들썩거리며 신음을 토했다. 사타구니 계곡을 타고 음란한 물이 흘러내려 담요를 적셨다. 입술로 젖가슴을, 갈비뼈를, 배꼽 주위를 한 입씩 베어 물던 그가 조심스럽게 혓바닥을 세웠다. 배꼽 아래로 희미하게 나 있는 솜털을 따라 뾰족한 혀끝을 끌어 내리며, 손가락을 하나 더

집어넣자 하반신 전체에 형언할 수 없이 기쁜 통증이 강타했다. 경주는 이안의 머리카락을 틀어쥐고 신음했다.

"으으으음……!"

얕게 손가락들이 들어갔다가 나왔다. 느리게, 아주 느리게.

"아, 아……!"

두 번째는 좀 더 깊게 들어갔다 나왔다. 혀끝은 점점 더 아래로 내려와 무성한 숲을 지났다. 입술을 오므려 도톰한 둔덕을 흡입하고는 혓바닥을 부드럽게 펴 갈라진 틈의 시작점을 핥았다. 세 번째 삽입이 더 깊이 진행되고 있었다. 이번엔 조금 빨랐다. 그의 한쪽 손이 쥐고 있던 경주의 가슴을 좀 더 세게 움켜쥐었다. 손목 움직임이 갑자기 격렬해지면서, 곧이어 그의 혀는 숲 속에 숨어 있던 진주알을 찾아냈다.

"아, 아아아아, 아!"

경주는 허리를 뒤틀며 비명을 질렀다. 몸이 저절로 들리고 몸부림쳐졌으나 이안의 집요하고도 단호한 움직임에서 벗어날 수는 없었다. 서서히 잠잠해져 가던 쾌감이 또다시 쾌속 질주하며 떠올랐다. 심장이 쿵쾅거렸고 맥박이 미친 듯이 빨라졌으며 벌어진 입술 사이로는 뜨거운 신음과 헐떡임이, 질끈 감긴 두 눈에는 이슬이 배어났다.

"제발, 제발요! 아아아흑……!"

한껏 그녀를 괴롭힌 후, 드디어 이안이 얼굴을 들었다. 가쁜 날숨을 몰아쉬는 이안의 얼굴로 흥분감이 적나라하게 드러나 있었다. 그는 빠르고 능숙하게 옷을 벗었다. 아무것도 걸치지 않은 알몸이 되자 그의 몸은 훨씬 더 거대해 보였다. 넓은 어깨. 날씬한 몸매. 적당히 울퉁불퉁한 근육들. 그리고 생전 처음 보는 크기의 거기까지.

경주는 입을 벌리고 흑, 하고 숨을 들이켰다. 그곳에서 눈을 뗄 수가 없었다. 온몸으로 흥분감이 찌르르 전달되어 왔고 두 다리가 저절로 벌어졌지만 도저히 그것은…… 자신과 맞지 않을 것만 같았다. 저도 모르게 손끝을 뻗어 자신의 다리 사이를 만지며 경주는 꿀꺽, 침을 삼켰다.

"저기, 어…… 근데요."

"설마 마음이 바뀐 건 아니겠지?"

"그게 아니라……."

가까스로 입을 열어 자신의 걱정거리를 털어놓으려는 찰나였다. 주르륵, 그녀의 몸이 아래로 끌려 내려갔다. 이안이 그녀의 다리를 잡고 벌려 아래로 잡아당긴 것이었다. 단박에 길고 굵은, 도저히 자신과는 맞지 않을 것 같은 사이즈의 남성이 붉게 만개한 경주의 여성에 닿았다.

"잠깐만요, 이안 씨! 나, 난……."

"이미 늦었어. 난 멈추지 않아."

말대로, 이안은 경주의 허벅다리를 더 넓게 벌리고는, 멈추지 않고 그 속에 자신의 몸을 밀어 넣었다. 촉촉하게 젖어 탐스럽게 반들거리는 꽃잎 사이가 갈라졌다. 꽉 찬 느낌. 거대한 이물감. 숨이 막힐 정도로 촘촘하게 맞물리는 살과 살. 그는 자궁에 흥건하게 고인 쾌액을 천천히 밀어내며 빈 공간을 대신했다.

이안은 이성을 잃지 않기 위해 제 안에서 날뛰는 짐승의 고삐를 단단히 틀어쥐었다. 이가 갈리고 신음이 흘렀다. 누군가가 자신의 목을 조르는 것 같은 극심한 고통이 일었다. 죽을 것처럼 힘들지만 미치도록 강렬한 쾌감의 고통이 폐와 사타구니를 태웠다. 온몸을 사정없이 후려쳤다.

"아, 아……."

경주는 육체를 관통하는 감각에 어쩔 줄을 모르며 몸을 흔들었다. 두 손이 담요를 틀어쥐었다가 그의 머리카락을 거머쥐었다가, 다시 담요 위를 꿈틀거렸다. 이안은 단거리선수처럼 고통스럽게 숨을 몰아쉬며, 앞으로 몸을 기울여 경주의 손에 제 손을 엮었다.

"이제부터 아플 거야."

"난 괜찮아요. 빨리, 빨리 그냥……."

아무것도 모르는 순진한 경주는 도리질을 하며 재촉했다. 무모하게 엉덩이를 들썩이며 자꾸만 그를 충동질하고 있었다. 이안은 그녀의 입술을 길게 빨았다. 귓불을 핥고 목덜미를 가볍게 깨물어 그녀가 신음하게 만들었다. 그리고 욕구로 인해 거칠어졌지만 충분히 애틋하게 중얼거렸다.

"하지만 약속해. 아주 잠깐만 아플 거야. 그 뒤로는 널 쾌락에 몸부림치게 해줄게."

심장이 녹아내릴 것 같은 속삭임에 귀 기울이며 경주가 눈을 감을 때였다. 그의 것이 몸 안으로 세차게 들어와 단단하게 막고 있던 장막을 뚫었다. 날카로운 통증이 아랫배 깊숙한 곳을 찔렀다. 경주는 새된 비명을 지르며 그의 어깨를 끌어안았다. 이안이 경주의 입술을 부드럽게 빨았다. 아주 부드럽게, 나른하게.

"사랑해, 민경주."

"으으음……!"

경주는 숨을 헐떡였다. 예상치 못한 강한 통증에 허벅지 사이가 경련을 일으키고 있었다. 아프다. 아파 죽겠다. 눈물이 쏟아졌다. 온몸을 녹아내리게 만든 전희의 끝이 이렇게 아플 줄 몰라 배신감마저 느껴졌고, 그래서 당장이라도 그를 밀어내고 싶었다.

하지만 한편으론 그러고 싶지 않았다. 오히려 그를 더욱 깊이 품고 싶어졌다. 도대체 이게 무슨 조홧속인지 모르겠다. 어쨌든 여기서 멈추고 싶지는 않았다. 끝까지 가고 싶었다. 끝까지 갈 것이다.

"지켜줄 거다, 언제까지나."

"이안 씨……."

"아무도 널 못 건드려. 그 누구도 널 해칠 수 없어."

이안의 손이 둘 사이를 비집고 들어와 서로의 정중앙이 맞닿은 곳에서 멈추었다. 그러더니 붉게 부어오른 클리토리스를 찾아내 엄지 손끝으로 꾹 세차게 누른다.

"아흑!"

"뱀파이어는 무슨 일이 있어도 자기 것을 지켜."

세찬 쾌감이 파도처럼 출렁거렸다. 그녀의 자궁이 욱신거리며 깊숙이 들어차 있는 이안의 장대한 물건을 조였다. 이안은 나른한 신음을 흘리며 더욱 빨리 관능의 열매를 문질러 댔다. 경주의 허리는 요동을 쳤다.

"아, 아, 아, 아흑……!"

수축은 더욱 빠르고 거세어졌다. 그의 골수까지 짜내려는 듯, 옥죄고 비틀고 비벼대며 그를 사정의 순간으로 몰아갔다. 이안은 거칠게 포효하는 제 안의 야수를 짓누르며 이를 악물고는 천천히 몸을 뒤로 뺐다.

"천천히, 민경주. 널 다치게 하고 싶지 않아."

"천천히는 싫다고 말했잖아요. 난 유리가 아녜요. 배려는 이것으로 충분하다고요."

"민경주……."

"빨리해요, 빨리. 난 당신이 약속한 쾌락을 경험하고 싶다고요."

경주의 철모르는 골반이 준동했다. 이안은 두 손으로 골반을 틀어쥐고 고정시켰다. 곧장 파고들어 그녀의 안을 쑤셔대고 싶었지만 지금은 아니었다. 지금은 그녀가 이 모든 행위를 적응할 수 있게 시간을 주어야 할…….

"당장 들어와요. 지금, 당장!"

경주가 소리쳤다. 그리곤 허리를 더 높이 들어, 간신히 이성의 끈을 쥐고 있던 이안의 몸에 세차게 부딪쳤다. 철썩. 좁디좁은 그녀의 몸 안으로 단번에 파묻혀지자 이안은 욕설을 터트릴 수밖에 없었다. 척추를 타고 쾌감이 발끝에서부터 머리끝까지 짜릿하게 뻗어갔다. 이안의 안에서 짐승이 포효했다. 야만성과 길들여지지 않은 본능이 이안의 전신을 휘감았다. 이성의 고삐가 툭, 끊어지고. 이안은 더는 참을 수 없다고 생각했다.

"좋아. 날 갖게 해주지. 지금, 당장."

이안이 허리를 높이 들었다가 깊게 내려앉았다.

"아홋!"

강력한 삽입에 경주의 머리가 흔들리더니 뒤로 꺾였다. 이안은 한 손으로 경주의 풀어진 머리카락을 부드럽게 틀어쥐고, 다른 한 손으론 부풀어 오른 가슴을 세차게 그러쥔 자세로 고개를 숙여 탱탱하게 올라선 젖꼭지를 물었다.

"아흑, 흑!"

몸 안에서 휘돌며 용트림하던 욕구가 폭발했다. 발가락이 오그라들었다. 그곳에서 불길이 일었다.

깊고 세찬 움직임. 빠르게 찰박거리는 살갗의 부딪침. 이안은 마치 폭주기관차처럼 빠르고 맹렬히 경주를 갖기 시작했다. 규칙적이고도 끊임없는 침입이 원초적이고 야수적인 리듬을 타고 절정을 이끌었다.

경주의 전신이 불꽃에 휩싸인 채 경련했다. 깊은 삽입 상태에서 이안이 키스했다. 만찬을 독식한 후 느긋하게 후식을 맛보듯이. 경주는 눈을 감았다. 높은 광대뼈 아래로 기쁨의 눈물이 떨어졌다. 캄캄한 시야로 총천연색 감각이 물결쳤다. 쾌감의 꼭대기, 절정의 한복판이었다. 생전 처음 맞이하는 섹스의 클라이맥스였다.

바들바들 떨리는 그녀의 몸을 이안이 꼭 끌어안았다. 단단한 껍질처럼 완벽하게 감싸고 매혹적으로 부어오른 경주의 붉은 입술에 쪽, 쪽, 입을 맞추었다. 그의 허리는 여전히 빠르고 유혹적으로 움직이고 있었다. 오래 지나지 않아, 경주의 몸 안쪽으로 뜨끈뜨끈한 무엇인가가 뿌려졌다.

이안의 품 안에서 축 늘어진 그녀는 아무렇게나 널브러져 있던 다리를 들어 이안의 등에 감았다. 몸이 나른해졌다. 기운이 하나도 없어 눈꺼풀마저 떠지지 않았다. 경주는 작은 한숨을 내쉬며 그의 등을 쓰다듬었다.

"고마워요."

무엇에 고마운 것인지도 모른 채 속삭였다. 그리고 덮치듯 엄습해 오는 피곤함에 밀려 두 눈을 감아버렸다. 아스라한 수면 상태로 접어들며 경주는 느꼈다. 자신이 방금 뱀파이어의 씨앗을 품었다는 것을.

윤이안의 아이를 임신한 것 같았다.

30분쯤 졸았나 보다. 경주는 몸과 마음이 날아갈 듯 가벼워진 상태로 눈을 떴다. 신기하게도 티끌만큼의 피곤함도, 불만족도 느껴지지 않았다. 지금까지 살면서 이만큼 상쾌하고 개운한 기분이었던 적이 있었던가 싶다. 그것은 이안 역시 마찬가지인 듯하다. 한 손으로 팔을 세워 머리를 받치고, 다른 손으로는 그녀의 동그란 가슴을 주무르고 있는 이안에게는 평소 볼 수 없었던 평화로움이 있었다.

"그거 알아요?"

아까 소리를 너무 질러대서일까. 나지막이 묻는 경주의 목소리가 쉬어 있었다. 민망해 얼굴이 붉어졌다. 이안은 그녀의 뺨을 흘낏 곁눈질하고는 씩, 미소를 지어 올렸다.

"뭘?"

"당신과 이러는 게 전혀 낯설지 않아요. 꿈 때문인 것 같아요. 당신이 내 무의식 세계로 들어와 마음대로 심어놓은 꿈."

"그 꿈으로 인해 예행연습을 할 수 있었다는 건가."

"그렇다고 할 수 있죠."

"그래서?"

"그래서, 뭐요?"

"꿈과 실제 경험 중 어느 것이 더 좋았냐는 거지."

대수롭잖은 듯 깃털처럼 가볍게 그가 중얼거렸다. 하지만 경주는 그가 보이는 것처럼 편안한 상태가 아니라는 것을 즉각 알아보았다. 이안은 긴장하고 있었다. 그녀가 무슨 대답을 어떻게 할지 몹시도 초조해하고 있는 것이다. 기분이 좋아졌다. 마음이 따뜻해지고 사랑받고 있다는 느낌이 심장 한가운데를 훅 치고 들어왔다. 경주는 이보다 더 달콤할 수 없을, 최상급 달달 미소를 입가에 흩뿌렸다.

"다행히 실제가 더 좋았죠, 뱀파이어 씨."

"얼마나?"

이안이 눈을 들어 경주의 눈을 들여다보며 몹시도 그윽하고 매혹적인 목소리로 물었다. 청동빛이 감도는 검은 눈을 마주하자 경주의 심장은 또다시 펌프질을 시작했다. 거기가 게걸스럽게 움쭉거렸다. 경주는 당황스러워 아랫배에 힘을 주었다.

그러나 그 작은 노력은 이안의 손가락이 포도알처럼 톡 튀어 올라온 유두를 꼬집듯 비틀자 무의미해지고 말았다. 경주는 꿀꺽 침을 삼키고는 최대한 아무렇지도 않은 척 평범하고 예의 바른 미소를 지었다. 제발 자신의 상태를 이안이 알아채지 못하길 바라면서!

"아주 많이요."

"프리미엄급?"

"프리미엄급."

이안의 몸에서 긴장감이 싹 빠져나갔다. 느긋한 척은 했으나 역시 긴장했던 게 분명하다. 그랬으면서도 이안은 이미 예상했던 답변이라는 듯 가볍게 입술 언저리를 삐쭉 비틀고 고개를 갸웃하면서, 대한민국 국회가 마땅히 범죄로 지정해야 할 만큼 뇌쇄적인 목소리로 낮게 속삭였다.

"다행이군. 그 말인즉슨 네가 앞으로 이걸 좋아하게 될 거라는 뜻이니까."

"물론이죠. 난 실전에 강한 타입이 좋아요."

"내 꿈이 영 신통치 않았나 보지?"

"꼭 그렇지만도 않아요. 꿈은 꿈대로 아주 좋았어요. 다만 실제가 더 좋았다는 거죠."

"사실 그 꿈은…… 네 꿈이기 이전에 내 꿈이기도 했어. 널 볼 때마다 그렇게 하고 싶었거든. 마음속에 품고 있던 열망을 꿈을 통해 실현시킨 거지."

"날 갖고 싶었다고요? 당신이?"

뜻밖의 말에 경주는 두 눈을 커다랗게 떴다. 이안이 빙긋, 나른한 미소 한 자락을 입가에 띠었다.

"난 임무를 부여받기 전에 이미 널 알고 있었어. 1년 전쯤이었나. 우연히 들른 서점에서 처음 보았지. 그 순간 온몸이 산산조각 나는 것 같았어. 몸속 에너지가 폭발하는 기분. 내 몸에 흐르고 있는 피란 피, 호르몬이란 호르몬은 모조리 끓어오르더라고. 첫눈에 정말 죽어도 좋다고 생각될 만큼 절실하게 널 원하게 됐어. 우습지?"

"1년 전이라고요?"

"그러다가 너라는 존재가 미션으로 떠올랐지. 성채 회의에서 네 사진을 보자마자 머릿속이 하얘지더군. 아무 생각도 할 수가 없었어. 겨우 정신을 차렸을 땐 내가 그 임무를 자처해 떠맡고 있었지. 모두들 놀라고 있었고. 그 자린 내가 임무를 받기 위해서가 아니라, 다른 요원에게 임무를 부여하기 위해 참석한 자리였거든."

"그랬으면서, 내게는 수장의 짝이 되어야 한다고 강요했단 말이에요?"

"그래야 한다고 생각했으니까."

"혹시 지금도 그런 생각인 거예요?"

설마. 그럴 리 없어. 속으로 중얼거리며 경주가 물었다. 그러자 일순 따뜻하게 빛나던 윤이안의 눈동자가 차갑게 번뜩였다. 박꽃처럼 새하얀 가슴이 그의 손안에서 일그러졌다.

"넌 이제 수장의 여자가 될 수 없어."

이안이 거의 협박조로 뇌까렸다. 경주는 당황했다. 자신의 질문을 그가 곡해했다는 사실 때문에. 기가 막혀. 어떻게 그런 착각을 할 수가 있지? 당연히 자신은 수장의 여자가 될 생각이 없다. 처음부터 없었다. 단 한순간도 수장의 여자가 되고자 했던 적 없었다. 늘, 항상, 매시 매초 그녀가 원했던 남자는 오직 한 사람. 윤이안뿐이었단 말이다. 그런데 이 남자는 어떻게 이런 오해를 할 수가……?

분기와 억울함이 한순간 장난기로 바뀌었다. 이안을 자극하는 건 결코 바람직하지 못하다는 걸 알면서도 그를 골려주고 말리라는 충동이 불끈 솟구쳤다. 아무래도 자신은 그의 말대로 무모한 타입인 것 같다고 경주는 쿨하게 인정했다. 그리고는 작전을 개시, 애교 넘치는 눈웃음을 치며 마치 '수장의 여자가 되는 일에 흥미를 가지고 있다'는 듯 묘한 뉘앙스로 물었다.

"왜요?"

경주의 질문에 잘생긴 입매가 일그러지는가 싶더니, 이안이 갑자기 그녀의 몸뚱이를 거칠게 확, 끌어당겨 안았다. 탄력 있는 탱글탱글 젖가슴이 남자다운 탄탄함으로 무장한 그의 가슴에 철썩 달라붙었다.

"넌 이제 내 여자야. 아무 데도 못 가."

낚였다! 낚였어!

헤에, 하고 웃음이 나오려는 걸 꾹 참고 경주는 '난 아무것도 몰라요'라는 듯 순진하게 눈꺼풀을 빠르게 파닥거렸다.

"하지만 어제까지만 해도 당신은 날 수장한테 보내고 싶어 안달했었잖아요."

"사정이 달라졌어. 넌 이제 내 여자니까 수장의 여자 자리는 포기해."

"이해 안 돼요. 육체관계 한 번 가졌을 뿐인데 어떻게 내가 당신 여자예요? 아아, 뱀파이어 세계가 보수적이구나. 한 번 자면 영원히 상대에게 귀속된다거나 뭐 그런 규칙이 있나 보죠? 말도 안 돼. 난 그렇게는 못 살아요. 그건 불합리하고 비상식적이고 야만적이에요. 다른 건 몰라도 이 문제에 있어선 인간의 룰을 따르는 게 낫다고 생각해요, 나는."

"우린 사랑을 나눴어. 단순한 육체관계가 아니라 사랑."

"당신한테는 그게 사랑이었군요?"

"너한테도 그건 사랑이었어, 민경주."

아니라고 우긴다면 목을 졸라 버리겠다는 강한 의지를 가득 담아 그녀를 노려보며, 이안이 으르렁거렸다. 분통을 터트리기 일보 직전이었다. 그래, 여기까지. 그만두지 않으면 돌아올 수 없는 강을 건너게 될지도 모르겠다. 경주는 당장이라도 꼭지가 홱 돌아버릴 것만 같은 이안을 가느다란 두 팔을 뻗어 냉큼 끌어안았다.

"맞아요. 그건 사랑이었어요."

"뭐?"

"난 당신 거예요. 당신의 짝. 당신의 운명."

"……날 놀려먹었군."

"그럼 뭐겠어요? 내가 정말 수장의 여자가 되겠다는 줄 알았어요?"

바짝 굳어 있던 이안의 몸이 스르르 부드럽게 풀렸다. 안도의 한숨도 흘러나왔다. 이안은 정말로 그녀가 떠나는 순간을 떠올렸던 게 틀림없었다. 경주는 이안의 부드러운 머리카락 속에 손가락을 넣고 헤집으며 속삭였다.

"걱정 말아요. 난 안 떠나니까. 당신이 나더러 지긋지긋해졌고, 제발 떨어져 나가라고 할 때까지 꼭 붙어 있을 거예요. 아무리 쫓아내도 안 떨어지고 껌딱지처럼 꼭이요."

"널 쫓아내는 일 따원 없어."

어느새 거칠어진 목소리로 이안이 중얼거렸다. 그리고는 경주의 통통한 둔부 위쪽, 오목하게 들어간 허리 부분에 손을 넣어 그녀를 더 가까이 끌어당긴다. 이안의 짐승은 이미 단단하게 곧추서 있었다.

경주는 두 다리를 자발적으로 넓게 벌려 중심부에 그것을 담았다. 본능과 감정에 충실한 그들의 분신들이 자연스럽게 맞물렸다. 부드러운 침입. 그에 맞서는 다정한 포옹. 세상 그 어떤 곳보다도 더 따뜻하고 관능적인 피부가 그의 포악한 짐승을 감싸 안았다.

"그럴 일은 절대로 없을 거야. 절대로."

"으음……."

그의 맹세에 경주가 나른하고 긴 신음 소리로 응답한다.

"넌 내 옆에 있어야 해. 네가 날 떠나려 한다면 발목을 부러뜨려서라도 내 옆에 두겠어."

"뱀파이어계의 현자답지 않은 과격한 발언이네요, 윤이안 씨."

"뱀파이어계의 현자는 내내 찾아 헤매던 진리를 드디어 찾은 것뿐이야. 사랑은 있다는 것. 절대로 포기가 안 된다는 것. 그리고……."

"그리고?"

"그리고 넌 아무리 가져도 내성이 생기지 않는다는 것."

천천히 그의 허리가 움직였다. 깊숙이 파고들었다가 거의 다 빠져나와, 다시 자궁 끝까지 들어갔다 나오는 고도의 감각적인 몸짓이 이어졌다.

야성적이고도 낭만적인 행위가 정상으로 되돌아왔던 경주의 호흡을 단번에 100m 단거리선수의 그것으로 바꿔놓았다. 체온이 혹 상승했다. 아랫배가 욱신거리고 가슴이 따가워졌다. 그의 몸이 자신의 몸 안으로 들어왔다 나가는 관능의 담금질이 점점 더 빨라질 때, 그녀의 호흡도 같이 빨라졌다.

"네가 바로 내 운명이라는 것."

이윽고 경주의 몸 안에서 폭발하고, 그녀의 몸 위에 무너질 듯 쓰러지며 이안이 말했다. 자신의 안에서 꿈틀거리는 이안의 몸이 고스란히 느껴졌다. 경주는 행복한 절정감에 젖어 눈을 감았다.

제12장 **꿈속의 교감**

"이 총, 꿈에서 봤어요."

예상치 못했던 일로 시간을 보냈지만 경주는 늦지 않게 산을 내려올 수 있었다. 어머니가 읍내 닭을 사러 갔다는 경주의 말 한마디에 이안이 금세 모든 걸 파악했다. 그는 이 여사가 도보로 읍내까지 갔을 것이라 예상하며 차로 따라잡을 계획을 세웠다.

다행히 어제 오후 산 밑에 세워두었던 자동차는 그대로 주차되어 있었다. 누군가 침입한 흔적도, 침입을 시도한 흔적도 보이지 않는다는 확신이 들 때서야 이안은 자동차 후면 트렁크를 열었다. 트렁크 안에 가득 채운 물건들 중 단연 눈에 띄는 것은 19세기형 리볼버였다.

"당신, 게티스버그에 참전했었던 것 맞죠?"

"추리 실력이 점점 발전하고 있군. 맞아. 게티스버그에 참전했었어. 전투에서 승리하는 데에 지대한 영향을 끼쳤지. 나비효과처럼, 내가 이끄는 우리 뱀파이어 정예요원들의 활약은 뱀파이어가 흑인 노예들과 함께 인간세계에 합법적으로 풀리는 엄청난 결과로까지 이어졌어. 난 뱀파이어협회의 개국공신, 협회가 공식으로 인정하는 마스터 지위에 올랐고."

"역시 그 꿈은 실제로 있었던 일이었어. 당신이 그 꿈을 내게 보여준 거죠? 내가 뱀파이어 사(史)에 대해 좀 더 잘 알기 바라는 마음에서?"

"네게 다가가 '이봐, 아가씨. 나는 뱀파이어고, 당신은 뱀파이어와 인간 사이에서 태어난 하프뱀파이어야. 나와 함께 가주겠어?' 하는 것보다는 꿈을 통해 조금씩 뱀파이어의 존재를 믿게 만드는 게 더 낫다고 생각했으니까. 그땐 그것만큼 쉬운 일은 없을 것 같았어. 무의식 세계는 내 전공분야이기도 하니까 자신 있었지."

"언제 처음 내 꿈속을 조정했어요?"

"평소에 자주 꾼다는 악몽, 요즘도 꾸나?"

장비를 점검하던 손길을 잠시 멈추고 이안이 경주를 돌아보았다. 그녀의 볼록한 이마에 희미한 주름이 졌다. 잠시 숙고해 보는 듯하더니 경주는 이내 불쑥 사실을 털어놓았다.

"통 안 꿔요. 마지막으로 꿨던 게 지난주였던 것 같아요."

"바로 그 꿈부터야. 그날따라 꿈이 평소와는 다른 결말을 맺지 않았나?"

"아아!"

경주가 입을 벌리며 멍하게 허공을 응시했다. 얼굴이 살짝 상기

되는 것을 보니 당시의 꿈을 떠올리는 모양이었다. 그녀를 지각하게 만들었던 그날의 꿈에 이안이 등장해 '평소와 다른 결말'을 이끌었었다. 경주는 새삼 반짝이는 눈망울로 그를 돌아보았다.

"그래서였군요? 내가 꾸던 악몽이 어릴 때 겪었던 일이란 걸, 그래서 알고 있었던 거예요. 그 꿈…… 내 꿈속에 당신이 있었던 거야. 맞죠? 당신은 내 무의식을 통제하고 꿈을 꾸게 한 것뿐만 아니라, 내가 꾸는 꿈속에 나와 함께 있었던 거예요."

"잠든 네가 두려워 떨고 있는 걸 봤어. 궁금해졌지. 무엇이 그토록 널 괴롭히는지. 네 마음속에 똬리를 틀고 있는 괴물이 뭔지. 네 내면 깊숙한 곳에 자리해 무의식에서까지 떨게 만드는 두려움의 정체가 무엇인지."

"그럼 내가 7살 때 무슨 일을 겪었는지 다 알겠군요?"

"꿈속에 너와 함께 있었으니까. 잔혹한 범죄의 희생양이 될 뻔했던 작고 연약한 꼬마소녀와 그 폭력의 현장을 모두 봤어. 가엽게도 그 꼬마는 극심한 공포에 휩싸여 있었지."

"……."

무어라 대답해야 할지 몰라 경주는 냉큼 고개를 숙였다. 경주로서는 부정도 긍정도 할 수가 없었다. 정확히 이안의 말이 틀린 것도, 맞는 것도 아니었으니까. 껌뻑껌뻑. 눈꺼풀을 깜빡이자니 망막으로 쓰라림이 찾아왔다. 경주는 두 눈을 부릅떴다. 눈물이 나올 것만 같아서 당혹스러웠다. 그 일로 인해 이안의 앞에서 울고 싶은 생각은 추호도 없었다.

"더 정확히 말하자면 살인에 대한 공포였지."

굴곡 없는 밋밋한 억양의 말이 이안의 입에서 흘러나오자 경주는 번쩍, 고개를 쳐들었다. 놀란 그녀의 눈에 지극히 현자다운 이안의 눈동자가 들어왔다. 모든 것을 다 꿰뚫고 있는 눈. 현명하고 지혜로운 눈.

그는 다 알고 있어!

"넌 그자에게 빌었어. 살려달라고, 해치지 말아달라고 빈 게 아니라 '제발 내가 살인하지 않게 도와달라'고."

"그, 그걸 어떻게 알아요?"

바스락거리는 목소리를 겨우겨우 쥐어짜내 간신히 물었다. 그걸 이안이 알고 있다니 믿어지지가 않았다. 당시 그녀는 겨우 일곱 살 어린 소녀, 보호막 하나 없는 연약한 어린아이였다. 그런 그녀가 자신을 겁탈하기 위해 다가오는 성인 남자를 상대로 어떻게 죽이지 않게 해달라고 빌었을 거라 생각할 수 있겠는가.

"무의식에 들어가면 자연스럽게 알게 돼. 그게 바로 내가 가진 특별한 능력이야."

"……미쳤다고 생각할지도 모르지만 정말로 난…… 난 정말 그 사람을 죽이게 될까 봐 무서웠어요. 내가 사람을 죽일 것 같아서. 너무 증오한 나머지 그 사람을 해치게 될까 봐요. 그땐 나도 내가 무슨 짓을 하게 될지 몰랐어요. 본능적으로 감지했던 것 같아요. 이대로라면 내가 양부를 죽이겠구나, 하고."

무엇인가에 쫓기는 사람처럼, 혹은 자신의 결백을 누군가에게 믿게 하려는 사람처럼, 경주는 필사적이었다. 이안은 한없이 부드러운 시선으로, 그러나 그 어떤 것으로도 무너지지 않을 견고함으로, 불안정하게 흐트러지는 경주의 시선을 단단히 붙들었다.

"그때 넌 너무 어렸어. 또, 너 자신을 인간으로 인식하며 인간으로서 살아가고 있었지. 변이과정도 겪기 전이었으니, 스스로가 인간이 아닐 거란 의심은 전혀 없었을 거야. 항상 누군가의 보호와 훈육 아래에서 인간의 규칙을 배워가며 살아가고 있었던 탓에 뱀파이어의 본질적인 기질이 발현될 기회도 없었겠지. 네 속에 있는 뱀파이어 기질을 네 스스로 알아채지 못했던 건 너무나도 당연한 일이었어."

"난 내가 무서웠어요. 그 사람을 죽이고 싶었고, 실제로 죽일 수도 있었거든요. 그 어린 나이에 누군가를 죽이고 싶단 생각을 가졌단 것만도 놀라운데, 정말로 죽일 수 있을 것 같단 생각까지 드니 충격이 이만저만이 아니었죠. 나라는 존재가 너무 섬뜩하고 기분 나빴어요. 정말로 그 여자 말대로 내가 괴물처럼 느껴졌어요."

어린 나이에 받았던 충격이 고스란히 떠올라 경주는 서둘러 눈을 감았다. 끔찍한 상흔이 마음의 창에 드러날까, 그래서 이안이 알아낼까 두려워서다. 경주는 이안이 자신의 상처를 알아내는 게 싫었다. 자신이 얼마나 불행한 어린 시절을 보냈는지, 얼마나 외롭고 불쌍한 아이였는지 알리기 싫었다. 혹시라도 그가 자신을 동정할까 봐 겁이 났다. 그래서 사랑이 아닌 동정으로 자신을 대할까 봐 몹시도 두려웠다.

눈을 감자 그동안 수천 번도 더 되새김질했던 음성 한 자락이 또다시 고문처럼 경주를 괴롭혔다.

"걔는 사람이 아니에요. 짐승이에요, 짐승! 내 남편은 괴물한테 당한 겁니다. 그 아인 정신병원에 격리 조치해야 한다고요. 아시겠어요?"

자신을 입양하고 1년 후 파양했던 당사자. 비록 상류층 인사라면 사회적 문제에 책임을 다해야 한다는 의무감으로 경주를 입양했지만 나름대로 양육에 최선을 다했던 양어머니. 친자식만큼의 무한 애정은 아니었으나 그녀는 경주에게 따스한 동정과 애정을 나눠 주었고, 늘 친절하게 대해주었으며 금전적으로도 충분한 뒷바라지를 해주었었다. 그랬기에 강경하고 차가웠던 양어머니의 반응이 더욱 상처가 되었다.

"사실, 그때 내 나이가 두어 살만 더 많았더라도 그자는 살아남지 못했을 거예요. 7살이었는데도 난 충분히 그자의 대적이 되었거든요. 양어머니 말대로 난 짐승처럼 그 사람을 물어뜯었어요. 이성을 잃고 전혀 다른 사람으로 변해, 아니, 야생동물처럼 으르렁거리며 그자를 공격했죠. 난 정말 내 자신을 감당할 수가 없었어요. 왜 그런 짓을 하고 있는지, 왜 그래야만 하는지……."

"알아."

"그자를 죽이고 싶었지만, 정말로 죽이고 싶진 않았어요. 그 말이 뭐냐면, 그러니까 내 말은…… 정리가 잘 안 되는데 아무튼……."

"설명하려 들지 마. 말 안 해도 알아. 네게 무슨 일이 있었는지, 어떤 감정을 느꼈었는지 다."

다정한 이안의 목소리가 정수리 쪽에서 들려왔다. 그가 가까이 다가왔다는 것을 경주는 그제야 알아챘다. 그녀는 천천히 눈을 떴다. 듬직하고 넓은 이안의 가슴이 시야에 들어온다. 강렬한 이안의 체취도 코끝을 자극해 온다. 경주는 천천히 깊게 숨을 들이마셨다가 다시 천천히 내뱉었다. 조급하고 초조했던 마음이 아주 조금 가라앉는 것 같았다.

"편리하네요. 굳이 설명하지 않아도 내 기분을 다 알아주는 사람이 있다는 거."

"아까 말했던 대로 내가 가진 특별한 능력 때문이지."

"뱀파이어와 함께하는 삶도 괜찮을 것 같아요."

"뱀파이어와의 삶이 아니라 나, 윤이안과의 삶이라고 해야지. 모든 뱀파이어가 나처럼 뛰어난 영적 능력을 갖고 있진 않아."

"윤이안과의 삶……."

작게 속삭여 보았다. 언제부턴가 마음속에 품고 있던 꿈, 희망. 이안과 함께하는 인생을 그려보았다. 아침 햇살과 달콤한 커피 향기, 그리고 아름답고 신비로운 눈동자와 마주하며 하루를 시작하고, 감미로운 속삭임과 열정적인 섹스, 세상 모든 위험을 차단해줄 것만 같은 안전한 포옹으로 마감하는 삶. 둘이라 결코 외로울일 없을 인생.

경주의 입가에 저절로 부드러운 미소가 피어올랐다. 윤이안과 함께하는 인생은 여러모로 판타스틱할 것 같았다.

"그 일을 겪고 나서부터 쭉, 난 내 자신을 혹독하게 채찍질하며 살았어요. 양어머니 말이 맞는 것 같았거든요. 내가 선천적으로 난폭하고 잔인한 성정을 지닌 사람인 것만 같았죠. 그래서 더욱더 내게 엄격한 잣대를 들이댔어요. 모범적이고 무난한 삶을 살기 위해 애썼죠. 그래서 지금까지 모태 솔로였나 봐요."

"모태 솔로?"

"진지하게 사귄 남자친구가 없었다고요. 단 한 명도."

"그것 참 듣던 중 반가운 소리로군."

이안이 경주를 끌어안았다. 넓은 이안의 품 안에 경주의 가녀린 몸이 쏙 들어왔다. 방어적으로 두 팔을 가슴에 붙인 채 안겼던 경주는 서서히 팔을 움직여 그의 옆구리에 붙였다. 가슴이 이안의 갈비뼈에 붙었고 두 볼은 가슴 부근에 기대어졌다. 쿵, 쾅, 강인한 이안의 심장이 일정한 간격으로 뛰는 소리가 귓전을 때렸다. 첨예하게 곤두서 있던 신경이 한순간에 평안해지는 순간이었다.

"사귈 수가 없었어요. 남자를 싫어했던 건 아니에요. 호기심이 없었던 것도, 성욕이 없었던 것도요. 다만 그러고 싶지 않았어요. 몸을 섞을 만큼 친밀한 관계를 갖고 싶은 사람이 안 생겼어요. 남자는 좋아하는데, 남자랑 사랑하고 싶은 욕구가 그 누구보다도 강한데, 도저히 그러고 싶은 사람을 찾을 수가 없더라고요."

"날 만나기 전까지 그랬단 말이겠지."

"난 늘 나에 대해 설명해야 하는 게 싫었어요. 나를 다른 사람들에게 알리고, 오해를 바로잡고 해명하는 일들이 내겐 너무 어렵게만 느껴졌거든요. 아마 내 정체성이 평범하지 않아서였을 거예요. 생각이며 행동 방식이 남들과 다르니까, 그 다른 점을 매번 설명해야 했거든요. 사실대로 말하면 남들이 어떻게 생각할까 두렵기도 했고요. 그래서 누구와도 마음을 터놓지 못했어요."

"외로웠겠군."

"외로웠죠. 항상 혼자였어요. 고아니까 당연한 거라고 자위해보기도 했지만, 그건 진실이 아니었어요. 같은 고아원 친구들이 모두 나 같지는 않았거든요. 한 친구가 내게 이런 말을 한 적 있어요. '넌 마음에 벽 하나를 세워두고 있는 것 같다'고. 어쩌면 그 말이 맞았는지도 몰라요."

"넌 그럴 수밖에 없었어. 네가 누군지도 모르는 상태에서 부모와 헤어졌으니까. 무리에서 이탈한 사자가 강아지들 틈에서 자란 거나 마찬가지였던 거지."

"내가 뱀파이어라는 사실을 처음부터 알고 있었더라면…… 그랬더라면 난 조금 더 행복하게 살 수 있었을까요?"

"그랬을걸. 내가 보기에 넌 근성 있고 생존력과 적응력이 뛰어나. 전형적인 뱀파이어지. 뱀파이어라는 자각이 있었더라도 인간 사회에 별 무리 없이 적응하며 살았을 거야. 오히려 뱀파이어라는 신분을 마음껏 이용해 더 즐기며 살았을 수도 있지."

"평가가 꽤 후하네요, 교수님."

"내게 미치는 영향을 감안하면 약과지, 학생."

이안이 허스키한 목소리로 중얼거리고는 경주를 더욱 세차게 끌어안았다. 한 손이 경주의 볼록한 엉덩이 사이를 비집고 들어가 천천히 넓적다리 안쪽을 문질렀다. 나른한 감각이 경주의 몸 안을 달렸다. 땡볕을 받아 따뜻해진 개울물에 몸을 담글 때처럼 따스한 기분이 들었다.

"영향이라니요?"

"글쎄, 예를 들면 이런 거?"

이안의 팔에 불끈 힘을 들어가더니 약간 떨어져 있던 경주의 하체를 자신의 그것에 바짝 붙였다. 그는 꽤, 아니, 심각하게 커져 있었다. 이것이 욕망의 크기와 비례한다는 상식을 고려해 결론을 도출하자면 '윤이안은 현재 급박한 상태에 접어들었다'였다. 산을 내려오기 전 그녀를 두 번이나 가져놓고서 또? 놀라 두 눈을 홉 뜨고 경주는 조심스럽게 물었다.

"또 나 때문에 이래요?"

"그런 것 같아."

"하지만 난 어…… 아무 짓도 안 했는데요."

"그럴 필요 없지. 넌 가만히 있어도 얼마든지 날 흥분시킬 수 있으니까."

그러함을 증명하듯 이안이 경주의 손을 잡아 자신의 앞섶에 갖다 대자 그것은 꿈틀거리며 더욱 커졌다. 자신이 손을 댄 것만으로도 그가 극도의 흥분 상태로 빠져들었다는 사실에 경주는 깜짝 놀라고 말았다. 입이 떡 벌어지고 숨이 저절로 헐떡거려졌다.

"정말…… 그러네요. 유, 유감이에요."

간신히 말하고는 경주는 젖은 혓바닥으로 아랫입술을 핥았다. 그녀를 유심히 내려다보며 이안이 한쪽 눈썹을 휙 높이 세웠다.

"유감이라고?"

"본의가 아니었어요. 정말이에요."

"본의가 아니야?"

"처음부터 이럴 의도는 없었단 뜻이에요. 내 말은 그러니까, 당신을 괴롭힐 생각은 없었다고요. 난 남자들이 육체적인 욕구에 상당히 취약하다는 걸 잘 알고 있어요. 남자 뱀파이어는 인간 남자보다도 훨씬 그러겠죠. 그렇죠?"

"그렇지."

"당신을 껴안는 게 아니었는데. 우린 방금 두 번이나 어…… 그걸 했잖아요. 때문에 남자인 당신 쪽에 체력적인 문제가 있을 거란 말이죠. 그걸 감안해서 당신한테 자극이 될 만한 짓을 하면 안 되는 거였어요. 이게 모두 내 잘못이에요."

"체력적인 문제……?"

미심쩍은 얼굴로 이안이 물었다. 낮고 느린 어조는 매우 위험스럽게 들렸다. 경주는 남자들이 이런 문제에 민감해하고, 쓸모없이 자존감과 연결시킨다는 점을 떠올렸다. 남성성이 무척 두드러진 남자 뱀파이어이자 자존심이 대단한 윤이안이라면 당연히 이 부분에 대해서 민감할 것이었다. 그렇다면 이 문제를 좀 더 신중하게 접근할 필요가 있었다. 경주는 조심스럽게 이안의 표정을 살피며 보편타당한 팩트를 끄집어냈다.

"우리 여자들과는 달리 남자들은 금세 회복되지 않잖아요. 그렇다는 건 섹스 초보자인 나도 잘 알고 있는 상식이니까 부인할 생각은 말아요."

"체력적인 문제라고?"

예상했던 대로 그는 불편한 진실 앞에서 쿨하지 못했다. 어처구니없다는 듯 그는 웃음을 터트리더니 두 눈을 좀 더 크게 뜨고 고개를 끌어내려 경주의 눈을 가까이 들여다보았다.

"지금 그 말, 나를 염두에 두고 한 말이야?"

"하늘을 찌르는 당신 자존심으로서는 받아들이기 쉽지 않다는 걸 알아요. 하지만 연달아 세 번은 불가능해요. 난 그 방면에 초보지만 수기라던가 경험담 등을 많이 읽어봤어요. 그러니 날 속일 생각은 하지 말아요."

"수기라고?"

"인터넷에서요."

경주가 진지하다는 걸 깨닫자마자 이안은 욕설을 중얼거려야 했다. 자신이 사랑에 빠진 여자가 '섹스를 글로 배운 초보자 중에서도 상초보자'였다니! 그를 두고 '체력적인 문제'를 운운하는 여자라니! 기빈이 들으면 3일 밤낮을 배꼽 잡고 뒹굴 이런 헛소리를 너무나 진지한 얼굴로 주절거리는 여자라니!

그런데도 이안의 분신은 점점 더 커지고 있었다. 그 작고 가녀린 손바닥을 여전히 청바지 앞섶에 둔 채로 '날 당장 못 가져도 이해한다'는 얼굴로 진지하게 '인터넷 섹스 수기'를 언급하고 있는 민경주를 향해 미친 듯이 욕정하고 있었다. 이안은 거친 숨을 몰아쉬며 경주의 손등을 틀어잡고 자신의 사타구니 쪽으로 더 세게 눌렀다.

"정말 넌, 이게 커진다는 게 이미 회복됐다는 신호라는 걸 모르는 거야?"

"네에?"

"답하지 마. 네 표정만 봐도 알겠다. 좋아, 잘 들어. 딱 한 번만 말할 거야. 이런 걸 두 번 말하는 건 정말 짜증나는 일이니까."

"……"

경주는 휘둥그레 뜬 눈으로 꿈틀거리며 계속 몸집을 불리고 있는 이안의 분신을 내려다보고 있었다. 젠장할. 320년을 살면서 지금처럼 부풀었던 적이 있었던가. 계속 이런 상태로 있다가는 빵, 하고 터질지도 모르겠다. 지금 당장 경주의 자궁 속으로 들어가 욕구를 풀어주지 않으면, 거짓말하지 않고 당장 이 자리에서 가버릴지도 모를 일이었다. 이안은 다급하게 경주의 바지를 끌어 내리며, 뱀파이어에 관한 기본적인 개념 중 하나를 알려주었다.

"뱀파이어는 회복될 필요가 없어. 지치지 않으니까."

다음 순간, 경주는 새로운 정보에 놀랄 새도 없이 뜨겁게 달궈진 자동차 보닛 위에 뉘어졌다.

시간이 화살처럼 빠르게 지나갔다. 산 중턱에 위치한 어머니의 작은 집에서 지낸 지 일주일이 지났지만 경주는 시간의 흐름을 전혀 느끼지 못하였다. 그만큼 순간순간이 즐거웠던 거라고 경주는 기분 좋게 떠올렸다. 언제까지나 지금처럼 살고 싶었다. 엄마와 이안, 그리고 자신이 그 누구의 방해도 받지 않고 마음 편하게 행복을 만끽할 수 있는 지금처럼.

이수연 여사는 이안을 '윤 서방'이라고 불렀다. 읍내 장에서 닭을 사와 푹푹 삶아 상에 올려놓고는 '씨암탉은 장모가 사위한테 잡아주는 것'이라는 둥, '사위 사랑은 장모'라는 둥, 우스갯소리를 늘어놓다가 장난처럼 시작된 호칭이 시간이 흐르면서 고착화된 것이었다.

딱히 이안을 진짜 사위로 받아들여서가 아니라 그저 자신의 상황이 사위 맞이하는 장모 같다 하여 부르기 시작한 것에 불과했으나 경주는 '윤 서방'이란 말을 들을 때마다 기분이 좋아졌다. 급기야 어제부턴 그를 진짜 자신의 '서방'으로 만들고 싶다는 성급한 욕심이 고개를 쳐들기에 이르렀다.

"미쳤니? 뱀파이어랑 결혼하게?"

친구 혜진은 아마도 그리 말할 거다. 안 씨 할아버지도 성격상 '네 인생이니 네 알아서 해야지 뭐' 하고 퉁명스레 말하고는 관심 끄는 척하겠지만, 속으론 무척 걱정할 것이다. 하지만 어차피 자신도 뱀파이어가 아닌가. 뱀파이어에겐 뱀파이어가 제격이다. 민경주에겐 윤이안이 제격이고.

웃음이 터졌다. 생각해 보니 혜진과 안 씨 할아버지가 뱀파이어의 존재를 믿게 되는 날은 절대로 오지 않을 것 같았다. 아무래도 윤이안을 뱀파이어가 아닌 그저 서울대학교 심리학 교수님으로 소개해야 할 것 같다. 그러면 아무 문제도 일어나지 않을 것이다. 혼자만의 생각들로 괜히 해낙낙해진 경주는 몸을 길게 쭉 펴, 차가운 수면 아래로 들어갔다.

그가 발견한 근처 계곡은 좁고 낮은 폭포수와 꽤 넓고 깊은 웅덩이, 길게 아래로 뻗어 내려가는 시냇물로 이루어져 있었다. 누군가에 늘 쫓기면서 불안한 인생을 살아온 이 여사는 이곳에서 물을 길어와 집 안에서 몸을 씻었다고 했다.

하지만 이안이 온 뒤부터는 이 여사도, 경주도 이곳에서 직접 몸을 씻는다. 이안의 존재만으로도 무척 든든해서 겁이 나지 않았던 것이다. 실제로 그는 이 여사나 경주가 계곡에 와 있을 때는 소리 소문 없이 근처에 와서 망을 봐주곤 했었다.

"별로. 그럴 생각으로 숲에 갔던 건 아니었어. 그냥 부엌에 땔감이 떨어진 것 같아서……."

고맙다고 인사했더니 이안은 그럴 의도가 있었던 건 아니었다고, 우연히 의도치 않게 그리된 것이라고 둘러댔다. 매번. 경주는 믿지 않았다. 그때의 그는 평소답지 않게 경주와 눈을 마주치지 못했고, 광대뼈 부근이 살짝 붉어진 것도 같았으니까.

"은근히 귀여운 구석이 있단 말이야."

문득 지금도 어디선가 이안이 자신을 지켜보고 있는지도 모르겠단 생각이 들었다. 땔감을 마련한다는 핑계를 대고 계곡에서 멀지 않으면서도 이곳이 한눈에 보이는 요충지에 몸을 숨기고 그녀를 보고 있을 것이다. 하지만…….

"또 고맙다고 하면, 땔감 때문이었다는 어처구니없는 핑계를 대시겠지."

경주는 씩 웃으며 몸을 굴려 180도 회전을 하고는, 두 팔다리를 쭉 뻗어 물속으로 잠영해 들어갔다. 두 팔을 양옆으로 움직여 물길을 헤집었다. 발끝이 살랑살랑 흔들리며 몸의 균형을 잡아주었다.

경주는 수영을 꽤 잘하는 편이었다. 12살 무렵 양녀로 머물렀던 곳이 고등학교 수영 코치의 집이었다. 그의 아들, 딸 모두 수영을 잘했고 경주 역시 4개월가량 지내면서 날마다 수영을 배웠다. 이후 학창 시절, 워터파크 알바를 하면서 좀 더 익히게 되었고 지금은 거의 수준급이었다. 깊은 곳에서 오랫동안 잠영하는 것 정도는 그녀에겐 누워서 떡 먹기보다도 쉬운 일이었다. 가볍게 발로 킥을 하며 경주는 물이끼들로 인해 푸르스름한 물속을 마음껏 돌아다녔다.

발목이 덥석, 무언가로부터 붙들린 것은 한참 뒤였다. 물속이라는 것을 감안하면 매우 빠르고 격하게, 경주의 몸이 뒤쪽으로 잡아당겨졌다. 적지 않은 압력, 힘, 강제성이 느껴졌다. 물속에서 자생하는 식물 따위가 엉켜 붙은 정도가 아니었다. 공포감이 순식간에 경주를 휘감았다.

반변이자. 습격. 납치.

머릿속에 수많은 정보들이 한꺼번에 떠올랐다. 누군가가 자신을 공격하는 거라면, 그들은 반변이자들일 것이다. 경주는 발길질을 했다. 두려울 정도로 강한 손길에서 벗어나기 위해 절박하리만치 세차게 발목을 휘둘렀다. 하지만 힘찬 손길은 경주의 종아리를, 허벅지를, 허리를 차례로 붙들고 있었다. 어느새 그녀는 습격자의 품에 온전히 안기고 말았다.

"이거 놔! 놓으라고, 이 악마 새끼야!"

좌절감에 몸부림치며 경주는 악다구니를 내질렀다. 제발 멀지 않은 곳에 이안이 있어주기를, 자신의 목소리를 듣고 달려와 주기를!

수면이 두 사람의 움직임 때문에 요동을 쳤다. 두 눈을 질끈 감고 옹골차게 틀어쥔 주먹으로 놈의 어깨며 얼굴, 팔, 몸통을 가격했다. 놈은 얕게 신음하면서도 그녀를 놓지 않았다. 바닥이 닿아 위험하지 않은 곳까지 헤엄쳐 갈 때까지. 이젠 안전하다 싶었는지 그는 경주의 가느다란 허리를 한 팔로 감고, 다른 손으로는 경주의 손목을 틀어쥐어 제법 세찬 주먹질을 멈추게 했다.

"눈을 떠."

"놔! 놓지 않으면 죽여 버리겠어."

"눈을 뜨라고. 날 봐."

"죽여 버릴 거야. 가만두지 않겠어. 절대로 가만두지 않을 거라고!"

"날 보라고, 민경주!"

계곡 안을 메아리칠 정도로 크고 거친 고함 소리가 거의 미쳐가던 경주의 정신을 후려쳤다. 몸부림과 주먹질을 일시에 멈추었다. 순식간에 계곡은 고요해졌다. 종류를 알 수 없는 새들의 지저귐이 까불까불 경쾌하게 시원하고도 따스한 공기를 채우고 있었다. 그리고 가쁘게 헐떡이는 경주의 것과 상대의 것도. 경주는 슬그머니 두 눈을 떴다.

"나야."

"이안 씨……."

그였다. 그녀를 지켜주겠다고 약속하던 뱀파이어, 윤이안. 당연하겠지만 그는 온몸이 흠뻑 젖은 채 몹시도 격앙된 눈빛으로 경주를 주시하고 있었다. 묘하게 내내 못 느끼던 오한이 들어 경주는 부르르 몸을 떨어야 했다.

"어떻게 된 거예요? 무슨 일이에요?"

"내가 묻고 싶은 말이야. 도대체 무슨 일이야? 쥐라도 났어?"

"쥐라뇨? 무슨 소리예요? 난 멀쩡해요."

"그럼 도대체 왜…… 물속에서 왜 그리 오랫동안 나오지 못했던 거야?"

말문이 막히는지 잠시 하던 말까지 멈추더니 그는 손가락으로 젖은 머리카락을 거칠게 걷어 올리며 물었다. 뭔가 취조당하는 분위기라는 생각에 언짢아진 경주는 아랫입술을 살짝 깨물며 인상을 찌푸렸다.

"나오지 못했던 게 아니에요. 난 잠수를 하고 있었어요."

"잠수?"

이안의 이맛살이 짙게 찌푸려졌다. 이어 벌어진 입술 사이로 격렬한 한숨이 흘러나왔다. 폐 깊은 곳에서부터 흘러나오는, 깊은 한숨이었다. 그는 지친 얼굴로 두 눈을 감고는 초조한 손길로 얼굴을 문지르며 거칠게 소리쳤다.

"빌어먹을! 난 네가 물에 빠진 줄 알았잖아!"

"내가요? 그럴 리가요. 난 수영을 엄청 잘해요."

"잘 들어, 민경주."

이안이 감았던 눈꺼풀을 열자 거기에는 경주가 난생처음 보는, 이글이글 강렬히 타오르는 눈동자가 있었다. 이안은 끓어오르는 분노를 꾹 참아 누르고 있었다. 그리고 그 분노란 그녀가 물속에서 나오지 않았을 때 그가 겪었던 어마어마한 공포심에 기인한 것이었다. 뭔가 뭔지 정신이 하나도 없고 이것저것 재볼 겨를도 없는 상황에서도 경주는 기분이 좋아졌다. 윤이안은 그녀를 상상 이상으로 많이 걱정했던 게 틀림없었다.

"이 세상에 그럴 리 없는 경우는 없어. 수영 선수라도 물에 빠질 수는 있는 거야. 갑작스럽게 심장마비가 올 수도 있고, 다리에 쥐가 나는 경우도 있으니까. 이런 곳에서의 안전사고는 네 그 안이한 생각 때문에 생기는 거라고. 난 괜찮다, 내겐 아무 일도 생기지 않을 거다, 나는 무슨 일이 있어도 안전할 거다, 그런 생각들 말이야. 알아?"

"잘 알아들었어요. 앞으론 조심할게요."

반짝 동그랗게 뜬 눈으로 경주가 즉각 대답했다. 착한 어린이처럼 몹시도 고분고분한 말투에 이안은 눈살을 찌푸렸다. 보통 민경주는 이럴 때 턱을 치켜들며 또박또박 대거리를 하는데 안 그러니 기분이 이상해졌다.

자연스레 자신이 너무 심하게 굴고 있다는 죄책감이 들었다. 경주가 일부러 그를 놀라게 한 것도 아니고, 결과적으로 그녀에게 아무 일도 없었으니 이렇게까지 화낼 일은 아니었다. 비록 한순간 물속에 비친 그녀의 그림자를 본 순간 철렁하여, 그의 수명이 훌쩍 단축되었다 하더라도.

"미안."

반사적으로 목이 잠겨 말이 안 나왔지만 이안은 어찌어찌하여 겨우 사과의 말을 토해냈다.

"놀라서 말이 거칠게 나간 것 같아. 네 탓을 하려던 건 아니었어."

"괜찮아요."

경주가 또다시 순순한 말을 하더니 이번엔 싱긋, 입가에 미소까지 띠었다. 그러더니 성큼 다가와 둘 사이의 거리를 훌쩍 좁힌다.

"사실 나도 엄청 놀랐어요. 마음 편하게 잠영을 즐기고 있는데, 누군가가 갑자기 예고도 없이 발목을 잡았으니까요. 반변이자들이 이곳을 알아내 몰래 습격한 게 아닌가 싶더라고요."

"그들은 아직 여길 몰라. 기빈이와 그 팀이 매시간마다 반변이자들 동향을 읽고 내게 보고하고 있어. 설사 여기까지 침투했었다 손 치더라도 네 근처까지는 가지도 못했을 거야. 웅덩이에 도달하기도 전에 내가 해치웠을 테니까."

"날 지켜보고 있었군요?"

"혹시라도 무슨 일이 생길까 봐."

"지금까진 그러지 않았잖아요. 어제도 그제도, 땔감 때문에 우연히 숲에 왔던 것뿐이라고 했던 것 같은데요."

"오늘도 땔감 때문에 온 건 맞아. 한데 오늘따라 느낌이 안 좋아서, 일하다가 가끔씩 웅덩이를……."

"훔쳐봤다?"

민망해 차마 말을 끝맺지 못하는 이안을 위해 경주는 꽤나 적절하다고 생각되는 동사 하나를 제시했다. 이안의 잘생긴 얼굴 위로 홍조가 확 떠올랐다 사라졌다. 그가 근처에서 경주를 지켜보며 딱히 안전만을 생각하지는 않았다는 증거였다. 젖은 옷이 찰싹 달라붙어 몸의 곡선이 다 드러나는 채로 수영하는 경주를 보며 그가 무엇을 생각했을지는 안 봐도 비디오였다. 경주의 미소는 이제 싱글벙글이 되었다.

"훔쳐봤다는 말은 조금 경우가 다르지 않을까 생각하는데."

"내가 수영하는 걸 몰래 봤다면서요. 그게 훔쳐본 거지 뭐예요?"

"네가 걱정되어서 그랬던 거야. 다른 뜻은 절대로……."

이미 속내가 다 드러났는데도 이안은 여전히 점잔을 빼려 했다. 경주는 두 손을 가만히 그의 젖은 셔츠 위에 올려놓고 눈꺼풀을 파드득 떨며 입술을 삐죽거렸다.

"정말 단지 그 때문이었어요? 다른 목적은 하나도 없었어요?"

"그야……."

끝까지 변명을 해보기 위해 이안은 입을 들썩거렸다. 인어처럼 나긋나긋하고 지극히 여성스러운 육체를 눈으로 마음껏 즐겼던 건 사실이지만, 당연히 그의 최우선은 경주의 안전이었기에. 하지만 이내 이안은 목이 졸리는 듯한 착각에 빠져 입을 딱, 하고 다물어야 했다. 경주의 손이 그의 넓은 가슴을 배회하기 시작했다.

"정말 다른 이유는 없었단 말인가요?"

가슴 부근을 뚫어져라 쳐다보며 그녀가 재차 묻더니 슬쩍 눈동자를 치떠 이안의 표정을 살폈다. 경주의 손가락이 그의 찰싹 달라붙은 셔츠 위로 도드라진 젖꼭지를 문지르고 있었다. 젖꼭지가 단호히 곤두서면서 그곳 주위로 뜨거운 불길이 일었다. 찬물을 뒤집어쓴 상태인데도 사타구니가 불끈 일어섰다.

"정말로?"

경주는 그의 눈을 바라본 채로 혀끝을 내밀더니 고개를 내려, 딱딱하게 뭉친 젖꼭지를 핥기 시작했다. 바짝 세워진 혀가 한 번, 두 번, 젖꼭지를 괴롭히고 이내 보드랍고 도톰한 입술이 작은 돌기를 머금었다. 부드럽게 문지르고 꾹꾹 눌러 자극하다가 다시 혀로 희롱하기 시작할 즈음, 이안이 더 이상 참지 못하고 짐승의 것처럼 들리는 신음을 흘렸다. 그랬음에도 그의 고통은 아랑곳 않는 듯 경주는 탐험의 손길을 멈추지 않았다.

"정말로…… 다른 뜻은 전혀 없었단 말이죠?"

이안의 등허리를 배회하던 경주의 손길은 이제 서서히 그 아래로 내려가고 있었다. 젖은 청바지 아래로 바짝 올라붙은 매력적인 둔부를 지나 탄탄한 근육이 자리 잡은 허벅지, 복부를 스치듯 건드리고 지나갔다. 이안은 한숨처럼 긴 신음을 밷어내며 경주의 목에 입술을 묻었다. 크게 벌려 흰 목을 입에 넣고 쭙쭙, 게걸스럽게 양껏 빨아댔다. 경주는 얕게 헐떡이며 그의 청바지 단추를 안쪽으로 밀었다.

톡, 하고 튕겨져 앞섶이 벌어졌다. 곧이어 이안이 거칠게 숨을 들이켰다. 경주의 미끄러운 손이 바지 속으로 들어왔기 때문이다. 더 정확하게 말하자면 바지 속 팬티 안으로 거침없이 파고들어 와 그 안에서 잔뜩 성나 있던 성기를 부드럽게 틀어쥐었기 때문이었다. 감각의 폭풍이 총알보다 빠르게 이안의 전신을 관통했다. 이안은 경주의 목에 이를 박았다.

"아아, 으으응……."

나른한 신음을 흘리며 경주가 이안의 물건을 밖으로 꺼냈다. 이안은 끓어오르는 욕망에 허덕이며 경주를 와락 끌어안았다. 한 몸처럼 엮인 두 사람은 빙글빙글 물속에서 찰박거리며 회전했다. 더 이상 가까울 수 없을 만큼 붙어 있음에도 더 가까이, 더욱더 가까이 밀착하기 위해 애를 썼다. 그는 온몸으로 그녀를 쇠사슬처럼 단단히 감싸 꽁꽁 묶어두고는 입술로 그녀의 입술을 빨고 또 빨았다.

"이안 씨?"

"있었어."

겨우 입술을 뗐을 때 두 사람은 동시에 속삭이고 있었다. 경주가 피식 웃음소리를 냈다. 이안은 온몸이 불덩이처럼 달아올라 있었기 때문에 웃고 싶어도 웃을 수가 없었다.

"널 지켜보았던 또 다른 이유가 있었다고. 그것도 아주 명백한 이유가."

"드디어 인정하는 거예요?"

경주가 욕구를 담은 뜨거운 시선으로 그를 올려다보며 물었다.

그녀는 빌어먹게도 여전히 그의 성기를 잡은 채였다. 이안은 거칠게 으르렁거리며 그녀의 입술로 덤벼들기 전, 간신히 주절거릴 수 있었다.

"그래, 나는 관음 변태야. 그럼 이제 내가 뭘 원하는지 알겠지?"

제13장 성채(城砦) : 뱀파이어들의 낙원

윤이안이 원하는 것이 무엇인지는 그가 경주를 지켜보았던 이유만큼이나 명백했다.

이안은 부드러운 풀밭에 경주를 뉘고, 매일 상상해 왔던 것들을 행동으로 옮겼다. 젖은 옷을 모두 벗어 던지고 이미 준비를 모두 마친 경주의 몸속으로 단숨에 들어갔다. 그와 가졌던 두어 번의 관계가 경험의 전부인 경주는 평균치를 훌쩍 넘는 그의 장대함을 모두 품기에 너무 타이트했다. 너무 꽉 조였고 너무 근사했다. 그 안으로 밀고 들어간 순간부터 그는 제정신일 수가 없었다. 욕심껏 당장 욕망을 풀어버리고 싶은 강한 충동 때문에 이안은 더욱 정신없이 허리를 움직여야 했다. 인 앤 아웃(In&Out). 깊이 들어갔다가 빠져나오는 일은 그녀뿐만 아니라 이안에게도 극심한 고통이었다. 달콤한 고통.

"아, 아, 아, 아……!"

경주는 휘몰아치는 쾌감으로 인해 비명에 가까운 날카로운 신음을 연신 내질렀다. 풀밭이라 등이 아프고 불편했지만 그런 부수적인 것들을 생각할 겨를이 그녀에겐 없었다. 맨살에 작은 돌멩이들이 박힐 때, 이안도 함께 들어와 박혔기 때문에. 살점에 나는 생채기보다도 깊고 짜릿한 흔적을 그가 자신의 몸 안에 남기고 있었기에.

그는 세찼다. 성급했고 거칠었다. 경주의 엉덩이를 어찌나 가까이 끌어당겼던지 몸이 거의 절반으로 접혔고, 그녀의 사타구니를 두 손으로 짚어 꽃처럼 아름답고 비밀스러운 곳을 적나라하게 드러냈다. 쾌액으로 반질거리는 통통한 음순 사이를 빠르고 격렬하게 들락날락하면서도 그는 수시로 경주의 머리채를 붙들고 진하게 키스를 퍼부었다. 경주는 그의 눈이 황금빛으로 빛나는 모습을 행복하게 바라보았다.

"사랑해요, 으으으음……."

천사 같은 미소를 지으며 속살거리는 경주에게 이안은 거칠게 신음하며 키스했다. 장밋빛으로 달아오른 아랫입술을 혓바닥으로 게걸스럽게 훑고는 입술로 물어 쭈우웁, 길게 빨아들였다. 입술을 뗐을 때, 이안은 경주의 몸에서도 빠져나갔다. 따뜻했던 포만감이 일시에 사라지자 경주는 희미하게 몸을 뒤틀며 불평했다. 하지만 이내 그녀는 허리를 높이 들며 비명을 질렀다. 그가 빠져나간 자리를 그의 중지와 약지가 대신 채운 것이다.

"아아아! 아, 아, 아, 흑흑흑……!"

습기와 쫀득거리는 육체가 마찰하여 질척이는, 지극히 음란한 소리를 자아내며 그의 손이 움직였다. 깊게 들어가 빙글빙글 돌며 민감하기 짝이 없는 자궁의 입구를 문지르고 흔들었다. 마치 그의 것이 들어와 사방을 찔러대는 듯한 극심한 쾌감이 경주를 덮쳤다. 그녀는 입술을 깨물었다. 발가락을 구부리고 손에 잡히는 것을 세차게 틀어쥐었다. 풀뿌리 뜯어지는 소리가 우드드득, 들렸다. 더 이상 잡아챌 게 없어지자 경주는 손바닥을 더 넓게 펴 근처에 있는 풀이란 풀은 죄다 쥐어뜯었다. 그럴 때까지 그는 쉼 없이 손목을 움직였다. 공격하고 또 공격하고, 다시 공격했다. 손가락 마법사가 그녀에게 마법을 걸 때까지. 오르가슴이 경주를 휘감고, 경주가 울음을 터트릴 때까지.

"흐흑, 아, 아, 흐흑흑흑……!"

경주가 가슴을 들썩이며 눈물을 터트리는 사이, 몸 안에서 마법사가 빠져나갔다. 그는 경주의 두 다리를 위로 들어 올려 하나로 틀어쥐고는, 훤히 드러난 꽃잎 사이로 굵고 단단한 남성을 끼웠다. 세로로 난 진입로로 길게 눕혀진 그것이 너무 굵었기에 음순이 옆으로 넓게 벌어졌다. 그는 천천히 허리를 밀었다가 뒤로 뺐다. 최대 크기로 발기된 그의 것이 그녀의 꽃길을 부드럽게 문질렀다. 허리는 두어 번 움직였고, 그녀는 더 미끄러워졌으며, 그의 목선에 드리워진 혈관은 피부 위로 톡톡 도드라졌다. 이안의 이마에서 땀이 흘렀다. 산속, 물에서 나온 지 얼마 안 되었고 벌거벗기까지 한 상태인데도 그는 관능적 열기에 휩싸여 불덩이처럼 뜨거웠다.

"민경주……."

남성의 끄트머리를 잡고 그것을 매끄러워진 꽃길 속에 꽂아 넣으며 이안은 경주의 귓불을 잘근거렸다. 간절히 고대했던 것이 드디어 들어오자 경주가 펄쩍 뛰며 신음했다. 짜릿함이 하반신을 꿰뚫었다. 허리를 뒤틀고 고개를 뒤로 젖혔다.

풀 냄새가 기분 좋게 코끝을 찔러대자 경주는 눈을 감고 헐떡였다. 이안은 두 몸이 완벽하게 맞물리게 만든 후, 이미 흐물흐물해져 허공을 정처 없이 헤매는 경주의 발목을 양손에 거머쥐었다. 그리고 부드럽게 허리를 흔들자 경주는 단단한 그의 허벅지를 붙잡으며 끙끙 앓듯 신음했다.

"아흣, 아응응······!"

이안의 허리가 관능적으로 물결쳤다. 잘게 흔들렸고 빙글빙글 돌려졌다. 힘찬 손길로 경주의 골반을 고정시킨 채였으며, 무릎으로 반쯤 몸을 세운 채 거의 내려찍듯 움직이고 있었다. 움직임은 은밀하고 조용하게 시작되었으나 점점 더 거칠고 커졌다. 경주의 몸은 사정없이 흔들렸다. 마치 풍랑을 만난 조각배처럼 흔들리고 또 흔들렸다. 출렁거리는 가슴을 그가 손아귀로 틀어쥐었다. 땀에 젖은 가슴살이 그의 손에 쥐어 짜이자 경주는 더욱 세차게 소리쳤다. 두 번째 오르가슴이 시작되고 있었다.

"아, 아, 아!"

쾌락에 허우적거리며 소리치는 경주의 뾰족한 턱을 이안이 한 손으로 감싸고 입술에 키스했다. 쪽, 소리와 함께 그의 몸이 이번엔 천천히 움직였다. 완전히 빠져나갔다가 다시 그녀의 속으로 깊이 잠겼다. 어흑, 하는 소리가 경주의 목구멍에서 흘러나왔다. 다시 온전히 빠져나갔다가 깊이 침잠하는 행위를 반복하며, 이안은 달콤한 경주의 입술을 빨아먹었다.

다음 순간, 그녀는 오른쪽 다리가 그의 반대쪽 어깨에 얹혀진 채 야만적으로 공격당하고 있었다. 쉴 새 없이 빠르게 담금질하는 이안의 몸은 자극점을 정확히 짚어가며 경주의 감각을 유린했다. 그는 야성적으로 호흡하며 경주의 귓불을 핥고 빨았다. 몸과 몸은 계속해서 부딪쳤고 경주의 비명 소리는 점점 더 커져 갔다.

경주는 위로 떠오르고 있었다. 높이, 아주 높이. 참을 수 없을 만큼 극렬한 감각의 소용돌이가 머리꼭지까지 휘감아 올라가고 있었다. 이안이 한 손을 움직여 작고 가느다란 경주의 손에 깍지를 꼈다. 나머지 손으로는 반쯤 넋이 나간 채 격렬하게 헐떡이며 울고 있는 경주의 가슴을 움켜쥐었다. 그리고는 더욱더 빠른 속도로 움직였다.

"아앗!"

한순간, 짧은 비명과 함께 경주의 몸이 굳어졌다. 곧바로 부들부들 몸을 떨며 몹시도 원초적이고 긴 비명 소리를 내질렀고, 얼마 지나지 않아 어린애처럼 으앙, 하고 울음을 터트리고 말았다. 그녀로서는 한 번도 느껴보지 못했던 강한 클라이맥스의 벅찬 감격이 온몸을, 온 정신을 압도하고 있었다.

"내가 말했던가."

세상에 존재하는 어떤 소리보다도 더 감미로운 목소리가 나직이 경주의 귓가를 울렸다. 여전히 그는 경주의 안에 있었다. 매우 느리게, 천천히 들어왔다가 천천히 빠져나가기를 반복하며 그녀가 오르가슴의 후폭풍에서 벗어나길 기다리고 있었다. 쾌감과 희열에 휘감겨 경주는 그의 품으로 바짝 몸을 붙이며 훌쩍거렸다.

"뭘요?"

"내가 널 내 목숨보다도 더 아낀다는 사실."

"목숨보다 아낀다는 말은 안 했는데요. 사랑한다는 말은 했지만."

그의 가슴에 얼굴을 묻은 채 그녀가 꿍얼거렸다. 이안은 씨익 미소를 지었다. 작은 새처럼 파르르 떨면서도 여전히 위엄을 지키려 노력하는 모습이라니. 이 얼마나 사랑스러운 생물체인가.

"그럼 지금 해야겠군. 널 아껴, 민경주. 내 목숨보다도 더."

그 순간 이안은 가까스로 틀어쥐고 있던 욕구의 고삐를 놓아버렸다. 방사의 본능이 몸 안에 고여 있던 욕정의 씨앗을 풀어냈다. 뜨끈한 물줄기가 질 안으로 뿌려지는 것을 느끼며 경주는 그의 허리를 감고 있던 두 다리를 힘껏 조였다. 그의 몸을 꽉 끌어안고 눈을 감았다. 빙긋 입술이 호를 그렸다. 기분이 정말로 좋았다…….

경주가 스르르 잠 속으로 빠져드는 와중에, 이안은 희미하게 울리는 전화벨 소리를 들었다. 작전 개시 직후 성채로부터 받은 휴대전화가 작전 관련 메시지와 통화만을 위해 개설된 핫라인이라는 것을 고려하자면, 아주 중대한 전화일 것이다. 이안은 물속에 들어가기 전 벗어두었던 점퍼 속에서 휴대전화를 꺼내 즉시 전화를 받았다.

"윤이안입니다."

귀에 익은 목소리가 지시사항을 전달하고는 대답도 듣지 않고 전화를 끊는다. 이안은 작게 한숨을 내쉬며 멍하게 전화기를 내려다보았다.

"뭐래요?"

여전히 그를 품은 채인 경주가 눈살을 찌푸린 채로 이안을 바라보고 있었다. 벨소리 때문에 단잠에서 깨어난 모양이었다. 이안은 휴대전화를 던지듯 바닥에 내려놓고 그녀를 끌어안고는 장난스럽게 쇄골에 이를 박았다.

"윤이안이 민경주를 사랑한다는데?"

그는 경주의 입술에 끝도 없이 길고 깊은 키스를 했다.

이안이 받은 본부의 메시지는 기빈과 그 팀의 유인책이 제대로 먹혀 성채의 입구를 둘러싸고 있던 적들의 포위 병력이 모두 철수되었다는 희소식이었다. 적들은 조만간 그것이 단순 유인책이라는 것을 알아차릴 것이므로, 이안 일행은 재빨리 그 작은 시간적 여유를 틈타 성채로 입성해야만 했다.

귀환 작전은 메시지를 받은 지 한 시간도 안 돼 시작되었다. 이안과 경주 모녀는 그의 자동차를 이용해 해안가까지 갔다가 근처에 대기해 있던 헬리콥터를 탔다. 기빈이 적들을 외곽까지 유인해 시간을 끌어주고 있었기 때문에 격추 위험은 전혀 없었다. 헬리콥터에서 내린 후에는 요트를 타고 성채가 있는 섬으로 향했는데, 도착했을 때는 해가 뉘엿뉘엿 지고 있었다.

"우와! 우리나라에 이런 곳이 있었어요?"

신비로운 안개를 헤치고 드러난 성채는 해질 무렵 노을에 노출되어 형언할 수 없을 정도로 아름다웠다. 일단 규모 면에서 압도적이었고, 중세시대 성을 옮겨놓은 듯한 외향이 어마어마하게 웅장하고 위대해 보였다.

"이 섬의 이름은 '뱀프스(Vamp's)'야."

감격하여 입을 다물지 못하는 그녀를 끌어안고 이안은 섬에 대해 설명해 주었다. 뱀프스는 지도에도 없고 그 어떤 매체를 통해서도 알려지지 않은 섬으로, 원래는 '월락도'라는 다소 한국적인 지명의 섬이었으나 한국 정부가 수립된 직후부터 본토와 차단되어 뱀파이어라는 존재를 은폐하는 데에 사용되었고, 그 후부터는 암암리에 '뱀프스'라는 속칭으로 불리게 되었다. 섬 외곽은 거대한 하나의 성곽으로 이루어져 있다. 섬과 성채는 하나였고, 성채 안에는 수백 명의 뱀파이어들이 마을을 이루어 살아가고 있었다. 성채 가장 안쪽에는 거대한 성이 자리하고 있는데, 그곳의 주인은 성채의 수장인 한태빈이었다.

섬에 도착하자마자 이안 일행은 수장의 성으로 향했다. 성에서는 '하임'이라는 이름을 가진 젊은 여자와 여덟 명의 하인들이 이안과 경주 일행을 맞이했는데, 그들의 태도로 보아 이안은 예상대로 뱀파이어계의 리더 그룹인 것이 확실했다. 하인들은 그를 극진하게 대접했고, 그것을 당연시 받아들이는 그의 태도는 다분히 고압적이고 권위적이었던 거다. 그래서인지 이안은 성에 도착한 직후부터 딴사람처럼 보였다. 따뜻하게 웃으며 자신을 안아주던 연인, 윤이안이 아니라 차갑고 냉철한 뱀파이어, 윤이안.

"저녁에 봐."

이안은 이 여사와 경주를 각각이 배정된 방까지 데려다준 후 짧게 작별 인사를 했다. 비록 키스를 해주진 않았으나 그의 은밀하고 뜨거운 눈길은 그보다 더한 것을 하고 싶다는 내밀한 욕구를 담고 있었다.

이안과 떨어지기 싫었지만 경주는 내색하지 않았다. 그가 언제 돌아오는지, 앞으로 이곳에선 어떤 일들이 벌어질지 걱정하며 불안해하지도 않았다. 경주는 이안을 믿었다. 그가 했던, 언제까지나 함께할 거라던 약속의 말을 믿었다.

"난 신윤리라고 해요."

저녁 식사 전, 목욕을 하고 옷을 갈아입은 후 쉬고 있을 때였다. 창밖으로 보이는 아름다운 섬의 광경을 구경하며 황홀해하고 있는데, 경주의 방으로 손님이 찾아왔다. 노크도 하는 둥 마는 둥, 약간은 무례하게 불쑥 쳐들어온 여자는 십대의 꼬마 아가씨였다. 곱실거리는 긴 머리채와 흑진주처럼 반짝거리는 눈동자를 지닌 어여쁜 소녀는 경주를 보자마자 위아래로 훑어보며 노골적으로 적개심을 드러냈다.

"민경주예요."

"하프라면서요? 기빈이한테 들었어요. 기빈이 말로는…… 아 참, 그쪽은 기빈이 모르죠?"

"한기빈 씨 말인가요?"

"기빈이 성이 한 씨인 건 맞…… 기빈일 알아요?"

꼬마 아가씨가 유난히 동그랗고 유난히 반짝거리는 두 눈을 커다랗게 떴다. 상당히 놀란 눈치다. 경주가 기빈을 알고 있다는 사실이, 저렇게 충격받을 정도로 뜻밖의 일이란 건가? 어리둥절한 얼굴로 경주는 두 눈을 빠르게 깜빡거리며 고개를 끄덕였다.

"인사를 나눴으니까요."

"하지만 지금 기빈인 성채에 없는데. 작전 때문에 본토로 나가 있다고요."

"성채에서 만났다는 말은 안 했는데요."

"본토에서 만났단 말이에요? 하, 하지만 그런 말은 나한테 안 했는데? 왜 안 했지?"

"글쎄요. 그건 기빈 씨한테 직접 물어보셔야 할 것 같은데요."

"기빈인 어지간한 건 다 나한테 말해준다고요. 엄청난 국가기밀이 아니면 죄다요. 나한테는 거의 숨기는 게 없는데, 왜 당신과의 만남을 숨긴 거죠? 대체 어떻게 만난 거예요? 무슨 일 때문에 만났어요?"

아하. 이 아가씨는 기빈이 자신에게 비밀을 만들었다는 사실이 못마땅한 거로군.

경주는 천천히 생각하며 고개를 살살 끄덕였다. 이제 조금 이해가 되려고 했다. 그녀도 이안이 비밀을 만든다면 이렇듯 당황하고 화가 날 것 같으니까. 경주는 빠르게 상황을 종합, 정리했다. 신윤리=한기빈을 좋아하는 십대 꼬마 아가씨, 라고. 그리고는 꼬마 아가씨의 심기가 불편하지 않게끔 신중히 단어를 골랐다.

"우리의 첫 만남은……."

매처럼 날카로운 윤리의 시선이 입술을 축이는 경주의 혓바닥을 노려보았다. 그녀는 뜸을 들일 대로 들이다가 윤리가 미쳐 돌아가시기 일보 직전, 겨우 문장을 마무리했다.

"상당히 인상적이었죠."

"인상적이었다고요?"

"네, 꽤. 아마 전 평생 잊지 못할 거예요. 그땐 정말 아찔했는데, 지금은 짜릿하게 느껴지네요."

인상적. 평생 잊지 못해. 아찔하고 짜릿해. 윤리는 얼굴을 붉히고 입술을 실룩거리면서 경주가 하는 말을 속으로 따라 읊었다. 한기빈, 그 자식이 민경주를 후린 게 틀림없었다. 여자한테 관심 없는 척하더니 또 한 여자를 낚아 올린 거다.

제 입으로 민경주가 윤이안한테 홀딱 넘어갈지도 모른다고 말하더니, 이게 대체 무슨 일이람. 정말 미친 거 아니야? 자기 형도 아직 짝을 짓지 못했는데 자기가 먼저 결혼이라도 하려는 거야, 뭐야? 밥맛없는 인간. 재수탱이. 바람둥이 개자식!

"상관없어요. 내가 하고 싶은 말은, 난 당신과 다르다는 거니까."

눈앞에 환영처럼 한기빈의 면상이 어른거렸지만 윤리는 휙휙 고개를 내돌리며 걸어냈다. 그 녀석이 민경주랑 결혼을 하든가 말든가. 민경주에게 사랑을 속삭이고 영원을 약속하든가 말든가. 윤리가 알 바 아니었다. 그녀는 괜히 씩씩거리는 얼굴로 민경주를 쏘아보며 옹골차게 선언했다.

"난 뱀파이어거든요."

"네?"

"난 뱀파이어라고요. 당신처럼 반쪽짜리 하프 나부랭이가 아니라 100퍼센트 순혈 뱀파이어. 뱀파이어 세계에서 그 어떤 피도 섞이지 않은 순혈 뱀파이어란, 되게 희귀하다는 거 아시죠? 이 세계에서 난 원하는 걸 다 가질 수 있어요. 심지어 수장까지도요."

"아, 그렇군요. 몰랐어요."

"이제부터 알아두세요. 당신도 이젠 뱀파이어의 세계에 대해 좀 더 잘 알아둬야 하지 않겠어요?"

한기빈과 결혼하려면. 마음속으로 한마디 덧붙이자마자 윤리의 속이 부글부글 끓어올랐다. 한기빈이 민경주와 짝을 이루는 상상만 해도 화가 머리끝까지 났다. 민경주가 혹여 태빈의 짝이 될까 우려했던 윤리로서는 이 상황을 달가워해야 마땅했기 때문에, 자신이 왜 이런 기분이 되는지 납득이 되질 않았지만 어쨌든 싫었다. 그냥 싫다.

"이런 얘길 하는 이유는 혹시나 해서예요. 당신이 앞으로 허튼 생각 못하게 미리 못을 박아두는 거죠."

"못을 박는다고요?"

"사실 내 입장으로선 당신의 선택을 지지해요. 당신은 옳은 선택을 했어요. 얼굴도 못 본 낯선 남자보다는, 마음이 가고 의지가 되는 남자를 좋아하는 게 맞잖아요? 잘됐으면 좋겠어요. 당신의 행복을 빌어요."

"……고마워요."

"하지만 앞으로의 일을 장담해선 안 되는 법이죠. 여자의 마음은 갈대라는데, 혹시 모르는 일이잖아요? 당신이 후회하게 될지. 당신 스스로 자신이 얼마나 대단한 것을 놓쳤나 깨닫게 되면 지금의 선택을 되돌리고 싶어하겠죠."

"내 마음이 바뀔지도 모른다는 건가요?"

"난 그걸 막고 싶은 거고요."

"아아."

"하지만 그렇게는 절대로 안 되겠어요. 난 그 사람과 언약한 사이거든요. 당신이 끼어들 여지가 애초부터 전혀 없었다는 거죠."

"언약?"

얼핏 웃음기가 스치는가 싶었으나 다시 본 경주의 눈빛은 진지했다. 어쩐지 속고 있는 기분이 들어 윤리는 눈살을 찌푸렸다. 하지만 하프 나부랭이한테 속을 게 뭐란 말인가. 윤리는 안절부절, 초조, 애타는 심정 따위는 과감하게 구석에 처박아 버리고는 대차게 응수했다.

"정확하게 언약을 한 건 아니지만 그 비슷한 관계예요."

"언약 비슷한 걸 한 사이라고요?"

"태어날 때부터 그 사람이랑 결혼할 운명이라 생각하면서 살았어요. 그러니까 다른 사람은 몰라도 그 사람만큼은 절대로 양보 못해요. 당신한테 못 줘요. 죽어도."

뚱하게 입을 내밀고 퉁명스럽게 눈을 반짝이며 윤리는 생각했다. 자신이 생각해 봐도 유치하고 심술궂은 발언이라고. 하지만 민경주한테만큼은 절대 밀리고 싶지 않았다. 질 수 없었다. 이유를 알 수 없지만, 이 여자한테선 초반부터 강하게 나가지 않으면 되레 말려들 것만 같은 강한 포스가 느껴졌다.

"내게 당신 남자를 양보할 필요 없어요, 아가씨."

유치 뽕짝스러운 윤리의 말을 끝까지 다 듣고도 인상을 찌푸리지 않는 천사표 민경주가 말했다.

"난 지금도, 앞으로도 평생, 한기빈 씨와는 결혼할 생각이 전혀 없으니까요."

"에?"

난데없이 흘러나온 한기빈 이름에 허거덩 놀라 윤리가 미간을 찌푸리며 반문했다. 이 여자가 지금 무슨 소릴 하는 거야? '당신 남자' 라니. '한기빈' 이라니. 한기빈이 어떻게 해서 내 남자인데? 간도 크게 '놀랄 노' 자의 말을 덜렁 투척해 놓고도 자신이 얼마나 경악스런 소릴 했는지 전혀 모르는 듯 경주는 한없이 다정하고 상냥하게 다음 말을 이었다.

"한기빈 씨는 당신의 짝이잖아요. 내가 그 사람을 좋아할 리 없죠. 내 짝은 윤이안인걸요."

"뭐라고요? 그게 무, 무슨……!"

"아니라고는 말하지 마세요. 나도 뱀파이어잖아요. 척 보면 안다고요."

"뭘 안다는 거예요? 내가 뭘 어쨌다고? 난 절대…… 절대……!"

한기빈을 좋아하지 않는다고요! 마음속의 외침은 친절한 경주 씨에 의해 차단되어졌다. 그녀는 윤리의 손바닥을 토닥토닥 매만지며, 다 안다는 듯 하해와 같은 얼굴로 부드럽게 미소 지었다.

"아가씨와 기빈 씨는 둘도 없는 천생연분이 될 거예요. 내가 장담해요."

윤리 입장에선 예상치 못하게, 경주 입장에선 의도치 않게, 한기빈을 도마 위에 올려놓고 운명이니 천생연분이니 설전을 벌이고 있을 때. 이안은 수장의 집무실 앞에 우뚝 섰다. 수장의 개인비서이자 성채의 안살림을 도맡고 있는 집사, 하임이 출입문을 열고 그가 들어가길 기다리고 있었으나 이안은 선뜻 움직일 수 없었다.

이안은 가만히 서서 숨을 들이마셨다. 긴장이 역력한 그를 하임이 의아한 눈으로 바라보았다. 이전엔 이안이 이렇게까지 긴장하는 모습을 한 번도 보지 못했기 때문에 나오는 반응일 것이다. 천천히 숨을 다시 내뱉었다. 그러면서 자신에게 가장 중요한 우선순위를 매겨보았다. 고민할 것도 없이 리스트의 맨 윗자리는 민경주의 몫이었다. 그에게는 경주가 가장 중요했다. 그걸 잊지 않는다면, 지금부터 맞닥뜨릴 복잡하고도 첨예한 사안을 쉬이 풀어낼 수 있을 것이다. 생각을 정리하고 나서 이안은 태빈의 집무실로 들어섰다.

"이봐, 니콜라이. 내겐 솔직하게 말해도 되잖아. 우리 사이에 입에 발린 말 할 필요 있어? ……아니, 아니, 자넨 입에 발린 말을 하고 있어. 사실은 내가 필요한 게 아니라 내 돈이 필요한 거겠지. 프로젝트가 좀 커? 언제 끝날지도 모르는 연구이니 밑 빠진 독에 물 붓기로, 돈을 쏟아부어야 하잖아."

태빈이 창가에 기대선 채 러시아어로 통화를 하고 있었다. 인기척을 느끼고 흘끗 뒤를 보더니 이안을 발견하곤 손을 들어 보였다. 중요한 통화이니 잠깐만 기다려 달라는 메시지다. 그렇다는 것은 '이봐, 니콜라이'의 니콜라이는 러시아 현(現) 대통령이자 세계 뱀파이어연합(W.A.M.)의 수장인 니콜라이 미하일로비치 리트비노프라는 뜻이었다. 이안은 고개를 한 번 끄덕이고는 그의 요구대로 기다렸다.

"자네 말대로 난 돈이 많아. 63빌딩 위에서 삼 일 밤낮을 뿌려대도 바닥을 못 볼 정도로 많지. 맞아. 인류의 평화와 안전을 위해서 이번 프로젝트에 기부하는 것쯤 내겐 일도 아니야. 아마 한화로 1조 원 정도는 내일 당장 연구소 앞으로 입금할 수도 있을걸. 하지만 니콜라이, 난 싫어. 그럴 수 없어. 못하겠어. 왜냐고? 난 아시아협회 수장이니까. 그리고 늘 말하는 거지만 우리 아시아협회는 아직 이 프로젝트에 찬성하지 않아. 자네도 알잖나. 난 아시아 각국 성채의 의견을 존중하기 위해 만장일치제를 채택하고 있다고."

태빈이 손가락을 머리카락 속에 집어넣고는 슥, 위로 긁어 올렸다. 그 작은 움직임에서 성마름이 느껴졌다. 짜증이 솟구치는 모양이다. 태빈이 노상 제 입으로도 하는 말이지만, 그는 수장 자리에 어울리지 않았다. 성격이 급하고 불같은 데다가 어떤 면에서는 독선적이고 야비한 구석마저 있으니까. 한마디로 성질머리가 고약하다. 격변을 거친 덕에 상처가 많고 여전히 서로를 향해 으르렁거리는 아시아 대륙의 협회를 탈 없이 이끌어가기에는 확실히 무리가 있다. 하지만 압도적인 카리스마를 지닌 태빈이 아니었다면 그 누구도 서로에게 꽁해 있는 그들을 한자리에 불러 모으지 못했을 것이다. 비록 당사자는 인정하지 않겠지만 그는 타고난 리더였다.

"알아, 안다고. 민주주의. 다수결원칙. 편리하고 쉬운 결정 방식이지. 하지만 여긴 아시아야. 자네도 알다시피, 아, 모르나? 아시아 역사에 대해 좀 더 공부해야만 할까? 어쨌든 여긴 아직도 역사적인 여러 사건들 때문에 첨예하게 대립되어 있어. 지난번 회의 때는 타케로 미나토와 류페이가 주먹질을 했다고. 알겠어? 프로젝트에 전원 찬성하기 전까지, 난 프로젝트를 위한 후원을 일절 하지 않을 거야."

태빈의 장점에서 외모를 빼놓을 수는 없겠다. 그는 잘생겼다. 아니다. 잘생겼다는 말은 그를 표현하기에 턱없이 부족하다. 그는 여자들의 마음을 단번에 사로잡을 만한 매력이 그야말로 철철 흘러넘친다. 190㎝에 가까운 키. 여자라면 한눈에 푹 빠져 버릴 수려한 이목구비. 그리고 영혼을 꿰뚫어 보는 듯한 눈.

"자네 말대로 내가 남자답지 못한 것일지도. 각국 눈치를 보느라 만장일치제 뒤에 숨어 인류의 중차대한 문제에 손을 놓는 우를 범하고 있는 건지도 모르지. 하지만 니콜라이, 그래도 난 못해. 내 마음대로, 내 사견대로 이 문제를 밀어붙이진 않을 거야. 한국 속담에 이런 말이 있지. 우물에서 숭늉 찾는다. ……숭늉이란 게 있어. 쌀로 만든 수프 같은 거랄까. 맛이 아주 일품이지. 내가 하고 싶은 말은 그러니까, 일에는 순서라는 게 있다는 거야."

이안처럼 한국 땅에서 오랫동안 살아온 덕에 얼핏 서구적 외모의 한국인, 혹은 혼혈인처럼 보이지만 검은 눈을 지닌 이안과는 달리 그의 눈은 바이칼 호수를 연상시키는 파란색이었다. 어떤 여자라도 그 눈을 보면 빨려들 것이다. 유혹당하여 모든 것을 그에게 내어주려 할 것이다. 실제로 태빈의 과거엔 그러한 여자들이 많았다. 불나방처럼 달려들어 자진해서 몸을 내주었던 탐욕스럽고 어리석은 인간 여자들. 태빈이 인간 여자를 혐오하는 이유였다.

'그리고 경주는 하프지. 인간이 아니라.'

그 때문에 민경주가 태빈의 여자로 안성맞춤이라 생각했었다. 태빈에겐 뱀파이어계의 미래를 위해, 좀 더 거시적으로는 인류의 미래를 위해, 여자를 취할 필요가 있었다. 하지만 내성을 지닌 인간 여자는 찾기도 어려울 뿐더러 태빈이 극도로 피하고 있었다. 여자 뱀파이어는 그 숫자가 너무 적고, 대부분은 짝을 이루어 잘 살고 있었다. 유일한 후보로 하임과 윤리가 있었지만 태빈은 그들이 너무 가족 같아서 여자로 뵈지 않는다고 했다.

그런데 민경주가 나타난 것이다. 인간도 뱀파이어도 아닌 하프가. 지구상 가장 뛰어난 과학자이자 뱀파이어의 운명을 한순간에 뒤바꿔 놓은 위대한 뱀파이어, 민영훈의 딸이. 이안으로서는 그녀가 태빈의 짝이기를 바랄 수밖에 없었다. 태빈이 그녀를 마음에 들어 하길 간절히 바랐었다. 정확히 그녀의 얼굴을 확인하기 전까지는.

"좋아, 친구. 방해자는 사라졌어."

휴대폰을 넌덜머리 난다는 듯 책상 위로 내던지고는 태빈이 위성 TV로 본 타국의 유행어 한 자락을 툭 내뱉었다. 생각에 빠져 있던 이안이 그제야 눈을 들어 태빈을 보았다. 태빈은 미소를 지은 채 친구인 이안을 섬세한 시선으로 훑고 있었다.

"네가 자길 방해자 취급했다는 걸 니콜라이가 알면 펄펄 뛸 텐데."

"그 친구에 대해선 걱정 마. 내가 알아서 잘 처리할 수 있으니까. 니콜라이의 문제가 뭔지 알아? 보기보다 멍청하다는 거야. 그래서 코앞에 있는 함정도 눈치채지 못하지. 유리가 없었다면, 니콜라이는 벌써 저세상 사람이 되었을걸."

"유리? 그 보좌관?"

"정치보좌관이자 개인비서이자 보디가드이면서 가정부이기도한…… 가만. 유리를 여자라고 해야 하나, 남자라고 해야 하나?"

"남장을 한 여자."

"정확한 표현이군. 자자! 그 멍청한 녀석 얘긴 관두고, 이제 축배를 들어야지? 네가 이렇게 내 앞에 나타났다는 건 임무를 무사히 마쳤다는 의미일 테니까. 그렇지?"

"……."

"우리의 VIP는 무사하겠지?"

답이 없는 이안을 뚫어져라 바라보며 태빈이 재차 물었다. 냉철하고 예리한 시선 아래, 희미하지만 몹시도 매력적인 미소를 짓고 있었다.

"무사해."

"VVIP는?"

"그분도 물론. 저녁 식사 때까지 모두 쉴 수 있도록 조치해 두고 오는 길이야."

"그렇군. 이제 기빈이가 작전을 마무리하고 돌아오기만 하면 되겠어. 그럼 끝. 맞지?"

탐색하는 듯한 눈으로 이안을 빤히 바라보며 태빈이 물었다. 순수하게 대답을 듣기 위한 질문이 아니었다. 뉘앙스에 추궁이 들어 있었다. 이안은 천천히 고개를 끄덕이며, 미션을 받았을 때 그가 했던 말을 떠올리지 않기 위해 애를 썼다.

"VIP를 무사히 모셔오도록 해. 혹시 아나? 인간도 아닌 것이, 뱀파이어도 아닌 것이, 다 스러져 가는 내 정욕의 불꽃을 되살려 맥이 끊긴 뱀파이어 수장의 대를 이어줄지. 또 모르지. 그 여자가 내 운명의 짝인지도."

영훈의 말대로 뱀파이어에게 태어날 때부터 짝지어진 인연이 있고, 민경주가 누군가의 짝이라면, 그는 바로 자신이었다. 자신만이 민경주의 짝이 될 수 있다고 이안은 확신해 마지않았다. 태빈이 뱀파이어계의 핵심인물이며 대한민국과 아시아 성채의 수장이라는 사실은 중요하지 않았다. 그가 하루빨리 후계자를 보아야 한다는 사실도 중요하지 않았다. 경주에게 사랑이란, 인연이란, 운명의 짝이란 오로지 자신뿐이라는 사실만 중요하다. 자신만이 그녀의 남자가 될 수 있다.

"기빈이가 돌아오는 대로 식을 치르자고."

기분 나쁠 정도로 부드럽고 다정한 태빈의 목소리가 이안의 신경을 건드렸다. 이안의 얼굴이 눈에 띌 정도로 굳어졌다.

"식? 무슨 식?"

"결혼식 말이야, 친구."

"결혼식이라고?"

"내가 얼마나 치밀한지 네 녀석도 잘 알잖아. 결혼식과 식전 파티, 피로연, 허니문까지 일사천리로 완벽하게 준비해 뒀지. 하임이 도움을 좀 받았지만 대부분은 내 아이디어였어. 아주 중요한 일이니만큼 꽤 신경을 썼지. 허니문은 비밀의 섬, 크레트라타로 가게 될 거야. 그곳에서 두 사람만을 위한 시간을 가지는 거지. 얼마나 흥미롭고 유익한 시간이 될지 상상해 보라고, 친구."

태빈은 이안의 심기가 불편해졌다는 걸 눈치챘을 것이다. 소위 감이란 게 언제나 좋았고, 때문에 상황 파악이 빠른 덕에 수백 년간 뱀파이어의 리더로서 활약할 수 있었으니까. 그에게 절친한 친구의 마음을 읽어내는 것쯤은 일도 아니었다. 한데도 그는 멈추지 않았다. 일부러 이안의 분노를 돋우려는 듯. 심지어 그 어느 때보다도 행복한 것처럼 보이기도 했다. 도무지 이해할 수 없는 심정으로 이안은 태빈을 노려보았다.

"날마다 여자를 안을 수 있어. 알다시피 우린 오랫동안 여자를 멀리했잖아? 억누르고 억눌러 뒀던 욕망이 어마어마하지. 이번 허니문에서 바로 그걸 풀어버리는 거야. 대단할 것 같지 않아? 날마다, 원한다면 매 순간마다 가질 수도 있어. 신부를. 쾌락은 조물주의 가장 위대한 선물이야. 새 신부를 쾌락하게 하는 건 남자로서 매우 흥미진진한 도전이지. 땀을 흘리며 침대를 뒹구는 건…… 내 생각엔 그래, 아주 멋진 일이야. 최고지."

"……."

"이번 허니문은, 그동안 인간 여자를 마구잡이로 사냥해 욕구를 풀고 죽이는 잔인한 행위를 지양함으로써 우리가 겪어야 했던 고통들을 모조리 다 보상해 줄 거야. 환락적이면서도 낭만적이 될 거라 장담하지. 분명 VIP를 임신시킬 수 있을 거야."

"그 여자는 결혼 안 해."

태빈을 무시무시한 시선으로 노려보던 이안이 드디어 입을 열었다. 태빈이 매우 놀란 듯 두 눈을 휘둥그레 떴다.

"뭐라고?"

"민경주는 너와 결혼하지 않는다고."

"아니, 이럴 수가. 이렇게 안타까운 일이!"

누가 봐도 연기라는 걸 알 수 있을 정도로 과장되게 말하며 태빈은 그 잘생긴 얼굴을 찌푸렸다. 어깨를 움츠리고 손을 내밀며 '이 엄청난 사실을 받아들일 수 없어!'의 포즈를 취하고 있었다. 기빈이 봤다면 주먹을 휘두르며 오그라드는 짓 그만하라 고래고래 소리를 질러댔을 정도로 형편없는 연기였으나, 불행히도 이안은 전혀 눈치채지 못하고 있었다. 사랑은 뱀파이어의 눈마저도 멀게 만들었다.

"너와 침대에서 뒹구는 일도 없을 거야. 그 여잔 이제 내 것이니까."

"어, 이런. 그렇다면 벌써 두 사람이?"

"그래. 경주와 난 이미……."

"네가? 네 녀석처럼 여자를 돌같이 대하는 남자를 내가 본 적이 없건만? 믿어지지 않는데?"

"아홉 달 후면 믿게 될 거야."

"네가 VIP를 임신시켰단 말이야?"

"아직 의사에게 보이지 않았지만 거의 확실해. 너도 알다시피 난 그런 쪽으로 탁월한 능력을……."

"알지, 알고말고. 네 예지력은 뱀파이어 사이에서도 타의 추종을 불허할 정도라는 걸. 놀랍군. 난 네가 나의 충성스러운 마스터라고 생각했는데 말이야. 너라면 VIP를 수장인 나에게 먼저 선보일 거라 생각했거든."

그럴 작정이었지. 그녀를 사랑한다는 걸 깨달았으면서도 그렇게 할 생각이었다. 그것이 수장을 보필하는 마스터의 의무라고 여겼었다. 하지만 이내 경주의 마음을 알았고, 두 사람이 서로를 사랑한다는 걸 안 이상 계획을 밀고 나갈 수는 없었다. 민경주가 자신을 원한다면 자신은 얼마든지 스스로를 내어줄 수 있었다. 그럴 각오가 이미 되어 있다. 민경주는 그의 생명, 삶, 그 자체였기 때문에.

"네게 후계자가 절실하다는 걸 모르진 않아."

무거운 마음으로 중얼거리는 이안의 눈빛은 우울했다. 그에 반
해 태빈은 실망한 사람치곤 몹시 가벼웠다. 그는 어깨를 으쓱하고
는 별거 아니라는 듯 고개를 흔들며 태연히 중얼거렸다.

　"별로."

　"넌 원래부터 그 문제를 중요하게 생각하지 않았지. 그러면 안
된다는 걸 알면서도 말이야. 하지만 네가 수장 자리에 오른 지도
벌써 백 년이 지났어. 수장이란 자리가 후사 없이 죽기 전까지는
대대로 계승된다는 점을 감안하면, 아직까지 후계자를 보지 못했
다는 건 결코 바람직한 일이랄 수 없어. 까딱하면 정적들의 타깃
이 될 수도 있으니까. 하극상이 얼마나 끔찍한 비극을 불러일으키
는지는 반변이자들의 일만 봐도 알 수 있지. 다시 한 번 피바람이
불 거다. 같은 종족끼리 싸우고 죽이고. 또다시 그런 비극이 일어
나지 않길 바란다면, 수장, 아무리 싫은 일이라도 받아들여야 해.
그것이 수장으로서 네가 마땅히 해야 할 본분이라고 생각한다."

　"대단하군. 지금과 같은 상황에서 그런 충고를 할 수 있다니. 역
시 나의 듬직한 참모다워."

　"하지만 경주는 나를 원해."

　"아하."

　"나도 경주를 원하고. 우리 둘은 떨어질 수 없어."

　"두 사람이 운명의 짝이란 말이야? 넌 짝에 대한 전설을 믿지
않잖아."

　"그랬었지. 아마 경주를 만나지 못했다면 지금도 믿지 않았을
거야."

　"운명론자가 한 명 더 생겼군."

시니컬하게 중얼거리며 태빈이 인상을 찌푸렸다. 윤리를 떠올리고 있는 듯했다. 10대인 그녀는 입만 열었다 하면 '운명의 짝은 태빈 오빠'라 하며 태빈의 골치를 아프게 했다. 이안은 저도 모르게 픽, 웃음을 흘리며 중얼거렸다.

"너도 네 여자를 만나게 되면 이해하게 될 거야."

"미안하지만 친구, 난 운명 같은 건 안 믿어. 절대로 그럴 일은 없어."

태빈이 냉소적으로 입술을 비틀며 대답했다. 서늘한 눈빛이 번뜩였다. 방금 전까지만 해도 장난꾸러기처럼 빛나던 눈이 어둡고, 음울하고, 섬뜩할 정도로 차갑게 변했다. 마음속에 오랫동안 봉인해 두었던 상처, 아픔, 고통이 아주 조금 드러났다. 이안은 분노와 울분에 맞서 싸우는 친구를 덤덤한 시선으로 바라봤다. 다행히 태빈은 늘 그렇듯, 금세 자신의 감정을 다스렸다. 눈빛이 언제 그랬냐 싶게 잔잔하고 태평하게 바뀌어 있었다. 매혹적인 입술 끝이 슬쩍, 곡선을 그리며 위로 올라갔다.

"내가 결혼을 하게 된다면, 그건 순전히 정치적인 이유 때문일 거야. 더 정확히 말해 후계자 때문이겠지. 아니면 지금까지는 성공적으로 잠재워 두었던 성욕이 폭발하여 더 이상 참을 수 없는 지경에 이르렀다거나."

"앞일은 모르는 거야, 친구."

이안이 태빈의 말투를 흉내 내며 유머러스하게 중얼거렸다. '네 심정 다 안다'는 특유의 눈으로 바라보면서. 태빈은 한숨을 푹 내쉬었다.

친구지만 이안은 정말 징그러운 녀석이다. 녀석에겐 아무것도 숨길 수가 없다. 입에 지퍼를 채우고 녀석 모르게 일을 해치워도, 녀석은 모든 걸 다 읽어냈다. 심지어 자신의 무의식 속으로 침입하지 못하게 방어해 두었는데도 녀석은 다 알아냈다. 구체적으로 무슨 일이 있었는지는 몰라도 태빈의 의식이 어떤 상태인지 정확하게 꼬집어냈다. 정말 신기한 능력이다. 또한 짜증나는 능력이기도 하다. 하지만 그 대단한 능력자 윤이안도 내일 결혼식의 신랑이 누구인지 알아내지 못한 듯했다.

"네 결혼식은 내가 취소시키겠다."

이안이 저리 '반대는 있을 수 없다'는 듯 정색한 얼굴로 말하는 걸 보면. 태빈은 속으로 브라보를 외치며 미소를 흘렸다.

"미안하지만 친구, 내일 저녁 단상에 서서 신부를 맞이할 신랑은 내가 아니라 바로 네 녀석이야."

"뭐?"

"이 결혼식은 '내' 결혼식이 아니라 '네' 결혼식이라고."

"뭐라고?"

얼빠진 얼굴로 이안이 재차 물으며 태빈을 멍하게 바라봤다. 이 표정이야말로 태빈이 이안의 허를 완벽하게 찔렀다는 증거였다. 강한 예지력과 육감으로 상대방의 생각을 읽어내는 능력을 가진 덕에 이안은 지금껏 당황함이 뭔지도 모르고 살아왔을 것이다. 친구이면서도 선생님 같고, 부하이면서도 아버지 같다는 생각을 늘 떨칠 수 없었던 태빈은 이제야 녀석이 또래처럼 느껴졌다. 태빈은 흡족한 마음으로 저벅저벅 걸어가 내내 책상 위에 놓여 있던 커다란 상자를 집어 올렸다.

"내 결혼식이라고? 네 결혼식이 아니라?"

아직까지 놀란 얼굴로 반문하는 이안에게 태빈은 상자를 휙 던져 주었다. 동물적인 뱀파이어의 감각으로 정확히 그것을 받아낸 이안은 의문을 담은 시선을 던졌다. 태빈은 양 손바닥을 삭삭 문지르며 잔뜩 흥분된 어조로 말하였다.

"우리의 아름다운 하프 신부를 위해 내가 준비한 선물이야. 엄청나게 아름다운 웨딩드레스지."

"네가 내 결혼식을 준비했다고?"

이제야, 도무지 믿어지지 않는 이 상황이 실제 상황임을 자각한 듯 이안이 웃음을 터뜨렸다. 손에 들려 있는 커다란 꾸러미를 내려다보며 웃는 녀석은 무척이나 행복해 보였다. 뿌듯함이 밀려와 태빈은 씩 웃었다. 이번 깜짝 결혼식을 준비한 자신을 마음속으로 칭찬했다. 친구 녀석이 이렇게 좋아할 줄이야. 그토록 무뚝뚝하고 고지식하며, 즐길 줄도 모르는 목석이어서 평생 혼자 살 줄 알았는데……

"일부러 단추가 많은 드레스로 준비했지. 네 녀석 골탕 좀 먹이려고."

큭큭 웃으며 태빈은 즐겁게 이안과 농담을 주고받았다. 이안은 정말 고맙다고 했고, 결혼식이 기대된다고 했다. 그리곤 결혼 소식을 신부에게 빨리 전해주고 싶다며 서둘러 자리를 떴다. 녀석의 행복한 모습을 흐뭇하게 지켜보며 유난히 떠들썩하게 축하를 해주던 태빈은 집무실 문이 닫히자마자 딱, 입을 닫았다.

갑자기 기분이 착 가라앉았다. 300년 지기 친구를 놀려먹는 재미도, 녀석의 결혼식을 주도하는 재미도 시들해졌다. 은행에 쌓여 있는 돈다발 세는 것도, 아시아 각국 수장들을 상대로 회유와 협박을 일삼는 정치질도, 다 부질없게 느껴졌다. 내내 그의 인생에서 커다란 지분을 차지했던 것들이 갑자기 먼지보다도 더 의미 없게 느껴졌다. 자꾸만 이안이 했던 말만 귓전을 맴돌 뿐이었다.

너도 네 여자를 만나게 되면 이해하게 될 거야…….

너도 네 여자를 만나게 되면…….

네 여자를 만나게 되면…….

네 여자를…….

태빈은 욕설을 내뱉었다.

제14장 꿈처럼 달콤한 인생

윤가람은 으스스하고 음울한 기운이 넘쳐 나는 태빈의 성(城)을 좋아한다. 인간들과 섞여 살다가 주말을 이용해, 혹은 휴가를 보내기 위해 이곳에 올 때면 자신이 뱀파이어의 후예라는 사실을 실감할 수 있기 때문이다. 또한 여기 오면 사랑하는 할머니를 만날 수 있다. 유쾌하고 자상한 태빈 삼촌(적어도 가람에게만큼은 그렇다)과 퉁명스럽지만 속이 깊은 기빈 삼촌, 늘 경직되어 있지만 어딘지 귀여운 구석이 있는 하임 이모도 만날 수 있다. 볼 때마다 마스터의 의무를 읊어대는 윤리 누나는 썩 좋아하지는 않지만, 안 보면 서운하다. 그들은 모두 가람에게 사랑과 안정, 자부심을 주는 울타리 같은 존재였다. 그들로 인해 가람은 자신이 뱀파이어라는 사실을 즐겁고 뿌듯하게 받아들이고 있었다.

"가람아! 천천히 뛰어야지!"

이수연 할머니는 손자가 항상 너무 빨리 뛴다고 걱정하신다. 지난달 손자가 달리기를 하다가 넘어져 무릎이 깨지고 발목 인대가 나간 뒤부터는 뛰기 전부터 노심초사했다. 독립심이 강한 가람은 그런 할머니의 걱정이 귀찮았고, 때론 다 부질없는 거라고 딱 부러지게 말해 드리고 싶었지만 실제로 그러지는 않았다. 할머니가 자신을 얼마나 사랑하는지 잘 알기 때문이었다. 인간인 할머니에게 다치거나 아프다는 것은 뱀파이어의 그것과 그 의미가 사뭇 다르다는 것도. 매번 그렇게 목구멍까지 올라오는 말들을 꿀꺽 집어삼키는 가람에게 아버지 윤이안 교수는 이렇게 말한 적이 있다.

"잘 참았다, 아들."

아무런 언질도 주지 않았는데도, 아버지는 그의 마음을 알았다. 항상. 언제나 알고 있었다. 아주 어렸을 때는 그것이 신기하기도, 불편하기도 했으나 여섯 살이 된 지금은 달랐다. 남의 기분을 읽어내는 능력은 아버지 유전자에 새겨진 특성이고, 자신이 그것을 물려받았다는 것을 그는 잘 이해하고 있었다. 그리고 그 점에 대해 가람은 무한한 자부심을 느꼈다.

"조심해서 뛸게요!"

가람은 뛰던 걸음을 멈추고 휙 뒤를 돌아 소리쳤다. 주름진 할머니의 얼굴에는 여전히 근심 걱정이 녹아 있었다. 가람은 할머니가 조금은 안도하길 바라며 가만히 서 있었다. 할머니는 손자를 잠시 바라보더니 흑, 숨을 내쉬고는 경직되었던 어깨에서 힘을 풀었다. 할머니가 승낙의 의미로 끄덕끄덕, 크게 고개를 흔드는 모습을 보고서야 가람은 다시 뛰기 시작했다.

"너무 걱정 마세요. 애들은 다 저렇게 뛰면서 크잖아요."

이수연 여사가 갖가지 색의 아름다운 꽃들과 넝쿨들, 우거진 나무들 사이를 뛰어다니는 가람을 불안한 시선으로 지켜보고 있던 그때, 그녀의 어깨 위로 다정한 손길이 올라왔다. 딸이었다. 이 여사는 또다시 긴 한숨을 내쉬며 중얼거렸다.

"너무 개구쟁이잖니. 조심성이 없어. 애가 두려운 걸 몰라. 대체 누굴 닮았는지."

"누구긴 누구겠어요. 닮았다면 제 엄마나 아빠겠지."

"넌 어렸을 때 내 말을 어긴 적이 없었어. 순둥이도 그런 순둥이가 없었지."

"그럼 이안 씨를 닮아서 저리 천방지축이라는 말이에요?"

"누가 들으면 웃을 일이지. 그리도 음전하고 점잖은 사람은 이 세상에 또 없을 테니."

"엄마, 뱀파이어는 음전하고 점잖지 않아요. 엄마도 잘 알잖아요. 뱀파이어랑 4년을 살아놓고서."

딸, 민경주는 팔꿈치로 이 여사의 옆구리를 찌르며 웃음을 터트렸다. 윤이안과 음전이라니! 그와 몇 년이나 함께 살아온 아내의 입장에서 볼 때, 그 둘만큼 서로 매치되지 않는 말도 없을 것이다. 윤이안은 경주를 처음 볼 때부터 욕구를 불태웠던 남자다. 그리고 진짜 경주를 가졌다. 영원히. 소위, '삶이 우리를 갈라놓을 때까지'.

"그랬지. 처음 만나고 결혼하기 전의 기간까지 따지면 그보다 더 오래 만났었지. 내 삶에서…… 그보다 더 행복한 날들은 없었단다."

그 아름다운 날들을 회상하는 이 여사의 눈빛은 꿈을 꾸듯 아련하게 빛났다. 남편을 떠올릴 때면 그녀는 늘 이런 눈을 하곤 한다. 누군가를 몹시도 사랑하고 몹시도 원하는 눈빛. 애가 닳도록 사랑하고 원하는 이를 만날 수 없는 여인의 가슴 아픈 눈빛. 이 여사는 날이 갈수록 남편을 그리워했다.

"아버지도 그럴 거예요."

경주가 등 뒤로 손을 뻗어왔다. 그녀는 두 손으로 이 여사의 허리를 끌어안고는 강인하지만 외로운 어깨에 자신의 턱을 사뿐히 올려놓았다.

"아버지한테도 엄마와 함께했던 시간이 가장 큰 행복이었을 거예요. 엄마가 사랑했던 것만큼 아버지도 엄마를 사랑했을 거고, 엄마가 그리워하는 만큼 아버지도 지금 어딘가에서 엄마를 그리워하고 있을 거예요."

"그래. 우린 언젠가 다시 만날 거야."

딸의 손에 자신의 손을 얹어 토닥거리며 이 여사는 빙그레 미소를 지었다. 세월이 새겨진 그녀의 주름진 눈가에 눈물이 고였다.

"네 아버지도 너희들을 봤더라면 좋았을 것을. 너와 윤 서방, 우리 예쁜 가람이가 이렇게 단란한 가정을 이뤄 살아가고 있는 걸 보았더라면……."

"보고 계실 거예요. 어디선가."

"난 네 아버지한테 얼마간의 부채감을 갖고 있단다. 나 혼자만 이곳에서 행복한 것 같아서. 사랑하는 내 딸, 내 손자와 함께 이곳 성채에서 너무 편안하고 행복하게 잘 지내고 있는 것 같아서, 네 아버지한테 늘 미안해."

"엄마……."

"그이와 함께라면 더 바랄 게 없을 텐데."

이 여사의 등이 희미하게 들썩거렸다. 경주는 찌르르 마음이 아파왔다. 이 여사의 깊은 상실감은 아무리 자신이라도 채워줄 수 없다는 걸 알기 때문이었다. 그녀의 슬픔은 오직 아버지만이 잠재울 수 있었다. 오직 민영훈만이 이수연의 그리움을 해갈시킬 수 있을 것이다. 경주는 안타까움에 이 여사의 허리를 더 꼭 껴안았다. 자신의 진실한 마음이 어머니에게 전달되길 바라면서.

"아빠!"

한 폭의 그림처럼, 바람결에 살랑거리는 아름다운 꽃들 사이로 한 쌍의 호랑나비와 함께 너울거리던 가람이 크게 소리치며 반대쪽을 향해 달려오기 시작했다. 휴가 중인데도 급한 일 때문에 오전 내내 서재에 있었던 이안이 드디어 모습을 드러낸 모양이다. 어찌나 매의 눈을 가졌는지, 가람은 제 아버지에 관해서라면 마치 스토커처럼 일거수일투족을 다 알고 있었다. 물론 성생활은 예외다. 그 분야에 대해서는 이안을 독점하는 이가 따로 있었다. 어젯밤도 그랬었고, 그러다가…….

"큼큼! 근데 엄마, 내가 말했던가요? 아홉 달 후에 둘째 손자 보는 거."

"둘째 손자? 너 임신했니?"

놀란 듯 이 여사가 경주를 돌아보았다. 경주는 절로 번지는 미소를 참지 못하고 헤벌쭉 웃어대며 으쓱, 어깨를 가볍게 들어 올렸다.

"어젯밤에요."

"새 학기가 시작되는 이 따사로운 봄날, 느닷없이 휴가를 떠나온 목적을 달성한 셈이구나?"

"딱히 임신이 목적은 아니었어요. 아시잖아요. 저도 바쁘지만, 그 사람은 저보다 백배는 더 바쁘다는 거. 최근은 그게 더 심해져서 가족들한테 시간을 많이 못 냈어요. 가람이가 불만이 많았죠. 그게 쌓이고 쌓이다 보니 급기야 '교수는 세상에서 제일 바쁘고 나쁘다' 란 소릴 해대서 유치원 선생님으로부터 호출까지 받는 사태로 번진 거예요. 우린 뒤늦게 '아뿔싸!' 했죠. 그래서 이렇게 자주 가족을 위해 시간을 내기로 한 거고요. 앞으론 틈틈이 시간을 내서 성채에 머물 거예요. 휴가지 중에 성채만 한 곳이 없잖아요?"

"그래. 바다, 산, 장원, 성, 없는 게 없는 곳이지. 가끔은 내가 이런 곳에서 살고 있다는 게 믿기지 않을 정도야. 우리 가람이 얼굴, 활짝 편 것 좀 보거라. 성채에 도착한 이후부터 쭉 저 얼굴이잖니."

"쟨 성채를 좋아해요. 누가 뱀파이어의 아들 아니랄까 봐. 게다가 아버지라면 사족을 못 쓰니 저렇게 얼굴이 환한 거죠."

가람이 전속력으로 뛰어 아버지의 품에 안기는 모습을 바라보며 경주는 말했다. 부드러운 미소가 그녀의 입가에 떠 있었다. 이 여사는 딸의 행복한 모습을 물끄러미 바라보며 마음속으로 남편을 향해 속삭였다. 이 행복, 이 환희, 조금만 더 느끼고 가겠다고. 당신 혼자 외로운 것 알지만 조금만 더 이 아이들과 함께하겠다고. 그때까지만 기다려 달라고.

"일 다 끝났어요, 아빠?"

아버지의 품에 안겨 까르륵 웃던 가람이 크게 소리쳤다. 아들을 하늘 높이 붕, 띄우고 비행기를 태우다 품에 안아 든 이안은 자신의 유일한 약점이자 사랑하는 아들을 부드러운 눈길로 바라보았다.

"그래, 모두 해치워 버렸다."

"이제 서재는 안 들어가시는 거죠?"

"물론이야. 지금부터는 온전히 휴가란다."

"전화도 안 받는 거예요. 아셨죠? 휴대전화 꺼놓기."

엄마가 늘 하던 멘트를 똑같이 반복하는 귀여운 짓을 하며 가람이 이안의 볼에 제 볼을 비볐다. 이안은 착 안겨오는 아들의 작은 몸을 가슴에 꼭 품었다. 가람에게는 아버지의 관심이 필요했다. 지금보다 훨씬 더 많이. 가람은 평범한 다른 뱀파이어보다도 훨씬 더 가파른 곡선으로 성장하고 있었다. 특히 정신적인 성장세는 더욱 빨라, 6살의 나이에 벌써 15세의 정신연령을 가지고 있었다. 그에 따른 혼란과 극심한 호르몬 변화는 어린 가람을 매우 힘들게 하고 있었다.

이 모든 게 자신의 아들이기 때문에 겪는 일이란 사실을 이안은 알았다. 자신도 어린 시절, 비슷한 경험을 치렀었다. 자신이 경험했던, 결코 즐겁지 않았던 내홍을 아들이 똑같이 앓고 힘들어하는 모습을 본다는 건, 아버지로서 괴로운 일이다. 하지만 그것은 뱀파이어라면 누구나 겪어야 하는 필연적 과업이기도 했다. 결코 거스를 수 없는 뱀파이어의 숙명 같은 것이랄까. 이안이 아들을 위해 해줄 수 있는 일은 그저 묵묵히 지켜봐 주는 것뿐이었다.

"이미 꺼놓았지, 귀염둥이. 이제부터 각오하는 게 좋을걸? 난 네 녀석을 놓아주지 않을 테니까!"

아들의 귓불에 까칠하게 새로 돋아난 수염들을 비비며 이안이 악당처럼 중얼거렸다. 까르륵! 장난꾸러기의 웃음이 터졌다.

"뭐가 그렇게 재미있어요, 우리 왕자님은?"

은쟁반에 옥구슬이 굴러가듯 청아하고 낭랑한 아내의 목소리가 들려왔다. 먼발치에 서 있던 이안의 아내가 장모와 함께 다가오고 있었다. 둘 다 만면에 웃음을 띤 채다. 특히 아내는 세상에서 제일 사랑해 마지않는 두 남자를 보는 것만으로도 가슴이 벅찬 듯 감격해하고 있었다.

엄마의 등장에, 아버지 품에서 잔뜩 어리광을 부리던 꼬마 가람이 번쩍 고개를 들었다. 그러더니 창피하여 얼굴이 빨개진 것도 의식하지 못한 채 엄마와 할머니 앞에서는 늘 그러했듯 어른스러운 척 어깨를 쭉 폈다.

"난 왕자님이 아니라 뱀파이어라고요."

"뱀파이어도 왕자가 될 수 있어, 아들. 왕자는 종(種)이 아니라 지위일 뿐이거든."

"아니죠. 제 지위는 마스터죠. 아버지도 마스터, 어머니도 마스터니까요."

"어, 이런."

똑 부러진 아들의 말에 경주는 할 말을 잃어버렸다. 가람은 마스터인 이안의 아들로 태어나자마자 마스터의 지위를 부여받았던 것이다. 동일한 이유로 경주가 성채에 입성하자마자 마스터로서의 지위를 누리게 된 것처럼. 경주는 콧잔등을 찡그리며 순순히 자신의 패배를 인정했다.

"할 말이 없네, 아들. 네 말이 다 맞아."

"전 항상 맞는 말만 해요. 유치원 선생님도 가끔은 제게 뭘 물어볼 때가 있을 정도예요. 가공경화 이론이랄지, 악튀알리슴(Actualisme) 같은 거."

"넌 너무 똑똑해서 탈이다. 엄마가 이길 수가 없어."

"제가 좀 똑똑하긴 하죠. 아빠를 닮아서."

가람이 어깨를 으쓱하며 입술을 쭉 내민다. 특유의 잘난 체를 하기 위해서 입술을 삐쭉거린 것이었으나 경주의 눈엔 더없이 어리고 귀여워 보일 따름이었다. 내면적으로 폭풍 성장 중인 아들의 자아를 위해, 아들을 다 큰 어른인 것처럼 대해줘야 한다는 걸 알면서도 경주는 도저히 참지 못하고 가람의 입술에 쪽, 하고 입을 맞춰 버렸다.

"엄마도 엄청 똑똑하거든요? 이 아빠만 편애하는 아빠바라기 같으니라고!"

"아니에요! 난 엄마도 사랑해요."

"정말이니?"

"아빠는 자주 못 봐서 더 반가운 것뿐이에요. 엄마도 박사님이라 바쁘지만 아빠보다는 덜하잖아요. 적어도 아빠처럼 '어어엄청—' 보고 싶어질 때까지 오랫동안 못 본 적은 없어요. 그래서 아빠에게 더 표현하는 것뿐이라고요. 그렇죠? 내 말이 맞죠, 아빠?"

엄마에게서 슬픈 기색을 보았는지 가람이 열심히 변명 아닌 변명을 하고는 획, 아버지를 돌아보았다. 가람이 나름대로는 구조를 요청하는 것이었다. 아버지라면 어머니를 다시 웃게 할 수 있을 거라 생각하는 것이다. 확실히 가람의 눈에, 아버지는 아내를 기쁘게 하는 데에 탁월한 재능을 갖고 있었다.

"물론이지. 엄마를 사랑하지 않는 사람은, 아마 이 세상에 존재하지도 않을 거다. 그건 불가능한 일이거든. 엄마만큼 사랑스러운 사람은 내 평생 본 적이 없어."

아니나 다를까. 이안이 빙그레 웃으며 입술에 키스하자 경주의 얼굴은 꽃처럼 환하게 피어났다. 경주가 자연스럽게 팔을 둘러 이안의 목을 껴안았다. 아침에 눈을 뜨고 지금까지 코빼기도 볼 수 없었던 탓인지, 끝내주게 격정적이고 환상적이었던 어젯밤의 기억 때문인지, 그의 입술을 맛보는 순간 온몸이 불덩이처럼 달아오르기 시작했다. 이안도 똑같은 어려움에 봉착한 듯 그의 숨소리가 거칠어졌다.

"사랑해."

달콤한 속삭임과 함께, 어느새 경주는 그의 품 안에 찰싹 안겨 있었다. 화려한 봄날과 남편을 그리워하는 이수연 여사, 조숙하지만 어린이다운 귀여움을 숨기지 못하는 사랑스런 가람은 어느 틈에 자취를 감춰 버렸다.

이안의 혀가 깊숙이 들어와 자신의 혀를 뜨겁게 감아 돌려 나른한 신음을 흘리면서, 경주는 자신이 꿈속 한가운데에 서 있다는 사실을 분명하게 깨달았다. 이안이 혓바닥을 내밀어 입술 안쪽을 핥아 올려 제 입술로 흡착했다. 쭙쭙, 야하디야한 소리를 배경 삼아, 욕망의 샘물에 풍당 들어갔다 나온 듯 관능에 젖은 허스키한 이안의 목소리가 들려왔다.

"안녕, 아가씨."

경주는 천천히 눈을 뜨고 현실을 맞이했다. 그리고 자신이 꿈속에서처럼 이안에게 입술이 빨리고 있음을 알아챘다.

당황스러웠다. 누군들 안 그렇겠는가. 성채에 입성한 후 윤리를 만났고 곧이어 잠시 피곤한 몸을 뉘었던 것뿐인데, 눈을 떠보니 뱀파이어에게 키스를 당하고 있는 걸. 게다가 자신은 그 어느 때보다도 열렬히 응하고 있었다!

"꿈을 꿨어요."

얕은 숨소리를 내며 경주가 속삭였다. 이안은 한참 동안 경주의 말에 주의를 기울일 수 없었다. 오직 그녀의 탐스런 아랫입술에 관심을 쏟고 또 쏟았다. 입술이 너덜너덜해지지 않았을까 걱정될 정도로 그는 경주의 입술을 빨고 또 빨았다. 경주의 입에서 색스러운 탄성이 흘러나오고 나서야 그는 마침내 고개를 들었다.

"즐거운 꿈이었겠지, 물론?"

"내 꿈을 훔쳐보지 않았군요?"

기가 다 빨린 것 같은 농도 짙은 키스에 뇌가 흐물흐물해진 기분으로, 경주는 속삭이듯 물었다. 이안은 이제 천천히 손을 움직여 옷자락 위로 그녀의 가슴을 주무르기 시작했다.

"남의 꿈속을 자주 들여다보진 않는다고 말했잖아."

"기분이 좋아요. 행복한 꿈을 꿨거든요."

"그런 것 같았어. 자면서 미소를 짓고 있더군. 무슨 꿈이었지?"

"어떤 남자에 관한 꿈?"

가슴을 강하게 움켜쥐었다가 놓기를 반복하는 이안의 손길에 흥분하며 경주는 은밀히 속삭였다. 그러자 그가 하체를 끌어내려 경주의 중앙 부위에 갖다 대었다. 거세게 고동치는 물건은 당장이라도 자궁 안을 습격하려는 듯 거대하게 곧추서 있었다.

"남자, 누구?"

그는 느릿느릿 허리를 움직여 그녀를 자극하며 엄지로 젖꼭지를 문질렀다. 샤워를 마친 후 브래지어를 착용하지 않은 탓에 그의 손길을 더욱 적나라하게 느낄 수 있었다. 아아, 나른한 신음을 내뱉으며 경주는 허리를 위로 올려 이안의 발기된 몸에 자신의 몸을 붙였다.

"내가 사랑하는 남자."

"나로군."

"아닐걸요."

"다른 남자를 사랑한다는 말은 하지 마. 안 믿으니까. 넌 나를 사랑해, 민경주. 네 입으로 이미 실토했잖아."

두 손가락으로 젖꼭지를 잡고 아프지 않게 비틀며 이안이 허리를 움직였다. 바지를 뚫을 듯 딱딱하게 솟아오른 남성이 이미 축축하게 젖은 경주의 중심부를 헤집고 찔러대기 시작했다. 옷감 위로 눌려지고 비벼지는 것뿐인데도 경주는 마치 몸속에 그가 들어오는 듯 몸을 열었다. 두 다리를 넓게 벌려 그의 허리에 감고 그가 만드는 리듬에 맞춰 움직였다. 팬티가 젖어갔다. 벌어져 나긋나긋해진 자궁 안에서 샘물이 흘러나왔다. 음란하고도 색욕적인 향기도.

"설마 기빈이는 아니겠지?"

휙, 이안이 거칠게 고개를 들어 올려 경주의 눈을 들여다보았다. 그의 아름다운 눈에 노란 띠가 떠올라 있었다. 그녀를 향한 사랑을 주체하지 못할 때 나오는 증상. 이안은 질투하고 있었다. 동시에 경주의 안에 들어와 본능을 풀어내고 싶어했다. 경주는 가슴이 벅차오르는 것을 느끼며 기쁘게 속삭였다.

"우리 아들이에요, 이안 씨."

"뭐?"

"우리 아들이 내 꿈에 나타났다고요. 자기 이름이 가람이라더군요."

깊게 주름 잡힌 이안의 미간을 손가락으로 문지르며 경주는 속삭였다. 그리고는 차가운 손을 그의 옷자락 안으로 밀어 넣었다. 경주의 서툴면서도 적극적인 손길이 맨살에 닿자 이안의 내부에서 타오르고 있던 열망의 불길은 시너를 끼얹은 듯 화르륵 타올랐다. 이안은 짐승처럼 울부짖으며 경주의 셔츠를 찢어버렸다.

지금 이 순간, 그는 아무것도 생각할 수 없었다. 경주의 침실에 들렀던 이유? 모른다. 내일 저녁 두 사람의 결혼식이 있을 예정이란 사실을 알려줘야 한다는 의무감 따윈 윤이안의 이성 소관. 윤이안의 본능은 지금 당장 사랑하는 여자의 몸속에 들어가야 한다는 것 외엔 아무것도 몰랐다. 이안은 미래의 아내가 입은 청바지 자락을 두 손으로 붙들고 확, 끌어 내리며 이를 악물었다.

"다시는 이따위, 딱 붙는 청바지 입지 마, 아가씨."

거의 겁박하듯 말하고 이안은 언제 봐도 먹음직스러운 경주의 꽃잎을 양쪽 엄지로 열어 그곳에 코를 박았다.

태빈이 준비한 결혼식은 성대했다. 성 밖 공원에서 공개적으로 치른 결혼식 하객은 500명가량의 성채 주민들이었고, 피로연은 성안 곳곳에서 밤새도록 왁자지껄 떠들썩하게 이어져 결혼식이 아니라 마치 축제를 연상시켰다. 신랑은 멋있었다. 검은 턱시도는 핏이 살아 있어 그의 다크하고 섹시한 매력을 한층 돋보이게 해주었는데, 그를 본 온갖 여자 뱀파이어들이 앓는 소리를 낼 정도였다. 하지만 신랑의 눈엔 신부밖에 안 보였다. 경주는 그의 심장을 터트릴 수도 있을 만큼 아름답고 순수한 신부였다.

그리고 지금, 숭고한 의식을 통해 한 사람의 아내가 된 경주는 비밀의 섬 '크레트라타' 해변에 누워 선탠을 하고 있었다. 하인의 손에 몸을 맡긴 채로. 하인은 엎드린 경주의 등을 가로지르고 있는 가느다란 비키니 상의의 끈을 풀어헤치고, 오일이 잔뜩 묻은 손바닥을 천천히 비볐다.

"으으음……."

선잠에 빠져 있던 경주가 본능적으로 나른하게 신음했다. 남자 하인은 어깨서부터 등허리까지 경주의 몸을 섬세하게 비비고 문질렀다. 경주의 피부는 백자처럼 뽀얗고 매끄러웠다. 섬에 도착한 지 삼 일째이건만 저택 밖으로 나온 건 오늘이 처음이었기 때문이다. 삼 일 동안 경주는 저택의 부부 침실 안에서 한 발자국도 나오지 않았었다.

"으음……."

하인의 손길이 경주의 가늘고 긴 다리를 훑어 내리더니 다시 위로 올라와 갈비뼈 부근을 맴돌았다. 남자는 제대로 교육받은 듯 지극히 전문적이고 직업적인 손놀림으로 그녀를 만졌다. 하지만 정작 경주가 느끼는 감정은 그렇지 못했다. 그의 손은 에로틱했다. 특히 손바닥을 안쪽 방향으로 빙글빙글 돌리며 문지를 때는 성적인 쾌감마저 느껴져 신음을 참지 못할 지경이었다. 그런데도 하인은 아무렇지도 않게 손을 앞쪽으로 밀어 넣어 그녀의 가슴을 덮었다.

"아……."

두 눈을 질끈 감고 경주는 희미한 신음을 흘렸다. 끈이 풀어진 비키니 캡 안으로 들어온 하인의 손이 동그란 원을 그리며 가슴을 문지르고 있었다. 오일의 미끈하고 더운 감각이 군살 박힌 남성적인 손바닥으로부터 전해졌다. 다리 사이로 화끈한 열기가 찾아왔고 젖꼭지가 곤두섰다. 뾰족해진 붉은 열매가 하인의 손바닥을 찔러댔다. 빙글거리던 손의 움직임이 서서히 잦아지는가 싶더니, 갑자기 검지와 중지가 꼭지를 끼우고는 꼬집듯 비틀기 시작했다.

"으훗!"

절로 가슴이 들썩거려졌다. 하인은 이때를 놓치지 않고 경주의 몸을 뒤집어놓았다. 감았던 눈을 천천히 떴다. 건장한 몸매에 잘생긴 하인이 선탠벤치 가장자리에 한쪽 무릎을 걸치고, 양손으로 경주의 가슴을 그러쥔 채 그녀를 내려다보고 있었다. 하복부에 찌르는 듯한 감각이 스치고 지나갔다. 하인은 낯부끄럽게도 수영복 하의만 걸친 채였다. 찌를 듯 튀어나와 있는 중앙 부위를 바라보며 경주는 숨을 헐떡였다.

"오일만 바른댔잖아."

"그러려고 했습니다, 아가씨. 하지만 아시다시피 그건 제게 쉽지 않은 일이었습니다. 이해해 주시리라 믿습니다."

"사람들이 볼 수도 있어."

"이곳은 비밀의 섬입니다. 아무도 접근할 수 없어요."

이안이 빙긋 웃으며 경주가 잠시 잊고 있던 사실을 상기시켜 주었다. 크레트라타는 태평양 한가운데에 떠 있는 섬으로, 오직 뱀파이어를 위해 만들어진 저택과 휴양 시설이 겸비되어 있었다. 태빈은 이안과 경주의 허니문 장소로 이곳을 고른 후, 그들이 도착하기 전에 미리 각종 생필품들을 비치해 두어 3주간의 긴 신혼여행을 즐기는 데에 무리가 없도록 했다. 또한 스무 명에 달하는 보디가드와 하인들을 섬 곳곳, 저택 곳곳에 배치해 안전과 편의에 만전을 기했다. 하지만 그럼에도 불구하고 도착한 직후부터 경주는 불만을 가졌다. 그럴 수밖에 없었다. 스무 명이나 되는 하인들 중 여자가 한 명도 없었으니까!

급기야 이안이 그녀의 시중을 들어주는 지경에 이르렀다.

"다른 하인들이 있잖아. 그 사람들이 내 알몸을 보는 건 싫어."

"그건 저도 싫습니다, 아가씨."

하인답게 공손하게 말하고 이안은 잠시 멈춰두었던 손길을 다시 움직였다. 몽글몽글 뭉클뭉클한 가슴 덩어리들이 미끄러운 오일과 커다란 손바닥에 짓눌린 채 흔들렸다. 일시적으로 가라앉았던 욕구가 경주의 내부에서 다시 용솟음쳤다. 거친 남자의 손이 가슴을 세차게 그러쥐었다가 놓고, 다시 눌러 비틀다가 놓았다. 곳곳에 군살이 박힌 손바닥이 연약한 살결을 쓸고 문지를 때마다, 젖꼭지를 문지르고 비틀 때마다, 머리서부터 발끝에서 찌르르 쾌감이 일었다. 헉헉, 가쁜 숨을 내쉴 정도로 흥분하게 됐을 무렵, 손길은 가슴을 떠나 골반으로 내려갔다.

"안 돼."

그가 비키니 하의에 손가락을 집어넣자 경주는 다급하게 제지했다. 열에 들뜬 채로 그를 바라보며 살랑살랑 고개를 내젓는 경주는 너무나도 연약해 보였다. 이안은 그녀의 입술에 쪽, 입을 맞추고는 달래듯 말했다.

　"해변엔 우리 둘뿐입니다, 아가씨. 제가 그렇게 조치해 뒀으니 걱정하지 않으셔도 됩니다."

　"그래도 싫어."

　"저를 못 믿으시는군요. 그렇죠?"

　"아니야!"

　저도 모르게 큰소리로 말해놓고 민망한지 경주는 아랫입술을 살짝 깨물었다. 그녀는 시선을 어디에 둬야 할지 모르는 듯 눈동자를 이리저리 굴리며 해명했다.

　"아니야, 믿어. 다만 적응이 안 돼서 그래. 이렇게 공개적인 곳에서 옷을 다 벗는 건 좀……."

　"이곳은 공개적인 곳이 아닙니다. 여긴 그 누구도 방문할 수 없는 뱀파이어의 휴양지, 크레트라타예요."

　"알아. 머리론 이해했어. 하지만 그래도…… 다 벗진 못하겠어. 인간으로 오랫동안 살아서 그런가 봐. 미안해."

　"정 그러시다면야."

　"화, 안 났지?"

　"룰은 마스터께서 정하시는 겁니다. 하인인 제가 아니라."

　이안은 사람 좋은 얼굴로 빙긋 웃고는 평소답지 않게 얼굴을 붉히는 경주를 내려다보았다. 그녀는 자신 앞에서 언제나 열정적이었다. 꿈에서도, 산에서도, 허니문에서도, 그의 아래에 누워 신음하고 비명을 내질렀던 경주는 섹스에 대한 터부가 전혀 없는 것만 같았다. 하지만 아니었다. 뱀파이어의 딸답게 탐욕적인 경주도 주저하고 부끄러워하는 게 있었다. 이안의 눈엔 그게 그렇게 귀여워 보일 수가 없었다.

"하인은 마스터의 요구라면 무조건 복종하는 거야?"

"그것이 납득될 만한 요구라면."

"내 요구가 납득돼?"

"납득 안 될 이유가 없으니까요. 이곳은 공공장소가 아니지만 마스터님께선 공공장소로 인식하고 있는 거 아닙니까? 그렇다면 벗지 않으셔도 되는 겁니다."

"그래도 괜찮겠어?"

묻는 경주 얼굴이 더더욱 빨개졌다. 무엇에 관한 질문인지는 굳이 확인해 보지 않아도 알 수 있는 바. 이안의 입이 귀에 걸릴 정도로 길게 찢어졌다. 심심풀이로 시작한 '마스터와 하인' 놀이가 슬슬 재미있어지기 시작했다.

"마스터님, 옷을 입고도 섹스가 가능하냐고 묻는 거라면, 그렇습니다. 가능합니다. 그러니 아무 걱정 하지 마십시오."

"나, 난……."

경주가 또다시 입술을 깨물었다. 몹시도 난처한 듯 질겅질겅. 이안은 자신의 말을 증명하기 위해 천천히 손을 끌어내려 경주의 다리 안쪽을 감쌌다. 꽃무늬 수영복 팬티 위로 앙증맞게 볼록 솟은 둔덕을 천천히 문지르며 몸을 숙여 그녀의 입술에 입술을 비볐다.

"뭐든 가능합니다. 뭐든."

"이, 이안 씨……."

"원하는 게 있으시다면 뭐든 말씀하세요, 마스터님."

그녀와 입술을 맞댄 채 속삭이며 이안은 수영복 팬티 가장자리를 옆으로 젖히고는 촉촉한 꿀샘 안으로 손가락을 밀어 넣었다.

"아아!"

갑작스런 침입에 놀란 듯 경주의 허리가 높이 솟구쳤다. 하나, 집요하고 탐욕스러운 이안의 손길에서 벗어날 수는 없었다. 그는 검지와 중지를 동시에 밀어 넣고 움직였다. 꺾인 손가락 끝에 경주의 내부 자극점이 눌렸다. 계속해서. 빠르고 격렬하고 정확하게. 피란 피는 모조리 그쪽으로 몰린 듯 화끈거리는 쾌감이 불처럼 일었다.

"이안 씨! 이안 씨!"

"원하는 걸 말씀하십시오, 마스터님. 저는 마스터님의 요구대로 할 겁니다."

공손하지만 뜨거운 어조로 그가 속삭였다. 그는 이제 클리토리스를 찾아내 그곳을 꾹 누르고 있었다. 엄지로 빙글빙글 원을 그리듯 비비고, 동시에 꿀샘 안에 몸을 담근 손가락을 넣었다 뺐다 반복하며 그녀가 비명 지르게 했다.

"나, 난…… 흐흑!"

"어서요."

그녀를 지켜보는 것만으로도 흥분해 버린 이안이 성마르고도 단호하게 재촉했다. 그녀는 절정을 맞이하기 일보 직전까지 와 있는 상태였다. 환락과 쾌락의 최정상을 그녀 혼자 보내고 싶지 않았다. 몸과 마음이 겹쳐진 채 하나가 된 채로 맞이하고 싶었다.

"오, 옷을 벗어."

하지만 경주는 그가 예상하지 못했던 황당한 요구를 해왔다. 일순 모든 행동을 멈추고 이안은 눈살을 찌푸리며 경주를 노려보았다.

"제 옷을 말입니까?"

"그래, 네 옷. 수영복 팬티. 그거 벗어."

"불…… 공평하단 생각 안 드십니까?"

"하인은 마스터의 요구를 들어줘야 한다면서. 나는 마스터고 넌 하인이잖아. 그러니까 내 요구를 군말 없이 이행해야지."

"납득될 만한 요구만 들어드린다고 말씀드렸을 텐데요?"

"난 널 납득시킬 수 있어. 난 여자지만 넌 남자고, 이 섬에는 남자가 우글거려. 혹시 모르는 만일의 사태에 대비해 난 벗지 않는 거고, 넌 상관없으니까 벗어도 되는 거야. 어때? 납득되지?"

"그 우글거리는 남자들은 이곳에 올 수가 없습니다."

"알아. 네가 조치했지. 하지만 난 불안해."

"……좋습니다. 원하신다면 벗죠."

이안은 태연히 말하고 천천히 몸을 뗐다. 처음엔 굽혀 있던 무릎이 펴졌고, 다음엔 그녀의 수영복 안에 박혀 있던 손가락이 떨어졌다. 그는 선탠벤치 옆에 다리를 벌리고 서서 두 손을 허리에 올리고는 흐트러진 자세로 누워 있는 아내를 굽어보았다. 오일로 번쩍이는 피부, 헝클어진 머리카락, 끈이 풀어져 맨가슴을 전혀 가리지 못하는 비키니 상의, 비밀스런 그곳을 감싼 하의까지. 어느 것 하나 그를 흥분시키지 않는 게 없었다.

이안은 그녀의 탐욕스러운 시선 앞에서 수영복을 벗었다. 장골에 걸쳐 있던 허리춤에 엄지를 걸고 천천히 아래로, 아래로. 무성한 체모가 드러났고 곧이어 완벽하게, 장대히 발기된 남성이 성이 난 듯 툭 앞으로 튀어나왔다.

경주는 꼴깍 침을 삼켰다. 그와 수많은 밤을 보냈는데도, 그의 남성을 이렇듯 가까이, 자세히 본 건 처음이라는 어처구니없는 사실이 떠올랐다. 그는 아름다웠다. 핏대가 불끈불끈 튀어 오른 것이 다분히 남성적인데도, 그 매끄러운 모양과 부드러워 보이는 피부는 실로 '아름답다'는 말이 절로 나올 정도였다.

"벗었습니다, 마스터님. 이제 뭘 할까요?"

그가 벌거벗은 몸으로 그녀를 내려다보며 조용히 물었다. 다 벗었는데도 이렇듯 위엄 있고 압제적인 남자는 윤이안밖에 없을 것이다. 경주는 그의 포스에 밀리지 않기 위해 노력하며 턱을 치켜들고 도도하게 말했다.

"그걸 질문이라고 해? 날 가져야지."

관능의 토네이도가 휩쓸고 지나간 후, 경주와 이안은 넓은 모래사장 위에 단둘이 숟가락처럼 겹쳐진 채 누워 있었다. 원하는 대로 양껏 이안을 가진 나머지, 온몸이 축 처지고 나른해진 경주는 이안의 가슴에 기댄 채 눈을 감고 있었다.

"마스터란 지위, 상당히 마음에 들어요."

하인 놀이가 끝났다고 생각한 듯 평소대로 '요'를 붙여 말하는 경주의 목소리에는 진한 피로가 배어 있었다. 전날 한숨도 자지 않고 서로의 육체를 탐했던 덕에 경주도, 이안도 잠이 부족한 상태이긴 했다. 다만 경주보다는 이안 쪽이 더 잘 버티고 있을 뿐.

섹스를 향한 그의 본능적 갈망이 잠의 유혹을 이겨내고 있었다.

"귀족의 작위가 연상된다며. 아버지의 지위를 승계받는 건 너무 예스럽다고 거부했었잖아."

이안은 아내의 풍만한 가슴을 쥐고 문지르며 귓가에 속삭였다. 아내가 엉덩이를 들썩여 이안의 사타구니를 자극하며 웅얼거렸다.

"그땐 남의 옷 입은 것 같았거든요. 무척 부담스럽고 어색했어요."

"하지만 지금은 부담스럽지 않다는 얘기로군?"

"주변의 권유로 그걸 받길 잘했단 생각이 들어요. 당신이랑 동등한 위치에 있다는 게 의외로 꽤 기분이 좋은 거 있죠. 또…… 여러모로 쓸모가 있는 것 같기도 하고."

"내게 명령하는 게 기분 좋았나 보지?"

"사실 좀…… 아니, 아주 많이 좋았어요. 몰랐는데, 명령하는 거 되게 신나더라고요. 처음엔 어색하더니 이내 즐기게 됐어요."

"앞으로 마스터와 하인 놀이를 자주 해야겠군. 나도 즐거웠으니까."

"설마!"

거의 감겼던 경주의 눈꺼풀이 번쩍 떠졌다. 뭐가 그리 놀라운지 그녀는 획, 몸을 돌려 이안을 정면으로 바라보았다. 방금까지 잠에 취해 있던 눈이 언제 그랬냐 싶게 생기가 돌기 시작했다. 이안은 그녀의 볼을 손으로 감싸고는 그윽하게 바라보았다.

"이 반응은 대체 뭘까?"

"난…… 그러니까, 어, 당신이 정말 내게 굴종하는 상황을 즐겼다고는 생각지 못하겠다는 거죠. 당신은 마스터고, 아주 오랫동안 뱀파이어 세계의 리더 그룹으로 군림했기 때문에 명령을 받는 것보다 내리는 것에 더 익숙하잖아요. 당신이 남자 하인들을 대신해 내 시중을 들겠다고 했을 때, 나머지 하인들이 얼마나 경악했는지 난 다 봤다고요."

"우리 세계에서는 하인도 대부분 남자들이야. 우리 뱀파이어들은 그들의 시중을 받는 것에 익숙해 있지. 하지만 넌 다르잖아. 지금까지 인간으로서 인간 룰에 맞춰 살아왔으니, 거북한 건 당연해. 난 네가 거북해하는 일은 강요할 생각 없어."

"그렇게 따지면 난 굳이 시중받을 필요가 없어요. 대부분의 인간들은 하인들의 시중을 받지 않고 혼자서도 잘해 나가니까요."

"하지만 난 네가 시중을 받았으면 좋겠어. 넌 내 아내로서, 마스터로서 그럴 자격이 있으니까. 네가 다른 하인들이 거북하다면 나라도 네 시중을 들어줄 거야. 앞으로도 쭉."

"그럼 정말로 아까 전의 그 상황을 즐겼단 말이죠? 당신이?"

어느새 경주는 엎드린 채로 두 팔을 접어, 그 위에 턱을 얹고는 사랑하는 남편을 빤히 바라보고 있다. 총기 있는 눈망울이 오로지 윤이안, 자신만을 향해 있었다. 이안은 자신이 살아온 320년을 통틀어 이만큼 행복했던 적이 있었나, 잠시 돌이켜 생각해 보았다. 물론 없었다. 그는 태어나서 처음으로 '생(生)'에 대해 다시 생각하게 되었다.

그는 지금껏 삶에 대한 미련을 가져 본 적이 없다. 왜 천 년이라는 긴 세월 동안 죽지도 못하고 살아야 하는지, 왜 원치도 않는데 일찍 죽지 못하는지, 불만을 갖고 살아왔다. 항상 내일 당장 죽게 돼도 상관없다 생각했었고, 그래서 임무를 받으면 목숨을 내놓고 거침없이 싸워왔다. 용맹한 요원이라는 별명은 그가 삶에 미련이 없었기 때문에 생겼던 것이다. 하지만 버진로드를 지나 자신에게 오는 신부, 민경주의 모습은 그를 180도 바꿔놓았다.

오래 살고 싶어졌다. 그것도 아주 오래오래. 자신이 지켜야 할 사람, 사랑하는 사람들, 내 가족이 생겼다는 것은 삶이 온전히 자신만의 것이 아니라는 뜻이니까. 320년 만에 드디어 그는 '천 년' 뱀파이어 생의 궁극적 목적을 발견한 셈이었다.

"난 네가 명령하는 게 좋아, 민경주."

이안은 경주의 작은 몸을 끌어안고 빙그르 몸을 굴려, 그녀를 자신의 몸 위에 올려놓았다.

"나한테 넌 여왕 같은 존재니까. 기꺼이 네 명에 따를 수 있어."

순식간에 올라탄 자세가 된 경주는 작은 손을 쫙 펴 그의 갈비뼈 부근을 감싸고는 고개를 끌어 내렸다. 빙긋 입술 꼬리를 끌어 올린 그녀는 유쾌함이 넘실거리는 눈으로 남편을 지그시 바라보며 손가락으로 섹시한 이안의 입술을 슬쩍 눌렀다.

"당신한텐 이미 충성을 맹세한 군주가 있잖아요."

"좋아, 그럼 주인. 넌 내 주인이고 난 네 노예야. 너를 위해 죽을 수도 있지."

"그게 뭐예요? 당신은 죽지 않잖아요!"

까르르 웃음을 터트리며 경주가 털썩 몸을 앞으로 숙여 그의 품에 안겨왔다. 그리고는 편안한 자세를 찾기 위함인 듯 엉덩이를 들썩였지만, 이내 편안함과는 심히 동떨어진 한숨을 깊이 내쉬며 천천히 골반을 빙글빙글 움직였다.

"날 위해 죽을 필요 없어요. 그냥 당신을 내게 주면 돼요, 뱀파이어 씨."

"아직 몰랐나?"

그의 몸을 열심히 적극적으로 자극하고 있는 아내를 사랑스럽게 바라보며 이안은 그녀의 이마에 키스를 했다.

"난 처음부터 네 것이었어. 그러니까 언제 어디서든 날 마음대로 해도 돼."

"그렇다면 당장, 입 다물고 내 안으로 들어와요."

아내의 명령이 떨어지자 이안은 기쁜 마음으로 임무를 수행하기 위해 힘껏 허리를 들어 올렸다.

에필로그

　"이 연구의 목적은, 외상 경험 이후에 찾아오는 정서조절 곤란
과 침습적 반추를 통한 의도적 반추를 거쳐 '외상 후 성장'에 이르
는 과정을 경험적으로 검증하고자 함에 있습니다. 또한 성격적 요
인 중의 하나인 낙관성이 '외상 후 성장'을 이루는 데 어떠한 영향
을 미치는지 확인하고, 이를 통해 임상적 활용의 근거를 마련하고
자 합니다."

　서울대학교 교수 윤이안은 대한민국 심리학회의 세미나 현장에
서 논문을 발표하고 있었다. 장신의 키와 여유 있는 태도, 성숙함
이 흘러넘치는 명료한 음성. 그 모든 것들이 한데 어우러져 빚어
내는 압도적인 카리스마로 좌중을 사로잡고 있는 그는, 학회에서
젊은 학자의 표본이자 지성미의 대명사로 통한다.

　하지만 그가 움직일 때마다 번뜩이는 안경알 너머에, 섹시미와

신비감이 혼재된 뱀파이어의 눈동자가 있다는 것은 그 누구도 눈치채지 못하였다.

"이번 연구를 위해 20세 이상 성인 남녀 550명을 대상으로 경험의 여부를 확인하였습니다. 한국판 정서조절 곤란 척도 36문항, 한국판 사건관련 반추 척도 24문항, 외상 후 성장 척도 22문항, 삶의 지향 검사 개정판 16문항이 사용되었고요. 그중 외상 경험이 있는 421명의 자료를 분석해 보았습니다."

한국사회에 커다란 충격을 안겨주었던 대형 참사가 일어난 것과 관련하여, 심리학자로서의 사회적 역할에 관한 토론과 연구가 이번 세미나의 주제였다. 윤이안 교수는 이번 세미나의 주제 논문으로 '외상 후 성장 과정에 대한 분석(An Analysis of Posttraumatic Growth Process)'을 선택했다. '외상 후 성장(外傷後成長)'이란 신체적인 손상 및 생명의 위협을 받은 사고로 인해 심적 외상을 입은 후, 회복력을 통해 이루어지는 심리적 성장을 뜻하는데, 윤 교수는 외상 이후 '외상 후 성장'으로 이어지는 과정을 세 가지 단계로 나눠 분석했다.

3시간에 걸친 세미나가 끝이 난 것은 오후 6시 무렵.

윤이안은 손목을 꺾어 시간을 확인하며 자리에서 일어났다. 세미나 말미에 저녁 만찬이 있을 거라는 예고가 있었으나 이안은 참석하지 않을 생각으로, 아내더러 먼저 식사하지 말고 기다리라 미리 말해두었다.

7시 전에는 집에 도착해야 아내를 위한 스테이크를 요리할 수 있을 것이다. 집에 가는 도중에는 친구가 운영하는 레스토랑에 들러, 미리 부탁해 뒀던 크랩슈제트 2인분을 받아가야 했다. 음, 서

둘러야겠군.

"어이, 윤 교수! 오늘은 뒤풀이에 참석 못한다고?"

친분이 있는 교수 몇몇이 다가와 말을 걸어왔다. 이안은 학자다운 수줍고 경직된 미소를 띤 채 수더분하게 고개를 끄덕였다.

"예, 아내에게 가봐야 할 것 같아서요. 죄송합니다."

"죄송할 게 뭐 있나. 와이프가 산달인데 당연하지. 그리고 자네가 애처가라는 사실은 여기 모여 있는 사람들이 다 아는 사실이네. 결혼도 만난 지 일주일 만에 했다지 않았나?"

"제가 첫눈에 반해서요."

갑자기 잠적했다가 한 달이 지나서야 모습을 드러낸 이안을 두고 사람들은 무책임하다고 탓하기는커녕, 로맨틱 가이라 칭송하기 바빴다.

워낙 이안이 학계의 대들보 같은 존재이기도 했고, 잠적하기 전 학생들 수업에 지장 없도록 모든 걸 잘 처리해 두기도 했지만 무엇보다 그가 '냉철하고 치밀하다'는 평소의 이미지와는 달리 편안하고 다정한 사람이 되어 돌아왔다는 점이 그들의 관심을 집중시켰기 때문이었다.

그들의 결혼에 관련해 온갖 소문들이 난무했다. 왜 아니었겠는가. 한 달 가까이 잠적했다가 나타난 남과 여. 그들은 동일한 학과는 아니었으나 교수와 학생 신분이었다. 게다가 그 교수는 젊고 전도유망한 남자였다. 평소 여자에 관심이 있지도 않았고, 자신을 쫓아다니던 그 많은 여학생들과 스캔들 한 번 일으킨 적도 없다. 그런 그가 제자와 한 달간 사라졌다가 나타나더니 결혼했다는 핵폭탄을 터트렸으니!

사람들은 그의 일탈이 사랑의 도피였을 거라고, 자기들 마음대로 추측해 버렸다. 이안과 경주는 갖가지 헛소문들을 굳이 고치려 들지 않았다.

어차피 뱀파이어네, 반변이자들이네, 떠들어대 봤자 믿으려 들지 않을 터. 그들이 믿고 싶은 대로 믿도록 내버려 두는 게 상책이었다. 솔직히 완전히 틀린 얘기도 아니니까. 그들이 생각하는 것 이상으로 이안은 아내를 사랑하고 있으니까.

"그럼 정말, 서로의 직업이며 나이도 모른 채로 첫눈에 사랑하게 되었다는 게 사실이란 말인가? 그래서 미국 라스베이거스로 날아가 결혼해 버렸다는 게 사실이야?"

"비슷합니다."

"크, 역시 비범해. 머리 좋은 사람들은 사고방식도 특이한가 봐, 엉? 어떻게 그럴 수가 있나? 상대가 유부녀일 수도 있고, 나보다 열 살 연상일 수도 있고, 에이즈 보균자일 수도 있잖은가. 어떻게 아무것도 묻지도 따지지도 않고 덜컥 결혼을 해버릴 수 있어?"

"로맨티시스트라 그런 거죠, 김 교수님. 사랑하니까 다른 건 눈에 보이질 않는 거 아니겠어요? 정말 윤 교수님 와이프가 너무 부러워요, 저는. 제 남편이 윤 교수님 반만이라도 닮았으면 소원이 없겠다니까요?"

김 교수의 질문에 동갑내기 유부녀 곽 교수가 대신 대답해 준다. 서로 죽이 잘 맞아 토론이며 수다며 한 번 시작하면 몇 시간씩 앉아서 끝장을 보는 두 사람이 만났으니, 이 대화는 끝도 없이 이어질 게 틀림없었다.

이안은 분위기를 살피다가 슬그머니 자리를 벗어나 회의장을 나섰다. 시간이 많지 않았다. 서둘러야 했다. 빠른 걸음으로 거의 뛰다시피 엘리베이터를 향해 걷는 그때, 휴대폰 진동이 울렸다. 혹시 아내일까 싶어 발신자를 확인해 보니 '서율서점'이 떠 있었다.

할아버님? 눈썹을 휙 치켜뜨며 이안은 서둘러 통화버튼을 눌렀다.

"네, 할아버님."

[윤 교수, 자넨가?]

수화기 너머에서 서율서점 주인이자 경주가 친할아버지처럼 여기는 안 씨 할아버지가 숨을 헐떡이며 다급하게 입을 열었다. 순간 이안은 우뚝 걸음을 멈추었다. 뒤통수를 싸하게 하는 불길한 기운이 느껴졌다. 서율대 근처에 신혼집을 마련하려다 보니 자연스럽게 안 씨 할아버지의 이웃이 되었던 지난날들이 뇌리에 스쳐 갔다.

경주에게 일이 생겼다!

이안의 예지감이 번뜩였다.

"무슨 일입니까?"

[진통이 시작됐네. 방금 할멈이랑 혜진이 차를 타고 병원으로 출발했어. 어서 오게.]

뒷말은 듣지 못했다. 끝까지 다 듣지도 않고 달리기 시작했으니까. 꼭대기 층에서부터 느림보 거북이처럼 내려오는 엘리베이터를 포기하고 그는 계단으로 지하주차장까지 한달음에 달려갔다. 혹시라도 무슨 일이 생길까 걱정이 되어 손발이 떨려왔다. 차에 올라탄 그는 수초간 뛰는 심장을 가라앉히고 나서야 운전대를 잡았다. 곧이어 날카로운 타이어 마찰음과 함께, 그의 차가 출발했다.

"너무 늦는 거 아닙니까?"

까아아아, 분만실에서 아내의 비명 소리가 흘러나오자 이안은 머리를 쥐어뜯었다. 숨이 끊어질 듯 처절한 비명이었다. 뒤이어 고통에 흐느끼는 소리까지 들려오자 이안은 자리에서 벌떡 일어나 서성거리기 시작했다. 눈이 따가웠다. 당장이라도 어린아이처럼 엉엉 울어버리고 싶을 만큼 괴로웠다. 차라리 그녀의 고통을 대신 떠안고 싶었다. 그럴 수 있다면 무슨 짓이라도 할 수 있을 것만 같았다.

"분만실로 들어간 지 1시간밖에 안 됐네. 나오려면 아직 멀었어. 차분하게 마음 가지시게."

안 씨의 안사람 되는 황 씨 할머니는 젊은 시절 3남 2녀를 산파 없이 혼자 집에서 낳은 여인답게 차분하게 대꾸하였다.

"더 일찍 나올 수는 없습니까? 분만실 들어간 지 30분 만에 출산했다는 사람도 본 것 같은데."

"출산에 걸리는 시간은 산모마다 천차만별이에요. 운이 좋아 일찍 낳는 산모도 있고 그렇지 못한 경우도 있고요. 제 친구 한 명은 자연분만 하겠다고 우기다가 50시간이나 진통을 겪어야 했어요. 결국 수술로 낳았는데, 그때 다들 그 친구 죽는 게 아닌가 했었죠."

경주의 친구 혜진도 비교적 차분했다. 비록 실제 속마음은 차분함과 거리가 멀어 보였지만. 그녀의 얼굴은 붉게 상기되어 있고 연신 땀을 흘리느라 손수건을 이마에 달고 있었다.

"내가 곁에 있어야 하는데."

"산모가 원치 않으니 어쩔 수가 없지. 너무 걱정하지 말게나. 경주는 잘 이겨낼 거야."

어느새 그의 옆으로 다가온 안 씨 할아버지가 토닥토닥 등을 두들겨 준다.

"내가 전에 말하지 않았나. 자네가 우리 경주를 만난 지 며칠 만에 꼬드겨 사랑의 도피를 떠나고, 그곳에서 결혼까지 했다는 기막힌 소리를 들었을 때 말일세. 자네가 한 짓을 떠올려 보자면 도무지 용서라는 걸 해줄 수가 없고, 오히려 다리몽둥이를 분질러 쫓아내고 싶은 심정이었지만 내, 기꺼이 참는다고 했었지. 그 이유가 뭔 줄 아나? 우리 경주를 믿어서였어. 그 아이가 선택한 남자라면 경우 바르고 분명한 사람일 거라 믿어서. 그 아이는 겉으로 보이는 것과는 달리 아주 강한 아이야. 난 그걸 진작부터 알아보았지."

"저도 그렇게 생각합니다. 경주는 세상 그 어떤 여자보다도 강하죠."

"그래. 다른 사람이 아닌 경주라서 믿네. 잘 견뎌줄 걸세. 자네를 사랑하는 만큼 꼭 버텨줄 거야. 건강한 자네 아이를 세상에 내보내고, 경주 자신도 건강한 모습을 우리에게 보여줄 걸세. 그럴 거라고 믿네."

"저도 믿……."

애써 숨을 고르며, 자신을 위로해 주는 고마운 안 씨 할아버지를 안심시켜 드리기 위해 빙긋 웃으며 입을 연 그 순간이었다. 지옥의 환란 속에서나 들려올 법한, 끔찍한 비명이 분만실 문을 뚫고 날아왔다. 아내를 잃을 수도 있을 것 같은 두려움에 눈빛이 돌변한 이안은 분만실 쪽으로 격렬하게 몸을 틀어 달려들며 소리쳤다.

"빌어먹을, 이 문 열어! 당장 열란 말이야!"

옆에 있던 혜진과 안 씨, 황 씨가 한꺼번에 그를 말렸다. 제발 참아달라고, 이러면 불안해서 산모가 집중하지 못한다고. 이안은 가까스로 이성을 붙들고는 무기력함에 빠져 분만실 문에 머리를 박은 채 눈을 감았다.

아내의 고통에 찬 비명을 들으면서도 자신이 할 수 있는 게 아무것도 없다는 사실이 미치도록 괴로웠다. 차라리 배가 갈리고 내장이 찢기는 것이 덜 고통스러울 것이다. 심장이 꿰뚫리고 눈이 파이는 고통이 외려 덜할 것이다.

끝이 나지 않을 것 같던, 지옥 불길에서 헤매는 듯한 고통스런 시간은 이후로도 20분간 더 지속되었다.

"사내아이입니다. 키 51㎝, 몸무게 3.55kg으로 아주 건강해요."

드디어 문이 열리고, 간호사의 품에 귀엽고 쪼글쪼글한 아기가 안겨 있었다. 충격과 환희가 버무려진 얼굴로 이안은 자신의 아들을 뚫어져라 내려다보았다. 이토록 귀엽고 사랑스러운 생명체가 경주 말고 또 있을 수 있다니 도무지 믿어지지가 않았다.

"산모는요?"

"산모와 아기 모두 아주 건강합니다."

그 순간 너무 안심이 된 나머지, 참았던 눈물이 터졌다. 320년 평생 피도 눈물도 감정도 없는 뱀파이어로 살아왔던 그가 눈물을 흘리다니. 갬블 형제가 보았더라면 기절초풍할 일이었다.

하지만 지금 그가 경험하고 있는 이 순간은 이안 스스로도 믿어지지 않을 만큼 놀랍고 경이로웠다. 자신이 드디어 아빠가 된 것이다. 한 아이의 아빠. 뱀파이어로서 이런 일은 극히 드문 경우였다. 대부분의 뱀파이어들은 자신의 씨를 세상에 남기지 못하고 세월에 휩쓸려 사라져 갔다.

"······아내는 언제쯤 볼 수 있을까요?"

이안은 비로소 떨리는 목소리로 속삭이듯 말하였다. 지금 당장 아내를 만나야 했다.

"당신, 아까 울었다면서요?"

조용하지만 축복과 행복, 미소로 가득했던 손님들이 한꺼번에 우르르 나가자, 경주는 드디어 남편과 단둘이 되었다는 사실에 안도하며 내내 그림자처럼 가만히 서 있기만 하던 남편을 돌아보며 물었다. 구석진 곳에 몸을 기댄 채 자신을 바라보던 남편의 시선을 줄기차게 의식하고 있었던 그녀는, 단둘이 되자 가슴이 콩닥콩닥 뛰기 시작했다.

"바보 같았지."

"바보는 무슨. 나도 울었는걸요. 막 나온 자식을 보면 누구나 그런가 봐요."

"난 가람이가 반가워서 울었던 게 아니야."

"가람이 때문이 아니었다고요? 그럼 왜 울었어요?"

궁금해하며 두 눈을 반짝 뜨려고 노력했다. 하지만 퉁퉁 부어올라 얼굴 근육이 제대로 움직여지지 않았다. 사실 부은 것은 얼굴뿐만이 아니었다. 손발, 다리, 배, 온몸 전체가 다 퉁퉁 부어서 살이 통통 오른 두꺼비처럼 보일 것이다.

그 생각에 미치자 경주는 덜컥 겁이 났다. 이안이 병실에 들어온 이후 가벼운 키스 이외에 그 어떤 접촉도 시도하지 않았던 것은 혹시 자신의 흉한 몰골 때문이 아닐까 하는 걱정이 들었다. 경주는 산통 때 이미 몇 차례 깨물어 터진 아랫입술을 다시 깨물었다.

"몰라서 묻는 건 아니겠지, 민경주 박사?"

이안은 아시아 태평양 역사연구소에서 가장 촉망되는 사학자 민경주를 향해 뚜벅뚜벅 다가가며 천천히, 느긋하게 되묻는다. 눈물을 글썽이는 약한 모습을 많은 사람들에게 보인 사람치곤 꽤 의연한 모습이었으나, 그 광경을 실제로 본 것도 아닌데다 상상조차 되지 않는 경주에게는 짐짓 차갑게 보이는 모습이었다.

"당연히 박사 때문이지."

우뚝 그녀 앞에 멈춰 서더니 무뚝뚝하게 중얼거렸다. 그리고는 푹, 한숨을 내쉬고 침대 근처에 놓여 있던 의자에 털썩 걸터앉더니 아내의 가녀린 손을 거머쥐고 자신의 입술에 갖다 댔다.

"네가 얼마나 걱정되었는지 몰라. 다른 남편들처럼 네 옆에 있어주고 싶은데, 네가 거절했다는 사실을 알고 얼마나 화가 났는지 알아? 난 정말……!"

"미안해요. 하지만 죄 없는 의사와 간호사들이 죽게 내버려 둘 순 없잖아요."

"내가 의사를 죽일까 봐 들여보내 주지 않았단 말이야?"

말도 안 된다는 듯 그가 인상을 찌푸리며 눈동자를 번쩍거렸다. 이제는 익숙해진 노란 광채를 사랑스러운 시선으로 바라보며 경주는 씩 웃었다.

"당신이 거기 있었다면, 당장 아기가 나오게 하라면서 의사를 협박했을걸요? 불의의 사고라도 생기면 진짜 죽여 버리려고 했을 수도 있고요."

"의료사고가 생긴다면 당연히 죽여 버려야지."

"진정하세요. 난 그리 호락호락 쉽게 죽지 않는 여자니까 걱정 붙들어 매시고요. 당신도 내 생체호르몬 연구보고서 봤잖아요. 4:6 비율로 뱀파이어 쪽에 더 가깝다는 거."

"그건 대체적으로 그렇다는 거지. 세부적인 연구결과는 더 두고 봐야 해. 아직 연구는 진행 중이라고. 언제 마무리될지도 미지수이고."

"어쨌든요. 지금보다 훨씬 더 오래 살 거라고요. 내가 예지몽도 꿨다니까요. 꿈에서 가람이 동생도 가진걸요?"

"그게 예지몽인지 개꿈인지는 더 두고 봐야 할걸. 이제부터 난 가람이 동생 갖는 거, 반대할 거니까."

"그게 무슨 소리예요?"

뜻밖의 말에 경주의 심장이 쿵, 하고 내려앉았다. 남편은 늘 입버릇처럼 자식을 많이 갖자고 말했었기에. 왜 마음이 바뀐 걸까? 날 더 이상 사랑할 수 없다는 걸까?

경주는 심란한 자신의 모습을 내려다보았다. 태아와 태반을 내보냈지만 아직도 배는 부풀어 있었다. 전체적으로 몸무게도 불어 있다. 몸에선 시큼한 냄새가 나는 것도 같다. 이런 몰골이라면, 아무리 섹스에 몇백 년 굶주린 남자라도 쫓아낼 수 있을 것 같았다. 그 정도로 끔찍했다. 경주는 다시금 아랫입술을 깨물었다.

"가람이 낳고 곧바로 둘째 갖자던 말, 취소야. 생각이 바뀌었어."

"……"

"우리한테 아이는 가람이 뿐이야. 더 이상은 없어. 그렇게 알아 둬, 민경주."

"왜요? 내, 내가 이제……?"

싫어졌냐고 물으려는데 이안이 불쑥 손을 내밀어 입술을 만졌다. 입술이 찢어진 곳에서 핏물이 배어나고 있었다. 엄지를 문질러 피를 닦아내는 그의 손길은 아주 조심스럽고 부드러웠다. 그는 너무나도 자연스럽게 경주의 피가 묻은 손가락을 제 입속으로 밀어 넣으며 그녀의 손을 꼭 쥐었다.

"네게 더 이상 출산의 고통을 겪게 하고 싶지 않아. 그건 너무 잔인한 일이야."

"아이…… 를 더 갖고 싶지 않아서가 아니라, 내가 고통스러운 게 싫어서라고요?"

생각지도 않았던 말이 날아오자, 경주는 저도 모르게 쩍 하고 입을 벌렸다. 단지 그녀가 겪을 출산의 고통 때문에 아기를 갖지 말자니, 이렇게 황당하고 바보 같은 말은 처음이었다.

물론 출산의 고통은 상당했다. 아니, '상당'이라는 말로 표현하기에는 부족한, 아주아주 많이 고통스러운 과정이 바로 '출산'이었다. 단지 생살이 찢기고 피를 흘리며 젖 먹던 힘까지 짜내 생때 같은 자식을 뱃속에서 밀어내는 일뿐만 아니라, 10개월이란 긴 시간을 몸속에 품고 있음으로써 감수해야 하는 불편함 또한 고통의 수준이었다.

그녀는 밥도 제대로 못 먹었고, 잠도 반듯이 누워 못 잤고, 덩치가 커다래져서 입을 옷이 없어지기도 했다. 하지만 그렇게 고통과 불편을 감내하는 과정들이 있었기에 사랑하는 아들을 만날 수가 있었던 거다. 이렇게 행복하고 충만한 기분을 맛보기 위해 수많은 부부들이 출산의 고통에도 불구하고 다시 아기를 갖는 것이다!

"아이는 더 갖고 싶어. 늘 말했잖아. 난 다복한 가정을 꾸리고 싶다고. 하지만 내 욕심 차리자고 널 희생시킬 수는 없어. 출산에 관한 획기적인 발명이 이루어져, 남자 쪽에서 고통을 감수할 수 있는 시스템이 나오기 전까지 임신은 금물이야. 절대로 안 돼. 절대로."

"하지만 난 뱀파이어예요. 뱀파이어를 출산할 수 있는 몇 안 되는 여자 뱀파이어. 게다가 마스터이잖아요. 뱀파이어의 리더 그룹으로서 종족 번식을 위해 힘쓸 필요가 있다고요."

"종족 번식 따위 내가 알 게 뭐야. 다른 녀석들이 하겠지. 하지만 넌 아니야. 넌 더 이상 아플 필요 없어. 가람이만으로도 충분해."

"하지만 이안 씨."

"입술에서 피가 계속 흘러. 지혈해야겠어."

"어…… 별거 아니에요. 신경 쓰지 말아요."

"물론 난 신경 쓸 거야. 방금 내가 장황하게 한 말의 요지를 아직도 못 알아들었어? 난 네가 아픈 게 싫다니까."

"설마 의사를 부를 건 아니죠?"

경주는 깜짝 놀라 고개를 살래살래 흔들었다. 출산이라는 고통의 터널을 막 지나온, 그래서 사지를 들지도 못할 만큼 전신이 붓고 흐물흐물해진 아내가 이안의 가슴에 맺혔다. 목소리조차 제대로 못 내는 지경인 상태에서도 둘째를 낳겠다고 우겨대는 모습에 그만 숨이 턱 막히고 목구멍이 아파왔다. 울컥 치미는 감정 때문에 이안은 숨도 제대로 안 쉬어졌다.

"네 입술을 의사에게 맡길 용의는 추호도 없어."

이안은 천천히 상체를 숙여 아내의 찢어진 입술을 자신의 입술에 머금었다.

"넌 내 거야. 네 입술은 내 소관이라고."

"이안 씨……."

주삿바늘이 꽂힌 아내의 손목이 이안의 목을 감았다. 이안은 한없이 다정하고 한없이 부드러운 동작으로 아내의 건조한 입술을 핥고 빨았다. 수분이 다 빠져나간 듯한 그녀의 입술이 이안의 타액으로 촉촉해졌다. 출산하느라 기운을 모조리 써버린 듯 버석버석한 그녀에게 그는 자신의 생명을 나눠 주었다. 사랑을 쏟아부은 키스로 그녀의 몸을, 마음을, 정신을 치료했다.

"네가 내 것 중에 최우선이란 말, 내가 했던가?"

이안이 잠시 입술을 떼고 아내를 내려다보며 그 어느 때보다 진지하게 물었다.

이 남자, 겁먹었군. 그것도 아주 많이.

경주는 크게 숨을 들이쉬었다가 천천히 숨을 내쉬며 생각했다. 그 누구보다도 강한 정신과 육체를 가진 자신의 남편, 윤이안이 지금 몹시도 겁을 내고 있었다. 혹시나 아들을 얻는 대신 아내를 잃게 될까 봐. 그래서 병실에 들어섰을 때부터 지금껏 내내 조심스럽게 굴었던 것이다. 웃음이 삐져나왔다. 너무나도 사랑스럽고도 안쓰러워 눈물이 나올 지경이었다.

"아니요."

경주는 불과 몇 분 전, 남편이 자신에게 흥미를 잃었을까 봐 걱정하던 여자 맞나 싶을 만큼 자신감 넘치는 눈으로 남편의 눈을 들여다보며 도도하게 대답했다.

"죽을 만큼 사랑한다, 평생 너만 사랑하겠다, 아무리 사랑해도 모자라다, 등등. 수많은 고백을 들어봤지만 '내 것 중에 최우선'이란 말은 들은 기억이 없네요."

"사실은, 그래."

이안이 목이 멘 듯 칼칼한 목소리로 중얼거린다. 그리고는 소중한 아내의 입술을 부드럽게 빨아올렸다. 경주는 나른하게 만족스런 신음 소리를 흘러내며, 오늘 하루만은 남편의 마음을 편안하게 해주리라 마음먹었다.

적어도 오늘만큼은 둘째 얘길 하지 않을 거다. 그가 듣고자 하는 말만 골라서 해줄 거다. 세상에서 가장 완벽한 키스 실력을 가졌으니 남편은 잠깐의 평화를 누릴 자격이 있었다. 뭐, 어차피 운명은 그들에게 둘째를 점지해 주었으니 급하게 굴 거 전혀 없었다.

"내 꿈속에 널 가두었을 때부터 그랬어, 민경주."

이안이 마음 한구석에 두었던 절절한 고백을 쏟아내고는 다시금 입술을 겹쳐 왔다. 그리하여 세상에서 가장 완벽한 키스 실력을 가진 남편은, 세상에서 가장 완벽한 키스로 아내의 탐욕스러운 입술을 채웠다.

···THE END

작가 후기

　최근 한 SF영화를 봤습니다. 실존하는 과학적 주장을 토대로 자신
만의 이론을 창조, 인간적인 고뇌와 사랑을 이야기하는 영화였습니다.
장점이 많은 영화였으나 저는 무엇보다도 만든 이들의 개방적이고도
유연한 두뇌가 인상 깊었습니다. 상상력이 펼쳐 내는 놀라운 세계에 혀
를 내둘렀지요. 패러노멀(초자연적) 장르물은 바로 이런, 상상력의 한
계를 깨부수는 것에서부터 시작한다고 생각합니다. 논리와 증거, 상식
만으로 소설을 써야 한다면 패러노멀이란 장르 자체는 아예 생길 수도
없었겠죠.

　로맨스 작가라면 한 번쯤 매혹적인 뱀파이어를 남자 주인공으로 글
써보고 싶다는 생각을 해보지 않았을까 합니다. 평소 패러노멀에 관심
이 없었던 것도 아니요, 뱀파이어가 주는 낭만적인 상황들에 끌려본 적

없었던 것도 아니었기에, 저 역시 쓰고 싶다는 생각을 해본 적이 있었더랬죠. 하지만 그럴 때마다 걸리는 게 있더라고요. 바로, 영생. 뱀파이어의 특징 중 하나인 '죽지 않는다' 라는 설정이었습니다. 저는 누구 한 사람만 남겨지는 사랑은 정말 싫었거든요.

〈꿈으로의 초대〉로 시작되는 저의 뱀파이어 시리즈는 그래서, 그들의 '유한적 생명'에 초점을 뒀습니다. 저의 뱀파이어는 최장 천 년이라는 유한의 생명력을 가지고 있고, 최첨단 약물로 생명을 조절할 수 있습니다. 남자 주인공 윤이안은 삶의 이유를 찾지 못한 뱀파이어로 회의와 냉소로 하루하루를 지겹게 살아가고 있지요. 죽는 것 따위는 두렵지도 않았고, 죽음을 피할 생각도 없었습니다. 자신의 짝인 민경주를 만나기 전까지는요. 운명으로 엮인 자신의 여자를 만난 이후로, 우리의 이안은 그녀와 가족, 사랑하는 사람들을 위해 살아가는 것이 자신의 소명임을 깨닫습니다.

처녀만 귀신처럼 알아본다는 유니콘의 전설을 모티브로 한 '운명의 짝' 전설은 2부, 태빈의 이야기에서 더 자세히 풀어낼 예정이지만 〈꿈으로의 초대〉에서도 간과해서는 안 되는 중요한 부분입니다. 민경주가 꿈속에 나타난 낯선 남자를 향해 끌리는 것도, 미친 사람이라고 생각하면서도 과감하게 떨쳐 내지 못했던 것도, 모두 자신의 짝을 알아봤기 때문이니까. 이안도 마찬가지였죠. 소설에 등장하는 태빈, 기빈, 윤리, 영훈, 하임, 심지어 니콜라이까지. 그들 모두 자신의 짝(즉, One of a pair)을 한눈에 알아볼 수 있습니다. 언제 자각하느냐의 차이일 뿐.

사실 3부작을 염두에 두고 시작한 시리즈입니다. 태빈과 기빈의 이야기가 본편이라면 이안의 이야기는 컴패니언(Companion)급 소설이라고 할 수 있겠습니다. 경주가 자신의 사랑과 뱀파이어로서의 인생을 찾아가며, 모호했던 정체성을 확립해 가는 과정을 통해 '뱀파이어'라는 이질적인 존재를 알아가는 이야기이지요. 그에 비해 태빈과 기빈의 이야기는 뱀파이어라는 존재성보다는 그들의 사랑 방식에 더 초점을 맞추게 될 것 같습니다. 언젠가 그들 각자의 이야기로서 여러분들 앞에 선보일 수 있기를 저는 바라 마지않습니다.

제게 뱀파이어 스토리에서 섹시함을 빼면 앙꼬 없는 찐빵이라고 조언해 주셨던 이모 작가님, 고마워요. 덕분에 홍윤정표 뱀파이어들은 상상을 초월할 정도의 매력을 갖게 되었습니다. 지난 6개월간 제 핸드폰, 컴퓨터 바탕화면에 머물며 시각적 영감을 주었던 배우 Ian Somerhalder, 땡스. 덕분에 홍윤정표 뱀파이어들은 당신처럼 아름다운 눈동자를 갖게 되었네요. 〈바나나 형수님〉의 윤일후, 반안나 커플의 아들 윤이안 군! 이름 좀 빌려 썼어요. 명색이 작가가 창조적이지 못하게시리 한 번 썼던 이름 재탕했다고 흉보지 맙시다! '서점 알바생이 짝사랑男과 꿈을 통해 만나 책의 내용을 엮어간다'는 12년 전 시놉시스의 주인공 민주도 감사해. 네가 없었다면 《꿈으로의 초대》는 없었을 거야.

항상 자극이 되어주시는 유경화님, 예원북스 관계자님, 감사드립니다. 마음먹은 것을, 마음먹은 대로 쓸 수 있다는 건 정말 행복한 일인 것 같아요. 늘 힘이 되어주시는 절친 작가님들, 독자분들, 고마워요. 지금처럼, 능력치를 뛰어넘지는 못할지라도 현재의 능력을 100퍼센트 쏟아붓는, 최선을 다하는 글을 쓰겠습니다. 더 재미있는 글로 다시 찾아뵐 때까지 모두모두 건강하셔요.

동원이의 매력에 빠질 준비 완료한,
홍윤정 드림.

예원북스에서는
로맨스 작가님의 소중한 원고를 기다립니다.

투고해 주실 메일 주소는
yewonbooks@naver.com 입니다.
많은 관심 부탁드립니다.